A *Twist* of Lyme

David Ruffle

Paperback ISBN 9781780925950
ePub ISBN 9781780925967
PDF ISBN 9781780925974

Published in the UK by MX Publishing
335 Princess Park Manor, Royal Drive, London, N11 3GX
www.mxpublishing.com

Cover layout and construction by
www.staunch.com

Also by David Ruffle

Sherlock Holmes and the Lyme Regis Horror

Sherlock Holmes and the Lyme Regis Horror (expanded 2nd Edition)

Sherlock Holmes and the Lyme Regis Legacy

Holmes and Watson: End Peace

Sherlock Holmes and the Lyme Regis Trials

The Abyss (A Journey with Jack The Ripper)

For Children

Sherlock Holmes and the Missing Snowman (illustrated by Rikey Austin)

As editor and contributor

Tales from the Stranger's Room (Vol.1)

Tales from the Stranger's Room (Vol. 2)

For Gill

The months and days are the travellers of eternity.
The years that come and go are also voyagers...
Matsuo Basho, *The Narrow Road of Oku.*

True love is like ghosts, which everybody talks
about and few have seen.
Francois, Duc de la Rochefoucauld, *Reflections.*

Meet the Hamiltons.

Michael Hamilton 40 Unemployed. Husband of below.

Judy Hamilton 38 Teaching Assistant. Wife of above. Mother of below.

Katy Hamilton 7 School pupil. Daughter of above. Sister of below.

Annabelle Hamilton 5 School pupil. Sister of above.

Formerly living: Greater London.

Now living: Lyme Regis.

Read on to learn more…

Chapter One-Present Day

The old house had always been known as the 'old house' apparently. There were other houses of course, some of them old, some of them even known as the old house, some of them older than the old house, but for the purposes of this story, the old house will be a reference to this old house. The house where Michael Hamilton lives with his wife, Judy and their two daughters, Katy and Annabelle. We find them in the breakfast room, only so designated because they were having their breakfast in it. Yesterday for instance it was the mud-covered boots and dirty, smelly coats room. The day before it was, "Who the hell spilled all this water?" room. Rooms in general are as transient as the people who wander through them.

"Do you think all curses are gypsy's curses? Is it a requirement recognised by law do you think? Is it an immutable notion?" Michael asked of Judy, realising that his daughters, as so often, would have no idea what he was talking about.

"Is this about old Mr Williams again?" Judy said with a sigh audible throughout Dorset.

"Too right it is. If someone tells you your house is cursed you tend to sit up and take notice."

"Didn't the estate agents mention it?"

"Yes of course, don't you remember their description of the kitchen, Jude; *Spacious and fully modernised with its own curse.*"

"Very funny, Mike. I think if you Google it you will find that curses died out with Macbeth's witches and God knows why you take any notice of what he says anyway."

"Don't be too sure about curses dying out. I have told you how my mother was cursed by a gypsy on her very own doorstep."

"Not her caravan?" Judy asked, lifting her eyebrows all the way to the soon to be painted ceiling in the *spacious, fully modernised kitchen.*

"I was referring to my mother's doorstep as you well know. She was only twenty-five, not a particularly nice age to find yourself being cursed. Especially to be cursed with a violent death. Poor Mum."

"For crying out loud, Mike, she died last year. She was seventy-six!"

"Even so, a curse is a curse whether it takes a year or fifty years to work."

"I think there are more violent ways to die than in a bed surrounded by your family."

"It does make you think though…"

"You maybe, not me."

Judy poured some more orange juice into the jug, nominally for gravy, but happy enough to multi-task. Katy pulled a face and shivered as she took a sip, sometimes the soon to be replaced fridge took it upon itself to double as a freezer. Kitchen appliances can never be trusted entirely, not even the best of them. Mike looked intently at the juice as though he was seeing it for the first time.

"Any additives in there Judy? You know how hyper Katy can get. We don't want her bouncing off the walls do we?"

Katy, as in response to this, placed one of her fingers into Annabelle's boiled egg, prompting both a slap and a flood of tears from her sister.

"Katy, what are you doing?" asked her dad.

"Bouncing off the walls, Daddy." she squealed.

"My daughter, the comedienne," mused Michael.

Katy and Annabelle resumed their status, a state resembling sisterly love, temporary of course, but heartfelt (very) for as long as it lasted. This spirit of sibling peace and love could last as short a time as five minutes or as long as a whole week. A week was indeed their personal record aided by various bribes and sweeteners from their exasperated parents. Left to their own devices, three days of relative harmony would be as good as it could possibly get. Time alone would change that. Or not.

"What shall we do today then?" asked Judy, "A walk into town? Then onto the beach?"

"The beach, the beach," the sisters shouted in another display of sibling harmony, short-lived though it may prove to be.

"Right then, off you go and get ready while Daddy does the washing-up."

"Why does Daddy always wash-up?" asked Annabelle.

"That's easy," said her mum, "come here I will whisper it to you, it's....because *I* don't."

The girls raced upstairs to hopefully don their best behaviour along with their clothes. Their footsteps up above echoed through the old house, the soon to be replaced carpets did absolutely nothing to deaden the sound. Only the sound of children dressing can raise the decibel level to that of heavy machinery at work. Two pairs of feet came clomping down the soon to be re-carpeted stairs. If racing down stairs ever became an Olympic sport than Katy and Annabelle Hamilton were sure to be future gold medallists. Their coats bore witness to the difficulties in matching button to button-hole, a skill that can take years to master. To be fair, they had mastered the almost mystical art of shoelace tying, a feat that even some adults can have problems with. Not that this is a reference to Michael Hamilton here, although he has a fairly unique way of tying laces that causes many an observer to burst into uncontrollable laughter. In vain does he point out the end result. In vain does he point out that his laces achieve their ultimate aim, that of being tied.

"Are we all ready?" asked Judy, surreptitiously looking at Michael's shoelaces and suppressing a giggle. "Right, let's link arms, best foot forward and let's sally forth." (Sally Forth, although no doubt an admirable woman, does not figure again in these pages, so all in all I think it's best to forget her.)

The old house, or I should say, The Old House to differentiate it from those other old houses which may or may not pop up in this story, stood and indeed still stands in Colway Lane on the eastern side of Lyme Regis. Its architecture was as unsure as its purpose in life. It was a house designed by committee, if

5

you can imagine a committee whose individual members, none of whom would say design was their strong point, were continually at war with each other particularly on matters of taste. Although less than three hundred years old, it had managed to take various aspects of medieval buildings, the worst aspects mind, and incorporate them with mock-Tudor extravagances and later additions and present a rambling, confused mess to the world. Look at me it seemed to say, I am so ugly I am beautiful. As far as Michael and Judy were concerned it had one saving grace…it was cheap or what passes for cheap in Dorset by the sea.

The accommodation was ample for their needs and as we know already the *kitchen is spacious and fully modernised.* The rest of the house needed *updating* as they say and one suspects it will never be *fully modernised* as the *spacious kitchen.* The four bedrooms battled each other for space on the second floor with none of them being particularly victorious. The soon to be ripped out and re-fitted bathroom had seen better days although it was by no means certain when they were. The lounge and dining-room meandered drunkenly on the ground floor as though they were chasing each other, but without any firm idea of where they were going or who was chasing who. The kitchen, oh well, we know about the kitchen don't we. The garden slopes down to a small stream. This is no gentle slope mind; it tumbles down in a way that would test the fitness of trainee Marines tackling their assault courses in deepest Devon. If you are thinking of the garden along the lines of neatly manicured herbaceous borders, lovingly maintained vegetable plots and lawns so fine you could play tennis on them let me dispel that myth for you. To say it was a wilderness somewhat denigrates the wild areas of our planet. This was as wild as it gets with weeds rising so high so as to be competing with each other for control of the country's air space. To give him his due, Michael, who was not exactly born to gardening, was able to make inroads with the aid of a fagging-hook borrowed from the Willoughby's who lived in the old house next door. There you go; another old house.

A fagging-hook for those not familiar with garden or agricultural implements is not, as you may suppose a weapon of choice used by the upper echelons of pupils in our best public schools, but a form of scythe. There is a certain amount of skill Michael found in being able to wield such a thing safely on sloping ground without toppling over at every given opportunity. If he had counted, which he hadn't, he supposes that he fell upwards of thirty seven times in the first two days and only once did he roll all the way to the stream, It was not the first stream he had fallen into, country childhoods tend to have that effect on children, but it may well have been the coldest and muddiest.

Chapter Two-Early Days

You'll no doubt want to know how this charming (very) Hamilton family came to be in Lyme Regis. Read on...

Michael and Judy met on one of those cold wet and blustery (very) mornings that spring tends to pitch our way with monotonous regularity. He, dashing for the train. She, dashing to the toilet, that third cup of coffee being her first mistake of the day. The second mistake although it turned out to be anything but was to use the over-sized, but frequently heavily filled shoulder bag with the rather less than reliable handles.

As they passed each other or at least attempted to pass each other on the concourse of (Platform 17 actually) Clapham Junction station one of her, as mentioned less than reliable handles, became ensnared around his man-bag resulting in a very public pratfall rather like something from a Keystone cops movie[1]. All that was missing was a banana skin. It wasn't the first time Michael had fallen over at a station, but it was certainly the most fortuitous tumble he had ever taken.

Sharing a coffee afterwards, (he had already bought his in readiness for the journey to Waterloo, but oddly enough found now that he seemed to be wearing it) they found they had

---

[1] Black and white, silent, lots of running about. You get the idea.

virtually nothing in common other than the sudden compulsion to spend time together. That compulsion was to be easy to act on as they discovered they lived very close to each other indeed. He in Canford Road, she in Manchuria Road; hardly a stone's throw apart in fact assuming you had a throwing arm like that of an old Eastern bloc athlete. Or not so old even. An arrangement was quickly made to meet at The Bread and Roses that very evening, the previously mentioned compulsion being that strong. They parted to go their separate ways; he to write a review of a Lebanese breakfast (very Lebanese) at a new restaurant-diner on the South Bank, she to Chessington where she worked as a teaching assistant. Unfortunately he proved too late for the breakfast, delays at Waterloo south (faulty points if you need to know) proved to be his final undoing. He went ahead and wrote the review anyway. It was not the first time he had made up a review, but it was the first time he had done so in such a good cause.

The Bread and Roses the following evening; he, early...she, late. Michael had selected his clothes according to which items had the fewest creases and stains. Judy had selected hers with care and changed her mind often in the two hours that she had allocated to herself to get ready. Michael unaccountably decided that his pair of pale blue jeans, which may or may not have been in fashion ten years before, was still an essential part of his outfit in 2003. It could have been worse, much worse, but fortunately he jettisoned the Arran sweater; folk clubs maybe, dates never. The cravat his mother had bought him for Christmas was also briefly considered. He wisely decided that it did not quite give him the air of sophistication he was aiming for. Besides, Judy had met him.

Judy settled for a brand new pair of black skinny jeans which she struggled into in the manner of a contortionist squeezing into a matchbox. Zipped up, buttoned up and with the addition of a no nonsense, 'I'm not *that* available' t-shirt and a light, casual in the extreme, jacket she left for her as yet undiscovered future.

'Is she abreast of current affairs', thought Michael. 'What will we talk about? Is the news that Roman Abravomich has bought Chelsea football club going to be of any interest to her?' He somehow doubted it.

'Wonder if he's interested in football, well he is a bloke', thought Judy. 'I know that Russian oligarch has bought Chelsea, but he won't want to talk about that surely.'

Their fears about that particular subject turned out to be groundless and Roman remained free to wax lyrical at Stamford Bridge about the delights real or imagined of owning Chelsea Football Club and played no part in the conversation that evening or indeed the rest of this story. Neither did or does football in general, the price of vegetables or the rise of reality TV. We can adjudge that first date a success for another one swiftly followed, then another and none of these were marred in the slightest by association football, the deplorable rises in the cost of fruit and veg or reality TV.

Rugby was another matter entirely. Initially it was the one thing they found they had in common, watching that is, not playing. And when summer ended and autumn came knocking they were to be found wrapped around each other watching Blackheath in their (usually Herculean) endeavours. A try or two (if they and Blackheath were lucky) a pie and a hot tea. A proper date in every way. Such are the small acorns a relationship grows from.

There was no proposal planned, not with Michael's dodgy knees, but the idea that it may be something they should consider came up when in Judy's Manchuria Road flat (without a *spacious and fully modernised kitchen*) listening to Now! That's What I Call Music 55 and having Coldplay's 'God Put A Smile On Your Face' on repeat. Were they really that young? Was Coldplay the pinnacle of their musical appreciation? Well, no actually, Michael was thirty and Judy, twenty-eight. And yes it was.

"I've been thinking," announced Michael.

"You be careful Mike, I've warned you before about that!"

He tousled her hair playfully. She had an ability to make him laugh in a way that no-one had ever done before. As witty as she was beautiful.

"Maybe we should pool our resources."

"Pool our resources? Is that some kind of corporate speak for living together? Or something else altogether?"

"Actually, Judy, I had marriage in mind," he said hurriedly as though he was not sure of broaching the subject or apprehensive (very) as to Judy's response.

"You must be sure of me to even bring the subject up, which is a good thing...er...I think. Is that an actual proposal of marriage then? Only you make it sound as though you are contemplating asking me to open a joint account with you."

"Yes, I suppose it is."

"My mother warned me there would be men like you tempting me with their eloquence and honeyed words, not that I have ever come across any. My God, Mike, I don't expect you to go down on one knee, not with your dodgy knees anyway, but have another stab at it."

He shifted uncomfortably at his end of the soon to be replaced nominally two-seater sofa (a freebie from an admirer). Michael's confidence was fast evaporating along with his never particularly strong will-power. He stood up, paced the room and came to a halt in front of the still expectant (not in that way) Judy. He lowered himself; one leg bent awkwardly then came back up for air. He tried it with the other leg which seemed incapable of obeying even the simplest instructions from his brain. He opted for the fall-back position of sitting on the edge of the coffee table. The load-bearing capacity of the coffee table was unequal (very) to the task of accommodating would be proposers and promptly deposited Michael back onto the sofa once more along with the remnants of a very fine Pinot Grigio.

"Mike, Mike, just ask me you silly little man."

Deep breath. Deep breath. Keep calm. Keep calm. Sit down. No, stand up. Breathe. Here goes.

"Judy, I love you. Judy, I want to spend the rest of my days with you. Judy, will you marry me?"

"Yes, yes, yes," she squealed like a loved-up teenager. Which palpably, she wasn't.

In fact the last time she had squealed like that was when Matt Goss kissed her cheek after a Bros[2] concert; it was not so

---

[2] A British pop band of the late 80's and early 90's.

12

much the kiss that made her squeal as Matt's boot on her foot. Wonder what he's doing now she idly thought. An even more pressing thought was how good her first-aid skills were because Michael had fainted clean away, narrowly avoiding the low load-bearing coffee table. It was no doubt far removed from the correct procedure, but a sizeable splash of the aforementioned Pinot Grigio in Michael's face had the desired effect.[3] It was not the first time that he had wine he had thrown in his face, but it was by far the most satisfying occasion.

They celebrated their engagement in the time-honoured way. It was neither God nor Coldplay who put a smile on his face that night, but Judy. Several times in fact. Even with his dodgy knees.

When their emotions had calmed the following morning they realised (for they were a methodical couple) that another item on the list of their life had been ticked off. Even before Coldplay had faded away for the last time that evening they had decided on how their life was going to be (roses all the way). Now all they had to do was sort out where this new life would be centred. Did they stay in Clapham, more or less equidistant from 'The Big Brash Guide to London' offices and St Botolph's School Chessington and if so did they keep one flat? Michael sell up? Buy somewhere new? They both loved their jobs in spite of the occasional (perhaps more than occasional) grumbles that could be heard to the contrary, that part of their life would be staying the same at least.

Michael was adept at every kind of review, anything from the debatable merits of Bulgarian cinema (very debatable),

---

[3] This is not the recommended usage for Pinot Grigio; try Sauvignon Blanc.

the peculiarities of Vietnamese wine (very peculiar), the interminable length of Bolivian poetry recitals (very long) and anything else which happened to come up. He was in truth, very good at what he did although his employers were often heard to describe him as Jack-of-all-reviews, master of none. An unnecessary slight on their part, but as with all these things, shot through with just a kernel of truth. Even Michael would have acknowledged that the reviews he came up with tended to merge together, originality had started to defeat him; the same old hackneyed (very) phrases came up more and more. What can you say about a Lebanese breakfast that has not been said before? It was not the first time that he had harboured doubts about his job, but it was the first time he felt empowered to act on those doubts.

Let no one say that Judy did not enjoy her job. She was an excellent communicator, passionate about the pupils that she tried to help, always willing to go the extra mile in extra-curricular activities. The pupils mostly liked and respected her, rather less so some members of staff who felt threatened by her intelligence and drive. Miss Roseberry, the head-teacher who must have qualified from the Lucrezia Borgia[4] charm school, was a constant thorn in her side. 'HLTA?[5] Oh no, Judy I don't think you are *quite* there yet dear.' Give it another six months, give it another year...god, that woman needed slapping.

The impending marriage could be looked on as either a crossroads or a Halt at Major Junction event. Left or right? Reverse? Stay where you are with a queue of traffic behind you? Cover your eyes and pull out, wheels spinning and hope for the best?

---

[4] A 14thc/15thc femme fatale of Renaissance Italy. Fabled as the Amanda Roseberry of her day.
[5] Higher Level Teaching Assistant.

Michael had yet to meet Judy's parents, who often asked their daughter if she was still seeing *that* man. Judy had yet to meet Michael's parents, who *never* asked who he was seeing. Michael knew that Judy's father was something big in the city although completely oblivious as to what this something might be and whether the big referred to status or corpulence. Judy knew that Michael's father was a horsey type in the Cotswolds[6] although oblivious to how he was horsey; she hoped that it wasn't in looks or an inordinate liking for sugar cubes. Michael knew that Judy's mother was something big in the local Womens' Institute, but being unfamiliar with the hierarchy of that body had no idea what that something may be unless it was vetoing certain jams or advising on alternative lyrics to 'Jerusalem'. Judy knew that Michael's mother had a fondness for holding cheese and wine parties with the emphasis on the wine and was also a magistrate of fearsome reputation. She also knew that both of his parents considered Chipping Norton[7] to be the centre of the universe. It should all make for an interesting wedding.

---

[6] An area of England full of babbling brooks, horses and Land-Rovers
[7] Modern scientific thinking now places Droitwich at the centre of the universe.

Chapter Three-Present Day

The weak autumn sun filtered down through the trees and gave the river a sparkling quality all too often missing at that time of year. It trickled, it gurgled away gently and innocuously as a river could. A few hours' worth of rain in the Dorset hills above Lyme however could turn this gently meandering stream into a raging torrent which threatened everything in its path. The previous summer had seen bridges and roads closed as the river rampaged towards the town carrying trees and other debris with it. Pedestrians were met by the slightly worrying sight of lifeboat men patrolling the streets.

The fallen leaves were picked up, carried along and deposited haphazardly on the capricious whim of the breeze. Ahead of Michael and Judy, Katy and Annabelle had found twigs which they were brandishing and attacking each other with. This was accomplished with a certain amount of relish, not to mention gusto. Their swordplay whilst not quite approaching the standard or ferocity of a Basil Rathbone or Errol Flynn battle[8] of yesteryear nevertheless displayed some embryonic skills worth noting.

---

[8] A good example of this is in the 1938 film 'The Adventures of Robin Hood'. The result was always the same: Flynn alive, Rathbone dead.

"Be careful you two, you will only end up hurting each other," Michael shouted. "I wonder where they picked up that kind of play, Judy."

"School, TV, anywhere these days," replied Judy. "Most likely boys in the playground playing at being pirates."

"Good point, I suppose pirates do have swordfights, it can't be all drinking rum, walking planks, providing perches for parrots and dressing in a suspect fashion."

"If you hadn't walked out of the cinema halfway through *Pirates Of The Caribbean* you might know!"

"I had to; I was losing the will to live. Are you being pirates, girls?"

"No, Daddy. We are being the men in the garden, the men in the garden with swords," Katy replied, looking exasperated as only children can when asked what appears to them to be a stupid question.

"What men? What garden?"

"In our garden. Annie hasn't seen them, but I told her about them and how to play like them."

Michael turned to Judy, shrugging his shoulders in a spirit of surrender. "Do you know what she's talking about?"

"I have no idea, but it's just a game they have made up. I mean, after all, our garden is not full of men now is it? I think we would have heard the clash of swords. You're surely not thinking of what old Mr. Williams said again are you?"

"No of course not!"

"Yeah, right!"

Just then a feint to the right from Katy did not fool Annabelle in the slightest and seeing her sister's defences down, she duly went for it, as younger siblings do, with a killer blow catching Katy on the side of her face with a resounding crack that startled a couple nearby ducks that dived for cover in the reeds. Katy, being two years older at seven than Annabelle, was not about to stand for that and launched herself at her sister. Had it not been for the intervention of their mother, they may have well been both joining the ducks in the river which would not have done much for the ducks' already increased heart rate.

"That's quite enough thank you, give me the sticks and if you don't behave we will be going home instead. Do you understand?"

They did. The twigs were put to good use and the girls were introduced to the delights of pooh-sticks, a favourite pastime of Michael's as a boy in the Cotswolds. Fortunately in the interests of peace and harmony the race was adjudged to be a draw and with no photo-finish available the judge's decision was final.

"Do you think I should try and find out more about these men that Katy mentioned?" Michael asked as they wandered down Mill Green.

"It's just a game Mike, something they picked up at school. Maybe a boy told them about playing with toy soldiers in his garden, could be anything like that. It's certainly nothing to worry about."

They had arrived in Lyme Regis in July so they had found themselves ample time to acclimatise before work and school disrupted their idyll. The girls were fortunate to get places in Mrs Ethelston's highly recommended school in Uplyme and they had been busy settling in there for the last three weeks. Judy had started her new teaching assistant job at a school in Bridport where she hoped to eventually forge a career and take the opportunities that she had failed to do so far. London had eventually suffocated her aspirations and this fresh start was what Judy all the family needed.

Michael was the odd one out, not for the first time I might add. A combination of getting the right price for the old house and the right price for the old house meant there was some money in the coffers now they were in the old house. The former right price for the old house refers to the new old house of course and the latter right price refers to the old old house. Add to that a sum of money that came his way from his mother in her will then it meant that Michael had some time in which he could consider his options carefully (very) before embarking on new employment. No one was quite sure where his mother's money had come from and how she had acquired it, wine and cheese parties do not usually provide much by the way of income, not even in Chipping Norton. There was talk of…oh well, that's for another story.

Annabelle stabbed her finger into Judy's leg and pointed with self-same finger towards a man poised with a large bell up above Cobb Gate.

"Why is that man dressed funny?" Annabelle asked.

"That's the town crier, Annie," her mother replied.

"Is he sad then? Is that why he cries?"

"It's not that kind of crying, darling. He rings his bell and gives all the latest news to everyone in town so they all know what's going on."

"Why doesn't he just email them?" asked Katy.

Technology and the young. It had taken both Michael and Judy a long, long time as they were growing up to master all the new gadgets as they came along, misfiring as often as they got it right. And just when they thought their mastery was complete, more new systems came along, each one more complicated than the one before. But the children of today use technology as the children of yesteryear would use crayons. They assimilated it, understood it and used it. Give a five year old a smart phone and they can unlock its secrets in seconds. No operating system can withstand their young, but attuned brains.

The seafront was reasonably busy for an out of season Sunday. A few windbreaks and tents had been erected on the sandy beach. A trip to the seaside these days was quite an undertaking and many car boots groaned under all the weight of the paraphernalia that folks seemed to consider necessary for a day by the sea. For some though, it was still as simple as a patch of sand to sit on and a book to read. Fish and chips were being consumed by the ton, much to the delight of the seagulls who over the years had perfected the art of dive bombing. A dive, a twist, an outstanding feat of aerial gymnastics, an open beak and the piece of cod that was about to enjoyed was gone. All you could do was watch the culprit glide through the skies with twenty other seagulls in hot pursuit: It's a dog eat dog world as a seagull.

Katy and Annabelle had their eyes peeled for mice and an errant cat for their mother (and father) had been reading *The*

Church Mice Take a Break[9] to them and whilst they, being modern children, knew better than to believe it, all the same they kept a look-out. Just in case. This scanning the horizon for mice and errant cats only lasted as long as the first ice-cream kiosk where their attention began to wander somewhat. All parents very soon realise that the ice-cream section of children's bellies are never, ever full, much like the vegetable one which is always full very quickly. Someone somewhere is sure to have made a study of the phenomenon at huge expense.

"Can we walk along the Cobb[10], Mummy?" asked Annabelle whose new striped blue t-shirt was now disfigured by chocolate ice-cream. It was marginal actually whether the t-shirt or her face had attracted the largest amount.

"Yes, but you must hold my hand all the time."

"Are you coming, Daddy?" asked Katy.

"In a minute or two maybe."

"Is it your dodgy knees, Daddy?"

"No, young lady. Don't you be so cheeky."

Their summer had been spent like this and it was one of the finest summers for a few years. In Lyme it had been a seven year wait for a good summer, far too long. They were fortunate that their arrival in Lyme ushered in this period of fine weather.

---

[9] Written and illustrated by Graham Oakley who lives in Lyme Regis.

[10] "The Cobb", Lyme's iconic man-made harbour wall, features in Jane Austen's Persuasion published in of 1818 and John Fowles's *The French Lieutenant's Woman* of 1969. It was of great economic importance to the town and surrounding area, allowing it to develop as both a major port and a shipbuilding centre from the 13th century onwards.

An omen they took it as of course. The six weeks had been a riot of events of every conceivable kind. Live music, fireworks, parades of every kind. Lyme loved nothing more than dressing up and re-living its past and living its present. Civil War? Let's have a procession! Rebellion? Let's have a procession! Carnival? Let's have a procession! Lifeboat Week? Let's have a procession! Daylight or torchlight there is no finer sight than Lyme enjoying itself.

And now Lyme wound down towards the autumn and the long winter. Local residents, made pale by the previous weeks' isolation (not exactly enforced) now came out to reclaim their town. All would agree that tourists were necessary; some however could be heard describing them as a necessary evil, still others as just plain evil, but theirs was the smallest voice and no one really paid them any heed.

After Judy and the girls had safely negotiated their descent from the Cobb via Granny's Teeth[11], one of the most frightening set of steps in the world or so Michael claimed, who for that reason and that reason only (obviously) always remained below to help his family on to terra firma. He was good like that. Everyone said so.

A vote was taken on whether to have lunch at the Harbour Inn or to cobble something together at home. The girls however did not have a full vote, just one between them, which in this case was just as well for they felt that a roast dinner would not sit well in their tummies with the ice-cream that was still charging around their bodies. They were out-voted of course.

---

[11] Reckoned by some to be the steps that Louisa Musgrove stumbles on in Jane Austen's 'Persuasion'.

They opted to sit inside rather than run the risk of aerial bombardment.

A wise choice. Outside, at that very moment four dogs, one very large gentleman and one tiny waitress were involved in a heated debate with seventeen seagulls. An honourable draw was recorded for those who need to know these things.

The roast lamb was everything it should be. The rosemary and onion sauce made for a delightful alternative to mint sauce. The potatoes were crispy and plentiful. Then came a comment Michael and Judy had been dreading.

"Is this lamb like the baby sheep we see in the fields, Mummy?" asked Katy.

Honesty is the best policy now. Tell it like it is.

"Yes, darling. That's what lamb is."

"It's a pity they taste so nice then." Katy commented with the broadest of smiles.

Panic over. Food chain discussion averted. Right. Take the sheep by the horns.

"Do you like your lamb too, Annie?"

Silence. A long silence. Too long a silence surely.

Annabelle was unaware of the suspense that was awaiting her answer, probing as she was with her tongue at a stray piece of lamb lodged in her teeth, but in due course she looked up.

"I like it betterer than beef anyway," was her considered reply.

"That's lovely sweetheart, but I don't think there is such a word as betterer," her mother said.

"Well, Mummy", said Annie looking puzzled, "there must be mustn't there because I just said it."

There are times when a five year olds logic is irrefutable. Time like these in fact. There was no route that Michael or Judy could take to wrest control back, no arguments they could present that would shake Annabelle's conviction in her simple equation. They did not try.

"There's old Mr Williams," announced Michael.

"If you are thinking of asking about this curse, think again Mike," hissed Judy.

"I wasn't Jude, honestly."

"On second thoughts let's ask him where he got all this nonsense from. I don't see why he feels the need to spook us anyway. Mr Williams…hi…how are you?"

Mr Williams was an elderly man thereby perfectly fitting his epithet 'old'. If you think of Private Frazer from *Dad's Army*[12] as played by John Laurie, it will give you some idea of the man. His eyes rolled from side to side as if they suffered from a peculiarly specific form of sea-sickness as he bore down on them. He was a man of few words, even fewer on this occasion as he said not a single word, just gripped the table for dear life and

---

[12] A much-loved British situation comedy.

nodded curtly and exaggeratedly to each member of the family in turn.

"I, that is we, wanted to ask you about this curse you have mentioned to my husband. What is this so-called curse?"

"I have one of those, Mummy," said Katy, who was always pleased to be able to join in a grown-up's conversation.

"Have one of what?" asked Judy.

"A purse."

"We are not talking about purses, Katy; we are talking about a curse."

"What's a curse?"

"Shush now, Katy. We'll tell you later, much later. Mr Williams, perhaps you can enlighten us."

"It's cursed, missus."

"Thank you, would there be any chance of any more detail with that?"

"Cursed three hundred fifty years or more," said old Mr Williams adding as much detail as he thought the occasion warranted.

"Mr Williams, the house is less than three hundred years old so what you say is nonsense."

"But, Judy…," started Michael.

"Shush now, Mike. Mr Williams?"

"You are right and all, missus, but…"

"But what?"

"It's cursed."

"Oh for God's sake. You try, Mike."

"I see, you don't want to shush me now then. I have my use now do I?"

"Not now, not in front of the children and Mr Williams, just be a darling and try for me."

"How is it cursed? Who says it is?"

"Can't say no more now," old Mr Williams ventured, glancing at Katy and Annabelle. "Kiddies here you see." He leaned forward conspiratorially. "But…"

"Yes?"

"It's cursed," he whispered, displaying a great sense of the dramatic.

"For crying out loud," cried Judy out loud. "How is it cursed?"

"Can't say, missus."

"Well, I don't believe we are any further forward with that," remarked Judy, "but let's agree to accept it as a local quirk belonging to a local eccentric," she said in an aside to Michael.

Old Mr Williams glided away. Not literally, that would be hideous.

"All the same Jude, it makes you think doesn't it?"

"You maybe, not me. Right, home time. We'll head off up Cobb Road."

"Bit steep for the girls isn't it?"

"For you, you mean!"

Leaving the Cobb behind them, they strolled up the road. Judy positively. The girls happily and Michael reluctantly (very).

"Why has Daddy stopped?" asked Katy.

"I think he is a bit tired darling."

"Are you tired, Daddy?"

"What? Oh no, sweetheart, I am just looking at the view."

"But you have seen it before."

"We should always make the time to stand and stare and enjoy what we see, girls."

"In other words, Daddy is tired," Judy said to her daughters;

"Or it may be his knees again," added Annabelle.

"My family, the cynics," gasped Michael as he looked at the view once again, pulse racing.

"He's stopped again," sighed an exasperated Katy.

It wasn't the first time he had exasperated his daughter, nor would it be the last.

Chapter Four-Much Earlier Days

The smell of horse-dung defined Michael's childhood, it clung to him like a badge of dishonour. It followed him around. Other children had imaginary friends; he had horse-dung. Other children knew the price of gob stoppers; he knew the price of horse-feed which of course in turn begat horse-dung.

It didn't help that he had an aversion to riding horses which amazed his father although that did not stop him saddling every horse in the neighbourhood for Michael to trot out on. It's a minor miracle that he didn't break more bones than he did (at the last count, it was three) as every horse he mounted sensed his nervousness and lack of horsemanship or was that horseboyship? Consequently, every horse he mounted deposited him at various locations in the Cotswolds. There was a particularly painful moment involving the King's Stone[13] at Rollright. The railings certainly looked as though it would be impossible for him to get his head caught in between, but he reckoned without the equine positioning skills of Champion who sent him flying at just the right angle. Wonder horse indeed.

---

[13] A stone belonging to the Rollright Stones group, an ancient stone circle whose usage and origins are unknown.

His lack of riding skills also extended to bicycles, a balance thing he told everyone. His ears were obviously not designed to help him achieve any kind of balance on any kind of speeding machine be it mammal or a mix of metal and rubber with a bell. It's fair to say even though it sounds harsh, but he was an exceptionally non-talented (very) boy. When not mucking out stables he could be found in a fantasy world where he would alternate between being Johnny Norfolk, star of Barton United and England (a forward with an unerring accuracy for finding the back of the net) and Johnny Stevens a secret agent modelled on James Bond, but without the (yet to be sampled) delights of alcohol or sex. He sought his spirit of adventure through imagination and found it there.

He could also be found committing to memory the season's point to point races that his father would quiz him on from time to time. Where? Charlbury. Correct. When? October 5th. Correct. How long? Four furlongs. Correct. How many jumps? Six. Correct again, you have a talent for this, Michael. Groan.

He displayed an unhealthy (according to his father) interest in the Civil War and their associated battle fields. Fortunately there were several of these nearby and he took advantage of his father's many and frequent trips to look at horses to visit some of these. There have always been horse whisperers, but his father had no pretensions there, he was a horse looker. All Michael knew about it was that he could wander as he pleased around battle-fields and skirmish-fields. Mention Edgehill, Cropredy Bridge or Middleton Cheney to Michael as a grown man and he was still liable to go glassy-eyed.

Home was in Adlestrop, famous for a train stopping there once and some bloke writing a poem about it[14]. Nothing else has ever happened there since. It was quiet, leafy, entirely rural and held no attractions whatsoever for a growing lad except for a growing girl, Sarah Higginson. She was a winsome (i.e. buxom) girl who singled out Michael for her favours or so he thought. To this day he can never look at a hayrick without thinking of her. In fact he purposely avoids looking at hayricks for that very reason.

The word frolicking is under used in the English language, a pity for it captures perfectly those idyllic summers spent in pursuit of buxom (not to mention winsome) lasses. But he and she frolicked all through the summer of 1989. From Cornwell to Rollright, from Evenlode to Barton on the Heath, they frolicked. They frolicked in Lower Oddington. They frolicked in Oddington, but that kind of behaviour is frowned upon in the rarefied atmosphere of Upper Oddington[15] so the full set was not to be theirs. If it proved anything to Michael it was that the spirit of adventure was not always to be found in imagination. His knees had not become dodgy at that point, of course it could well be that the strain they were put under that summer may have begun the whole deterioration process, but that's a question only the medical authorities can tell us so we'll not dwell on it.

They continued their summer of frolicking up until the point that Joe Higginson, Sarah's father came up before the magistrate. Yes, Mrs Hamilton. Joe had never attended one of Margaret Hamilton's cheese and wine parties, not having been

---

[14] The 'bloke' in question was Edward Thomas whose poem 'Adlestrop' is probably his most famous.

[15] The Oddingtons congregated around the mid-point between Chipping Norton and Stow in the Wold.

invited would have been somewhat of a hindrance anyway to his attendance. Small time poaching, a fine maybe would be the worst he could expect. But the three months sentence took everyone in court by surprise with the exception of Mrs Hamilton of course. Sarah never spoke to him again. Life can be so unfair. He sent letters. He sat next to her on the school bus. He camped outside on her lawn. Nothing. So much for the spirit of adventure.

Many years later he bumped into her in Camden Market, both shopping for overpriced clothes, although they didn't know they were overpriced until they arrived independently at the stall in question. I would love to report they shared a laugh and a fond remembrance or two about those halcyon, frolicking days of summer, but alas I cannot, for not a word passed between them. It was not the first time that he had coffee from a plastic cup thrown in his face, but it was by far the most humbling occasion.

Meanwhile............

Over in suburbia, Judith Kennedy, was looking at her sister, Fay with less than adoring looks. They had been sitting quite happily at one of the tables on the pavement outside the Albion in East Molesey. She could not understand why, when their parents returned with the drinks, that Fay should want to tell them how Judy had been there picking her nose all the while they had been gone. Well, the next time that Judith saw Fay having a pee in Molesey Hurst rec while their parents had their weekly tennis lessons it would be her doing the telling.

Sneaky things sisters. And Fay was the favourite even at that early age. She had poise, Judy was ungainly (very). Fay should have tennis lessons it was decided. Her parents thought she showed some promise which might reflect well on them. Everyone at the Molesey boat club could claim at least one talented offspring to their name. Perhaps Judith could stand around and try and learn something or be helpful by retrieving the over-hit tennis balls. Judy the ball girl, what a pinnacle of achievement that would be. And of course as they grew older Fay always had the boys sniffing around her, the golden girl. There were slim pickings for Judy although that is not to say she didn't have her moments, it's just that they were fleeting, few and far between.

Her father had always been something big in the city for as long as she could remember. She knew not what, she hardly saw him. If he wasn't doing that certain something, whatever it may be, in the city then he was at the cricket club or the sailing club holding court with his cronies. Like all good cronies they were always ready to toady up as long as the drinks flowed freely. Her mother hosted various WI get-togethers which usually involved all the members monopolising the local hair salons for hours at a time yet still coming out looking exactly the same. These were meetings where the jam flowed freely and the spirit of adventure was entirely lacking apart from the isolated proposal to produce a Hampton Wick branch nude calendar. Fortunately this was vetoed owing to the failure to gain permission to use the Hampton Court maze as the location of the photo shoot. The wonders of topiary in hiding certain elements of the human body would have to wait for another day. Besides, Judy had seen all the members clothed and that was a hideous enough sight. Rubenesque was a kindly word for them.

Judy's boy band stage lasted far too long, even in her opinion. The very epitome of a fan-girl, posters adorned her walls, pictures pasted into scrapbooks and those fan-girl fantasies, oh my. She dreamed of her idols by day and night, imagining their long, lingering kisses, their declarations of love. In reality she ended up with Christopher Drummond, for whom the word geek must have been invented, but he was the only one to look her way and we all know about beggars and choosers don't we?

Let's not be too quick to castigate him though. He was sweet in his own admittedly peculiar way and whilst it is true that Judy had to tutor him in the mystical art of kissing he did turn out to be a quick learner. Sadly, it was all to fizzle out before too many weeks had passed, it may have had something to do with Judy's reluctance to learn Klingon[16]; it may not, who can tell? Christopher's insistence that it was the language of lovers did not find favour with her, she was amazed that he should think it would. Goodbye Christopher. Or as she put it in a way he could understand; Qapla'. That was more or less the extent of her linguistic skills apart from her impressive, 'lupDujHomwIj luteb gharghmey', but she quickly realised that there would be very few conversations where, 'my hovercraft is full of eels' could be satisfactorily introduced.

School was a hindrance for Judy, something that interfered with her life, but she was hardly alone among teenagers in that. Fay was of course the more academically gifted, Judy followed along in her ungainly fashion in her sister's slipstream, picking up the crumbs of learning that fell from her sister's chair. Not literally of course, that would be hideous. Studying came hard to her much the same way as with learning Klingon although one of those was a life-style choice or to be more exact a non-choice.

Judy's mother, Elspeth, proving that Women's instituting was not her entire life also worked, after a fashion, at one of the

---

[16] A constructed language spoken by Klingons in various series of various Star Treks. If you wish to learn...ah...but of course you don't.

33

many antique shops that adorned East Molesey. Hampton Court tourists sometimes made their way across the bridge and some were even eager to part with baffling sums of money for equally baffling items. Judy's horizons were narrow, hemmed in by the railway lines and the Thames in a physical sense and a lack of confidence, an unhealthy dose of low self-esteem in the emotional sense. Somebody tell this girl she is beautiful please.

Then someone did. Jason Wilkins. A bad boy, not that bad, but bad enough. They met when she was helping out her mother at the shop (antiques for the discerning customer) when he wandered in having mistaken the premises for a tattoo parlour. Not the sharpest bad boy in the knife drawer. Elspeth Kennedy was about to read him the riot act for his stupidity, to which no doubt would have been added a lecture on lax morals, personal hygiene and why would anyone want a tattoo anyway when her daughter stepped in and shepherded Jason out of harm's and Elspeth's way.

"I know there is a tattoo place on Ember Lane," Judy offered.

"Who was that cow? She needs a good shagging," Jason replied.

"Hey, that's my mum you are talking about!"

"Yeah, so, you should get your old man to do something about it."

"Like, 'pass the sauce, Dad and oh yeah why don't you pork mum a bit more'?"

"I was just saying that's all," he said with a shrug and began to walk off in the direction of Esher Road.

Judy bounced along (not literally of course) after him. For someone who appeared not to lift his feet he moved surprisingly quickly, panther like Judy thought, but then she was beginning to feels the stirrings of attraction and panthers spring readily to mind at times like those. Everyone said so. She drew a deep breath as she came alongside him.

"Perhaps it's me, you know."

"It's you what?" he asked, panther like.

"That needs it."

"Do you?"

"Yes I bloody well do!"

"Jason."

"Judy."

"Nineteen."

"Seventeen."

"Good."

"Where?"

"Dunno."

"Your place?"

"Nah."

"Have to be mine then."

The conversation continued on at this sparkling pace, the verbal jousting rivalling anything Romeo and Juliet[17] could have come up with. But the details or lack of them will be spared you. Be assured you missed nothing of particular note.

At Judy's there was a frenzied (very) clearing of the bed; books, magazines all tumbled to the floor in a whirlwind of the printed word. In Judy's admittedly limited experience he was the best. The brevity of the act was more than compensated for by the quality and intensity. Judy, breathing hard, considered her response to this wild, but pleasurable interlude. Her response when it came was simple enough.

"Bloody hell, Jason!"

It was the season of 'bloody hell Jasons', the cry was heard frequently and often loudly. Judy's neighbours could confirm this if required and no doubt the Noise Abatement Society too had they been consulted. If only she had this much fun at school she thought. But some things remained impossibly out of reach. But for now, life was rather good.

---

[17] Come on, you know who they were.

Chapter Five-Present Day

It may look like the result of an earthquake measuring 5.8 on the Richter Scale or a small explosion in an enclosed space, but the explanation is simple; it's a school day. For Judy, Katy and Annabelle. For Michael, it's another of those 'trying to decide what to do' days. But first there was the small matter of getting the girls to school. The hunt for school uniforms was on, it was always a bit of a guessing game as to where they may have ended up. Logic could be applied, but that was no guarantee of success. Invariably they appeared in some corner five minutes after they should have left the house. This particular day was no exception. Uniforms and lunch boxes not to mention shoes had conspired to be far removed from where they should be.

"My family, the great organisers," said Judy as she slipped out of the door, "I'll leave you to it."

"Thanks Jude, thanks a lot."

"Aww, poor Michael my domestic hero, but I at least have a job to go to, you could always job search today."

"What, with these dodgy knees? See you later, drive cheerfully."

It had all gone very quiet upstairs, suspiciously so. Usually the girls were only quiet when they were sleeping or planning something. And do not doubt that five and seven year olds can plan. They can do so with a cunning and skill that can put many adults to shame. If it wasn't their lack of height, inability to concentrate for anything over thirty minutes and their lack of culinary skills they could rule the world. He had been half-expecting the soon to be re-painted airing cupboard door to burst open, it was a favourite hiding place of theirs, but the torrent of soon to be re-placed sheets and duvets that poured all over him like a cotton avalanche was rather more of a surprise.

"Come on girls, that's not funny. Please go and get ready, we will be late again if you don't hurry. Now!"

"Daddy has his scary face, Katy" warned Annabelle.

"I know, silly."

"Girls, please, help me out here!"

"What do you want us to do, Daddy?"

His scream could be heard as far away as Charmouth[18] (assuming a following wind), and had the desired effect of goading the girls into action. Daddy's scary face was one thing, but his scary scream was something else. A few minutes later they were skipping away (Katy and Annabelle that is, not Michael, not with those knees) over bumpy. Bumpy, because I am sure you are wondering, is a field and warrants its epithet by being, well, you've guessed it…bumpy. The girls ran on ahead, laughing excitedly. Impending visits to school would not always be this way, Michael knew this from experience.

---

[18] A village two miles to the east of Lyme Regis. Famous for its fossils, formidable women, quizzes and formidable post master with equally formidable moustache.

"Can we feed the horse?" asked Katy.

"No, you can't, we are already late."

The girls, not caring about tardiness at their age, made a beeline for the horse.

"Come back you two, did you not hear what I said?"

They trudged back, muttering about life being unfair and how mummy would have let them. Wisely, Michael ignored these barbs.

"Granddad would like the horse wouldn't he?" said Katy, nominally a question, but actually a statement made with the certainty of youth.

"Yes, Katy, I'm sure he would."

"Was granddad a cowboy?"

Just for a moment or two Michael re-imagined his father in that mould. Geoffrey the Kid, Wild Geoffrey Hickok-Hamilton with his true love Calamity Margaret, Buffalo Geoffrey. The feared gunslinger riding into the lives of the homesteaders of the Cotswolds, bringing peace to the valley after a shoot-out in Chipping Norton town square. No, it didn't work. Fortunately. The sanctuary of school was reached a few minutes later and although Michael was always glad of that moment when he could his entrust his daughters' care to their teachers he was nevertheless always sad when leaving them.

His options for the day were as follows; look for a job, don't look for a job, do some more work on the soon to be magically transformed garden, don't do any work on the soon to be magically transformed garden, make a start on the novel he had always promised to himself he would write or not as the case may be. He supposed he could do some ironing or some washing or yet another domestic chore he was ill-equipped for (i.e. by virtue of being a man). There may be brownie points in it after all, but even he, for all his faults, recognised that as being a shallowest of reasons. If anything and he knew it had to be something, he knew the garden really needed his attention, not that he hadn't given it plenty of that already. He still had the bruises. Jack Rogers in Talbot Road had offered him the use of a rotovator, the quickest way to get the job done he assured him. No time like the present he thought and wandered up to collect this machine with which he was totally unfamiliar.

Jack was pottering about in the garden when Michael arrived, but broke off long enough to make Michael a tea which turned out to be unhindered in any way by taste. Another delay followed when Jack gave Michael a guided tour of his shed, pointing out several items of interest that Michael duly feigned such interest in. A watering-can bought in 1957 for 3/6d was not exactly about to set Michael's heart-rate soaring; the same was true of the rake that had been used every week for thirty-nine years and the wellington boot that sparrows had nested in since the dawn of time. Eventually he had his hands on the rotovator; he did not want to appear entirely useless and so did not question Jack on how such a beast should be used. He would work it out as he went along. How hard could it be?

"Have you got petrol, Michael?" called Jack as Michael made his escape down the path between the two perfectly manicured lawns.

Damn. Petrol, that explained the absence of a power lead. Judy's car was a petrol Polo, but that was no help as she would be grappling with Year 9 students around now. Nothing for it, but there would have to be another walk to Uplyme to the garage there. Maybe he would treat himself to a burger while he was there as a reward for all the hard work yet to come. He made himself a cup of tea while he gave it some more thought, then made a start. He fetched the new gardening gloves from the soon to be replaced shed. The shed, showing an undue amount of sympathy and solidarity for the garden was hurtling towards the stream, each day it seemed to gain an extra few inches or so. A trek to Uplyme, petrol bought, a trek back. No burger.

The rotovator stood in the garden mocking him for now it had somehow acquired two flat tyres. They were perfectly sound beforehand, he could have sworn to it. They sold foot-pumps at Uplyme garage. Another trek to Uplyme, pump bought, a trek back. No burger. Or none he would own up to.

He described his annoyance in some detail to Judy later. "I couldn't believe it; two flat tyres."

"No *pressure* then?"

"No, I guess not…oh I see. Very clever. I can see I will have to *tread* carefully in this conversation."

"Yes you will Mike, don't want you getting *deflated* after all."

"If I get *down* I will be sure to let you know, Jude."

"Good man, don't let it spoil your *good year!*"

"It won't if I *gauge* it right."

"You will have to make sure you can *spare* the time if you're not too *tyre*d."

41

"I don't know why I get involved in these wordplays with you; I always lose!"

"Aww, poor you, but you love them as much as I do."

He kissed her. It seemed the appropriate response. But all that was later.

Having inflated the tyres (he will be annoyed he could not find a use for the word inflation later) and topped the beast up with petrol, he was ready to begin. If only there was a manual, an idiot's guide for the first-time (and hopefully last-time) user. The machine roared then coughed then spluttered. Not an auspicious start to his rotovating. Another turn of the key. Nothing. A hefty kick aimed at the beast. Nothing. Well, nothing other than intense pain in his foot. Old man Willoughby from the old house next door appeared as if by magic. That's all he needed; an audience.

"You won't get much joy there, young Michael. No one ever has."

"That's as maybe, but I am going to give it my best shot."

"Bit of a curse on it I reckon if you ask me," said old man Willoughby, knocking out his pipe on a convenient post.

"Not you as well, Mr Williams says the same, but absolutely refuses to elaborate."

"He knows a thing or two does Joseph. A proper Lyme lad him."

"Well, I'd feel a lot better if he were to share what he does know instead of just repeating, 'it's cursed'."

"I leave Joseph to his own devices, but all I can say is that I know what I know and I've seen what I have seen and heard what I have heard."

"And just what is it that you do know?"

"It's cursed."

And with that parting shot old man Willoughby was gone. For all Michael knew Lyme Regis might only have two (doubtful) oddballs out of the whole population, but why did they have to be in close proximity to him? And why did they appear to have been transported out of the Dark Ages?

Back to the job in hand. He turned the rotovator around. He turned the key. Nothing. The scream that he let out travelled on the wind as far as Sturminster Newton where a young Irish couple out strolling convinced themselves they had heard the cry of the banshee.

Meanwhile...

...over in Bridport, Judy was grappling with the demands of her Year 9 History group. Their demands were simple; they would like to be left to their own devices rather than being forced to act out in groups the storming of the Bastille. Events of yesteryear in France did not hold the attention as much as their Facebook updates and Twitter feeds.

"Do we have to do this, Miss?"

"Yes you do, Jake."

"God, Miss it's so boring, it's not even English. Who cares what the French did to each other!"

"That's very shallow of you, Jake and I won't let you disrupt this class and stop others who do want to learn. Could I have a show of hands of all those who are interested in this period of history? Come on, one of you surely? Am I wasting my time here?"

"Obviously," sniggered Chelsea.

"What can I do to make it more interesting for you?"

"How about going home, Miss?" asked Leon.

"I could always get Mr. Samson to come and sit in…"

"Stop it, Miss, you're scaring us," Jake laughed.

At times like these Judy pined for the days of the she-devil Miss Amanda (Lucrezia) Roseberry and the snotty-faced students of *St Botolph's* who at least played their part by going through the motions of being attentive pupils, sometimes successfully. There had only been five records of assaults by pupils against teachers and to give the school its due only three of them involved any form of weaponry. Although technically could it be said that a beating with a blunt instrument was a lesser offence than attempted strangulation? It's a moot point that involved the school governors in many a heated debate.

Judy sometimes wondered just why she bothered. The majority of the teaching staff looked down on her, the majority of the pupils looked down on her if their apathy allowed them to do something as positive even if it was negative and for all she knew the other teaching assistants also looked down on her. Her enthusiasm and drive were seen as failings, her willingness to go the extra mile seen as a weakness. She was there to do her job and do it well; she was not there to be popular, which was probably just as well she concluded.

That episode on the field trip to Portland could hardly be laid at her door. She could hardly be expected to search through the all the pupil's bags before they set off. And she certainly could not be expected to undertake a full-scale frisking, not without losing her job and finding herself vilified in the *Daily Mail*. Admittedly, the raucous and horrendously out of tune singing, the equally raucous jokes and the occasional vomiting soon revealed to her the presence of alcohol on the mini-bus. And admittedly, things became much calmer after she had confiscated forty-seven cans of lager, twelve cans of cider, three bottles of Archers, two bottles of whisky and several cans of Red Bull, but to some extent the damage had already been done. The thirteen absentees from school the following day did nothing to help her cause. Kids are so soft these days; she never had any trouble going to school with a hangover.

Chapter Six-Much Earlier Days

With Sarah Higginson now a distant, although not that distant, a memory, Michael turned his attention to the future, his frolicking days over. His father wanted him to do something with horses, whatever that something may be. Michael, for his part, could happily foresee a life of not doing anything at all with horses. Vacancies for Civil War historians were a tad thin on the ground and anyway he wanted his interest in that era to remain a pleasure without being tainted by pursuit of money, although that particular pursuit would have to be pursued somewhere somehow and reasonably soon at that.

Purely on the basis of two rather juvenile pieces that he had written for the *Cotswolds Life*[19] magazine, 'A Day In The Life Of The Rollright Stones' by M.A Hamilton and 'Hayricks of the Cotswolds' by Micky H, (he thought the latter appellation would appeal to a younger audience, unfortunately the *Cotswolds Life* magazine had no younger audience.) he decided that journalism was the career path he should take. He approached one or two local newspapers who, oddly enough, seemed somewhat put off by his meagre academic accomplishments. Look beyond my written skills he would say which was hardly the best line to take with a newspaper editor and one who was a prospective employer to boot. They invariably never did look beyond. He was not deterred. Would Johnny Stevens have given

---

[19] Now defunct. But not in any way due to MH.

up when things got tough in the world of espionage? Would Johnny Norfolk have given up because the central defender he was up against was six foot-six and just as wide? No.

He remained positive because he had to be. He was not university material, everyone said so. If journalism was to be his life than he would have to enter it by the back door, get his feet under the table and work his way up. Difficult to do of course when no newspapers, journals or magazines would touch him with the proverbial journalistic barge-pole. Even Pulitzer Prize winners must have had their fair share of knockbacks. It was a crumb of comfort that almost staved off disenchantment.

He cast his net wider; his search area now stretched from Shipston on Stour all the way to Woodstock. Would he really have to do something with horses, whatever that something may be? Would he end up stacking shelves at Safeway's in Chipping Norton? Or helping out in any of its nine antique shops? As luck and his career would have it, no.

The 'Cheltenham Post' was looking to expand its burgeoning empire eastward and there was an opening for a 'bright young thing' to bring the best in the social news from east of Stow in the Wold that its readership would otherwise be deprived of. Michael, somewhat unaccountably, proved to be that 'bright young thing'. From garden fetes to grand weddings, from hot fashion tips to hot gossip he was the man of the moment. No social event was complete without young Michael Hamilton in attendance with notebook and pencil at the ready. Of course, he was rarely invited back after his pieces appeared, but his editor embraced the fact that Michael's articles were abrasive. Go for it, he was told, at least until circulation figures from Stow to Enstone began to show a steady decline. There was even a backlash in Hook Norton of all places. Don't go for it, he was told. Rein it in a bit he was told. He didn't and there was a parting of the ways.

Still, he was given a good reference and the news that his journalistic star had fallen had not penetrated as far as Woodstock and beyond. He went cap in hand to the publisher of a small glossy magazine (*Oxon Folk*, to be confused throughout as a music magazine) which had just begun its, as it happened, short life. Its goal was to educate the good people of Oxfordshire into what their elders and betters got up to in the huge amounts of spare time that they perennially enjoyed. It also sought to educate those very same elders and betters in where they should eat, where they should stay and where to be seen. This proved to be Michael's area of expertise, although he did not realise it at first, the writing of reviews. Reviews that folk wanted to read; with humour, accuracy and liberal helpings of his special brand of bullshit. It mattered not that he worked out of a cramped office above a dentist in Kidlington. It mattered not that he had to drive to assignments in his father's battered Land-Rover Defender. What mattered was that he was well thought of, even reporters from the *Oxford Mail* and *Banbury Guardian* were seen to nod to him in what could be construed a friendly if almost imperceptible fashion. His original by-word, 'by our reviewer' became, 'by our chief reviewer' then, 'by MH' then, 'by Michael Hamilton'. He had arrived.

How long could the provinces contain this rising star amongst the nation's critics? Quite some time as it turned out. His star, although rising was not burning as brightly as he expected it to. His journalistic beacon was not lighting up swathes of Oxfordshire. Literary plaudits were slow to arrive when writing about dog shows in Chinnor or social gatherings in Wheatley. His magisterial mother did her utmost to persuade him to look to the intricacies and intrigues (of which there were many) of Chipping Norton life; the five restaurants, six pubs and nine antique shops were awash with the elders and betters of Cotswolds life trying to outdo each other in every conceivable way. He did what he could to appease her as he often did, but both geographically and journalistically he was veering away from Oxfordshire towards Buckinghamshire, Berkshire and the bright lights of London. But it was taking time.

Meanwhile...

...in East Molesey, young Judy Kennedy was resisting all attempts by Jason Wilkins to persuade her to have her very own tattoo, hers by name that is, his by design. She was of the opinion, and quite wisely too, that having a copulating couple portrayed on her body would be somewhat difficult to explain or indeed show to her grandchildren (she was nothing if not a forward thinker). The whole Jason thing was becoming irksome, truth be known. He may be a king of the bedroom, but he was a social pauper outside of it and while that in itself may have been an attraction initially, your world changes as you approach that special maturity of being eighteen. There was his perpetual body odour too, which was never an attraction initially or otherwise, but her hope that his attitude to personal hygiene would change or even prosper under her tutelage was ill-founded. Let's be honest, he stank.

While under Jason's influence such as it was, she dropped out of her school's sixth-form altogether citing to her parents a need to experience real, raw life, although life was never particularly raw in East or West Molesey anymore than it was in Hampton Wick. Even Jason's presence in Walton on Thames did nothing to alter its upwardly mobile status. It was remarked by her father that he didn't get to be something big in the city by dropping out of school. It was remarked by her mother that you cannot get far in the Women's Institute by stinting on your education, especially domestic science. Woe betide any woman who cannot make jam, so have a care, Judy. Or something like that. It was remarked by Jason that there was a job available as a trainee tattooist in Shepperton. He knew the bloke, he could put in a word. Just one word would suffice thought Judy. No.

Nevertheless, employment would have to be found, and quickly. Her father might be something big in the city, but he was not something big in the handing out money to daughters situation. Fay was held up as the very pinnacle of how to get ahead, how to succeed in love, life and work. Her mother's mantra was, 'Fay has got herself a lovely boyfriend (married actually), a happy, contented life (mixed up actually) and a great job (it stank actually). In spite of the sibling rivalry both real and imagined, Judy would have liked to look up to her sister, the three inches that Fay had on her would have made it easier, but they had lost the art of communicating on any, but the most basic level. Do not fret however, time will heal this rift.

An insurance broker in Thames Ditton was looking for a trainee adviser. The pay was poorer (much) than she wanted, but the prospects could well compensate for that. A family run firm too so she reckoned it would be friendlier and perhaps cosier than a larger concern. Alas, she was mistaken. The women she shared an office with, Rose and Suzanne were extremely easy to get along with and were a great help in aiding her negotiate the minefield that is domestic insurance. All was going well enough until that fateful day, the day of the adventure of the paper clips. Judy buzzed up to Mrs Danvers (honestly!), the office manager/dictator.

50

"Mrs Danvers, I appear to be running short of paper clips so if you are doing a stationery order can you add papers clips to it please?"

"What do you mean, running short?"

"Well, just that, I am down to my last few."

"Right. I'll come down," thundered Mrs Danvers into her mouthpiece and as a consequence in Judy's earpiece.

Mrs Danvers's footfall could be heard as she traversed the three floors down to the waiting and vaguely apprehensive Miss Kennedy. Rose and Suzanne were both engaged in phone calls, but managed to convey with their pained expressions that a faux-pas had been committed. Mrs Danvers appeared in the doorway looking for the world like an avenging angel, but with demonstrably non-angelic features.

She held her hand out. "Show me," she barked.

"Show you what?" Judy answered, a little puzzled.

"Show me your papers clips, Judy."

For Judy, it had echoes of being asked by the Gestapo for her papers, not that she had ever been asked by the Gestapo for her papers. Obviously. Judy reached inside her top drawer and produced a virtually empty box which formerly housed the items under discussion. There could be no argument over the facts; the paper clips were fast disappearing. All the same, Judy was somewhat bewildered when Mrs Danvers dropped to her hands and knees and scoured the floor, presumably for errant paper clips, unless she was praying thought Judy, suppressing a giggle.

"Rose," shouted Mrs Danvers, "can you lend Judy some paper clips?"

"But that will leave me short, Mrs Danvers."

"Good God, girls can you not manage your stationery better than this? By my reckoning there should be one hundred and forty seven papers clips left. We can't have waste like this; it's the thin end of the stationery wedge."

Judy should have known better, she really should, but she spoke up again. "I am short of A4 envelopes too, Mrs Danvers."

"I don't believe it, have you requested some more?"

"Yes."

"When was this?"

"Er...just now, Mrs Danvers."

"Do you think paper grows on trees, Miss Kennedy?"

"Well..."

"Were you going to be facetious there, young lady?"

"Absolutely."

That 'absolutely' was the beginning of the end for Judy's career in insurance. Add to the paper clips incident the saga of the post incorrectly stacked (large ones at the bottom, small ones at the top, Judy), the failure to wash her mug one Friday morning and having the temerity to leave five minutes early one day. But don't worry, Mrs Danvers made sure she made the time up.

Chapter Seven-Early Days

"Do you think we should get our folks together?" asked Michael as they danced (not literally, not with his dodgy knees) around each other in Judy's kitchen one evening.

"Do *you* think you should get out the kitchen before I put this knife to an almost certainly illegal and possibly life-threatening use?"

"Hey, Jude, (could be a song that) I am helping."

"Really? You call that helping?"

"Look. Wooden spoon. Pan. Stirring."

"Look. Pan. No heat," Judy laughed, slapping him with a tea-towel, not very hygienic admittedly, but considerably more so than being slapped with one of Michael's.

The better part of valour being discretion, Michael retired to a safe distance, while keeping an eye on both knife and tea-towel.

"My question then Jude, should we get them together?"

"Shock! Horror! All sorts of goings on in Clapham. Call the tabloids. I don't know about your folks, but I don't think mine are cut out for wife-swapping."

"Very funny. Do you think it's too soon?"

"I think it's a good idea, break the ice before the wedding, yep let's go for it."

It was decided that this breaking the ice event should take place at a neutral venue, a restaurant. The best their money could get them which, painful to relate, was not commensurate with the term 'best'. Still, it had a menu to suit all tastes, fads and not overly bulging wallets. They opted for an eatery with a growing reputation for South American cuisine which Michael had visited in his professional role. Fortunately for the positioning of their table that evening his review had been favourable. The chef was from Ecuador via Berkhamsted (plus a detour to Tring) and his own reputation was growing as markedly as the restaurant's.

The evening should be adjudged a success for the conversation flowed as freely as Michael and Judy would have wished. Unfortunately, the conversations were between the senior Hamilton's one to another and the Kennedy's also took this opportunity to catch up on their own news freed from domestic ties for the evening. The city, the magistrate's court, the horses and the Women's Institute remained blissfully as ignorant of each other as when the pre-drinks order arrived. It was not for lack of suitable encouragement from their collective offspring.

"Dad, why don't you tell Geoffrey that funny story about loss adjusters?"

"Eh, Fay? I mean, Judy. What story?"

"You know, the one about the loss adjusters going to the races."

"No, can't recall it. You obviously can so you tell it."

"To be honest, I wasn't paying that much attention, Dad."

Geoffrey edged into the conversation.

"Brilliant!"

"What's brilliant, Dad?"

"That story of course."

"But he didn't tell it, nor did Judy."

"Well," he blustered, "I'm sure it would have been brilliant."

"Mum had a celebrity grace the shop she works in last week didn't you, mum?"

"Did I?"

"Yes, you know, the guy from that new talk show," Judy urged.

"Ah yes, Neil Warman. Cute too," Elspeth Kennedy added, thereby adding to her daughter's embarrassment. "Much better looking in the flesh so to speak."

Geoffrey and Margaret Hamilton shook their heads in unison, neither knowing or particularly caring who Neil Warman may be. As they shook their heads, Michael and Judy scratched theirs, if scratching heads can be said to show a resigned air then their joint efforts shouted it to the rafters. But the evening could still be rescued; it would only take one conversational spark to turn it into a chit-chat conflagration. Unfortunately this was destined to be a spark free night.

"Your mother had to send a local councillor down last week, Michael," said Geoffrey Hamilton. "Terry Phipps, do you remember him? He was a champion jockey."

"Why don't you tell Mr and Mrs Kennedy about it?"

"About what?"

"The champion jockey and his misdemeanours."

"He isn't a champion jockey anymore, he is a town councillor. Although he might not be one now. Do town councillors get struck off? Or come to that, do champion jockeys get struck off?"

"I've no idea," Michael replied, "Does anyone know?"

No one knew.

"I'm sure Tom and Elspeth would love to hear about it."

"But I just told everybody, they're not deaf are they? Should I speak up?"

Why do those closest to us embarrass us the most?

The evening lurched from one conversational false start to another. On the plus side everyone seemed to enjoy their llapingauchos with carne de res although there was a noticeable lack of enthusiasm for cuy[20] once Michael had explained just what kind of meat it was. The net result of the evening was food-two, parental bonding-nil.

There was always the wedding surmised Judy optimistically, back in the comfort of Michael's flat. He kissed her. It seemed the appropriate response.

---

[20] Guinea pig.

Chapter Eight-Happy Days

22nd November 2003. Pre-proposal. One of the pre-proposal happy days of which there were many. There were many happy pre-proposal nights too, but we will draw a veil over those nocturnal activities where even dodgy knees are no barrier to pleasure.

22nd November 2003. Australia vs England Rugby Union World Cup Final. Canford Road, Mike's place.

"We could have watched it at my place, Mike. My TV is bigger for one thing."

"Size is no guarantee of quality, Jude."

"Oh, I know that only too well!"

"What?" queried Michael, putting on that hurt face of his that she knew so well and ignored so ably.

"And we would have a proper breakfast too."

"I've got us something, Jude, I haven't neglected our needs."

"I thought I heard you in the kitchen while I was showering. What have we got then?"

"Crisps."

"Just crisps?"

"Three different flavours and peanuts."

"It didn't occur to you to provide some mouth-watering fruit or parma ham with wholemeal rolls and a choice of yoghurts or anything at all which doesn't belong to the crisps and peanuts family of food?"

"Actually, no, but there is fruit in the fruit bowl, Jude."

"Oh yes, so I see; one apple and two bananas which look as if they have seen better days, maybe two months' worth of better days.."

"Sorry, Jude."

"Ah, you silly man, I love you."

He kissed her, it seemed the appropriate response.

"Would you like a beer?"

"A beer? For crying out loud, Mike, it's early in the morning! Yes please!"

A hushed arena. Kate Ceberano steps forward. Sings 'True Colours'. Now, the Sydney Children's Choir and what's this, ah the Rugby World Choir. Very nice rendition of 'World In Union', but can we have the rugby now please? Or failing that, 'Advance Australia Fair' and 'God Save The Queen'. Handshakes, interminable handshakes. And the whistle blows...

"Did you see that, Jude? Why was Jason Robinson there? He had no chance of stopping Tuqiri."

"I'm sitting right here, of course I saw it!"

"It's all going to go wrong, I know it."

"Early days yet, Mike."

Jonny Wilkinson to the rescue, two penalties.

"Great move, shift it out wide to Robinson. That's it. Yes! Yes!" Did you see that?

"I'm sitting right here, of course I saw it."

Half-time. England up 14-5. The dream is still there. Michael wanted to say, 'This is it Jude, this is the real deal, sitting here with you watching rugby. I love you so much for what you are to me, for what you share with me. I want to marry you.' What he actually said was, "Would you like another beer?"

"What? Two pints this early in the morning? I don't think that's quite right. Yes please."

"I can't believe the ref has given them another penalty."

"What was that one for?"

"Hmm, I didn't quite see the infringement, Jude."

"Was our guy offside?"

"Not sure."

"Oh Mike, you don't know do you. You can just say you don't know, I won't think any less of you for not knowing the laws of Rugby!"

Michael smiled in such a way as not to alert Judy to the truth of her statement and in a perhaps misguided attempt to steer her away from those baffling (to him) rugby laws suddenly realised there were more nibbles that were sitting patiently in the kitchen awaiting their introduction to the morning.

"Pork scratchings."

"Sorry?"

"I have pork scratchings too."

"Perhaps you should see the doctor about that."

A hushed Telstra stadium, well not that hushed, but you get the idea. England leading 14-11. A few seconds to go. Penalty.

"That bastard has given them another penalty, did you see?"

"I'm sitting right here, of course I saw. What did he give it for?" asked Judy mischievously.

"I couldn't see, my line of sight was obstructed."

"Hmm, pop another scratching in, darling. Flatley might miss."

But he didn't. 14-14. Extra time. One more penalty apiece. 17-17. Thirty seconds to go. England get the ball and advance towards the Australian line.

"Give it to Jonny, give it to Jonny," screamed Michael, "look, Jude, he's in the pocket waiting, can you see?"

Judy was far too excited to respond with another dose of, 'I'm sitting right here…' and instead screamed, "Give it to Jonny, give it to Jonny!"

Behind Jonny Wilkinson was the Australian captain, George Gregan who had a look on his face which exhibited as broad a range of emotions as any actor who ever trod the boards; bemusement, fear, resignation and despair for he knew as the ball left Jonny's foot that England were seconds away from being World Champions. And so it proved to be.

Michael hugged Judy. Judy hugged Michael. Michael kissed Judy, it seeming like the appropriate response. Together they celebrated the triumph in the time honoured-way. It was not Jonny Wilkinson who put a smile on Michael's face the rest of that day, but Judy, several times in fact. Even with his dodgy knees and his insides full of pork scratchings.

Chapter Nine-Present Day

Perhaps it would be best to leave the garden/wilderness to the spring Michael thought. Surely that wouldn't hurt. His best efforts so far had resulted in not very much by way of improvement or any discernible progress. Perhaps after all, it was a challenge best postponed and he was sure Judy would agree, although not that sure. In fact, perhaps all projects on the house could wait until spring...or summer. There was no great urgency to the plans they had made to the house. It was unlikely to fall down around their ears.

Michael had made his fourth trip to Uplyme that day to collect the girls from school and then to the garage once more to collect the ingredients for a cunning little risotto he was going to foist on his family. He succumbed to the girls' entreaties and bought them a small lolly each. No burger.

The soon to be replaced hob behaved itself perfectly and the risotto was declared a success of the highest order. Feeling suitably emboldened by this rush of good feelings toward him he invited offers and volunteers to wash up.

Michael washed up.

The *spacious* kitchen felt even more *spacious* when he was the only one it. There was something about the kitchen tonight that seemed different, out of place somehow. At first glance everything was as it should be, at second glance everything was as it should be so why he should feel that these impressions were wrong? Why did all the appliances looks as though they had shifted imperceptibly? Or was he imagining it? He had to be surely. Kitchen appliances as a rule are not known for almost imperceptible wanderings. Judy would know, he reasoned. His reasoning being that Judy spent more time in the kitchen than he apart from doing the dishes obviously plus the fact that she knew so much more than him about everything, save tying shoe laces.

"Hey Jude (could be a song that), you'll think I'm going mad…"

"More than likely," shouted Judy from the soon to be re-decorated lounge.

"…but I think there is something odd about the kitchen."

Judy appeared in the doorway and surveyed the scene. For several minutes she surveyed the scene.

"The freezer, the fridge and the microwave; they have all moved."

Judy, from the doorway, surveyed the above-mentioned appliances. For several minutes she surveyed the above-mentioned appliances.

"No doubt about it, Mike," she pronounced.

"You see it, you agree?"

"No, you *are* going mad!"

In the way of these things, Michael now could see there was no change at all in the kitchen and its contents. Must be my eyes he thought or too many trips to Uplyme. Or lack of burgers. A bottle of wine was extracted from the reassuringly static fridge and Michael and Judy settled down in the soon to be re-decorated lounge. Katy and Annabelle were stretched out on the rug in front of the fire intent on pre-bed reading. They had the notion that if they read very slowly then bedtime could be averted, postponed or downright cancelled. Unfortunately, this notion was never fully put to the test as they always fell asleep long before bedtime and had to be woken ahead of being put to bed.

Post flat tyre discussion:

"Penny for your thoughts, Mike."

"Hmm?"

"I said, a penny for your thoughts, but perhaps it should have been a pound!"

"A pound sounds about right if I am *franc* with you."

"Your feeble attempts at word play are heaven *cent* for me."

"Hah! *Euro*nly worried I might win for once."

"Not very likely, Mike, I expect no t*ruble* at all."

"*Baht* what if I do win even though you have a *yen* for these things."

"Am I meant to take that seriously because I thought you were introducing a spot of *lev*ity there."

"Don't *taka* the piss, Jude."

"Well, *escudo* me, I was only trying to *guilder* the wordplay lily."

"It was certainly enough to *shekel* my tree anyway."

"That *dinar* work very well."

"Yes it did," said an indignant Michael, "anyway as long as we have a *loti* fun doing it although we have to be careful we don't exhaust ourselves doing it and find we need a *kip*."

"Actually, Mike," Judy said teasingly, locking her mud-coloured eyes onto his green ones, "to tell the truth I am feeling a little *rand*y."

The wordplay was duly abandoned for wild abandon. The soon to be replaced sofa had never been put to better use. *Lats* just say it was a *sterling* effort on both their parts. The fire had long since died when they awoke from their slumber.

"Come on you," Judy said, "it's late."

Michael got to his feet a little unsteadily; the wild abandon had played havoc with his dodgy knees.

"That was really odd tonight."

"Odd? I thought it was bloody great," said Judy.

"I mean, about the kitchen."

"Don't worry about it Mike. Blame it on a long day. Flat tyres. The pressure of creating an excellent risotto."

"You're right of course. Right, bed for us."

"We'll sleep well that's for sure," added Judy.

Best laid plans etc. Their night was to be disturbed. A sudden crash in the early hours of the morning woke them both up. Well, woke Judy up who in turn woke Michael.

"What was that?" she whispered.

"What was what? And why are we whispering?

"I heard a crash from downstairs. Go and check will you."

"What, with these knees?" grumbled Michael half-heartedly whilst springing after a fashion out of bed.

"I'll make sure the girls are all right."

Halfway down the stairs, Michael wondered whether some kind of weapon may be useful. Even a pacifist would have occasion to resort to some kind of defence of life, limb and family. The house was a tad short on weaponry, the assorted jumble of boots and converse shoes at the bottom of the stairs provided nothing that would scare off a would be assailant. Needs must however and if the pink converse he picked up (his own actually) would not exactly put the fear of God into any burglar worth his salt, it may at least provide a conversation piece that would pre-empt any action by said burglar.

Above him he could hear Judy going into the girls' room. Below, he heard nothing. Then another crash came. From the kitchen.

He decided against switching any lights on that would announce his presence. He re-thought this policy a mere few seconds after walking into the soon to be re-painted kitchen door.

With a deep breath and the pain of a bruised shin, he fumbled for the light switch. The now illuminated kitchen showed nothing out of place. All was undeniably quiet and calm. The back door, which he was convinced he had locked (even in sleepy Dorset he was security conscious) was wide open. The crash he had heard must have been the door blowing back on to the cupboard beyond, although there seemed little evidence of any wind. But, there was something odd. A smell which he recognised.

"Can you smell that?" said Michael, addressing his wife who had crept up behind him.

"I'm standing right here; of course I can smell it."

"Do you recognise it?"

"It's a bit like sulphur or something like that."

"Sort of yes. Do you remember back in our Sealed Knot[21] days when the muskets were fired? That smell which used to linger in the air?"

"Gunpowder? From the musketeers' flasks? But where could that be coming from?"

Michael reached for a torch from the store-room shelf.

"I'll just have a quick scout around," he said, slipping his bare feet into a pair of wellington boots, not even pausing to consider the likelihood of spiders lodging in them awaiting unsuspecting and unprotected feet.

A few moments later he re-appeared having declared the garden/wilderness blessedly free of all living creatures including

_____

[21] I'll explain later.

musketeers, apart from the odd startled rabbit. They returned to bed with no theory having been formed to account for the event, although fireworks let off close by was one idea. And a freak gust of wind which was too much for the soon to be replaced back door. Which evidently Michael had forgotten to lock in spite of his protestations to the contrary.

Tuesday morning. The usual rush. The usual chaos. Nothing where it should be. The children not where they should be. Judy's porridge not where it should be i.e. the microwave because the microwave was found to contain a foreign body that is definitely not where it should be.

"Mike, why is there a pair of gardening gloves in the microwave? Is it something you forgot to add to yesterday's risotto?"

"The last time I saw them was in the store-room yesterday after I gave up on the rotovating."

"I think I had it right last night, you *are* going mad. Don't look so puzzled, we all do things absent-mindedly even me you will be surprised to hear."

"Not that surprised to be honest, Jude. I guess you're right though. After all, it's the easiest thing in the world to mistake gardening gloves for a bag of frozen peas. All the top chefs must have had similar problems; sorry chef, completely out of bacon, but I have some rather tasty y-fronts. Sorry chef, can't lay my hand on any eggs at the moment, would a pair of socks suffice?

"That must explain Beef Wellington then," retorted Judy with laugh that travelled the length of her body before exiting on to the tiled floor.

69

"Eat your porridge, Jude. You'll need all the oats you can muster to brave your Year 9 band of cut-throats."

"And what will you be doing, my hero? Something useful possibly?"

"I consider taking the girls to school not to mention picking them up again entirely useful as is doing the washing, housework and preparing the evening meal eminently useful."

"You know what I mean. How about finding yourself a proper job? The money will run out one day you know and long before you ever get around to writing your best-seller."

"Let's just look out the back door for a second. Just as I thought, no packs of ravenous wolves encircling us. No bailiffs with sledge-hammers and a police escort."

"Just think about it, that's all. Have to run, See you later."

"Drive cheerfully."

Judy kissed Michael and shouted up the stairs to Katy and Annabelle who still were not where they should be. But shortly would be.

"Come on girls; breakfast as quick as you can."

"Why were you in the garden in the night, Daddy?" asked Katy as she grappled with her cereal.

"I heard a noise and went to see what had made it and what were you doing out of your bed, young lady?"

"What had made it?"

"It was too dark to see anything, but it's nothing for you to worry about."

"Probably just the men, Katy," said Annabelle as she dropped her toast on the floor.

"Which men?"

"The men in the garden, Daddy. We keep telling you," sighed Katy.

"Were they in the garden last night?"

"Yes of course," replied Katy, "they were laughing at you."

"Why would they be laughing at me, sweetheart?"

"Well, you are funny sometimes."

He couldn't argue with that. He was often funny. Sometimes deliberately so. Everyone said so.

"These men, girls. Are they real men? Because I didn't see any men in the garden."

Katy and Annabelle conferred together for a few moments.

"They are like pretend men, Daddy," said Katy.

"Okay. Right, shoes on then if you can find them or…"

"We'll be late," chorused the girls.

Chapter Ten-Much Earlier Days

The migration to London was an ever-moving goal and he was no great shakes as a penalty taker (unlike Johnny Norfolk who had never been known to miss). Every time Michael thought he had something lined up to gate-crash the London scene then something would come along to spoil it. These included glandular fever, a broken ankle courtesy of a dodgy dance move at Bourne End golf club and various bouts of that old bug-bear, a lack of confidence. He knew he could make it in the city, but at times even that knowledge was not enough to force the issue. There was an element of safety in the position he had now although little did he know that '*Oxon Folk*' had but a short time left until it expired under a weight of apathy from those self-same Oxon folk.

It was the demise of that under-appreciated magazine that hastened things along for Michael. Unemployment has that effect. Ignoring all entreaties by his father to come and do something with horses, whatever that something may be, he fired off a CV to all and sundry. He called in favours before realising that no-one actually owed him any. Phone calls were made. Letters sent. Nothing came back. The horses beckoned.

He went knocking on doors, ringing bells and generally making a nuisance of himself in the publishing world. He wrote more letters. He answered advertisements. Nothing came back. The horses beckoned.

Come on, pull yourself together. Would Johnny Norfolk give up because Barton United put him on the transfer list? Would Johnny Stevens concede defeat because he was demoted to Special Branch? For the moment, he found himself back in a Sarah Higginson free Adlestrop. The little money he had he used wisely, that is to say he spent nothing. Other than shelling out for stamps. His mother suggested a direct approach, if it's London he wanted then London it must be. She lent him some money to enable him to have a few days in the capital job-hunting in earnest. She had a friend, a fellow magistrate who was only too willing to take in a waif and stray from the Cotswolds. Sheila Barry was her name and she lived in Pimlico in a house that time had not been kind to. Both a magistrate *and* a solicitor as if being a magistrate were not appealing enough. Still, if she were kind enough to put Michael up then who was he to turn the offer down.

Magistrate. Solicitor. Michael pictured a stern-faced woman. Grey-haired, formidable with a persona entirely lacking in humour and any form of spontaneity. Grey suit. Crisp white shirt. Pearl necklace. Highly polished sensible shoes that you could see your face in. Horn-rimmed spectacles. When the door opened however he found someone far removed from this imagery. Red hair, spiked. A smile as alluring as he had ever seen. The cut-off t-shirt and tight jeans he would claim later he hardly noticed.

"Hello Michael," she purred (no other word for it) "it seems I am looking after you for a few days."

The way she said 'looking after' you sent shivers of excitement through him, the way an electric shock may make your hair stand on end. Except it wasn't his hair. Was it his imagination? Was it all in his mind? It usually was. He stammered a reply and followed her into the house. Interesting décor. Soft reds, illuminated mirrors. And...violin bows?

"Are you musical, Mrs (?) Barry?"

"Why do you ask and please, it's Sheila."

"The violin bows on the wall."

"Whips actually, Michael."

"Oh..." was his best retort.

"Have I shocked you?"

"Nothing much shocks me Mrs...Sheila. Remember, I come from the Chipping Norton area."

"That's good to know. Do you want to go upstairs now?"

She was purring again, he was sure of it.

"Upstairs?" he stammered, blushing furiously.

"Yes, to see your room and unpack of course."

"Of course. That's what I thought, not that there was anything else to think. Just wondered what you meant for a moment, not that there was any question what you meant of course."

After a moment or two he realised that no convenient hole was about to open up and swallow him. Michael Hamilton, the human beetroot. The room was certainly adequate for his needs not that his needs were many. He was conscious of Mrs (?) Barry standing way too close to him. He was conscious of Mrs (?) Barry standing nowhere near close enough to him. For goodness sake she was his mother's friend. Stop thinking those thoughts.

"Do you want to get down to it straight away? Or would you like a cup of tea first?"

"Pardon?"

"Are you going to get out and start job-hunting now?"

"As soon as I cobble some stuff together yes."

"I'll leave you to it then. See you later."

His head swimming with thoughts that were altogether unnecessary and distracting he sorted his 'go get a job' packs. Glowing references abounded, glowing examples of his work abounded. He was organised. He had his list of 'targets'. All he had to do was stop thinking about Mrs (?) Sheila Barry and concentrate on the job in hand.

His first port of call was the offices of '*The Big Brash Guide To London*'. A fortuitous choice for it saved him any further leg-work. The office was situated in a dreary, dirty looking building near Waterloo station. The building was split into open plan rooms which housed three magazine headquarters, two dubious sounding solicitors', one private investigator, two dubious sounding import/export companies and a Swiss charity run by a Hungarian and a Serbian who were more than likely dubious.

The editor in chief or just editor as the others called him was a tall man with a permanent stoop. 'Call me Jim', he said. Although his name was Stephen Bailey. He gave Michael's references a cursory look over.

"Yeah, yeah, so you think you're good do you?"

"That's for others to say, not me," replied Michael who had decided that modesty and humility were to be his new by-words.

"It's not a trick question laddie, you are either good or crap so which is it? I'll give you a clue...don't say crap!"

"I'm good."

"How good?" Not a trick question either, you are either bloody good or very good? So which is it?"

"Very good."

"Much as I would like to take your word for it, laddie, I really need to see you in action. There is a pub just down the road, The Angelic Host; they have just started doing Moroccan food, so how's about you get out of my hair and get down there and come back with a review for me. Okay?"

"Now?"

"No, next bloody spring. Yes of course now. Have a word with the chef, he's from...hmm......from...M..."

"Morocco?"

"No, Macclesfield."

The pub in question was in Hercules Road and was more or less around the corner from the magazine's office. If the queues at the bar were anything to go by then the Moroccan cuisine was going down a storm. He opted for the meatball tagine with lemon and olives with a spicy harissa on the side. He hoped his review would do justice to the exquisite flavours he experienced. By the time the spiced oranges appeared he was in culinary heaven. He tarried so long that he lost his chance to quiz the chef. Bill Arkwright (for it was he) had left for the day he was told. No, the kitchen staff said, they didn't think he had ever been to Morocco although they knew for a fact he had been to Calais once.

He knocked off a review of around four hundred words in longhand and thus armed returned to the 'The Big Brash Guide To London' offices and the tender mercies of Stephen 'call me Jim' Bailey. It was not the worst review or even the quickest he had ever written, but it was in there pitching.

"Yep, yep, it's ok, laddie. Right, you're in. See Alan over there for immediate assignments, but I expect you to take the bull by the horns as you get to know us and what our readers expect and find your own places to review. Nothing fancy, laddie, just tell it as it is and you'll be fine."

"When do you want me to start?"

"Now, this minute, right away."

"Really?"

"No, laddie. Next Monday 8am. Can you manage that?"

"Yes," he replied, but could not see just how that would happen.

He walked back along the river, pausing to take in the sights and sounds of the city. He ambled along Vauxhall Bridge, feeling both elated and apprehensive at the same time. He lost himself in a cloud of anxieties which smothered him. He paused in Pimlico Gardens and watched two hardened drinkers who were holding on to their wine bottles for grim life while sharing between them an endless stream of obscenities that his mother would gladly have sent them down for.

Back to 46 Claverton Street, home of Mrs (?) Sheila Barry, she of the whips masquerading as violin bows, she of the purring voice and a manner so flirtatious that it sent ripples of licentiousness as far as South Norwood.

"I didn't expect you back this soon, Michael," she exclaimed.

"I have a job, Mrs (?) Barry, the first one I applied for."

"You clever boy," she said, wrapping her arms around him.

"Thank you. But it means I will be heading straight back to Oxfordshire, once I call my folks."

"So I won't get the chance to look after you then"?

"No, sorry."

"Unless you stay tonight and travel back tomorrow."

"You'll still only be looking after me for one night though," he said and immediately wished he hadn't.

"Yes, Michael," she purred.

If she wanted to look after him, then who was he to complain? It was not the first time he had been seduced by an older woman, but it was, unknown to him then, the last time.

Meanwhile…

…over in Thames Ditton, Judy was steadily losing the will to live. Mrs Danvers's demands on her were wearing her down. She had given a month's notice and hoped that she would just be ignored for the month and left to suffer in silence. Not so. She was the Cinderella of the insurance world, the disadvantaged and ungainly sister who in this case would never go to the accreditation ball. She spent her days plotting a revenge she would never take, working out schemes to bring about Mrs Danvers's downfall which would never come to fruition. She left not with a bang, but a whimper, slinking away in the shadows of the evening with barely a thought of petrol-bombs in her head.

"Now what?" asked her mother.

"Something will come up, mum."

"Do you think your father got to be something big in the city with that attitude? Do you think Fay would have got herself a lovely young man (married actually) and a decent job (it stinks) with that attitude?"

"No, mum."

"One of my women (in the WI before you start going down the wrong path) is looking for a teaching assistant at the school she is the head of…"

"I may be under-qualified for that."

"She is desperate though."

"Gee, thanks, mum."

"Miss Amanda Roseberry at *St Botolphs School* in Chessington. Shall I call her for you?" she asked, picking up the phone.

"No, I'll do it," Judy said as she snatched the phone from her mother's hand. "I can do my own dirty work; I don't need your help."

"Charming…"

"Mum…er…what's the number please?"

Miss Roseberry would be pleased if Judy presented herself at the school at 9am sharp the following morning. She would be further pleased if Judy were to write in not less than two thousand words and certainly no more, why she thought she deserved this post. Judy already had the nagging feeling that Mrs Danvers and Miss Roseberry shared a joint personality, not so much Jekyll and Hyde as Hyde and Hyde.

However, Judy presented herself at the school at 9.13 sharp the following morning.

"Sorry I'm late Miss Roseberry, a lorry shed its load of paper and envelopes, the traffic was *stationery*," explained Judy, hoping this early morning humour would go some way to softening Miss Roseberry.

It didn't. Miss Roseberry's face absolutely refused to break into a smile. Humour obviously played no part in her life thought Judy. Good job I didn't tell her about the lorry shedding its load of toothpaste and traffic having to squeeze past. Miss Roseberry offered Judy the position in spite of her well-founded misgivings about her tardiness. Geography was to be her specialist area of expertise she was told. Handy as she knew nothing whatsoever about the subject. She would learn as she goes. Monday morning at eight-thirty sharp was the starting point for this new adventure.

Monday morning arrived. 8.44 sharp.

"Sorry I'm late Miss Roseberry, a cattle lorry shed its load of cows and the traffic was *mooving* slowly."

Although Judy was never to warm to Miss Roseberry and vice-versa, something neither she nor Miss Roseberry would lose sleep over, she did warm to the job itself. The teachers were uniformly hard-working and committed and she liked all of them without exception, even Mr Halpern who was forever inviting her to have some extra tuition in geography with him. He took the one hundred and thirty one polite refusals in good part and they were to work together successfully for some years.

After her experiences with Christopher and Jason, she longed to meet someone who displayed all the signs of normality, something easier said than done. There were one or two dates, but nothing to write home about, not even a postcard's worth of fun. However she did have what may be called euphemistically a fling with Graham Tasker who taught history at *St Botolph's*. It was short-lived, ironic really because Graham himself tended to be short-lived, but it sparked an interest in the English Civil War which was never to leave her. She became an active member of the Sealed Knot society[22] and threw herself into their events with a great deal of exuberance and enthusiasm.

Just a few miles away was a man, did she but know it, who shared her enthusiasm and unknown to both of them, their lives were fast converging.

---

[22] I'll tell you later.

Chapter Eleven-Early Days

"Tell me what you are thinking, Mike."

"I was thinking about our parents, about breaking the ice. I mean, it could have been worse."

"Yep, could have been much worse, there could have been bloodshed. When it comes down to it, there is no good reason for them to get on. We cannot expect our intimacy to be reflected in them."

"Perhaps it will be different come the wedding."

"Maybe, Mike and on that subject we need to start planning in detail. Who, what, where, why?"

"Why?"

"Well, maybe not why. Dad wants the reception at the Molesey boat club."

"Fine with me, Jude."

"Have you thought about a best man?"

"To be honest, there is no one who really fits the bill. You are my best friend, but it might be far too Bohemian for East Molesey to have you as my best man as well as my bride. Having said that I did have one idea."

"Intrigued of Clapham here. Who?"

"Fay."

"My sister, Fay?"

"No, Fay Weldon the author. Yes, of course your Fay."

"She'll never do it, you know our history, Mike. I know things are better now, but she wouldn't do this in a million years."

"Ring her," said Michael persuasively for he could be just that on occasion. Everyone said so.

Judy disappeared into the bedroom with the handset. Michael could hear her muffled voice through the door, muffled still even when he had his ear to the door. He heard the call being disconnected and resumed his seat. Quickly.

"You didn't have to rush, I heard the door creak when you put your ear to it."

"Well? Did you speak to her?"

"Fay Weldon?"

"Very funny. What did she say?"

"She said yes, Mike, she said yes!"

"Brilliant!"

"There's something more. She cried. Oh Mike, I love you, you endear yourself to me all the time. This is one of the very best things you have ever done."

He kissed her. It seemed the appropriate response.

The guest list took shape. They decided that in order to keep the whole thing manageable there would have to be a maximum of seventy guests. Several brutal excisions later it was down to ninety-three. The next round of cuts weeded out several ex-colleagues and the odd uncle and aunty and associated cousins. Eighty-two. They approached the problem from another direction, who did they figure absolutely had to be there? Whose attendance was essential? A few more stokes of the red pen and they were down to thirty-four. And so it went on, hour after hour until the magic figure of seventy was reached.

Band? Yes. Dancing? Yes. Champagne on arrival? Yes. Hats compulsory for all female guests? Yes. Midnight finish? God, yes!

"Have you thought about the honeymoon, Mike?"

"Oh yes, Jude. Constantly."

"Oh behave. Where are you taking me?"

"Or you taking me?"

"I want to be old-fashioned for once, so you decide."

"I have. I'm taking you to the most romantic place on earth."

"Chipping Norton?"

"Hah! Venice!"[23]

---

[23] This may be the first occasion in print where Chipping Norton and Venice are so closely juxtaposed. Then again, it may not.

"Bloody hell, Mike, can we afford it?"

"All paid for, Jude. An apartment off *Via Garibaldi*, ten minutes' walk from St Mark's Square."

"Not *Via Custardio Creamio*?"

"Hah!"

"Will we need to learn Italian?"

"*Si.*"

"You have started without me, Mike!"

"*Si.*"

"Mike, my multi-lingual hero…"

A wedding, Venice, a future together, could life get any better?

Chapter Twelve-Present Day

"What's all that greenery, Mike?"

It was evening. The girls were playing a game called 'Memory', the irony being that it had taken them ages to remember where the game was. Judy had just got in after a hard (very) day's work at school. Michael had done little of note during the day, but now he was in the *spacious* kitchen creating yet another culinary masterpiece.

"I'm glad you asked me about that. I've been foraging. All this will be perfect with the beef," he said, wafting his arm towards the oven where the beef was currently residing.

'Perfect? Really?' thought Judy as she poked the collection of random foliage with a carving knife. It made no difference where she stood or from what angle, it was still not appetising. Nor she suspected would it ever be.

"I'll have to ban you from watching cookery programmes if this is the result. What next? Bone marrow?"

"Hey Jude (could be a song that), you might enjoy it, you never know."

"I think I do know. Foraging is simple. Go outside. Pick mint. Add to Pimms. That's it, that's foraging."

"That's one way of looking at it."

"The only way. How was your day? Did you accomplish anything useful?" Judy asked pointedly.

"I mulled over some ideas for my novel, but that's as far as I got; just ideas."

"And is that all? Apart from your spot of hunter-gathering?"

"Pretty much yes and how was your day?"

"Bad enough to drive me mad, but not bad enough to drive me out."

"A positive negative then."

"Or a negative positive. If your assorted weeds are ready, can we eat?"

The Hamilton's settled down to their bucolic (very) meal. The fibre content was never in doubt, everyone could and indeed would testify to that later. The flavour content was a different kettle of beef altogether. Interesting was Judy's opinion. Yuck was Katy's considered verdict and Annabelle's final word on the subject was, aargghh. Not the responses Michael was looking for, but then again his own response was somewhat unenthusiastic (very). A chastened Michael washed-up, as you knew he would.

"Where did you get that recipe from anyway? British Weeds Weekly? Foraging for Beginners? asked Judy.

"I Googled it, typed in all the key words, found a recipe and adapted it."

"Yep, Mike my foraging hero, it was the adaptation I feared."

"That phone may have been a waste of money too; I can't access the internet on it anymore. Why do we bother spending more and more money on things which stop working as soon as you need them? Life was so much simpler in the old days you know."

"Like counting with an abacus? Going everywhere on a horse? Except you can't ride can you? You're getting to be a grumpy old man, Mike."

"With good reason I'd say."

Katy came running into the *spacious* kitchen, doll in one hand, her dad's smart phone in the other.

"What are you doing with my phone, young lady?"

"I heard you telling Mummy it doesn't work so I thought I'd mend it for you."

"Well now, that's very good of you sweetheart, but best give it to me. Thank you anyway."

"There's an update on it you haven't downloaded, see?" Katy said, inviting her dad to look at the tiled screen.

"I see. Thank you, now if you'll just give it to me, darling."

"You download it like this," and she suited the action to the word, "and then tap in your new internet settings like this, see?" and she once more suited her action to her words.

"I see. Thank you."

"Then the phone rec... reco....regno.....knows the new settings and you can ac.....acs....acc.....get on the internet again, see? It's quite easy really, Daddy."

"Er...thank you, Katy."

"Fixed, Mike?"

"Fixed, Jude. My daughter, the genius."

"Perhaps she can do the dinner tomorrow?"

During the course of the evening as they demolished a bottle of dry (very) white wine, Michael told Judy of his conversation with the girls earlier that morning.

"...anyway the upshot is that these are pretend men that they are talking about."

"But surely you didn't think anything else did you? You are not thinking about what old Mr Williams keeps saying are you?"

"And old man Willoughby too remember!"

Judy lapsed into forgivable and as it happens highly accurate impressions of the aged Messrs' Williams and Willoughby. "It's cursed, it's cursed. There's something nasty in the soon to be replaced shed, they only come out at night, missus. It's cursed I tell ye."

"You can't deny last night was odd."

"Odd, yes, but not unexplainable without resorting to curses and the like."

"Makes you think though, Jude."

"You maybe, not me."

The conversation steered a course towards a much more important subject; the upcoming Rugby Union internationals. Each team's chances were discussed in detail with much gnashing of teeth over the England squad.

"I think England will win all their games," opined Michael, for whom this was a simple fact.

"You have an *advantage*, your superior knowledge of the game."

"You have made your *mark* sometimes you know."

"I do *try*," laughed Judy.

"Must be a small *scrum*b of comfort to you."

"You are so right, Mike, it's a *prop*er relief to me."

"Good, perhaps you should *turnover* a new leaf and let me win one of these wordplays."

"What? And me so *fly half* the time! And remember you wouldn't know the fun these wordplays can bring if hadn't *converted* you."

"And now I pay the *penalty*!"

"Very good, Mike. You are getting the hang of these wordplays unless it's just a *phase* you are going through. Maybe we should try a geography one?"

"I'm *Ghana* have no chance, it's your subject after all. Unless you let me win."

"There's *norway* I would *helsinki oslo* as that!"

"Very good, you could make a *korea* out of this."

"Too right, Mike, *czech* my skills out."

"I give up!"

"Good boy, thought you were all *finnished*," Judy said, "you know you have no chance with me. Come on, let's go to bed and you never know, I might let you win!"

Actually, they both won.

Crash. They woke, startled once more. They sat up, ears straining. All was quiet. A sound again. Metallic sounding and close, very close.

"I'll check the girls again, you investigate downstairs."

"Yes, Jude," Michael said, searching the bedroom floor for his hurriedly discarded clothes. Before he had scarcely got one trouser leg filled Judy was back.

"Katy has gone, Mike," she screamed, "she's not there."

They called her name repeatedly as they ran down the stairs. They naturally headed for the kitchen, the scene of the previous night's disturbance. The gunpowder smell was heavy in the air, much more so than before. The kitchen was suddenly flooded with light as a sound like a thunder-clap tore through the silence.

"What the hell was that?" Judy shouted as the sound died away.

Michael had reached the back door. "Look, there she is!"

Katy was standing quite, quite still in the middle of the garden. Still, but not quiet. She was giggling. Giggling at something or somebody unseen. Then, she began to sway. Alarmingly so.

"I'll grab her," Michael said.

"Be careful, if she is sleepwalking you don't want to alarm her."

"Come on darling," soothed her dad, "I've got you."

She mumbled something that Michael could not catch.

"What was that, Katy?"

"Bye," she said, looking over her dad's shoulder.

Sleeping peacefully, she was tucked up in her bed once more. Michael and Judy had only one thing on their minds.

"We need to talk about this," they said, in unison.

Chapter Thirteen-Much Earlier Days

It was the settling days as Michael liked to think of it. Settling into a new position, settling into a new home and settling into a new life style. Despite a kind (very, but also self-serving) offer from Mrs(?) Sheila Barry to stay with her while he found his feet he managed to procure a flat in Canford Road, Clapham. He scraped together the money for the deposit from various sources including, but not exclusively, the backs of various settees and the door pockets and back seats of various cars. And a little help from his folks. It took some adjusting to, this new life. He woke up many times in the weeks to come, not feeling himself (or anyone else for that matter), but time took care of that.

He would be the first to agree that his flat had no pretensions to a luxurious life style, but these were early as well as settling days. But it suited him, it was quiet and spacious and a few minutes' walk both from the common and the station. The commute to 'The Big Brash Guide to London's offices close by Waterloo station was daily at first until he found his feet and structured his days to suit himself. No matter what time he left his flat, no matter how much time he allowed himself he was always late arriving at the office. He was always very quick to offer to go home early to make up for it, but oddly enough, he was never taken up on it. He had an endless stream of excuses for his tardiness, some of them even true, some even believable.

The railway system south of Waterloo lent itself particularly well to delays of all kinds and Michael adopted various excuses and further adopted them for his own use. It earned him the short-lived nickname, Reggie, from the character, Reggie Perrin[24] who would announce to his secretary each morning the reason for his late arrival (staff shortages, defective bogies and an escaped tiger at Chessington North to name but some).

His natural aptitude for reviewing which had blossomed in Oxfordshire now exploded fully into life in London. You name it, he reviewed it; restaurants, fringe theatre, experimental (very) theatre, art exhibitions, street food, street performances, street music, gigs, raves, museums….all were grist to his journalistic mill.

He took to London life in a way he never really had in the Cotswolds, Sarah Higginson notwithstanding. He recognised the city's heartbeat as his own, its vigour as his own although there was not a recognisable equivalent of his dodgy knees. His trips home became rarer and rarer as the years raced by and Chipping Norton lost its one time relevance.[25]

There was the odd romance of course, one or two quite odd indeed, but on the whole his job tended to preclude such romances as many evenings were taken up with the obtaining and writing of his flamboyant yet at the same time understated reviews. Admittedly, London could have done with more Civil War battlefields, but that was just a small grumble. He did think

---

[24] Created by David Nobbs, and the eponymous hero of four novels.
[25] And of course its status as the centre of the universe.

about joining the Sealed Knot society,[26] but thought better of it; he enjoyed the Civil War best by himself. Of course if he had joined he may well have met a certain Miss Kennedy a tad sooner, but in the light of the future that is just a small grumble.

He felt fully in control of his destiny for perhaps the first time. He was content. He was happy, not deliriously happy, he doubted he would ever be that, but happy enough.

Meanwhile...

...over in East Molesey, Judith Kennedy was complaining once again to her mother about Miss Amanda Roseberry. Tyrant was one word she used, bully was another, there were others that are best imagined. Elspeth Kennedy paid no heed, her mind was elsewhere. On the delights that the WI years had brought her and the fact that she had been at the helm for some of those years brought her a special pride. But then she was the best woman for the job. Everyone said so, well not everyone, but certainly everyone who mattered.

With Elspeth leading them they had tasted wine, built birdhouses, made fascinators, quizzed politicians and gardeners alike. They had made hats, cocktails, canapés and mosaics. They had arranged flowers, decorated cakes, painted masterpieces, taken photographs, made each other up. They had learned the art of Indian head massage and they had danced! Not to mention taking part in Magical Molesey, organising craft fairs, decorating the Molesey Christmas trees, taking part in the Molesey Carnival,

---

[26] I'll explain later.

the Regatta, helping out local individuals and groups and even planting the local communal garden at Police Station green. She was the talk of the area; they sang her praises particularly at Molesey boat club although it's eminently possible that may have been due to Tom's influence and standing as vice-chairman. Life was a bed of roses she concluded.

"Sorry, what was that, Judith?"

"I said, life at *St Botolph's* is hardly a bed of roses."

"Stay with it, it may improve, you have to give these things time."

"It will never get better; Miss Roseberry will never get better. It sucks."

"Really! You know how I detest that expression. And Amanda is a very sweet lady. But you enjoy the work though?"

"Yes you know I do, but I just wish I was enjoying it somewhere else."

For Judy, in spite of her battles with Miss Roseberry, really did feel she belonged in the classroom. It wasn't the school that she disliked just the *principal* of it. The school and the extra-curricular activities she encouraged (line dancing, Rugby sevens, bird spotting, pastry making among them) were her whole life almost.

There was the odd romance of course, one or two quite odd indeed and usually involving the *St Botolph's* teaching staff. The short-lived (in every conceivable sense) Graham Tasker, the history teacher who was frankly, past it. She dated the geometry teacher a couple of time, but he was out of shape and they just went round in circles. And the chemistry teacher, but he was not in his element. The maths teacher, Brian was very cute, but something about him did not add up. The geography teacher knew his way around all right, but the dates with the science teacher were a disaster, there was just no chemistry there. School was her life. It was just the wrong school, but there she stayed.

Chapter Fourteen-Wedding Day

Groom nervous in Clapham. Bride not there to comfort him. Bride nervous in East Molesey. Bride's mother in tears. Bride's father remonstrating with Molesey boat club chief barman. Bride's sister in tears (again). Groom's mother fussing trying to ensure the groom is well-groomed. Groom's father wondering why there are so few horses in London; was it a lack of grooms?

In Weybridge at the register office there would soon be the footfall of the fifty guests the office would hold. There was to be no comfort spared. It must be true, the brochure said so. Rylston was a splendid manor-house[27] and for the marriages that took place within its walls the county council had thoughtfully provided the imaginatively named Rylston suite, offering impressive flower arrangements, period leather and mahogany furniture and appropriate framed pictures. It also boasted stunning chandelier lighting. If that were not enough, the waiting area also boasted original oak panelling, stained glass windows and an impressive oak staircase. Shortly it would boast the Kennedy and Hamilton wedding party.

---

[27] Built in 1906.

The spring weather was on its best behaviour. The sunshine may have been weak, but it was there in fits and starts competing manfully with the stunning chandelier. Cars were sweeping into the not so stunning car park A Mercedes here, a battered Land-Rover Defender there. One smelling of opulence, one smelling of horses. Uncles and Aunties appeared, re-acquainting themselves with relatives they had not seen since the last wedding. Oh yes, cousin Rachel's, wasn't that a hoot?

The two families took up their stances, standing twelve feet away from each other as if contamination would result from any closer proximity. The alcohol later would actively encourage inter-family mingling, much like it did (between the Kennedys and the Fortescues) at cousin Rachel's wedding when the mingling was carried just a tad too far. The resulting divorces, children and law suits did nothing to further relations between the Kennedys and the aforementioned Fortescues.

Just around the corner in The Slug and Pellet, Michael and Fay his best man/woman were indulging in a swift drink (or two) to steady the nerves.

"Are you ok, Mike?"

"Yes, Fay. Are you ok?"

"Yes, Mike."

"Nervous, Fay?"

"Yes, Mike."

Occasions such as weddings tend to bring out the sparkling conversationalists in all of us.

"Shall we go? Is it time?"

"I think we should."

"How do I look?"

"Like your mother dressed you."

"How do I look?"

"You look beautiful, Fay. We are both just so happy that you agreed to be our best man/woman."

"Yeah, well someone has to do it, might as well be me," Fay replied as she turned away hurriedly.

"Why," Michael said, "I do believe you are crying."

"Oh, shut up."

Michael ran the gauntlet of back-slapping family members as he entered the Rylston suite. His mother greeted him warmly and straightened his tie for him and glanced surreptitiously at his shoe-laces. His father greeted him warmly, slapped his back and glanced not so surreptitiously at his shoe-laces.

The murmur of voices went on unabated for some time, extolling the virtues of the flower arrangements and the period leather and mahogany furniture, when suddenly a hush descended upon the Rylston suite. A special kind of hush which is only noticeable when a bride to be is about to put in an appearance. Which Judy did. She was good like that.

If it's an immutable law that all brides have to look radiant than Judy obeyed that edict perfectly. Her radiance radiated the length and breadth of the Rylston suite. Her father who was something big in the city seemed now to have shrunken to something small in Weybridge. Fay may have been the golden girl, the girl who ticked all the boxes, but Tom Kennedy was as proud of Judy as he had ever been or perhaps ever would be. Their slow, measured steps reflected their shared joy and their mutual if unspoken acknowledgment that this moment was to be savoured in its entirety. Their stately progress towards the front of the room where the groom, best man/woman, sister and daughter awaited them was punctuated by oooohs and aaaahs by those who recognised radiance when they saw it.

Michael gripped the back of his chair for support in an effort to disguise his shaking. This was not wholly successful for the three empty chairs next to him on the front row began a mad dance across the superior carpet. His next move was to hold on to Fay for support, but this just looked odd and entirely inappropriate. Come on, Michael. Would Johnny Norfolk be a quivering mess if taking a penalty before a hushed crowd at Wembley Stadium? Would Johnny Stevens lose his cool when plotting his escape from a Russian firing squad? Well, quite possibly, but he was marrying the beautiful Miss Judith Kennedy, an altogether different prospect.

Half the attentive audience had their eyes on Judy and half on Michael. To him it seemed like hours before Judy arrived by his side. But arrive she did with a smile that both instantly calmed and bewitched him.

A few minutes later, a delighted and delightful Mr and Mrs Hamilton were standing in front of the fifty guests that the Rylston Suite could accommodate comfortably. He with a smile as wide as the M25, she out-radiating the stunning chandeliers. They were oblivious to the comments and asides that were passing back and forth between several of those fifty guests.

"It's only been a few months you know."

"You're right, they can't really know each other."

"Perhaps they *had* to get married."

"Oh come on, no-one *has* to get married these days"

"It's about time, our Liz."

"What do you mean, Jack?"

"Well, she is twenty-nine."

"Do you think it will last?"

"I'll give it a few months."

"Do you think there will be any cheese sandwiches?"

Oh, assorted guests of little faith, let them enjoy their moment before spreading doom and gloom like confetti (frowned on in the Rylston Suite and Rylston grounds).

The official photographer was Dave Wickham who was also the official photographer for *'The Big Brash Guide To London'.* His forte was photographing cuisine. He was a marvel with Lebanese breakfasts, Moroccan street food and Albanian pike balls. Everyone said so. No one was quite sure of his skills with wedding parties although they were tolerably confident that the cake and buffet would look sumptuous. Dave rose to the occasion superbly. Everyone said so. After shooting eighty-seven photographs, none of which included food there was a mass exodus towards Molesey boat club and the awaiting buffet supplied by the finest caterers this side of Chessington. The procession was led by a resplendent Mercedes bedecked with ribbons, followed by a battered Land-Rover Defender which not to be outdone, trailed straw from under its tailgate in a celebratory although entirely accidental manner.

The band had been hired by Tom Kennedy on the strength of testimonials from Elspeth's fellow members of the Molesey WI who had bopped the night away to the Surrey Seven on the occasion of Miss Sprigg's eightieth birthday bash. Although Tom had difficulties imagining any of Elspeth's (Elspeth herself was not present on that evening due to a prior engagement which consisted solely of washing her hair) friends bopping or indeed having a bash of any kind, he acted on their recommendation and duly booked the Surrey Seven. The band were already, if not in full swing, then a passable imitation of swing as the guests arrived, their numbers bolstered by those who had lost out on attendance at the ceremony itself.

Their first number, in an outbreak of gross insensitivity or a perverse sense of humour (a humour they had singularly failed to display at any time since 1965 when they were formed in a coffee bar in Hook) was a cover of Tammy Wynette's D.I.V.O.R.C.E. No one present took it as an omen, not even those doubters who were purveyors of doom and gloom in the register office.

Dave Wickham was busy snapping happily away, catching guests both on and off-guard. Every few seconds a section of the hall was illuminated by flashes from his camera. The final count was; two hundred and sixty five photographs of bride, groom, family members and guests and three hundred and twenty-one pictures of the buffet and cake. All were superb; it was felt he had captured the very essence of the occasion. Everyone said so.

Fortunately for all concerned the food provided was delicious as well as photogenic. The vol-au-vents were generally agreed to be the tastiest this side of Esher and the sandwiches of a standard never before seen at the Molesey boat club. The Surrey Seven continued to plough their own inimitable musical furrow with Hook's finest vocalist (as voted for by the *Hook Gazette* in their 1967 poll) Eddie Fox exhorting all and sundry to take to the dance floor, an offer which no one seemed enthusiastic about taking Hook's finest up on. The repertoire was as old hat as the old hat the drummer wore and the patter (step forward Hook's finest once more) as dated as the rhythm guitarist's brylcreemed hair which evoked memories of Denis Compton among the older guests.[28]

Michael was no great shakes as a dancer, not with his dodgy knees, but when invited by Eddie Fox to take to the floor with his bride he felt unable to refuse. Michael and Judy were out of step with the band, but then, the band were out of step with themselves as they gamely re-worked 'When I Fall In Love' to a point where even Nat King Cole would be hard pushed to recognise it. Tom Kennedy who had never been something big on the dance floor took over from a relieved Michael and the Surrey Seven in a burst of improvisation launched into a less than spirited rendition of 'Isn't She Lovely', the harmonica of Stevie Wonder's original being replaced by erstwhile saxophonist, Richard 'Dicky' Ruskin on his kazoo. It didn't quite come off. Everyone said so.

For three people, the afternoon/evening held out a terror of its own, notwithstanding the Surrey Seven's 'Pop goes the Sixties' medley. The speeches. The bride's father, the best

---

[28] A cricketer who scored mountains of runs for Middlesex and England. Known as the 'Brylcreem Boy'.

man/woman and the groom; all of whom were unaccustomed to public speaking and would have much preferred to have remained in that particular state. The tradition of joke-telling and anecdotal episodes from the happy couple's lives was proving to be beyond the collective imagination of our intrepid trio. Would Johnny Norfolk have been struck with fear at the thought of giving his acceptance speech at the Footballer of the Year award ceremony? Would Johnny Stevens have been tongue-tied at the Spy of the Year award ceremony? But the two normally reliable Johnnies could do nothing to help Michael on this occasion.

Tom Kennedy (who had not even one Johnny to help him) knew the gist of what he wanted to say, but what was worrying him was how to go about translating that into words. Being something big in the city has never been (and never would be) a guarantee of skills in oration. Fay Kennedy had written down in the smallest detail what she intended to say, but her problem was the simple fact that she had lost her notes; she knew not where. For all three of them time was running out.

But now that time had arrived. Tom Kennedy got to his feet and surveyed the room. He re-arranged his face to display confidence although the consensus amongst those present was that it displayed the countenance of one who has just spotted the firing-squad (Johnny Stevens would know) lined up against him. His nervousness meant people were generally kind to him when his ordeal was over. After all, it was fairly easy and therefore understandable that he should confuse his daughters, one with the other. Tom's detractors on the other hand could quite reasonably point out that only one of these daughters was enjoying her wedding day. He knew no jokes so told none; everyone agreed that this was a relief indeed. He praised Judy's passionate nature as evidenced by her boy-band stage, her geeks stage, and her teachers stage. He evinced the hope that Michael could cope with

106

her passion and duly received Michael's perhaps over-vigorous nodding in confirmation that he could and indeed had. After remembering to thank everybody he concluded by saying that Abraham Lincoln's Gettysburg address was only ten sentences long and suggested that if anyone present wanted to know about Judy's pea stuck in a nose incident then they should see him later. He sat down with the conflicting thoughts that he had both said too much and too little.

Fay gave away nothing of the sibling rivalry that had existed for so long between herself and Judy, wisely choosing to concentrate on happier times. The endless times when her little sister had bombarded her with songs from whichever boy-bands were currently the top of her charts, graded not by the quality of the songs, but rather the sex-appeal of the band members were unaccountably some of those happier times.

"Judy, place your right hand on the table please."

"Now, Michael, put your right hand on Judy's. You are all witness to this; Michael, this will be the last time you will ever have the upper hand!"

Cue laughs and applause.

"Judy, you look stunning…and Michael…you look stunned as well you should be. And for the record, I am not the best woman, you are, Judy and why it has taken me so long to realise it I have no idea. Join with me in toasting the happy couple. To Judy and Michael."

Judy, with tears in her eyes, nudged Michael who suddenly found that standing up was one of the most difficult actions that he ever had to perform in his life.

"Er...thank you, Fay. Are you sure you haven't done this before? My speech today will be like a mini-skirt; long enough to cover the essentials, but short enough to hold your attention. Er...if you are a man I mean although if...well...moving on. I'm sure you will agree with me that Judy looks absolutely beautiful today. It's conceivable that some of you may be surprised, but I am not, she is beautiful every day. I'll never forget the evening I proposed to Judy, that coffee table had cost me £45."

He was met with a sea of blank faces.

"Ah, you don't know that story of course. Er...anyway. Neither of us will forget it, will we Jude?"

"Forget what, Mike," Judy said, in a stage whisper.

He kissed her. It seemed like the appropriate response. Cue oooohs and aaaahs from the assembled throng and a cheeky drum roll from Derek 'Buddy' Valentine (real name Brown).

"Thank you for the generous gifts that you have all contributed, I can't tell you how much they mean to us. Of course, after I've been to the car boot sale tomorrow morning I'll have a considerably better idea. Anyway, I trust that you all feel suitably fed and watered and are looking forward to a night of gay frivolity, embarrassing photos, step forward Dave, and bad dancing. I know I am."

More toasts followed. Gifts and platitudes were handed out like frowned upon confetti.

"Tradition dictates that I tell an amusing story or two about Judy. Unfortunately, Judy has dictated I do no such thing. You will have to do without the story of how she got her bottom stuck in the floor well of my father's battered Land-Rover

Defender or how she mistook my shaving gel for shampoo during a weekend in Framlingham, the shampoo sales in that fair town rocketed that particular weekend. There was the time...but, no a promise is a promise. Raise your glasses please and drink a toast to my world and my wife for they are one and the same thing......to Judy."

"Tradition dictates," announced Judy, "that brides do not make speeches, but bugger tradition! Anyway, it's not a speech, but a big thank you to the practice of drinking three coffees in the morning, the railway network for the marvel that is Clapham Junction station, to dodgy shoulder straps, to Styrofoam mugs, to man-bags and to the Bread and Roses. And yes, I know many of you haven't a clue what I am talking about. No comments please, Mike. Thank you to mum and dad, to big sister Fay who has grown into being my second-best friend after Mike who is as special as it gets. Thank you, one and all."

Michael mouthed a silent thank you through his tears.

Michael was encouraged and cajoled in equal measure by friends and family to grace the dance floor once again, it was acknowledged by one and all that his rhythmic displays were one of the highlights of the night. It was unfortunate that as he reluctantly entered the fray once more that the Surrey Seven chose that moment to enter the realms of glam-rock with a manful, if not strictly accurate rendition of The Sweet's 'Little Willy'. Michael flashed a smile to all and sundry that he hoped would be taken as ironic. It didn't work. Everyone said so.

The rest of the evening was a resounding success. There was much laughter, much mingling, some of it not strictly appropriate. More photographs. More dancing, although not by Michael whose dodgy knees had resolutely refused to take any further part in the dance floor proceedings. The music ranged from the thirties to more contemporary fare. The band even received the odd smattering of applause when some of the guests actually recognised the songs they were performing.

But all in all, the Surrey Seven performed far beyond their expectations as indeed did Michael and Judy later.

Chapter Fifteen-Present Day

"What's for dinner, Mike?"

"Hey Jude, (could be a song that) good day?"

"Decidedly average in every way. And dinner?"

"Chicken legs and thighs, with Italian seasoning and a cunning little salad. Oh and some focaccia which is proving."

"Proving what? That you can make it?"

"Hah!"

"Where are the girls?"

"Out there," said Michael, pointing towards the garden.

True to his word, there they were. Running, chasing, laughing and generally being children.

"We need to get our heads together this evening. I still say there's a natural explanation for what has happened the last two nights, but it won't hurt to try and get to the bottom of it."

"I agree and I did ask around today to see if anyone else has heard or seen anything a bit odd."

"And?"

"Old man Willoughby and old Mr. Williams said they hadn't seen or heard anything unusual, but that didn't mean unusual things did not happen. Their view, unchanged, is that it's cursed. No surprises there then."

"Let's see if anything happens tonight; it still could be fireworks and kids getting up to mischief."

"Hmm."

"Meaning?"

"Just hmm, Jude. I went to the museum today and looked into the Civil war siege a bit more closely."

"Why, Mike? It can't have any bearing surely. And we know a lot about the siege; we knew before we moved here."

"Some of it we know, but not all, Jude. For instance, do you know where the dead were buried?"

"A hole in the ground? A very big hole in the ground? Several holes in the ground?"

"A field off Colway Lane, near the manor."

"Ah, so adding several small numbers together and coming up with an extremely random answer you deduce they were buried in our garden, is that it?"

"Well…er…yes."

"Hmm."

"Hmm?"

"Quite the Sherlock Holmes[29]aren't you. And they have come back to haunt us because they take exception to fagging-hooks and rotovators? God, Mike you *are* going mad!"

"Do you think so?"

"No, of course not, but your attitude to all this is a tad *cavalier.*"

He kissed her *round head,* it seemed the appropriate response.

"Look, Mike, this can all be explained, you'll see. Let's not look for supernatural explanations for something that will no doubt turn out to very mundane and earthbound. Agreed?"

"Agreed."

"Good boy, now go and get dinner sorted."

Judy left Michael to the preparation of his latest culinary masterpiece and went in to the garden in search of her daughters who were momentarily not in view although definitely in earshot. In between giggles she could hear them shouting, 'come on then', pausing as if to await a response then calling again. Judy found them behind the soon to be replaced shed, down by the stream which bordered their property. Each girl had their right arm in the air which they then brought down in a motion that Judy had seen often at football matches when one team's supporters taunted the other group of supporters.

---

[29] A fictional detective, chiefly of the Victorian era. Scarcely remembered these days.

"What are you doing, girls?"

"Nothing," they chorused.

"Is it a new game?"

"It's not a game, silly," said Katy.

"Don't call me silly, Katy, it's not nice." Although Judy would be the first to admit that she could often be silly. Even at thirty-eight.

"Sorry, Mummy."

"Yes, sorry Mummy," added Annabelle, sharing the blame in an un-sibling like way.

"Shall we go in and help Daddy with dinner? It seems to be getting a bit chilly now."

The girls ran on ahead and as Judy looked back towards the stream she saw a figure of a man, barely noticeable against the background of the spinney. She took a step towards him, but without the slightest hint of movement on his part, he was no longer there. She ran to the stream, surveyed the area in front of the spinney. There was no-one there, but equally nowhere he could have gone, nowhere he could have hidden himself. Up by the back door, Katy and Annabelle were standing perfectly still, staring at her. What Judy couldn't place for the moment was the look on their faces, then she got it; it was jealousy.

"Hey Jude, (could be a song that) are you okay? You look as though you have seen a ghost," Michael said, laughing.

"That's not funny, Mike, okay…it's not bloody funny. Oops, sorry girls."

"What's the matter, Mummy?" asked Katy.

"Nothing's the matter, Katy. Okay? Nothing's the matter."

"Come on, Jude. Whatever it is, don't take it out on Katy."

"Stop asking me so many bloody questions then, all of you."

Judy fixed her family with a glare that they knew very well. It was a, don't mess with me glare, a don't come near me glare. In short, it was *the look*. Fortunately for all concerned they saw it infrequently. The table was laid in silence. The drinks were served in silence. The chicken pieces and the focaccia which had proved itself a winner, were eaten in silence. There was a tacit agreement and acknowledgment on everyone's part that there was an atmosphere previously unknown in this happiest of happy houses. Even Michael's washing-up was half-hearted in both its approach and execution. The drying-up had momentarily lost its charm and allure for him, the *spacious* kitchen suddenly seemed claustrophobic.

The silence was broken.

"Let's grab a bottle of wine from the fridge and relax in the garden for a while," said a calmer Judy.

"Sounds good to me. Come on girls, have a run around in the garden before bed time."

Katy and Annabelle needed no second invitation and gathering up a ball, a frisbee and sun hats (in a burst of optimism) made a bee-line for the back door. Michael and Judy eased themselves into the soon to be replaced garden chairs which adorned the patch of concrete which manfully doubled as a patio.

"Hey Jude, (could be a song that), are you going to tell me what's wrong?"

"I'll try. When I was out here before with the girls I saw a man down by the stream. He was there, Mike, I swear it, but when I took a step towards him, he simply vanished. One moment he was there and the next he was gone."

"Could he just have ducked down out of sight?"

"No, I had my eyes on him all the time. He just disappeared."

"What did he look like?"

"That's just it, I cannot tell you, he was almost impossible to pick out against the spinney and yes I know what you are going to say, but he was there, Mike, he was there."

"And you think that this is something to do with the 'men' the girls talk about, the men in the garden?"

"I don't believe in much, Mike, you know that and I have no time for the notion of an afterlife, but I've got a feeling about this figure, this man and the whole situation. And I'll tell you something else, the girls saw him and they didn't like the fact that I saw him."

"But what the hell do we do about it? Move out? Call a priest? Wait and see what happens next?"

"For what it's worth I say, wait and see. I might have been spooked by this guy…"

"Might?"

"Okay, I was spooked, but I didn't feel threatened so I don't see the need to rush into anything, but then, you never rush into anything do you?"

"Not with these dodgy knees, no."

Annabelle brought a ropey old tennis ball over to her dad, "Throw it to me?"

"Run down to the middle of the garden then and get ready. Okay, that's far enough. Here it comes."

Annabelle had inherited Michael's catching skills, that is to say they were non-existent. Michael had always caught like a girl. Everyone said so. He was well known for it in the playgrounds of Chipping Norton and Adlestrop. It was one of his faults, everyone said so. Even Tom Kennedy, stalwart ex-member (non-playing) of Molesey cricket club said so. Annabelle became disenchanted and consequently lost interest in the game after she failed to catch the ball for the thirty-seventh time and went off to join Katy for a game of their own.

"Throwing, catching, tying shoelaces, gardening et cetera; they're just not your thing are they?"

"I've learnt to live with it, Jude. Hold on, what do you mean, et cetera?"

"Decorating, understanding the rules of Rugby, car maintenance, need I go on?"

"No, please don't, my inferiority is already as complex as it can get."

"You do have some skills though; I'll discuss it later with you."

"Ooh, I'm on a discussion am I?" laughed Michael.

"Oh yes!"

He kissed her. It seemed the appropriate response.

"Mike, look at the girls. What are they doing?"

"Just playing as usual. Ring a ring o' roses by the sound of it."

"But who with, Mike, who with? Look!"

Michael did look and could immediately see what Judy meant. The girls were dancing around as in a circle, with their arms outstretched, but they were going far too fast, unnaturally fast. The truth dawned on Michael and Judy at the same time; the girls were being propelled by invisible hands. They covered the ground in the kind of time Usain Bolt would have been proud of.

"Come on girls, I think it's bed time now."

"Oh, but why, Daddy?" asked Katy. "We're having a good time."

"Come on, no arguments now. In and pyjamas on please."

They headed back to the house reluctantly and Michael and Judy followed, even more puzzled than before. The girls were in their pyjamas in no time at all, an unusual enough occurrence in itself.

"It's your turn to read us a story, Mummy," said Annabelle.

"I know, Annie. But perhaps Daddy will take my turn tonight."

"But, Mummy, you read so much betterer than Daddy," opined Katy.

"I'll make a deal with you. I will read a story if you both answer me a question, okay?"

"What question?" asked Katy.

"This one," answered their mother, "when we were all in the garden before dinner, did you see a man standing by the stream?"

"Of course we did," they both said, in a tone that suggested that it was one of the silliest questions they had been asked in living memory.

Judy breathed a sigh of relief. A short lived sigh of relief. So there had been someone there, she was not seeing things. She was not going mad.

"Have you seen this man before, girls?"

"Of course we have," they chorused in a similar tone.

"Do you know who he is?"

"Of course we do," they answered, ever more exasperated by their mother's questions.

"Can you tell me who he is? And don't say 'of course we can'."

"He's the captain I think," answered Annabelle. "Isn't he?" she asked, turning to her sister.

"Of course he is, silly, because he's in charge," replied Katy with a look of scorn on her face.

"In charge of what?" asked Judy.

"The others of course."

"The others? What others?"

"The other men, Mummy. From the garden."

"And when you were playing ring a ring o' roses, was someone else playing with you?"

"Of course, it was the captain and oh, I don't know his name. Do you know him, Annie?"

"No," said Annabelle sleepily, hoping the questions would end soon and the story telling would begin. It was '*My Naughty Little Sister*[30]' one of her favourites although in her opinion, naughty older sisters were much naughtier.

"But who are they, girls? Where do they come from?"

"The garden, we told you," said Katy, "can we have our story now please?"

---

[30] One of a series of books by Shirley Hughes.

Michael nodded to Judy and she picked up the book and began, "A long time ago when I was a little girl, I had a sister who was littler than me…"

Eighteen pages later the girls were fast asleep and did not stir when they were carried upstairs, worn out by interrogation and tales of naughty little sisters.

"So, what do we do?" Judy asked Michael. "What the hell do we do?"

Chapter Sixteen-Convergence Day

A couple of slices of toast should do. Michael was not absolutely convinced that a Lebanese breakfast would do the trick for him, was not absolutely convinced he knew what a Lebanese breakfast consisted of although he hazarded a guess it would be sweet and involve labneh, olives, mankoushi, pitta bread and hummus. The toast with its inch of butter and jam would see him through until then. For a change he was up early, not that it negated in any way the risk of him being late, it was more likely to heighten it. It often did.

Meanwhile...

...over in Manchuria Road, Judy was also up early and was debating with herself whether to have a third cup of coffee. She did have a routine for breakfast which she had more or less adhered to since renting her flat some three years back. Porridge, two coffees and fruit. Simple yet effective nutritionally. Invariably, she left the flat at exactly the same time each day, leaving ample time for her journey to Chessington. Invariably she was late.

Meanwhile...

…over in Canford Road, Michael was filling his man-bag with the essentials for the day; notebook, pens, pencils and a book for the train. The Laylii Lounge was only five minutes' walk from Waterloo station and was reported to be doing a roaring trade with early morning commuters, probably none of whom had fortified themselves with toast and jam.

Meanwhile…

…over in Manchuria Road, Judy was gathering her things together; two textbooks, assorted pens, timetables and a wreath of garlic to ward off Miss Roseberry. The bag she normally used (a present from an admirer who picked it up cheap in Huddersfield) was not quite up to it, so it was back to an old favourite with extra capacity, but a dodgy strap (a present from another admirer, the bag not the dodgy strap). She drained the rest of her third coffee and set off for Clapham Junction station.

Meanwhile…

…making his way to Platform 11, Michael paused to buy a take-away coffee. The coffee was in a stay-hot Styrofoam beaker which invariably was far too hot to even attempt to drink it before Waterloo South. He took up his position on the platform, next to the fire extinguisher and…waited.

Judy, entering the station briefly, wondered whether she had time to reach the toilet before her train was due, that third cup of coffee now seemed not her best idea of the day. The argument was won by the train for now and she made her way to Platform 17 where she took up her usual position, next to the newspaper vendor…and waited.

Change of platform. Michael now had to make his way to Platform 17. Judy's train to Chessington was now departing from

Platform 10, news her bladder could have done without. Michael hurried to the top of the steps which gave access to Platform 17, or as hurriedly as his dodgy knees allowed, and turning to his left onto the platform he met with someone dashing as hurriedly as he albeit with a different destination. Their bags entwined. They entwined. Their fall was far from graceful.

"I'm so sorry," said Michael, whose coffee had now vacated the Styrofoam mug onto his jacket.

"No, no it was my fault entirely."

"Nothing is ever a lady's fault," replied Michael, using a line he had heard in a movie he had seen on TV recently which he particularly liked.[31]

"Let me buy you a coffee at least," offered Judy.

The Lebanese breakfast had momentarily been forgotten for Michael had an unaccountable feeling that this coffee could turn out to be the most important one he would ever have. Unfortunately, Judy's bladder could not be forgotten. He said he would wait in the small coffee shop at the end of the platform. 'Please come back,' he thought, 'please come back. She did.

He wasn't really her type. She wasn't really his type. They had virtually nothing in common. It would be pointless to ask her on a date, what would they talk about for heaven's sake? A very pleasant interlude, but no point in seeing him again, what did they have in common for heaven's sake?

They duly arranged to meet at the Bread and Roses that very evening. Which they did, as we know.

---

[31] The Go Between.

Chapter Seventeen-Post Wedding Days

"Well, we did it," said Michael

"And I have no doubt we'll do it again," replied Judy, whose radiance was a left-over from the wedding day (and night).

"I was talking about getting married, Jude."

"Oh."

They were at Gatwick airport, awaiting their flight to Venice. Michael, who was an expert worrier where flights or pretty much anything was concerned, had decreed an early start which is why they now found themselves with four hours to kill. A game of I-Spy had taken up the first thirty minutes quite comfortably. Michael unzipped his small rucksack and fumbled around.

"For crying out loud, Mike, will you stop checking the boarding passes every few minutes? Where do you think they are going to vanish to?"

"Call it excitement, Jude."

"Is that what it is?"

"*Si.*"

"Ah, the multi-lingual Michael Hamilton speaks. Is your Italian coming along nicely?"

"*Sì.*"

"I hope that isn't the full extent of your Italian linguistic skills."

"No."

"You're funny. Have you actually learned anything useful or will I have to take over?"

"Of course I have. *Scusi, dov'è il gabinetto? Capisco?*"

"Yes, you're asking where the toilet is."

"You have to agree, it's useful!"

"With your bladder, it's bound to be."

One airport is pretty much like another, the layouts conform to a blueprint thought up by someone with too much time on their hands, Functional, yes. Soulless, yes. Satan himself has probably had Hell re-designed with the information gained from observing airport layouts. Time crawled slowly. Another game of I-Spy, another bout of people watching. Michael checked the boarding passes a further three times while Judy rolled her eyes in his general direction. Not literally, that would be hideous.

The best man/woman Fay was keeping an eye on their flat while they were away. The decision had been taken to live in Judy's Manchuria Road flat and sell Michael's in Canford Road and save that money for a rainy day which our climate thoughtfully provided often. They had discussed starting a family. Well, half-discussed it. Well, Judy had brought it up and Michael had listened. No decision had been taken.

When the call came for their flight, they were both asleep, but fortunately a fellow traveller (David Hamilton-no relation) nudged them forcefully which had the desired effect. Hands linked, they marched off. Venice next stop, oh my.

Neither were seasoned fliers. Each pretended to the other they were not nervous. Each had sweaty palms. Each had limited leg-room which Michael decreed would play havoc with his dodgy knees. Each rejected the offers of teas, coffees, newspapers, cigarettes, jewellery, confectionery, pastries. Each assured the other they were absolutely loving the flight. Each turned chalky white at the merest hint of turbulence. Each said, 'don't worry' at the same time.

"Look," said Michael excitedly, "Venice." He was right; he often was about these things. The course he once took on recognising famous cities from the air proving useful at last.

Judy considered her response. It was simple when it came, "Wow."

Eternal Venice, sinking by degrees into the water that she lights, briefly illuminated in all her glory by the late afternoon sun which had chosen an opportune moment to peep out from behind the clouds. Not only would their first sight of Venice never leave them, but the city itself would never leave them, wherever they went in life, whatever they did they would feel its shimmering presence. The flattering yet suspect beauty haunted all those who came here.

Passport control negotiated. Baggage carousel negotiated. A ten minute walk and they found themselves boarding the *alilaguna* bound for the beckoning city.

"So, this so-called ear thing of yours stops you riding a horse, a bike and a water-bus?"

"So it seems," replied a distinctly green-faced Michael. "Be fair though, Jude, it is a bit rough."

"Yes I agree, but you are still a big girl's blouse about the whole thing. Just calm down and enjoy the ride, which funnily enough is what you said to me at your place after our third date."

Michael calmed down, but did not enjoy the ride.

"Perhaps you should ask for the *gabinetto*," laughed a largely unsympathetic Judy.

Approximately thirty-seven heads were turned towards the starboard windows as the water-bus edged closer to the city. There was a thirty-eighth head, but that was situated between Michael's dodgy knees. (To clarify, it was Michael's own head).

"Nearly there," said Judy, addressing the back of Michael's head. "*Arsenale* next stop."

Fabio Ballotelli, the apartment owner was there on the quayside to greet them. He was tall and Italian looking as befits an Italian. He was holding up a sign saying, 'Hamiltons' on it in such a way as to make one believe he had no interest in greeting anyone. Nevertheless, charm oozed out of him. Chipping Norton would hold no fears for him. The apartment off *Via Garibaldi* was only a few minutes' walk away, situated in a small *campo*. Small, but striking.

The first night of their honeymoon passed off without incident, any kind of incident. Judy blamed Michael's insistence on getting up early. Michael, as usual, blamed his dodgy knees. Fortunately, in the morning his knees were very much up to it and Judy was refreshed and suitably eager. They made love to the pitter-patter of rain drops splashing onto the *campo*. They didn't notice, nor did they care.

They by-passed breakfast and wandered off to play at being tourists. Michael had thoughtfully provided a detailed itinerary of where to go, when, at what time and which day. His timings even allowed for the odd excursion not covered by his programme of events. The whole itinerary covered ten pages of foolscap with several sections highlighted in different colours. Yellow for churches, pink for museums, green for galleries, blue for scenic viewpoints. It would be no surprise if he had called it the Rainbow Itinerary, which he hadn't. Judy, in the spirit of spontaneity, had consigned Michael's timetable to the bin before she did the final pack the previous morning. She left him to rummage in the baggage for fifteen minutes before she illuminated him and caused his crest to fall.

"We're in this together, Mike, so we do it together. But you can decide where we go first."

"Why, thank you," said Michael, his crest now rising a little. "Right, let's go and look at the *Palazzo Contarini del Bovolo*[32]."

"Which is?"

---

[32] Built in the mid-fifteenth century. The staircase was added in 1499. Located near the Campo Manin. Don't get lost!

"A fifteenth century palace with an external spiral staircase. I showed you a photo, remember?"

Judy didn't. They strolled through St Mark's Square, their stroll marked by swivelling heads as they attempted to take in everything. Only a few yards away now, said Michael. As indeed they still were ten minutes later and then twenty minutes later. Forty minutes later Michael assured Judy they must be almost on top of it.

"For God's sake, Mike, ask somebody. And not for the bloody *gabinetto* either!"

"I read somewhere that getting lost in Venice is one of the great pleasures of the world."

Michael looked at Judy's face and instantly realised that this was not a pleasure, great or otherwise for his new wife. It was not the first time he had said something stupid to Judy, but it was the first time he had done so in such beautiful surroundings.

And suddenly, as if by magic there is was, the *Palazzo Contarini del Bovolo*, looking as magical as its sudden appearance.

Judy considered her response to this sight. It was simple when it came, "Wow."

There were to be a lot of 'wows' that week for reasons not just pertaining to architecture and history.

They were overwhelmed by the buildings. They were underwhelmed by the food. They were overwhelmed by the history. They were underwhelmed by the smell. They were overwhelmed by the art. They were underwhelmed by the cost of everything. They gave the language their best shot; spoke Italian with all the right flourish and flamboyance they could muster. Pronounced words with an accent so truly authentic that even their own parents would have been convinced they were *Veneta* born. To no avail. They were answered in English each and every time. They were perceived as being English everywhere they went apart from one occasion where Michael was asked in hesitant Italian, "*Scusi,..er....dov'è...um..il gabinetto?*" He didn't know.

They idly wondered how Venetian artists like Titian or Tintoretto, whose works adorned Venice's churches and galleries ever had time to have a life outside of their art. Coming for a pint Tint? Sorry, got this painting to finish for the Doge, still got another two hundred people to put in it. How about you, Tiziano? No. you're all right mate, I've got to knock off another Assumption.

They were both of the opinion that Venice must be the most tiring city in the world. Weary, foot-sore after tramping pavements, ascending steps on the innumerable bridges. *Ginocchia ingannevoli* did not help Michael's sightseeing of course, how could they? They were both of the opinion that Venice must be unique among cities of the world. *Ognuno ha detto così.*

The week flew by in a whirl of art, architecture and living history which could be found on ever corner. They decided against a gondola ride, it wasn't the cost, although it could have been. It was Michael's ear thing. Fear not, they still had their ride on the Grand Canal courtesy of the *Vaporetto#1*. Even then, Judy had one eye on the *palazzos* which lined the canal and one eye on Michael who was sitting far too close to the rail which formed a barrier between him and certain doom.

The weather reserved its splendour for their final day. The skies stayed blue, the sun shone and when evening came the city was bathed in an orange glow, like a golden benediction. It was a scene so startling, so beautiful that Ascension painters could only have dreamed of it. Michael and Judy shared a bottle of Prosecco as the sun dipped over the city. As beautiful moments go it could hardly be bettered. And it would go with them, stay with them as would Venice itself.

Chapter Eighteen-Present Day

It was hard to decide what to do. Michael could not really see himself (or anyone else for that matter) marching around the soon (possibly) to be rotovated garden chanting, 'go towards the light'. Did he look for 'Exorcists' in the Yellow pages? Invest in crosses and holy water? Can you get those online? Of course.

The night had passed quietly enough; no headless corpses or skeletons rattling chains put in an appearance. And today was Saturday. The sun was shining and normality was the keyword. Normality today was the beach, the sea front, fish and chips and a pint or two of cider. It was still early, he had left Judy slumbering and had made himself a coffee. He was sprawling in one of the soon to be replaced garden chairs on the patch of concrete which manfully doubled as a patio. Come on then, show yourselves. Nothing. He said it louder, alarming a blackbird which hurriedly retreated to the soon to be torn out and replaced hedge. Nothing.

He walked down towards the stream in a nonchalant (not very) manner. See, you can't harm me, his manner proclaimed, although he was shaking like a leaf. Would Johnny Norfolk have pulled out of a scoring opportunity because he had seen an apparition in the penalty area? Would Johnny Stevens be reduced to a nervous wreck by a phantom at Checkpoint Charlie? Frankly, he didn't care, he was scared as hell and didn't care who knew it.

The blackbird flew by, neither knowing or caring about Michael's shredded nerves. The birdsong and the screech of gulls abruptly stopped. Normality the keyword he thought, but this is decidedly not normal. Something brushed by him. He felt the touch on his arm, an icy chill enveloped him. He could hardly breathe. He opened his mouth in a silent scream. He turned his head towards the house. Standing by the back door was a man. Tall, distinguished looking he thought incongruously. He was not wearing a uniform as such, but a long coarse looking coat, fastened to the neck. Michael had worn something similar himself when with the Sealed Knot.[33] With a supreme effort Michael escaped his frozen immobility. Still frightened witless, but with a family to protect, he ran towards this man, if man it be. The figure was unperturbed by the sight of Michael running towards him at the fullest speed he could muster. He remained like a sentinel by the back door. The only move he made was to point at his own knees then with an outstretched arm pointed pointedly at Michael's knees. Then he simply vanished.

"Bloody cheek," shouted Michael, "Does everyone know about my dodgy knees?"

He started laughing, uproariously. He laughed uncontrollably. He laughed until he cried. What the…

Judy poked her head out of the window. "What's so funny, laughing boy?"

"Come down, I'll tell you about it over a cup of tea."

He did so. Judy wanted to laugh, but couldn't. A ghost with a sense of humour was one thing, but not one in their garden. No thank you. They had the girls to think of after all.

---

[33] I'll explain later.

"Okay, Mike, we seem to be agreeing we have ghosts in the garden, but we still have to decide what to do about it."

"Perhaps they don't mean any harm."

"We can't take the chance. If there are malevolent sprits, which for all we know there may be, then we must get rid of them for Katy and Annie's sake. Hell, I can't even believe we are sitting here having this conversation."

"Bizarre isn't it? I'll ask around town or go and see the vicar, start the ball rolling."

"Any idea how many dead were buried around here?"

"Anything from a few to a few hundred. The casualty figures seem unfeasibly high even allowing for the fact the siege was several weeks long. I don't know whether bodies from both camps were buried together. There were several truces during the siege so the dead could be laid to rest, but the information is rather sketchy."

"Wouldn't Prince Maurice have taken his dead away when they withdrew? Wouldn't the families want them back?"

"Only the highest ranks. Remember, Jude, both armies were full of mercenaries as well as nobility."

"Death the great leveller."

"Yep. I'll go and see the vicar tomorrow morning."

"Mike, it will be Sunday morning, he may be tied up."

"Can't they get de-frocked for that?"

"Frequently, no doubt."

"Oh ye of little faith!"

"Right, I'll go and round the girls up while you sort the breakfast my little kitchen maestro. What will it be?"

"A huge pile of toast!"

"My kitchen hero!"

Michael was as good as his word. He often was. There was indeed a huge pile of toast adorning the dining table. True, a slight faux-pas was committed when Michael brought the first slice to his mouth.

"Daddy," shouted a thoroughly alarmed Katy.

"What is it, sweetheart?"

"You are eating the curly end first, that's bad isn't it Mummy?"

"Yes, very bad," agreed Judy.

There were certain rules of dining etiquette that Judy had established that quite reasonably she expected her family to adhere to. Chief among these was that toast should be eaten straight edge first and woe betide anyone who opted for the curly end option. There are various other rules and guidelines which includes the licking of spoons, the licking of forks and especially the licking of knives and if such licking precedes the placing of various items of cutlery back into various jars or bottles then Michael and the girls knew they could expect to receive *that* look. Along with the mantra, "It will be liquid by morning."

The girls having been fed, the huge pile of toast eventually devoured with due reference to etiquette, the washing-

136

up having been done and Michael's shoelaces tied with the minimum of giggling from his family, they set off for the sea front. There was the stiffest of breezes blowing from the south-west and within moments of leaving the house they could hear the sea. The waves rolled in sounding like liquid drums, a constancy of crescendo and lull. The seagulls added their own voices to this music of nature. A wagtail curtsied to them, then flew on, darting from bank to bank. The ducks swam in formation, in perfect symmetry in the sparkling river. The resulting effect was one of peace, a perfect state of harmony.

The girls thought it a little unfair that they had to carry their own buckets and spades, was there to be no benefit at all in being young? Their thoughts were already turning to ice-cream in spite of the recently devoured toast. Ice-cream was a rare treat indeed in Surrey, but here by the sea, it was compulsory, a fact they took advantage of even at their young age. The car parks were already almost full, it was going to be one of those 'everybody heads to Lyme days'. Some came for the views, some came for the beaches, some came for the history, some for the atmosphere, but all went home happy.

"How long are we staying?" asked Katy.

"I'm not sure, Daddy might know."

"But have you brought sandwiches in case we get hungry?"

"You have only just had breakfast, young lady."

"Katy always wants more doesn't she, Mummy?"

"Yes she does, Annie, but then so do you don't you?"

Annabelle considered this for moment before deciding that her mother was absolutely right, although privately she thought Katy was much worserer in that respect.

"Right, who needs help with a sand castle?"

"Me, Daddy," they both cried.

Sand castles were not his thing by any stretch of the imagination. Add it to the list of non-talents. His castle towers invariably collapsed, if not the moment the bucket was upturned then very soon after. True to form, this day proved to be no exception and the girls very soon decided that the building should be an adult-free activity or to be more accurate, a Daddy-free activity.

"Never mind, Mike. You can't be good at everything or indeed..."

"Yeah, yeah..."

Judy reached in her bag for a book she had picked up in the charity shop, (50p) a saga of tennis players and espionage, tournaments and spies.

"Hmm," observed Michael.

"Hmm?"

"Even you could write something like that."

"Even, Mike? Even?"

Michael retreated a foot.

"Did you not bring a book?"

"Nope, clean forgot."

"In that case why don't you go and see the vicar today? It won't take long and we are happy enough here...without you!"

"Well, I guess it won't do any harm. Girls, are you sure you don't need any help there?"

"We are *very* sure," said Katy firmly.

Michael trudged up Broad Street competing for footpath space with the tourists who were heading in the opposite direction. The Vicarage lay off Silver Street, just a ten minute walk for a reasonably fit man. It took Michael seventeen minutes. Knees. Fortunately, the journey was not wasted and the vicar was home and received him.

The Reverend Timothy Norfolk (no relation) was intrigued to put it mildly by the story that Michael related to him. No one had ever consulted him about ghosts before and it was an area he was especially interested in. Everyone in Lyme had ghost stories, but none that they felt they wanted to share with their vicar.

"Have you made contact with them or tried to make contact with them?"

"No, the closest contact was when the man I described seemed to mock my dodgy knees. I think that contact was enough for me."

"Interesting. And your wife has seen one man, possibly the same man and you are certain your daughters have seen more than one of these men?"

"Yes, correct."

"Interesting."

"Fascinating I agree, but what's to be done? Do we hold a séance in the garden and ask them politely to clear off? Do we point their troubled souls towards the light, wherever that may be, and ask them to toddle off, there's good fellows?"

"The first thing we have to do is to establish contact and it's all a bit more hi-tech these days, not a Ouija board in sight. You have come to me at exactly the right time…"

'10.30?' thought Michael idly.

"…there is a bit of an expert in this field in Lyme next week. He arrives on Monday and is giving a talk at Uplyme Village Hall on ghost-hunting in the modern world. His name is…well, I had it here somewhere…er…Chris somebody anyway. The point is I can bring him up to you on Monday evening if you wish."

"If that's what you think the first step should be then let's go for it."

"Excellent. To celebrate, I have a bottle of my home made Parsnip wine handy; I'd be interested to have your opinion on it."

Had Michael been writing a review of the wine, it would have been as unprintable as the wine was undrinkable. But as he wasn't, he had to make all the right noises, pull all the right faces and say all the right things. Besides it was only right to be polite for the Reverend Timothy Norfolk was coming to their rescue and had not even uttered those immortal words, 'can't say that we have seen you in church before, Michael.'

"Thanks...rev...er...your..."

"Tim will do fine, Michael. I don't think I have seen your family in church yet have I?"

"No, you wouldn't have done," said Michael and beat a hasty retreat. The wine may have been undrinkable, but the contents of the glass he had been forced to swallow had gone straight to his legs, by-passed his dodgy knees and landed in his feet. He made his erratic way back to the beach where the girls had now made for themselves a fortress surrounded by a moat, with crenelated towers, a drawbridge and a working keep.

"My daughters, the master-builders," he said.

Michael gave Judy the run-down on what had transpired at the vicarage/distillery.

"Don't you feel better now, Mike as well as a little pissed?" Judy said, laughing.

"I'll maybe feel better Monday, depending on what our ghost-hunter has to tell us."

"I know just what you need!"

"So do I, but not here surely."

"Silly man. You need fish and chips and funnily enough, so do we, so off you go."

"I'm getting them am I?"

"Apparently."

He kissed her, it seemed the appropriate response.

The fish and chips were divine and so was the sleep they all had. Books, sand castles and ghosts forgotten. The sun yet again had remembered what summers were for and the assembled throng of tourists were showing their gratitude in various pubs, shops and fast food kiosks. A kaleidoscopic afternoon, a blaze of colour from every quarter. It was the hottest September day anyone could recall. In fact that Saturday, Lyme Regis was deemed to be hotter than Calcutta. It was, everyone agreed, the hottest September day since the last hottest September day. In essence, none of that mattered, what mattered was actually enjoying the sunshine as opposed to analysing it.

Ice-cream all round on the way home. Singles (pistachio, honeycomb, chocolate) for Judy, Katy and Annabelle. A double (toffee fudge and lemon meringue) for Michael who was very much in touch with his inner sweet tooth. A perfect day, perfectly spent in perfect Lyme Regis.

Far away, a bespectacled and slightly nerdy looking man was loading up his car with his latest invention, in truth, his only invention. He had laboured over the notes he had prepared for his talk in Uplyme and was confident that both he and it would be found to be most interesting. It was all he had ever aimed for, but had frequently fallen short of that goal. Still, that was Monday. And the two days spent in Winterbourne Abbas with his new assistant would give him yet another chance to be…interesting. If she let him.

Chapter Nineteen-Dark Days

There were rumours of illegal trading, of insider trading. Such rumours were commonplace in the city however and fingers were rarely pointed, axes rarely fell. One dark day, the finger was pointed and an axe fell.

Tom Kennedy, something big in the city swiftly became Tom Kennedy, something under suspicion in the city. His fellow directors were quick to put out a statement expressing their complete faith in Mr Kennedy and confessed themselves to be bewildered by this turn of events, but they were behind Tom all the way. Absolutely. Wholeheartedly. They suspended him all the same. For the good of the company, Tom. A temporary measure.

Disks, files, laptops all confiscated and sent away for analysis, his office locked and out of bounds. The same scenario played out at his East Molesey home, his rarely seen neighbours now lined the pavement watching the procession of policemen carrying out their bundles.

An emergency committee meeting was convened at the Molesey boat club to which Tom was not invited although he was the subject of the heated discussion. Arguments raged back and forth. The reputation and standing of the club debated. Although Tom was not invited to air his views or in any way defend himself, he was sitting by himself in the bar awaiting the verdict. He did not have to wait long. The arguments and debates had lasted all of thirteen minutes.

If the chairman, Nigel Boycott, had a black cap available, he would have donned it. Passing sentence with all the gravity of a High Court judge, (which he wasn't, he owned a piggery) he announced the verdict of the committee.

"Sorry, Tom, I hate having to do this, but for the good of the club we have to suspend your membership for the time being. A lot of folk will say there's no smoke without fire, but we are not saying that, all we want to do is protect the reputation of the club. It's nothing personal, Tom and when all this has blown over you are welcome to come back. I'm sure I speak for all the committee (heads were nodded) when I say we believe in your innocence completely, utterly, but we have to do what we have to do. Regardless of how this will pan out, please remember we are your friends. Have you anything to say, Tom?"

Tom did.

"Bastards."

The cricket club would treat him differently he was sure; the members of the committee there were much more his friends. He had known them longer, had spent many good times with them, with and without alcohol. They were his kind of people. Yes, the cricket club would be different.

He waited patiently while the committee deliberated. He gazed at the signed photographs of Tom Graveney, Geoffrey Boycott (no relation to Nigel), Ray Illingworth, Ken Higgs, Gary

Sobers and Wasim Akram[34], all of whom had one thing in common; none of them had appeared in any capacity at Molesey cricket club. Tom idly wondered whether they had been pilfered from other better connected cricket clubs. These deliberations lasted for only seven minutes, surely a good sign.

The committee chairman, Tim James, a fine off-spin bowler in his prime which was a long time over, poured Tom a pint. Surely another good sign.

"It's like this, Tom..."

"Bastards."

"Sorry?"

"Don't waste your breath explaining, I don't want to hear it."

"Well, if that's the way you feel, Tom. And that is your final word on the subject?"

"No, this is my final word. Bastards."

He was convinced Ray Illingworth flashed a smile at him as he stormed out, never to return. Bastard.

There were whispers in the corridors of power in the Molesey WI. How will all this affect Elspeth? Should some kind of action be taken? How will Elspeth cope? Will Tom go to prison? The questions remained unanswered, but Elspeth was sought out by her fellow committee members for a quiet word. An ominous sign surely. The suggestion was made that it may be better for all concerned (but especially the committee) if Elspeth

---

[34] All first-class cricketers, but you knew that.

were to maybe take a step back from the day to day organising, rein in her activities just for now until everything has calmed down. The suggestion was put to Elspeth who retorted with a suggestion of her own that the committee members may well have found anatomically impossible.

Tom Kennedy who had been something big in the city was now something quite infinitesimal in leafy Surrey. A pariah, pointed at in the streets. No smoke without fire. No wind, no waves. Shorn of a meaningful occupation he was in limbo and his life which had been lived in the financial fast lane had slowed to aimless day to day living. Some days even the very act of dressing was beyond him. Some days even the act of getting out of bed was beyond him. Some days all he could do was sit in front of the TV. He watched countless antique shows, he learned nothing. He watched innumerable cooking programmes, he learned nothing. He did however learn something from the talk shows, namely not to watch them again. He did not see his retreat from the world as depression. He did not even consider depression an illness; he considered it a weakness, nothing any grown man should allow himself to be afflicted by. Elspeth's efforts to help him were rebutted, she was pushed away. Yet she suffered as much as he, the only difference was that she knew it, but he was not even dimly aware of it. He had retreated so far into his shell that he was almost impossible to see, to reach. Yet, he would deny it. He could not see the eggshells scattered around the deep-pile carpet (Axminster's finest) that Elspeth, Fay, Judy and Michael tip-toed around.

The investigation into the alleged insider trading dragged on and on. The wealth of material to be sorted, analysed and acted on was huge, a bottomless pit of figures, balance sheets and electronic communications. There could be no quick fix for the case or Tom. And Tom needing fixing, desperately.

146

Tom Kennedy 'celebrated' his birthday at home of course, but not alone. He received his presents with a stony silence which matched his unshaven, stony countenance. He stared at the card that Elspeth had selected for him; a simple heart on the front and inside she had written, 'Come back to me'.

Tom excused himself. Upstairs, he locked the bathroom door and stood in front of the mirror. Looking back at him he saw a grotesque parody of himself. He ran the hot water and dropped his razor into the basin. The shaving gel mingled with the tears he could not control. He was shaking so much his face became a criss-cross of minor cuts. But now the mirror was telling a slightly different story, Tom was in there somewhere, all he had to do now was to coax him out.

The effect that he had hoped this simple (if only) first step would have on his family was somewhat compromised by the seven scraps of bloodied toilet tissue adhering to his face. His smile was hesitant, but sincere. His request even surprised himself.

"Would anyone care to take me to the doctor's?"

They all cared to do so because they all cared.

It may be that Tom never really mended, but he became Tom again. He found work. In a florist, where he became the master of the bouquets, the genius of the pot plants, the doyen of the gift baskets. (In Mitcham, where the gossiping tongues had not reached).

It was to be another six months before he was completely exonerated and cleared of all charges brought against him. He didn't feel much like celebrating; too much of his life had been stolen from him. He was invited back to take up his directorship in the city one more. No thank you, he told them. He was now something big in floristry.

Nigel Boycott invited him to the Molesey boat club where all the members were overjoyed at the news of Tom's innocence having been proved. The cricket club members were equally in raptures over the news too. Tim James was of the opinion that Tom's innocence was never in doubt. Two sets of invitations were issued forthwith, inviting Tom to take his place once more within the ranks. Tom had to agree it was quite a gesture from both clubs and he deliberated for a few seconds before sending his one word answer to both committees.

Bastards.

Chapter Twenty-Birth Days and more pre-Lyme Days

"Don't ever come near me again," screamed Judy. "Are you listening, Hamilton? I mean it; keep away from me if you know what's good for you." Judy could have said that, but she didn't. It was much worse. But she meant none of it of course.

"Bastard. Hear me? Bastard. I'm never going to let you near me again," screamed Judy. "Don't even think about it." Judy could have said that, but she didn't. It was much worse. But she meant none of it of course.

In such a way did Katy Louise and Annabelle Emma come into the world, a world that had been awaiting them ever since their parents had first met on that blustery morning at Clapham Junction station. For both of them, one of their first sights in this new, strange world of theirs was identical; their father lying prostrate on the floor.

Judy was careful, oh so careful when she broke the news of her pregnancy to Michael. She ensured he was nowhere near a low load-bearing coffee table and that she had a glass of Pinot Grigio to hand in case some kind of revival was required. It was just as well. Michael was overjoyed (very) almost to the point of slipping into unconsciousness; his emotions had always had the ability to fell him in a swoop. Michael suddenly became as excitable as a little boy. He also wanted to wrap Judy in cotton wool, something she was never going to stand for.

One thing was certain, the Manchuria Road flat was ill-suited for the arrival of another human being, groaning as it was under the weight of Michael's shirts (forty-one) and pairs of jeans (seventeen-only some of which were the terminally out-dated pale blue pairs). A move had to be made. A decision had to be made, rent or buy? There was money in the bank, but there may be rainy days ahead. Frugality and parsimoniousness had been their watchwords, surely that wouldn't change. Then money that had been sitting in the banks since Michael's Canford Road flat had been sold was indeed still sitting there. The decision was duly arrived at to keep that fund intact and go for renting again.

They looked at so many properties in such a condensed period of time that Michael's knees became even dodgier that usual. Eventually they looked over a Victorian mid-terrace house that had everything they wanted, period features, space and a more than reasonable rent. Okay, so Earlsfield may have been a poor relation of Battersea and Putney,[35] but it had some recommended schools, some glorious parks and equally glorious Victorian pubs. And thirteen minutes from Waterloo or when Michael travelled, twenty-four minutes. Vanderbilt Road was a quiet enough road even allowing for its proximity to Earlsfield station and Garratt Lane (the A217 indeed).

Judy took a six month sabbatical from work. Michael didn't. Judy was in the fortunate position of having her mother volunteering for baby-sitting duties. Elspeth spent only one day a

---

[35] No longer the poor relation, it has become a very desirable area. So there.

week in the antique shop and her W.I. involvement was minimal after the committee's less than whole-hearted support for Tom in his hour of need. As for Tom, he was positively blossoming as a florist, his budding skills coming along nicely. His bouquets were a thing of beauty. Everything for Tom was coming up roses. In short, he was blooming. Everyone said so.

Michael was still covering the whole of London for '*The Big Brash Guide To London*' with his own brand of pithy reviewing which seemed to (still) strike a chord with the public. Judy was still battling Miss Roseberry on a daily basis with the odd battle won, but the majority lost. In the meantime, Katy grew. And then, Judy began to grow too.

Overjoyed as they were (and they were) to learn of another mouth to feed and nurture, they knew there were more changes to ring. The house in Vanderbilt Road could have been designed for a family of four and perhaps it was. There would be the minimum of changes there for which Michael breathed a sigh of relief; his DIY skills were limited to the point of non-existence. Judy was adamant that this time around she would stop work altogether with the proviso that she would return to employment when both girls were at school full-time. If Michael wasn't happy about this he did not show it in word or deed. Besides, Stephen 'call me Jim' Bailey was talking of retirement and further talking of Michael being his successor. It was only a projected retirement at some projected, but unspecified date in the future. A possibility, no more than that.

But fate, as it often does, took a hand in the proceedings. Fate and the No.58 bus. Stephen liked buses. Everyone said so. Even so, one can't help feeling it's not quite the way he would have wanted to go.

Michael Hamilton, editor in chief of '*The Big Brash Guide To London*'. Now, how could he make it even *bigger* and *brasher*? How was he going to justify the salary hike? How would they spend the extra eight-thousand? (easily) How was he going to put up with the daily commute to Waterloo and the near certainty of being eleven minutes late every day? Would he have to give up some of his wardrobe space to accommodate his daughter's clothes? Would he become the father he wanted to be? Would things change between him and Judy? Would his dodgy knees play a part? (probably).

Judy Hamilton, erstwhile teaching assistant, mother of one and shortly to be mother of two. How could life get any better? But then again how would Michael fare with his new found responsibility as father and editor? How would they spend the extra eight-thousand? (easily) How was she going to cope with being at home all day when their next child came along? Could Michael be persuaded to give up some of his wardrobe space? Would he become the father she knew he wanted to be? (of course) Would things change between her and Michael?

Katy Hamilton, single child. What did they mean, another baby? Would she have to share her toys? Would she have to share her kisses? Would she have to eat less? Would she have to share her bed and her teddy? Even worse, would she have to share Mummy and Daddy?

On the basis there is a downside to everything, then the downside for Michael in becoming editor was the fact he would no longer be out there reviewing. No more Mongolian burgers, Angolan breakfasts, Venezuelan street entertainers, Chilean chillies, alternative alternative theatre, micro-breweries and all manner of weird and wonderful things. He settled into the daily haul to Waterloo, but hated every moment of the time spent on the over-crowded permanently late trains. He kept a look-out for any journalistic vacancies that would pay the same money. None came up. He knew, however that something would come up very soon. He was not to know it would not be for another five years.

On the basis there is an upside to an upside, then the bonus for Judy when Annabelle came along was that she could say goodbye to Miss Roseberry at long last. The downside was having to say goodbye to the students she had helped nurture. The daily haul (not) of being a full-time stay-at-home mother was one she settled into joyfully and it was a joy she would never relinquish. She often thought that it would be nice to escape the city and suburbs; she hoped it would be sooner rather than later. She was not to know it would not happen for another five years.

Chapter Twenty One-Present Day

Monday evening. A full set of expectant Hamiltons. What would the wonders of science and Chris...er...somebody tell them? How could they be helped? Would they be helped? What would the men in the garden think? Do they think? So many questions with no answers...yet.

At 6pm, a car came down the soon to be re-surfaced drive. Three heads craned out of the window. Annabelle was otherwise engaged, dolls take precedence over ghost-hunters. Michael had been busy once more in the *spacious, but fully modernised* kitchen preparing some snacks, all made by his own fair hands. Do you see how far he has come since the days of crisps and pork scratchings? The table was adorned with freshly baked bread, hot out the oven bagels, a treacle tart and ginger shortbread.

"I'll get the door, Jude."

"Why you, why not me? Or both of us?"

"Come on then."

The vicar was giving, presumably the ghost-hunter a hand with a contraption which even at one glance had a touch of

Heath Robinson[36] about it. Irregularly shaped with lenses, dials, wires and cables that who knows, may serve a useful purpose. Heavy too, judging by the difficulty that the vicar and...er...Chris...somebody were having in carrying it.

"Hello Michael," said Timothy Norfolk, stretching out his hand in greeting, not a good idea when supporting huge contraptions. "And this must be Judy, good evening. May I introduce..."

"NuneqH, Chris, blplv'a'?" queried Judy, astonishing everyone present and scarily proving to herself just how much Klingon she had taken in all those years ago.

"Hello Judy," replied the still nerdy Christopher Drummond. "I'm afraid my Klingon is a little rusty, but here goes, jlplv."

'God,' Judy thought, 'I remember more Klingon than he does. Help me somebody.'

"I told you about Christopher, my first boyfriend didn't I, Mike?"

"Yes you did, Christopher the n...er...the nice boy. You are very welcome."

"Thank you," said Chris, who not taken his eyes off Judy for an instant. "Judy, you look wonderful, I never would have thought you could look this good."

---

[36] Heath Robinson was an English cartoonist and illustrator, best known for drawings of ridiculously complicated machines for achieving simple objectives.

"Thank for that, Chris. I can quite truthfully say I have never had a compliment quite like that before!"

Christopher was nudged in the back by his assistant who contrary to all expectations (his certainly) had found Chris very interesting in Winterbourne Abbas during the last two days. Not that being interesting depends on geographical location, but it can play a part, even in Chipping Norton.

"Sorry, folks this is my assistant and *friend*, Miss Forth, Sally Forth." (making a surprising and altogether unexpected entrance).

There will be no more such surprises. You will wait in vain for Jason Wilkins to appear, his part in our tale is over with although you may be pleased to know he is doing rather well for himself, selling vintage clothes in a small, yet profitable shop in The Lanes in Brighton. Yes he works long hours, his wife and children see so little of him, but you can rest assured he is happy with his family, shop and tattoos. Anyway…

Another round of hellos and handshakes followed. Judy politely declined Chris's hug, but smiled broadly so as not to hurt his feelings. Michael accepted Sally's hug so as not to hurt her feelings. The Reverend Timothy Norfolk felt a little left out.

The machine was carried into the *spacious* kitchen where Michael's carefully crafted snacks were swept to one side of the dining-table to make room for this soon to be named thing.

"What is it, Daddy?" asked Katy, who along with most of those present had never seen anything like it.

"I don't know, Katy, but Mr Drummond here is going to tell us what it is and what it does."

"Hello, I'm Katy."

Another round of hellos, handshakes, but no hugs.

Christopher Drummond felt that this was his moment. He leaned forward, intent on his captive audience, "Well,.."

"What is it, Daddy?" asked Annabelle, her dolls temporarily forgotten.

"I don't know, Annie, but Mr Drummond is dying to tell us all about it."

"Oh, hello. I'm Annabelle."

Another round of hellos, handshakes, but no hugs.

"As I was almost saying," said Christopher, "Firstly, I assume you know nothing about ghost-hunting..."

"Why would you assume that?" asked Judy.

"So you do know something about it then?"

"No, nothing."

"But..."

Judy smiled sweetly at him. He had only just started and his thread was already unravelling. It had never happened before, not even at Ye Olde Haunted Inne in Lower Piddle when he had partaken too freely of the local ale before beginning his demonstration.

"So," he continued, "we have established you know nothing about ghost hunting...at last. I like to use the word communicating rather than hunting. Hunting has overtones which we like to avoid. It's not about confrontation, it's about communication and understanding. This is where this beauty comes in."

Sally blushed and murmured something.

"I meant the machine, Sally."

Sally blushed and murmured something unprintable and to the girls, not understandable.

"We embrace modern up to date technology in our quest," he said, proudly.

Michael looked quizzically at this 'thing' on his dining-table and remained puzzled as to what kind of technology was represented here, Victorian or Edwardian perhaps?

"I know what you're thinking, Michael," said Christopher.

"I seriously doubt that, Chris, but carry on..."

"This, ladies and gentlemen...and...er...children is the Wraiths And Spirits Telecommunicator Electronic. W.A.S.T.E as we call it for short."

"Ah, now funnily enough that *is* what I was thinking."

"So, you use that to talk to ghosts, like an updated Ouija board?" Judy asked.

"More or less yes. I'm glad to see you are taking this seriously, unlike some," replied Christopher, glaring at an unrepentant Michael.

"Is it like a translator?" asked Judy.

"And more. It's a form of Electronic Voice Phenomena. It picks up voices from the spirit world, amplifies them, adjusts the distortion, filters out unwanted noise and enables us to hear spirits in their own voices."

"Assuming they all speak like Daleks[37] I suppose?" asked Michael. "I have heard similar things on TV and the voices are electronic, digitised and the words spoken are virtually unrecognisable."

"Not with W.A.S.T.E. This is a different kettle of voices. Now, tell me where the paranormal activity is most prevalent and we can kick it all off."

"And another thing," said Michael, "these things I have seen on TV are hand-held affairs, nothing like the size of this thing."

"Let's just say, shall we that bigger is better."

Sally blushed.

They decamped to the garden, as its prevalence was undisputed. Each person present was invited to ask a question directly into the machine (the girls being excluded for they had long decided all this was very silly indeed). The W.A.S.T.E was then left outside to do its thing while everyone made a start on Michael's snacks and the girls were deposited in their beds. Christopher was of the opinion that an hour at most would be enough. Time for a bottle of wine or two. Everyone said so.

---

[37] The most famous of all Doctor Who's adversaries. If you don't know who Doctor Who and the Daleks are...where have you been for the last 50 years?

To be on the safe side, they left it two hours and two more bottles before the W.A.S.T.E retrieval commenced. The machine was returned once more to the dining table. Christopher twiddled a knob (Sally blushed, remembering Winterbourne Abbas) and flicked a switch or two. They heard static; they heard rustling noises, but no voices. Christopher made an adjustment or two. They heard nothing. He extended the antenna (Sally blushed, but no one knew why). They heard buzzing; they heard clicks, but no voices.

"Seems like a W.A.S.T.E of time this," said Michael, having waited all evening for the chance to say it.

"You sometimes have to give it time, it can take a while to get going," said Sally, blushing once more.

They gave it another hour. Chris had Sally stretched out on the soon to be radically altered lawn, holding the antenna aloft.

"That reminds me of that thing that Eric Clapton used to play. Oh what was it now?" queried Judy.

"Guitar?"

"Very funny, Mike. Got it, it was 'Lay Down Sally.'"

Sally blushed. Still nothing.

"I don't understand, it's never failed before," moaned Christopher. "I can only conclude there are no spirits here."

"So, our ghosts are to blame are they?"

"Michael, you have no ghosts, I have been dragged here on a wild ghoul chase."

Katy and Annabelle wandered into the kitchen, unable to sleep, they had come down to see what the grown-ups were doing.

"Have you talked to the men in the garden?" asked Katy.

"Er…yes, darling, but they are not talking to us."

"Come on, Annie," said Katy, pulling her younger sister along.

Before anyone could stop them they were at the back door and gone. Their voices were plaintive, tinged with tiredness. Their entreaties purely personal and selfish.

"If you say hello or something to the grown-ups then we can go back to bed. Captain, say hello please."

A single, deep masculine voice was clearly heard. No one could say precisely where it came from, but they all heard it.

"Hello."

"Who is there, please?" asked Michael, whose dodgy knees were shaking uncontrollably and going up and down like pistons. Such are the foibles of those less brave.

"It's Captain Fox, silly," stated Katy in pursuit of clarity.

"Shush, Katy," said her mother.

"I'm only saying, Mummy…"

"It's Captain Fox at your service, Mr Hamilton. Soldier of the government, defender of Lyme and resident of your garden."

Christopher Drummond stood staring, open-mouthed. This sort of thing just did not happen to him. To few people in fact.

"Close your mouth, Chris, there might be a bus due!" said a no longer blushing Sally.

"But what about my machine? Why didn't you use that to contact us?"

"W.A.S.T.E of time if you ask me, Mr Drummond. We are not performing seals, dear boy."

"But I put a lot of time and effort into that," he protested.

Sally blushed.

"Just what are you doing in our garden? What gives you the right?" asked an indignant Judy.

"We were here before you through no fault of our own and we have been happy right enough before your man there decided to do something with the garden, disturbing our peace. It's not good enough, people, it's not good enough. We have rights too you know."

"Do you?"

"Well, no, not really. But we were here first; I think that should count for something don't you?"

The Reverend Timothy Norfolk was unsure how to proceed, exorcisms in the Church of England were as rare as hen's teeth and he knew little about the procedures to be followed. He stepped forward, his voice a hoarse whisper, barely heard.

"...be our safeguard and protection against the wickedness and snares of the Devil..."

"Sorry, Tim, old boy. The old God stuff won't work. Look, I have to go now, fatigue catches up with you very quickly after nigh on four hundred years. Judy and Michael, put the girls to bed again, look, they are done in. We'll talk soon, tomorrow maybe, but without the righteous one, the blushing assistant, the ghost-hunter and his huge contraption."

Sally blushed. The garden fell quiet. The righteous, the blushing assistant, the ghost-hunter and his huge contraption all left.

"Quapla'!," called Judy to Chris, in a last throw of the Klingon dice.

"Tell me, Tim, do you have you a brother?" asked Michael.

"Yes, Jonathan, a footballer, why do you ask?"

"It's nothing. Good night."

Weird. But then the whole evening had been weird. His whole life was becoming weird.

Michael and Judy put the girls to bed once more.

"What price on Sally being a blushing bride before too long, with the emphasis on the blushing, Jude?"

"You could be right."

"You know what I'm thinking now?"

"Oh Mike, you are insatiable."

"Hah! I just would like to know what is going to happen next."

"We'll have to wait and see on the basis there is nothing else we can do."

"There is something we can do," said Michael, who mimed exactly what he thought they should be doing.

She kissed him. It seemed the appropriate response.

Chapter Twenty Two-Dark Days

There must be worse places to die thought Margaret Hamilton. Well, of course there must be and worse ways too. The room was impersonal as all such rooms must be. The décor neutral and neither pleasing or displeasing to the eye. The sink with its glistening sterile taps and remorselessly scrubbed porcelain. The keyword for the room was sterility. Everything about the room was inoffensive, apart from her. Did she offend her family and friends by dying here in this alien environment? Would they rather she was at home in her own bed, doing her duty as wife, mother and grandmother to the last?

There was the inevitable futility in such thoughts for they could not be remembered once the end came. When her life was extinguished with it would go all fear, suffering and hope. Why does the word hospice contain within it the word hope? Did no-one see the incongruity of it? She shifted uneasily in her bed. She had always hated February. The nurses had seen to her, the injections made, the platitudes uttered and her family were out there drinking coffee consoling themselves. Her eyes focused on each corner of the room. She did not think of it as her room. It was a transient thing, designed to be passed through and she the latest in a long line of such transient one-way travellers. Why oh why had Michael thought it a good idea to allow Katy and Annabelle to see her she did not know. Did he want them to remember her as this wizened thing shrunken and hollow? It was of course good to see them, it gave her some little comfort and even joy. But all too soon those thoughts and memories would die along with the rest of her. There was no afterlife, she had never believed it. Life like death was simple, one moment you were here, the next you had gone. A sound suddenly disturbed her thoughts which were even now escaping and fleeing from her. The sound of feet. She tried to focus on the shapes and hushed voices which barely reached her.

Was that Geoffrey? Sweet Geoffrey. She wished she could find the words to comfort him, she tried. She made an almighty effort, but her tongue remained obstinately curled up in her mouth like a mollusc in its shell. A silent scream was all she could manage. A silent despairing cry. Geoffrey was whispering now; he was always self-conscious about declarations of love and he would be so especially now with nursing staff and family hovering in the background. How did she know it was a declaration of love? She had been married to the man for fifty-two years. She knew.

She knew and she also knew what she wanted to say to him, what she needed to say, but even as she thought it, it had flown away from her. There were no more thoughts left. There was nothing.

Chapter Twenty Three-More Pre-Lyme Days

"It's now or never, Mike."

"Or somewhere in between," said Mike, always looking for the compromise in everything.

They were not long back from the Cotswolds where Margaret Hamilton had been laid to rest in the peaceful graveyard of St Andrew's Church[38] in Great Rollright. It was a quiet ceremony attended by a few distant (very) members of the family and a representative of the fearsome magistrates past and present of Chipping Norton. Only two of the nine owners of its antique shops put in an appearance and twelve of Margaret's cheese and wine party set who were pleased to find that cheese and wine were amply provided for at the Hamilton family home and stables in Adlestrop.

"You want to make a move as much as I do."

"I won't argue the point, but the girls are settled in school, they have their little friends."

---

[38] A beautiful church, well worth a visit.

"They will make new friends wherever we go; they are children, they are adaptable. Even you can make new friends to go with the old ones you haven't got."

"Let's say then that we go for it. Where shall we go to go for it? Do you want the country? The coast?"

"I rather like the idea of living by the sea and the girls would love it."

"If I can find work I'd be happy to be on the coast."

The initial thrill if that is indeed what it was, of taking over the editorship of '*The Big Brash Guide To London*' had long gone, even the extra eight-thousand (recently swollen to twelve-thousand) had done nothing to revive Michael's flagging drive and ambition (long gone, like the thrill).

"There won't be any urgency for you if I can find work. You have your mother's money coming to you and we still have our savings more or less intact. I'll get a job as a teaching assistant easily and there can only be one Miss Roseberry," said Judy, who appeared to have forgotten Mrs Danvers who gave Miss Roseberry a good run for her money in the dictatorship stakes.

"Does that mean I get to be a house husband father?"

"Oh yes, Mike. Very much so if your dodgy knees can cope."

"Hey Jude (could be a song that), you leave my dodgy knees out of it."

"I only wish I could. The latest Sealed Knot[39] news-letter had some info on sieges and battles around the coast so perhaps we could go somewhere with a bit of history attached to it."

"I read it. Our choices are very limited. It's Bristol, Chichester, Portsmouth or Lyme Regis."

"That's a coincidence."

"You read it too?"

"Don't be silly. Look at the book I picked up from the charity shop today."

Michael duly looked. He was good like that. It was something he could never be faulted for. If someone said 'look' he looked. Everyone said so.

"Ah yes, 'The French Lieutenant's Woman'[40]. It's an omen isn't it?"

"No, it's a book."

"Now who's being silly?"

"Let's book up for a weekend down there, if we don't like it, we don't like it."

"You're on. Devon here we come!"

"Dorset actually, Mike."

Infuriatingly, they were both right. Dorset was indeed their destination, but the only bed and breakfast with rooms to

---

[39] I'll explain later.
[40] Written by John Fowles and set in Lyme Regis.

suit the needs of the recently expanded family was in Uplyme, over the county border. Michael studied his old atlas (so old that the M25 was just a dotted line, a proposed motorway that surely would never be needed) and opted for the M3, the A303 and then make it up as they went along. It had always worked for him before; he was a natural when it came to navigating his way around the country. Everyone said so.

March. The day of departure dawned bright and clear. The forecast hinted at drizzle which may or may not turn to rain which may or not be heavy or prolonged. The forecast came from the *Daily Express* so they placed little reliance on it Instead, the sun was smiling down on their venture (trip to you and me). Destination: The Lemon Tree Guest House (You've tried the rest, now try the zest) Uplyme. The bags packed and loaded. The girls packed and loaded. The M3 was trouble-free and relatively traffic-free. The A303 matched the M3 for peace and calm, even allowing for the obligatory slow moving traffic as various heads were craned for a view of Stonehenge through the newly arrived drizzle which was indeed threatening to turn into heavy and prolonged rain. The problems started after leaving the much-maligned A303.

Michael to be fair did have two routes in mind for the remainder of the journey, but unaccountably proceeded with a third option. It was not the first time he had got lost in Somerset, but it was the first occasion anyone else had noticed.

"That is one very weird looking tree, Mike."

"Really? I didn't notice it."

"I noticed it especially as it's the second time I have seen it in the last twenty minutes. The atlas is in the back, do you want to stop the car so I can get it?"

"No need. I know where I'm going."

"Apparently in ever decreasing circles."

An all too familiar cry came from the back seat.

"Are we there yet?"

"Not yet, Katy, but I'm sure Daddy will get us there before night-time."

"My family, the cynics," sneered Michael, but not unkindly.

Civilisation. A town. Now bearings could be taken, routes re-assessed.

"What town is this, Mike?"

"It's Chard, which means we are nearly there, oh ye of little faith."

"Chard?"

"Yes, Jude…Chard."

"That sign over there says 'this way to Crewkerne's finest bookshop'. It would seem Chard is having some kind of identity crisis…"

"But it can't be Crewkerne…"

"Obviously it is. For God's sake, Mike, pull over and let me get the atlas."

"We'll come across a sign for Lyme in a moment…"

"A burning bush? A portent from the heavens?"

"Daddy!" called Katy.

"Shush, not now Katy."

"But, Daddy, I have seen a pointy sign for Lyme Regis," continued an exasperated Katy.

"This is grown-up stuff and I really don't think you know how to read the words, Lyme Regis."

"She does, Mike, I showed her."

"Look, there it is again," said a now triumphant Katy.

And she was right. There it indeed was.

"Thank you, darling, but why didn't you say so before?"

"But I thought you knew where you were going."

Judy twisted and leaned back in her seat and kissed her daughter. It seemed the appropriate response.

After only a few isolated cries of 'are we there yet', not just from Katy and Annabelle and one of "I need the toilet", Crewkerne gave way to Axminster (home of fine carpets since a long time ago). Axminster after a small skirmish with the A35 soon gave way to Uplyme and the Lemon Tree Guest House. The proprietors, Bill and Kath Lemon were effusive (very) in their greeting, fussing around their guests in a manner that were you of the suspicious type would make you very suspicious. What were they hiding? Did their enthusiasm cover up a world of chintz? Were even now, lace doilies sitting on top of milk jugs? Were the Hamiltons about to be transported back to a bygone age? The seventies?

Unfounded fears as it turned out. The Lemon Tree Guest House was bright, breezy and contemporary even if its owners were not (contemporary that is, they were certainly bright and breezy). The two rooms they had taken were spacious and tastefully decorated in pastel colours which served to emphasise the space. The furniture was distressed, Michael and Judy weren't. They had chosen well. Judy, in fact, had chosen well.

A plan of action was formed when a small folded map was found in the room which described a picturesque walk along the River Lym down into Lyme itself. The walk duly lived up to this description. Katy and Annabelle kept a count of the wildlife they encountered; such was the rarity of excursions into the countryside. The final tally on the downstream stroll was fifteen birds (species unknown), eight ducks, two horses, four dogs, two rats, three sheep and one wallaby.

"Look, Daddy, it's a kangaroo."

"Don't be silly, Katy, there are no kangaroos here in Devon."

"I think we're in Dorset now, Mike."

"Dorset or Devon makes no difference, neither county is known for its indigenous marsupials."

"Again, again," shouted Annabelle, pointing and waving.

"I don't believe it," exclaimed Michael who had always been slightly wary of marsupials along with horses and bicycles.

"You are right girls, though it's not a kangaroo, it's a wallaby."

"But what is it doing here?" asked Michael.

"Having a good time by the look of it," answered Judy as the wallaby bounded and hopped over the field ahead of them, followed by a small stream of people who were decidedly not bounding and hopping.

"There are wallabies living wild in…er….in…"

"Australia?"

"Hah! Very funny. No, well yes of course, but I was thinking of Derbyshire."

Michael and Judy did not know it, less still the wallaby, but its days of freedom were fast coming to an end; after yet more hopping and bounding through the town and along the beach it was to meet its match when it came up against the local fire chief. The wallaby excitement was over.

The rest of the walk was uneventful by comparison, how could it not be? Their first sight of Lyme was the narrow street of Mill Green which led into the equally narrow Coombe Street. Narrow streets are common in Lyme, even Broad Street is narrow. They could hear the faint murmur of the sea, they could taste the salt on the wind's breath. The tide was gently, yet determinedly rumbling, the pebbles washed clean with every retreat.

Judy's considered response to the first sight of the sea at Lyme was a simple one. It was, "Wow."

Katy and Annabelle made do with shrieks. They had encountered the sea only once before in their young lives (conversely, they knew Chipping Norton very well); at Brighton where there was an unfortunate incident involving their father and the picnicking Stevens (no relation) family. Families can be so territorial on beaches as Michael found out at some cost; goading turned to harsh words, harsh words to arguments and arguments to blows. In the ensuing fracas Michael lost a tooth and his pride. It was a salutary lesson for the girls on the perils of seaside holidays. It's entirely possible Judy may have learned something too. Possibly Michael.

Breakfast was just a distant memory and the fish and chip kiosk seemed to be the answer to all the questions that could have been posed. And so it proved. The one thing you could say about Lyme was in fact the one thing that Michael did in fact say to Judy.

"This is definitely not Earlsfield."

He was quick like that. Always had been. Everyone said so.

"Well deduced, Sherlock Holmes[41]!"

The fish and chip kiosk was providently next door to the ice-cream kiosk. The ice-cream kiosk proved equally adept at answering any number of posed questions. The Cobb was visited, the museum was visited; the Civil War connection partially

---

[41] This little-known detective also features in three novels set in Lyme Regis, but the author's name escapes me.

explored as befits members of the Sealed Knot society.[42] The last port of call was a local estate-agent. Could they answer questions that would be posed? Yes they could.

They had a house available for viewing which had come onto the market unexpectedly *again*. Although the *again* was only hinted at. Fairly isolated, but only a ten minute walk along the river to the town and beach. Could do with some modernisation although the kitchen had been recently *modernised* and was surprisingly *spacious*. If they liked the sound of it (and they did) then a viewing could be arranged immediately. It was.

They liked it from the moment they saw it. Yes, it was odd looking. Yes, it was a mish-mash of styles. Yes, the garden sloped alarmingly. Yes, there was work to be done, (Michael gulped, DIY was not his strong point as indeed were so many things) but there would be no urgency, everything could happen in its own time. The price was not a sticking-point for it was manifestly competitively priced. No doubt due to the alterations and modernising that needed doing.

Michael and Judy were sure of one thing. This was going to be home no matter what. Wheels were put in motion. An offer made. An offer accepted. It was the finest afternoon's work of their lives. Plans could now be made. 'Thanks, Mum,' thought Michael.

They re-joined the river walk. Elated and overjoyed. The late March sun had died in a flash of orange which had burst through the still skeletal trees. The still, clear light that was left behind did battle with the dusk manfully. The dusk won; it has a tendency to.

---

[42] I'll explain later.

There were two more visits to the house while they were ensconced at the Lemon Tree Guest House (try us...we're no lemon). They wandered over the house, allocating rooms. The girls wandered all over the garden, allocating play areas. Local tradesmen were consulted. Local pubs were consulted. They met old Mr Williams.

"Glad to see someone is willing to take the old house on again," he said with a gravity which the situation hardly required.

Introductions all round. Question posed.

"You make the house seem like hard work, Mr Williams," said Michael.

"Ah well, it can be hard work you see because, well, I hardly like to say, but I will..."

"Say what?"

"It's like this, Mr Hamilton. It's cursed."

"Beg pardon?"

"Cursed. Has been these last three hundred years or more."

'The peasants are revolting' thought Michael as he glanced at Judy who was rolling her eyes as only she can. Old Mr Williams was written off as a local eccentric who had perhaps strayed from a Hammer horror movie. Cursed indeed. The Dark Ages come to Dorset. They remained non-plussed. Their non had never been so plussed. Even when faced with the fact that the house had changed hands many more times than seemed normal.

The return journey to Earlsfield flew by even allowing for the odd wrong turn on Michael's part. Judy had the atlas on her lap throughout the journey, but even her fearsome navigational skills could not negate Michael's very own individual navigational skills which mostly consisted of ignoring Judy's directions. The children, without a care in the world, just slept.

Chapter Twenty Four-More Pre-Lyme Days

Selling the house in Vanderbilt Road proved ridiculously easy. Resigning as editor in chief of *'The Big Brash Guide To London'* proved ridiculously easy. Life suddenly seemed ridiculously easy.

They hosted three farewell dinners. For friends. For colleagues and ex-colleagues (less Miss Roseberry, Graham Tasker, Mrs Danvers and of course Stephen 'call me Jim' Bailey). And for family. Yet another chance for bonding between the senior Hamilton and the equally senior Kennedys.

A June evening. Outside, a battered Land-Rover Defender and a florist's van newly sign-written with the legend, 'Kennedy's Blooms...Ikebana Specialists'. Tom Kennedy, formerly something big in the city was now well and truly something big in floristry. His designs were sought after from Muswell Hill to East Grinstead, from Slough to Gravesend. His bouquets graced many an event saving those that took place at Molesey boat club or Molesey Cricket Club. Bastards.

Geoffrey Hamilton surprised his son, daughter in law and his grandchildren by the mere fact of his turning up. Since the loss of his wife he had been in limbo, life had not re-started for him and there were no immediate signs it ever would. Michael was quick to point out to Judy that his father had not let go of life, it had let go of him. He remained tortured by his own enforced solitude as life drifted by and he with it. Nothing could bring Margaret back and it was increasingly obvious that nothing now would ever bring Geoffrey back.

Elspeth Kennedy, who had returned to the ranks of the W.I. after an olive branch had been offered along with a full, frank and unreserved apology for the actions of the committee members during *that time of trouble* as they termed it. All the same, she was never quite the same woman within the Institute. Everyone said so.

Her flower-arranging had lost its lustre and spirit of adventure. Her jam had lost a little of its flavour and *its* spirit of adventure. Her Victoria sponges seldom rose to the occasion. Twice, it was said, she had been observed *miming* to Jerusalem. It was true of course; she no longer had the enthusiasm she once had. She was there because she liked belonging; she had a need to be a part of something. It helped define her in a way marriage to Tom never really had.

The dinner party was never going to be the easiest of evenings, farewells by their very nature never are. Geoffrey was there in body if not in spirit and to be fair to him, he made all the right noises at the right times and said all the right words just when they should have been uttered. The old Geoffrey came shining through fitfully when playing with Katy and Annabelle and reading to them from books he had brought with him as gifts; *The Adventures of Bess The Foal, Champion Takes A Tumble, Point To Point Through The Years: A Pictorial Record, Peter the Poor Pit Pony, Star the Stallion Takes Control* and *A Layman's Guide to Land-Rover Defenders.* It was agreed the last-named book was gifted to the girls in error. Everyone said so.

The topics of conversation were limited and dominated by horses, flowers and Dorset. Invitations were issued. Warm welcomes in Lyme were assured. There was a sense of an ending rather than a sense of beginning that Michael and Judy were aiming for. Wherever you go, you never really leave your family behind even if there are times when it's precisely what you want to do. Gifts were exchanged. Geoffrey had brought a framed (but not signed) print of Arkle.[43] Tom had prepared a lavish bouquet with summer colours abounding. It was one of his finest creations. Everyone said so.

Elspeth had created a jam using specially sourced (from Chertsey market) Dorset fruit. Unlike her recent preserves for the W.I. this one had both flavour *and* a spirit of adventure, not an easy thing to get into a jar of jam.

Handshakes. Hugs. Kisses. Farewells.

Three days later, Michael, Judy and the girls set off for Dorset, bidding Vanderbilt Road a fond goodbye. Judy had the atlas at the ready and navigated Michael safely to Lyme Regis in spite of himself. Friends and family left behind, but there would be new friends to be made. A new life to be forged.

Judy had applied for and had been offered a post of teaching assistant at a secondary school in Bridport. Michael had not applied for any jobs and consequently not been offered any. House-husbandry beckoned for Michael. 'Easy' he thought nothing to it. And time left over to write his novel. If only he could decide on a plot and a storyline it would be so much easier, but that would come…surely.

'Welcome to Lyme Regis,' the sign said.

---

[43] A famous Irish Thoroughbred racehorse of the 1960's.

"We're here," said Michael, who knew about these things.

And indeed they were. Home, although they did not know it…yet.

Chapter Twenty Five-Present Day

The fully-laden dining table in the *spacious and fully modernised kitchen* groaned under the weight of the food that had been deposited upon it. Michael had been very busy indeed in the kitchen.

"Whatever is all that, Mike?"

"Hey Jude (could be a song that), good day?"

"Decidedly average thanks. So, what is all that?"

"A finger buffet."

"For who? The London Symphony Orchestra? The Dagenham Girl Pipers?"

"For our merry band of ghosts of course."

"And they'll be eating will they, these ghosts of ours?"

"You may have a point; I may not have thought this through enough."

"Have you thought about giving them some spook-ghetti?"

"Very droll."

"I don't want you to score an own-*ghoul* with them."

"Ah I see now, you are trying to keep my *spirits* up."

"From *the other side* of the table yes!"

"This is all so weird though isn't it, Jude?"

"You bet, I don't know if I'll ever be able to get my head around it. I can't hear the girls, Mike."

"Out in the garden."

"With?"

"Just by themselves. Do you want to call them? We can get started on this pile of food then."

Katy and Annabelle responded to their mother's call as they often, but not always did. Their eyes almost popped out of their heads when they saw the amount of food that was taxing the dining table to its load-bearing limit.

"Is all that ours?" asked Katy, unable to believe her eyes.

"Most of it, darling. Daddy has made some extra treats in case we have any visitors."

"Is it Grandad?"

"No, Katy."

"Gramps and Nanna?"

"No, Annie."

"Is it Aunty Fay?"

"Actually it's for the…well, the captain and his men."

"That's just silly," chimed in Annabelle.

"Why is it silly, Annie?"

"They can't eat, Mummy," said Katy, shaking her head at this latest outbreak of stupidity from her parents.

"Why not? I mean, do you know why not?"

"Of course we do. They're dead, silly."

It was the truth that their parents had been trying to keep from them. They should have known better. In fact, as far as Katy and Annabelle were concerned they saw the 'men in the garden' as theirs. They didn't know why any grown-ups should be allowed to interfere.

"You know they are ghosts then?" asked Michael.

"Of course we do," said Annabelle, and adding defiantly, "we're not scared though."

"That's good, darlings," said Judy.

An hour passed. Nothing happened. Another hour passed. Nothing happened apart from an outbreak of tummy rumbling. Then a sound. A twig snapped. There was a subtle change in the atmosphere. A silence spread over the garden Birdsong hushed. Even the seagulls were silenced.

"Hello," called a disembodied voice.

"Captain Fox?" queried Michael, whose dodgy knees had taken to knocking once more.

"Yes, the very same, dear boy."

The family congregated on the patch of concrete, manfully doubling as a patio once more.

"I assume you have come to talk," ventured Michael.

"No, old boy, I have come to ask you to dance a quadrille with me. Of course I have come to talk. I fear you would not be able to dance anyway with those knees."

"Could everyone just leave my knees out of this please?"

"If only we could," chorused the Captain and Judy.

The disembodied voice of the Captain was becoming more bodied by the second. A figure, hazy at first, now began to take on substance until Captain Edward de Vere Fox was revealed in all his three hundred and seventy-nine year old glory.

"Can we shake hands?" asked Judy.

"You are welcome to shake your hands if you wish, dear people. I am not here to undermine or poke fun at your traditions and foibles."

"I meant…"

"I was merely joking with you, madam."

He thrust out his hand for Michael and Judy to grasp. Which they did. If the Captain had plunged his hand into their fridge which sometimes doubled as a freezer it could not have been colder.

"Sorry, folks, a circulation problem. Now, what can I do for you charming people?"

"What are you doing here? Why are you here? Are my daughters safe? Do you mean us harm? Are you stuck here? Do you know you are dead? Have we got to share our house and garden with you?" asked Judy in a rush.

"Whoa, slow down there. I haven't been asked so many questions since 1937 when the charming Carruthers family came...and went."

"Did you scare them away?" asked Michael.

"Scare them? Honestly now, dear boy, do I look scary?"

"Frankly, yes," replied Judy

"Yes," said Michael, who was never slow when it came to agreeing with Judy.

"No," said the girls.

"I seem to have divided your opinions. That reminds me of the charming Grayling family. They came...and went too. As to your questions; I suppose we are stuck here, but we like it here. As to why we are here, well we are and that's all we know about it. We mean no one any harm least of all Katy and Annabelle, we are fathers too you know."

"And a mother..."

"Who was that?"

"Irish Meg, an unhappy lass quite frankly. She was slain as a spy, by our lot as it happens, but she holds no grudges. We're all in this together. And of course we know we are dead; there is intelligent life in your garden you know. Well, when I say life…"

"Is there no way to bring you eternal rest?" asked Michael

"Now, don't you start with that God stuff like your mate, holy Tim. Why would we want to rest, you tell me that?"

Michael couldn't. Although he tried.

"Well…" It wasn't his most auspicious effort. If everyone had been there they would have said so.

"We have a limited amount of fun, as much as you can in our state anyway. We live, well you know what I mean, by the sea. It's not such a bad (after) life my friends."

"Yes, but you are doing it in our bloody garden," shouted Judy.

"I say to that what I have said before, we were here first."

"Is that a good enough reason to scare people out of their homes? Other people have a right to be here too. Being dead does not grant you special privileges, at least I don't think so. This is *our* house Captain Fox, *our* house not yours and your merry band of dead men…"

"And woman…"

"Sorry, Irish Meg," apologised Judy, "no offence intended."

"None taken…"

"I know just how you feel, my dear lady."

"Thank you, I feel so much better for knowing that," retorted Judy.

Captain Edward de Vere Fox with the benefit of three hundred and seventy-nine years of life (and death) was beginning to feel he had met his match in the shape of Judith Hamilton. A woman who had been browbeaten by Miss Amanda Roseberry and Mrs Marjorie Danvers and survived was not going to turn tail and run from the gallant captain...or Irish Meg for that matter. The Captain who was never previously known for his compromising now considered that very thing. He had never really cared for any of the occupants of the old house, but he was more than a little taken with this Hamilton family.

"Look," he said, "I'm sure we can work something out that will suit all interested parties. I'll consult with my men..."

"And woman."

"Sorry, Irish Meg...and woman and see what we can thrash out between us."

"Perhaps some kind of contract may be in order, legally binding between the dead and the living," suggested Michael.

"An excellent idea, dear boy. One of our band of men..."

"And woman..."

"Apologies, Irish Meg, centuries old habits die hard as I suppose we did," the captain said, laughing. "Anyway, one of our number was a lawyer, he can probably rustle something up. I daresay it would only cost a shilling at most."

"We are not proposing to pay, Captain Fox," stated Judy emphatically.

"Are you not? A wise course of action probably, Silas did defraud the owners of The Globe after all. Not to be trusted dead or alive in my opinion."

"Regardless of what my husband suggested, we don't need a contract for crying out loud. Just tell us what your problem is with people living here."

"We do not have a problem as such, not really. We feel threatened when attempts are made to do something with the garden because we do not know what would happen if our bones should be disturbed. Would our lives...er...you know what I mean...come to an end again. In short, would we die?"

"But, you are dead!"

"That's as maybe. Well, you are right, but I feel it's more complicated than that, it's a whole different kettle of spirits."

"You're telling me," said Judy. "Look, as far I am concerned this is *our* house and our garden and *we* will do exactly what *we* want to do with them regardless of whatever existence you and your men..."

"And woman..."

"Sorry, Irish Meg. If we want to dig the garden up and put an underground car park in it and earn a fortune in the summer then we'll do it. If we want to build a tunnel to Uplyme to save the girls getting wet on their way to school then we'll do it. I hope I have made myself clear."

"Perfectly clear, my dear Mrs Hamilton."

"Mike, where are the girls?"

"Down by the stream, see."

"Be careful girls," shouted Judy. "Now, Captain Fox, what have you got to say?"

"I understand your view of course. But I have my men...sorry Irish Meg...and woman to answer to."

"For crying out loud, I don't know why you think we should care. You've had your lives, we want to live ours without dead people interfering"

"That's a bit harsh, Jude."

Judy considered her response to this. The response when it came was simple, it was, "Aaaaaarrrrgggghhhhhhhh."

"Mummy," said Annabelle, pulling at her mum's jeans.

"Not now, Annie."

"But, Mummy..."

"Not now I said."

"But Katy is in the stream."

"Oh my God, Mike, quick!

Michael's dodgy knees sprang into action and both he and Judy ran towards the stream, Scarcely had they taken a few paces, when they saw the Captain ahead of them with Katy, a wet, bedraggled Katy in his arms.

"Get the young lady into the house and get her warmed up, she will be fine in no time," Captain Fox said to Judy, handing his prized cargo over.

Michael rushed off with Katy to the house as fast as his knees would allow. Judy lingered a second.

"Thank you, Captain. Thank you so much," Judy cried. "I…that is to say…we…well more me actually….would like you to forget what we…er…I said earlier. We won't disturb the garden too much and we guarantee not to disturb you. Thank you again," she said as she turned to follow Michael and Katy inside the house.

Neither Michael or Judy, caught up in the emotion of the situation, saw the conspiratorial wink that passed between their daughter and Captain Edward de Vere Fox. A wink can be just a wink after all, but you may consider that proof positive of collusion between the Captain and Katy, you may not. You may consider the ends justify the means. You may not.

Katy, being the resilient type of child, bounced back from her possibly accidental, possibly not, immersion in the stream and was as right as rain the next morning. Unlike her father, this was the first stream she had fallen into and as chance would have it, it was to be the last. At breakfast she was the wearer of an enigmatic smile that Michael and Judy could not quite fathom out.

The gallant Captain materialised later that day to inform Michael and Judy that he had spoken at length to his men…

"And woman…" said a distant voice. I know not who, but a guess could be hazarded.

…who had agreed that there would be no attempts at scaring the family away as long as the garden remained pretty much how it was. They further agreed not to alarm any visitors or come into the house uninvited. They were also adamant that the news of their presence should remain a secret. They were keen that they should not appear on television's *Phantom Hunters* where they would be expected to perform like…well…performing seals and tap, knock and moan on cue. "We're a cut above that, old boy." As the Captain said to Michael.

One evening, not all that long afterwards, Michael and Judy were sharing the now almost obligatory bottle of wine. Katy and Annabelle were tucked up in bed and who knows, maybe even asleep. Michael had read to them that evening, from *The Wind in the Willows*, undoubtedly a classic, but one which always sent the girls nose diving into torpor. Relaxing on the sofa, Michael had been considering the events of the last few days. His verdict was one which Judy concurred with completely.

"This whole thing is weird, I mean, it's really weird."

"No arguments here, Mike. Weird, definitely weird."

"Yep, weird."

"Very weird."

"We have dead people in our garden and do you know what, Jude? I love it!"

"You do?"

"Yes! I love Lyme, I love our ghosts, I love Katy and Annie and I love you."

Judy considered her response to Michael's outpouring. Her response when it came was simple; she kissed him. It was…well…the appropriate response

193

Chapter Twenty Six-Timeline:

1973: Michael Arkle Hamilton born.

1975: Judith Anne Kennedy born.

1984: Michael creates his alter-egos: Johnny Norfolk and Johnny Stevens.

1987: Judy begins to take an interest in boy bands.

1989: Michael begins to take an interest in Sarah Higginson and vice versa resulting in the summer of frolicking.

1990: Michael begins work for the *Cheltenham Post*

1991: Judy begins to take an interest in boys.

1992: Michael finds new employment with *Oxon Folk.*

1992: Judy learns Klingon from Christopher Drummond and learns much more besides from Jason Wilkins.

1993:Michael encounters Mrs(?) Sheila Barry and begins a new job as chief reviewer for '*The Big Brash Guide To London*' He purchases his Canford Road flat in Clapham.

1993: Judy delves into the world of insurance and encounters Mrs Danvers. She then enters the world of education and encounters Miss Roseberry, Mrs Danvers's evil twin.

1993-2003 Not much happens. Michael remains at '*The Big Brash Guide To London*' and Judy remains at *St Botolph's*

School, Chessington where she spends some of her time sticking pins into a wax effigy of Miss Amanda Roseberry.

1995: Something did happen after all. Judy joined the Sealed Knot.[44]

2000: Judy moves into her Manchuria Road flat in Clapham.

2003: Spring: Michael and Judy meet at Clapham Junction station.

2003: Autumn: Michael proposes. Has to replace coffee table. Judy accepts.

2004: Spring: Michael and Judy marry. They honeymoon in Venice.

2005: Tom Kennedy is under suspicion in the city and viewed with suspicion in East Molesey.

2006: Katy Louise Hamilton is born.

2007: The family move to Earlsfield. Michael becomes editor of *'The Big Brash Guide To London'*. Judy leaves *St Botolph's* for good.

2008: Annabelle Emma Hamilton is born.

2013: Margaret Hamilton dies after a short illness. The family pay a visit to Lyme Regis. They move to Lyme Regis. Judy goes back to work as a teaching assistant. They meet their 'garden guests.'

2013 onwards: Please see following chapter…

---

[44] I'll explain later.

Chapter Twenty Seven–Future Days

What of the future? Old Mr. Williams and old man Willoughby died without ever finding out the house was actually blessed not cursed. Michael and Judy remained there in the old house. For them it was the perfect family home, even when it was no longer strictly speaking a family home save for the occasional visits by daughters, grandsons and granddaughters. Oh yes, I was coming to that.

Katy and Annabelle never did become Olympic gold-medallists at racing down stairs although they both were to prosper in their own fields. Katy persevered through school battling both dyslexia and inherited dodgy knees to go on to university and there she obtained a degree in performing arts. She never became a big star admittedly, the invitations to various reality TV shows never materialised, and her cardinal sin as far as that type of show was concerned was that of never being a real celebrity anyway. Not that she cared. She had her children, Jason (his grandmother shuddered every time she heard the name), Chloe and a husband, Jake who she met when they were both in a touring production of '*Ophelia Get Your Gun*'[45] a not wholly successful mix of Shakespeare and the Wild West. Home was in north Cornwall, a converted barn which wore its agricultural past

---

[45] An excerpt coming up soon, you may judge for yourselves.

on its sleeve or more literally on its drive where a bright yellow combine harvester greeted visitors along with various implements whose usage was to remain unknown.

Annabelle, who not blighted by either dyslexia or dodgy knees, proved academically the stronger sister. Shades of her mother and Aunty Fay. There were months if not years of indecision in her teens. Should she become a vet or a doctor? A nurse? A physiotherapist? The choices narrowed; a vet or a doctor? Tricky. Annabelle herself was probably the most surprised out of anybody when she joined the police force; walking the beat though was not for her. Her degrees enabled her to go straight into 'middle-management' (an Inspector to you and me). She would rise through the ranks to become one of the youngest ever superintendents since, well, forever. Along the way she too collected children, Rosie and Daniel plus a husband, Stefan. If you need proof that theatre brings people together, look no further for Annabelle met Stefan (as she ran for the toilet; very much her mother's daughter) as she watched Katy in 'Ophelia Get Your Gun'[46]. Stefan, in fact had already seen it three times proving that theatres can attract the strangest of people.

Geoffrey Hamilton never really got over the loss of his wife. His decline was evident even before Alzheimer's took a hold of him. From that point on he became like a ship on the horizon, drifting further and further away from his loved ones until he disappeared into the distant fog. He was buried next to Margaret in the churchyard at Great Rollright. His final request, to be buried alongside his favourite horse was politely ignored by his family and the ecclesiastical authorities.

---

[46] Excerpt still coming up very soon, p177 in fact.

Tom and Elspeth Kennedy retired to Sidmouth as everyone does. Elspeth set about instilling some vigour into the local branch of the Women's Institute, threatened momentarily when she mistook 'A Basque Night' (a look at the cuisine of that region) for something else entirely, although everyone agreed that her costume was rather fetching, but she would really have to be careful she did not catch her death of cold. Whilst Tom became something big in the bowling club and something less big in the croquet club. They were regular visitors to Lyme Regis, they had both warmed to Michael over the years and they were extraordinary grandparents, devoted to Katy and Annabelle in a way that surprised everybody. Fay went on to be the CEO of a multinational company and made a huge success of it, but there was to be no marriage or children. For all her achievements that her parents were immeasurably proud of, she felt she had somehow disappointed them, no longer the golden girl.

Michael never did write the novel he promised himself he would. But Judy did. Several in fact. The last three made the best-seller lists, proving that people had quite an appetite for thrillers set in the world of professional tennis.[47] Michael was extraordinarily proud of her. He, himself returned to the world of reviews and journalism, submitting pieces to journals throughout the south-west for many years. It was his niche, his world.

Katy and Annabelle's busy schedules meant fewer and fewer family get-togethers, but they came as often as they could. They could both be found sometimes standing in the garden exchanging knowing glances, smiling to themselves. Katy's tumble into the stream, real or manufactured, was long forgotten. Their own children were inducted into the secrets of the garden

[47] Game On, Game Set and Match, The Games Afoot, The Wimbledon Enigma, Death at Forest Hills, They Also Serve to name a few.

and decided to find it charming, if a little weird. The Captain and his band of men (and woman) were less frequently seen as the years went by. Some dark nights in the dead of winter when all around was quiet they could still be heard by those with an attuned ear.

So, Michael and Judy lived on into ripening old age, content, satisfied and when time no longer had any meaning or use for them, they slipped quietly away from the world.

The old house became Jason's new house and when his children announced one summer evening that they had seen Great-Granddad and Great-Grandma in the garden he was not in the least surprised. Their imprint and spirit filled the house. Everyone said so.

But all that lay in the future.

"The best thing *we* ever did," said Judy one evening, as they sipped the obligatory (still) wine in the garden, "was to move to Lyme Regis."

Michael smiled.

"The best thing *I* ever did of course," added Judy, "was to meet and marry you.

"I was going to say exactly that."

"What? That the best thing I ever did was to marry you?"

He kissed her. After all these years, it was still the appropriate response. It had never been anything, but the appropriate response to tell the truth.

He was happy. Judy was happy. Katy and Annabelle were happy. Everyone said so or at least everyone who cared said so.

In fact, not to put too fine a point on it, he was deliriously happy. It was not the first time he had felt deliriously happy, but it was the first time he really, really knew what it meant.

Even with his dodgy knees.

OPHELIA GET YOUR GUN

(AKA THERE IS SOMETHING ROTTEN IN THE STATE OF ARIZONA.)

ACT THREE. SCENE FOUR. THE SALOON BAR IN TOMBSTONE

SHERIFF BILL HAMLET ENTERS STAGE LEFT

BH: Alack, I am distll'd almost to jelly with the act of fear. The James gang are without.

ROSE ENCRANTZ (The Mayoress): Without what?

BH: The villains are once more abroad. O foul knaves. They seek their bloody revenge upon us.

RE: How so, sweet Sheriff? If they are abroad, how can they thus seek to harm us? Have thou been drinking moonshine again, brave protector of our town?

BH: They are here, their very flesh pollutes the OK Corral. And yet you speak as though you are unsifted in such perilous circumstances. Old man James of evil memory smiles and smiles, the smiling damned villain. That one may smile and smile and still be a villain, what calumny, what falseness and yet I fear it is so in Tombstone. Sweet Ophelia, wouldst thou save us from the very crack of doom which has opened up this very day, this cursed day?

OPHELIA (A gunslinger): This cursed day, my lord Sheriff? The James gang are even now bedecked in chains of untold strength in the deepest foulest dungeons of the State penitentiary. Methinks your imaginations are as foul as Vulcan's stithy.

BH: Perhaps I am mad north-northwest, but I have seen what I have seen. Who will grant us deliverance from these men who wouldst treat us most cruelly? Sweet Ophelia, I beseech you once more.

OPHELIA: You, who have played me false these ten years past yet now thou durst seek my benevolence in taking arms against your sea of troubles? My brave Sheriff you must perforce look into your own soul for the deliverance you seek. I will have no part in't.

BH: Methinks the lady doth protest too much. I have a purse here which may yet turn your advantage to our own. Our own fair Rose, Mayoress of our beloved city has given me leave to rouse your spirits with the princely sum of twenty dollars.

RE: I have?

BH: Indeed, sweet lady. What sayest thou, Ophelia?

OPHELIA: Yeomen, bring me my Winchester73 that it may do honourable and bloody business this day.

THEY ALL EXIT STAGE LEFT. THERE ARE SOUNDS OF GUN PLAY AND A CRY OF: 'A HIT, A PALPBALE HIT'.

BOOT HILL CEMETERY LATER THAT DAY

BH: Lay her i' the earth and from her fair and unpolluted flesh may saguaro spring. Yes sirree.

THE REST IS SILENCE.

Notes and acknowledgements.

First, none of the characters bear any resemblance to anyone I know. Honestly! Although there may be echoes of certain people in some lines etc. and idiosyncrasies. They will know.

Now, let me stress, there is nothing remotely autobiographical about this tale. I have never fallen off a horse in the Cotswolds or anywhere else for that matter, then again I have never ridden a horse which would certainly account for the non-falling off. If...*if*...I had invented such heroes for myself as Johnny Norfolk of the demon right foot and unerring accuracy for finding the back of the net while propelling Barton United to five consecutive league titles or Johnny Stevens of the demon right fist and an unerring accuracy for single-handedly keeping Britain safe from all kinds of would be world dominating baddies then I would hardly admit to such in a work of fiction. *Coughs*.

Most of the locations however are very real indeed. Even Chipping Norton. There is no *St Botolph's* school in Chessington however, nor is there a *'Big Brash Guide to London'* or indeed a Lemon Tree Guest House in Uplyme. The Bread and Roses thrives in Clapham as does The Albion in East Molesey and The Harbour Inn in Lyme Regis. Any other licensed premises that get a mention you can be assured are inventions. Molesey boat club, Molesey cricket club, Molesey WI and Rylston Manor are all still doing their thing in the depths of Surrey. The Surrey Seven are a fictitious band, hopefully.

You may think the episode of the wallaby hopping and bounding its way around Lyme Regis to be an invention. It isn't. The battlefields and skirmish-fields of the English Civil War are real enough although I have never expressed a wish to join the Sealed Knot[48] who I am sure do a very fine job indeed. As I write this, I have yet to come across a production of '*Ophelia Get Your Gun*' probably for a very good reason[49].

Lyme Regis was besieged during the Civil War for nine long weeks in 1644 and whilst it is true that many of the dead were buried in a field off Colway Lane (precise location unknown), I am not aware that three of their number were Captain Edward de Vere Fox, Irish Meg and a crooked lawyer called Silas. Although that could have been the case, doubtful as it may be.

My thanks, as always to Gill for her input and help. Her suggestions were invaluable and appear scattered throughout. As in previous offerings of mine, some sentences and paragraphs more properly belong to her and the debt is properly acknowledged here.

Thank you also to Steve Emecz at MX Publishing who continues to make life easy for me and to Bob Gibson at Staunch for the latest in a long line of brilliant book covers.

David Ruffle January 2014.

---

[48] I'll explain later.
[49] Having read the excerpt, you now know precisely why.

Also from David Ruffle

The Lyme Regis Trilogy of Sherlock Holmes Thrillers

Sherlock Holmes and The Lyme Regis Horror
Sherlock Holmes and The Lyme Regis Legacy
Sherlock Holmes and The Lyme Regis Trials

www.mxpublishing.com

Also from David Ruffle

"If you love Sherlock Holmes, buy Holmes and Watson: End Peace today. If you love good books, buy this today. If you ever wondered what happened to any of your favourite characters, buy this today. If you would be interested in listening in on a "final" retrospective conversation between Holmes and Watson, then seriously, buy this today. This book is well worth its weight in gold. It is fun, mysterious, emotionally captivating, full of twists and did I mention it's 100% dialogue! No filler, no fluff, just the words of our beloved Sherlock Holmes and Doctor John Watson. Well done Mr. Ruffle, well done."

Joe Riggs, Mentalist.

Also From David Ruffle

Sherlock Holmes – Tales from the Stranger's Room
An eclectic collection of writings from twenty Holmes writers.
Compiled by David Ruffle.

Royalties go to the Beacon Society, promoting Sherlock Holmes
in education.

www.mxpublishing.com

Also from MX Publishing

Sherlock Holmes Travel Guides

London   Devon

And in ebook (stunning on the iPad) an interactive guide to London

400 locations linked to Google Street View.

Also from MX Publishing

Biographies of Arthur Conan Doyle

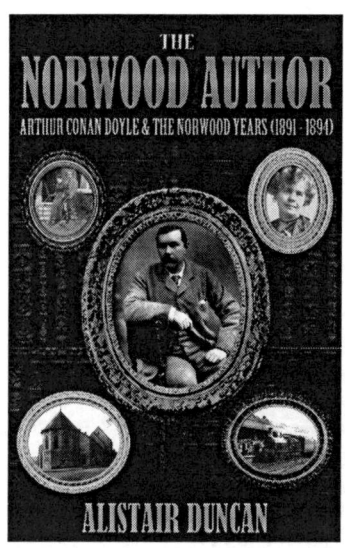 

The Norwood Author. Winner of the 2011 Howlett Literary Award (Sherlock Holmes Book of the year) and the most important historical Holmes book of this year 'An Entirely New Country'

www.mxpublishing.com

Also From MX Publishing

Barefoot on Baker Street

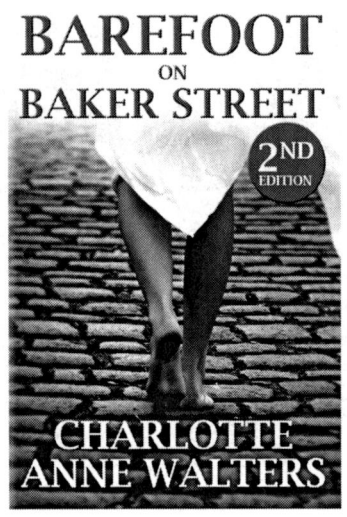

"Whilst not always Canonical, nevertheless this is a sterling effort. The central character is unforgettable and wonderfully drawn. It's not quite as Holmes et all as some of are used to seeing him but don't let that put you off.....a worthy addition to Holmes literature. Highly recommended."

The Baker Street Society

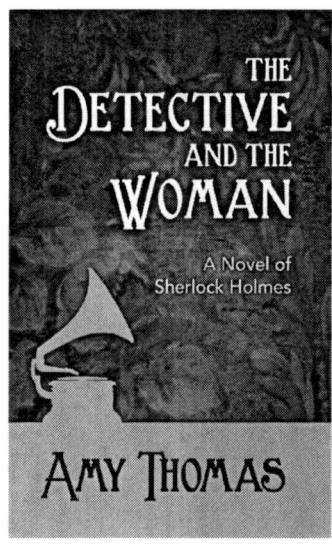 

Two acclaimed novels featuring 'The Woman', Irene Adler teaming up with Sherlock Holmes

Also from MX Publishing

In 'Sherlock Holmes and The Dead Boer at Scotney Castle' the great consulting detective comes up against the rich and powerful Kipling League. Dr Watson recounts the extraordinary events which took place on a spacious early summer day in the Sussex and Kent countryside in 1904. None of the earlier stories chronicling the adventures of Sherlock Holmes compares to the strange circumstances which determined Watson to take up his pen to relate this extraordinary adventure against Holmes' express wishes.

Also From MX Publishing

MX Publishing are proud to support the Save Undershaw campaign – the campaign to save and restore Sir Arthur Conan Doyle's former home. Undershaw is where he brought Sherlock Holmes back to life, and should be preserved for future generations of Holmes fans.

Save Undershaw   www.saveundershaw.com

Sherlockology   www.sherlockology.com

MX Publishing   www.mxpublishing.com

You can read more about Sir Arthur Conan Doyle and Undershaw in Alistair Duncan's book (share of royalties to the Undershaw Preservation Trust) – *An Entirely New Country* and in the amazing compilation *Sherlock's Home – The Empty House* (all royalties to the Trust).

Lightning Source UK Ltd.
Milton Keynes UK
UKOW03f1110140214

226464UK00001B/10/P

Paid â Deud

Paid â Deud
Mari Emlyn

ISBN 978-1-917006-30-9

Dymuna'r cyhoeddwyr gydnabod cymorth ariannol
Cyngor Llyfrau Cymru

Clawr a dylunio mewnol: Ifan Emyr

Cyhoeddwyd gan
Gwasg y Bwthyn,
36 Y Maes, Caernarfon,
Gwynedd LL55 2NN

post@gwasgybwthyn.cymru
www.gwasgybwthyn.cymru

PAID Â DEUD

Mari Emlyn

RHAN 1

IONAWR 1982

Linda

Doedd gan y tywydd ddim oll i'w wneud â'i farwolaeth o, ond bu'r eira'n cau'r ffyrdd yn gaffaeliad mawr.

Efallai y dylwn egluro ar y cychwyn fel hyn mai fy stori i ydi hon, er na fyddaf yma i gyfrannu ati hi rhyw lawer. Doedd gen i ddim dewis. Fe'm gwnaed yn fud. Ond fy stori i ydi hi, er y bydd lleisiau eraill yn ceisio'i hawlio hi. Ceisiwch gofio hynny, hyd yn oed pan na fyddaf yma i'w hadrodd hi.

Mae'n anodd gwybod ble i ddechrau, ond mae'n debyg mai'r lle mwyaf priodol fyddai ar y diwrnod hwnnw y newidiodd fy mywyd i. Er gwaeth. Y 9fed o Ionawr 1982 oedd hi. Cofnodwyd yn ddiweddarach i'r diwrnod oer hwnnw chwalu pob record tywydd ac er i'r pentref gael ei barlysu gan yr eira, fu Rhyd y Garreg erioed mor dlws. Nac mor dawel. Peintiwyd y bryniau'n wyn ac am y tro cyntaf ers cyn cof, rhewodd rhannau o afon y Garreg. Safodd derwen deg Rhyd y Garreg yn ddi-syfl yn ei chôt wen ddisglair ar gopa'r bryn yn wyneb pob hyrddiad a lluwch. Gadawyd moduron wedi'u claddu gan yr eira blith draphlith ar hyd lonydd y pentref islaw. Cafodd hogiau'r Lion fodd i fyw wrth ddringo ar ben toeau gwyn y ceir ar eu ffordd adre o'r dafarn.

Tynnodd Dewi Jones Tynyffridd lun anfarwol y noson honno o un o'i ffrindiau efo'r camera a gawsai'n anrheg Dolig gan ei rieni. Fyth ers hynny, bu'r llun du a gwyn o Paul Miles Garej Foty yn crogi ar wal bar y Golden Lion. Roedd y llun yn tystio iddo lwyddo i sefyll ar ben to car adeg eira '82 cyn halio ei hun i ben y bocs teliffon a chyffwrdd â'r lamp stryd uwchben. 'Polyn' fu ei lysenw byth ers hynny, yn rhannol oherwydd ei daldra – roedd dros ei chwe throedfedd pan oedd o'n un ar bymtheg oed – ond hefyd er coffadwriaeth i'w gamp yn cyffwrdd â'r polyn lamp.

Cyrhaeddodd y llun, er difyrrwch i bawb, galeri lluniau'r *Chronicle* yn ddiweddarach yr Ionawr hwnnw, a thrigolion Rhyd y Garreg a thref gyfagos y Gilfach yn rhyfeddu sut y daeth yr eira â chymaint o hafoc a hwyl i'w bywydau. Roedd hyn cyn dyddiau Facebook ac Instagram a phawb bryd hynny'n ddigon bodlon i bori yn y rhacsyn lleol er mwyn cael rhywfaint o hanes a lluniau eu cydnabod. Bu eira '82 yn un antur fawr.

Cychwynnodd yr eira ar y 7fed o Ionawr, efallai fel protest bod trimins Dolig y fro wedi'u cadw am flwyddyn arall, ac ni pheidiodd am ddeuddydd cyfan wedyn. Erbyn y 9fed o Ionawr roedd yr eira wedi lluwchio gan greu mur gwyn o flaen drysau adeiladau'r pentref, yn enwedig y rheiny fyny yn Rhyd Uchaf. Collodd ffermwyr yr ardaloedd mwyaf mynyddig lawer o'u stoc wrth i'w defaid gael eu hynysu. Wil Rwdins fferm Penyrhiw gafodd hi waetha wrth iddo ganfod dim ond pump ar hugain o'r ddau gant o ddefaid fu ganddo cyn yr eira mawr. Câi ei alw'n Wil

Rwdins am ei fod yn tyfu llond cae o rwdins ar gyfer ei ddefaid; rwdins melys braf oedd yn enwog drwy'r fro a llawer yn taeru eu bod yn cael eu gwastraffu ar y defaid. Roedd Morus Owen yn un arall a ddioddefodd golledion enbyd wrth i'r eira chwalu polydwneli planhigion ei ganolfan arddio. Mae'n debyg i rywun sôn wrtho, wedi i'r eira ddadmer, fod gan yr Inuit dros hanner cant o eiriau i ddisgrifio'r eira. 'Dim ond dau air ti angen,' meddai Morus Owen Tegeirian: 'Ffwcin niwsans!'

Ar y diwrnod hwn aeth mab y prif weinidog ar goll mewn rali geir yn y Sahara. Ond roedd gan drigolion Rhyd y Garreg fwy o gonsŷrn am gi bach Lisa Mai, merch Doctor Ellis, aeth ar goll yn yr eira. Galwyd enw'r ci, Gary Glitter, dros y fro y diwrnod hwnnw. Canfuwyd corff bach y teriar druan o dan drwch o eira ar lwybr cerdded tu ôl i'r feddygfa yn fuan ar ôl amser swper. Bu Lisa Mai fach yn galaru am wythnosau wedi hynny.

Un oedd yn diolch am yr eira oedd Trefor Lion. Gallai mis Ionawr fod yn fis digon llwm i dafarnwr, ond anwybyddodd Trefor reolau unrhyw oriau agor yn ystod yr eira gan ddatgan ei fod yn agor drws ei dafarn i roi gwres a chroeso i drigolion Rhyd y Garreg. Dyna lwc fod yr eira ar ei anterth ar benwythnos! A beth bynnag, go brin y gallai'r heddlu gyrraedd y dafarn yn y tywydd garw i'w gosbi – doedd ganddyn nhw ddamweiniau a phethau amgenach i geisio ymateb iddynt? Chwyddodd eira '82 goffrau Trefor Lion yn sylweddol.

Caewyd Ysgol Gynradd Rhyd y Garreg am bythefnos oherwydd yr eira ac am wythnos wedi hynny yn sgil marwolaeth annhymig ei phrifathro. Fy nhad i. Roedd fy mrawd, Malcolm, yn cofio darllen thermomedr y tŷ gwydr y prynhawn cynt, oedd yn cofnodi minws 24 gradd selsiws. Fyddai yna ddim gobaith cynaeafu blodfresych fy nhad cyn y Pasg ac roedd hwnnw mewn tymer waeth na'r arfer dros y flwyddyn newydd, yn rhannol oherwydd yr haint ar ei frest ond hefyd yn sgil y ffaith i bwysau'r eira falu'r rhan fwyaf o wydrau to'r tŷ gwydr yn yr ardd. Ddiwrnod yn ddiweddarach, pan ledodd y newyddion, doedd y gymuned ddim yn siŵr beth oedd wedi eu syfrdanu fwyaf: y tywydd eithafol ynteu marwolaeth David Pritchard.

Cafodd prifathro Ysgol Rhyd y Garreg gynhebrwng mawr, un 'teilwng' o un a fu'n brifathro'r ysgol leol ers bron i ddeunaw mlynedd ac a ystyrid, yn ôl y papurau, yn un o 'bileri'r gymdeithas'. Roedd hanes cyfraniad David Pritchard i'r gymuned a'r ystrydebau arferol a roddir ar ymadawiad 'dyn o bwys' yn blastar ar hyd pob papur lleol. Bid a fo am hynny, nid pawb oedd yn galaru. Dyn a begynnai farn ac emosiwn oedd fy nhad. Ond waeth beth fo'r teimladau tuag ato, unodd trigolion Rhyd y Garreg yn ddiffuant yn eu cydymdeimlad â Malcolm, Carol a finnau, yn enwedig o gofio ein bod wedi colli ein mam gwta bum mis ynghynt. Dwi'n meddwl mai Carol fach ddioddefodd fwyaf er mai hi y ceisiais ei gwarchod yn fwy na fi fy hun. Bu ffrindiau Carol yn warchodol iawn ohoni yn y cyfnod hwn hefyd, yn enwedig Megan Stevens. Ond dydi Megan ddim yn bwysig i'r stori hon. Ddim eto. Claddodd fy mrawd Malcolm ei ben yn y tywod a dianc o ddwyster y cartref yn ôl i'r coleg. Ond fu bywyd fyth yr un fath i'r un o'r tri ohonom wedi hynny. Gellid dadlau na fu bywyd ddim cweit yr un fath i Ryd y Garreg chwaith.

I'r sawl ohonoch sydd ddim yn gyfarwydd â Rhyd y Garreg, adeg cychwyn y stori hon, Rhyd y Garreg enillodd wobr 'Pentref Taclusa'r Sir' y flwyddyn flaenorol am yr ail waith yn olynol. Diolchai aelodau'r pwyllgor fu'n trefnu'r tacluso nad oedd diwydiannau trwm, ac eithrio lorïau Meurig Stevens, i hagru'r pentref. Ond chwarae teg i hwnnw, cadwai ei garafán, ei lorïau a'i lanast o'r golwg yn yr iard fach y tu ôl i'w dŷ yn 1 Tan y Dderwen. Doedd dim lle i anhrefn yn y pentref bach hwn.

Er gwybodaeth, mae Rhyd y Garreg wedi ei lleoli mewn lle cyfleus, lle canolog i bawb. Y dderwen fawr ar gopa'r Fron ydi'r tirnod lleol i bobl Rhyd y Garreg, fel y mae mast Nebo i bobl Dyffryn Nantlle neu fast Wenfo i drigolion Bro Morgannwg. Gellir cyrraedd y traeth a'r mynydd yn ddigon hwylus o Ryd y Garreg ac mae holl fanteision prif dre'r sir o fewn taith bws deng munud. Nodwyd bod tri chwarter poblogaeth Rhyd y Garreg a'r Gilfach yn medru'r Gymraeg pan ryddhawyd Cyfrifiad 1981. Pentref oedd hwn bryd hynny â phopeth o'i blaid.

Ymhyfrydai trigolion y pentref ddechrau'r 80au yn y ffaith ei bod hi'n gymuned glòs, wâr, gymdogol. Roedd ganddi ysgol fach dda heb ormod o blant i garidýms i ddifetha'r ddisgyblaeth ddidostur a osodwyd ar ei disgyblion. Ar wahân i'r ysgol, busnes adeiladu Meurig Stevens, y Becws, Caffi'r Tebot, y Golden Lion, y Post a busnesau bach annibynnol eraill y stryd fawr, roedd y rhan fwyaf o drigolion y pentref yn gweithio yn y Gilfach gan mai yno roedd pencadlys y cyngor sir, prif gyflogwr yr ardal, yn ogystal ag ysbyty'r sir lle'r oeddwn i newydd ddechrau gweithio.

Roedd prisiau tai ar i fyny, diolch i bolisïau Thatcher, a llawer yn llawenhau, heb ragweld y byddai hynny'n effeithio'n andwyol ar allu'r bobl ifanc leol maes o law i brynu eu tai eu hunain ac i aros yn eu cymuned. Ond ar ddechrau'r flwyddyn newydd honno, roedd popeth i'w weld yn ddedwydd lewyrchus yn Rhyd y Garreg. Ar yr wyneb. Tan ddaeth yr eira i daflu cysgod dros y pentref ac amlygu ambell hollt yn ei seilwaith.

Chwalodd yr eira unrhyw chwedleua a fu ar farwolaeth y prifathro a'r hyn ddigwyddodd yn ei sgil. Heb ymgynghori o gwbl, dewisodd trigolion Rhyd y Garreg roi taw ar hel clecs a chadwodd pawb eu damcaniaethau dan gêl. Roedd ymddangosiad a diwyg destlus weithiau'n haws i'w hwynebu na'r gwirionedd hyll. Pe bai gan Ryd y Garreg arwyddair yna 'Calla Dawo', mae'n debyg, fyddai hwnnw. Dyna'r math o bentref oedd o bryd hynny.

Ddegawdau wedi hynny, mi fyddwn i'n dal i ail-fyw digwyddiadau'r diwrnod y bu farw fy nhad, a'r cyfan fel un ffilm fer yn fy nychymyg fyddai'n dechrau eto'r munud y gorffennai. Ond nid dychymyg oedd hyn a doedd gen i neb i rannu'r hanes â nhw. Gadewais y pentref gan greu bywyd newydd i mi fy hun ger y ffin, yn ddigon pell o Ryd y Garreg. Ar wahân i anfon cerdyn pen-blwydd a Nadolig at fy mrawd a fy chwaer, fu fawr ddim cyswllt arall rhyngof i a Malcolm a Carol. Nid fy newis i. Gwnaeth Malcolm yn saff nad oedd croeso i mi, er na chafodd o erioed wybod yn iawn beth ddigwyddodd. A chydag amser, aeth unrhyw sibrydion ac unrhyw sôn am fy ymadawiad â'r pentref, mor fuan ar ôl cynhebrwng fy nhad, i bob pwrpas yn angof i'r rhan fwyaf o drigolion Rhyd y Garreg. Fyddai neb braidd byth yn sôn amdanaf. Ond byddai digwyddiadau'r 9fed o Ionawr 1982 yn gadael eu hôl am ddegawdau wedyn ar y pentref a'i drigolion.

Dechrau rhyfedd odiaeth fu i'r flwyddyn newydd honno. Diflannodd yr eira cyn ddistawed ag y daeth. Ond wnaeth y teimladau tuag at gyn-brifathro llym Ysgol Rhyd y Garreg ddim dadmer yn llwyr am flynyddoedd lawer.

Malcolm

'Cer i Becws i nôl bara!' oedd unig gyfarchiad David Pritchard drwy bared y llofft y bore hwnnw. Chydig wyddai Malcolm mai hwn fyddai'r bore olaf iddo orfod ufuddhau i'w dad. Byddai'n amddifad o'i ddau riant cyn diwedd y diwrnod. Mentrodd Malcolm godi ei arddwrn o dan y garthen er mwyn sbecian drwy ei lygaid cysglyd ar ei Casio. Dyma anrheg pen-blwydd olaf gan ei fam wedi iddo ffansïo'r oriawr yng nghatalog Argos fisoedd lawer cyn hynny. Agorodd ei lygaid yn lletach. Fedrai o ddim coelio bod ei dad wedi caniatáu iddo aros yn ei wely a hithau'n tynnu at hanner dydd. 'Mae pobl yn marw yn eu gwlâu' fyddai ei fantra surbwch os meiddiai un o'i blant aros yn ei wely'n hwyr. Gwnaeth David Pritchard eithriad yn ddiweddar o'i ferch hynaf a hithau wedi dechrau gweithio shifftiau nos – nid bod yna lawer o Gymraeg rhyngddynt ar y gorau. Ond a hithau'n gythreulig o oer y bore hwnnw, y trydan wedi torri ac yntau'n drwm dan annwyd, mae'n siŵr mai ceisio cadw'n gynnes achosodd i'w dad hefyd aros yn ei wely cyhyd. Y gwely mawr hwnnw oedd yn oerach eleni. Caeodd Malcolm ei lygaid. Daeth golygfeydd angladd ei fam yn ôl iddo ac yntau'n ceisio cynnal ei ddwy chwaer ynghanol eu galar llethol.

Llusgodd ei hun o'r gwely. Doedd dagrau ddim yn mynd i ddod â'i fam yn ôl a phrun bynnag, os oedd un peth na allai ei dad ei ddioddef, dagrau oedd y rheiny. Cofiai Malcolm sut y dwrdiwyd o gan ei dad pan welodd ddagrau'n cronni wrth ddweud wrth ei fab yn gwbl ddiemosiwn fod gan ei fam ganser ac nad oedd dim y gallai Doctor Ellis na neb arall ei wneud. Arhosodd ei dad ddim i'w gysuro. Roedd ganddo gyfarfod bwrdd llywodraethwyr Ysgol Rhyd y Garreg y noson honno. Dyn prysur a phwysig oedd David Pritchard.

Wyddai Malcolm ddim ym mha ran o gorff eiddil ei fam roedd y canser, ond tybiai mai canser a effeithiai ar ferched mewn rhyw ffordd neu'i gilydd oedd o. Cadarnhawyd ei amheuon wrth iddo holi ei chwaer yn ddistaw bach a chanfod mai canser yr ofari oedd ar Falmai Pritchard a hithau ond yn ddeugain a saith mlwydd oed. Roedd Linda newydd ddechrau ar ei swydd newydd fel nyrs yn ysbyty'r sir a hi lwyddodd i gael eu mam, yn ystod ei hwythnosau olaf, i ddod adre. Roedd Malcolm yn dal i gael ei bigo gan euogrwydd nad oedd wedi dweud wrth ei fam cyn iddi hi farw ei fod o'n ei charu hi. Pam fod dweud 'Dwi'n eich caru chi' mor anodd, er mwyn Duw?

Gwrthododd David Pritchard drafod y brofedigaeth efo nhw nac efo'u chwaer fach. Doedd eu tad ddim yn meddwl y dylai Malcolm a Linda ymdrybaeddu yn eu galar. Fyddai hynny'n ddim help iddyn nhw nac i Carol fach oedd ond yn wyth oed pan dorrodd eu mam 'ei chwys olaf'. Fedrai David Pritchard yn ei fyw â defnyddio'r gair 'marw'. Os oedd rhaid iddo gyfeirio at ei wraig, byddai'n dweud ei bod hi 'wedi ein gadael' neu ei bod 'wedi gadael y fuchedd hon', neu'n waeth na'r cwbl, ei bod hi 'o dan y dywarchen'. Hen lol, meddyliodd Malcolm. Doedd ond un gair priodol. Marw. Roedd hi wedi blydi marw! A doedd yr un gair mwys yn mynd i ddod â hi'n ôl. Cododd yr holl atgofion hen chwerwder ym mhwll ei stumog. Doedd ond un peth amdani cyn i emosiwn ei drechu: ymwroli.

Ymwroli fu'n rhaid i Malcolm hefyd i godi o'r gwely y bore hwnnw. Roedd ei lofft fel agor y drws i'r Antarctig. Doedd dim angen newid ei ddillad gan iddo gysgu ynddynt er mwyn ceisio cadw'n gynnes y noson cynt. Bu toriad yn y trydan i'r tri thŷ yn rhodfa Tan y Dderwen ac roedd ffenest ei lofft wedi rhewi – ar y tu mewn. Tybed oedd yna drydan lawr yn Lôn Lwyd? Go brin y byddai criw'r Becws wedi medru pobi'r bore hwnnw. Ond waeth heb â dadlau efo'i dad. Roedd yr haint ar y frest oedd yn poeni David Pritchard ers rhai dyddiau wedi ei wneud yn fwy piwis na'r arfer. Diolchodd Malcolm am esgus i gael gadael awyrgylch gormesol y tŷ.

Bowndiodd Malcolm i lawr y grisiau er mwyn ceisio cael bywyd yn ôl i'w draed a deimlai fel cerrig. Clywodd ei dad yn gweiddi arno i siarsio Carol i ddod i'r tŷ. Byddai hi wedi fferru a hithau wedi bod yn chwarae yn yr eira ers ben bore. Pob lwc efo hynny, meddyliodd Malcolm. Aeth i'r gegin gyda'r bwriad o wneud paned sydyn pan gofiodd nad oedd 'na blincin trydan! Ew, mi fasa paned wedi bod yn dda! Roedd ei geg mor sych â chorcyn potel wag. Tybed a fyddai Caffi'r Tebot ar agor? Roedd gan y caffi berchnogion newydd ers i deulu'r Leyshons symud yn ddisymwth lawr i'r De ryw flwyddyn ynghynt. Pa ddiwrnod oedd hi? Hawdd oedd colli gafael ar ddyddiau'r wythnos ers y Nadolig, yn enwedig ers i'r eira ddod ar draws pob dim. Dydd Sadwrn oedd hi. Mi fyddai Caffi'r Tebot ar agor felly, os oedd ganddyn nhw drydan lawr yn y pentref. Edrychodd Malcolm allan drwy ffenest y gegin ar yr ardd gefn a gweld bod y fainc garreg wedi ei chladdu dan eira. Cofiai fel yr arferai ei fam eistedd arni gyda'i phaned o de adeg haul y bore gan edrych draw at y dderwen ar gopa'r Fron. Hwn oedd ei hoff le i gael dau funud iddi hi ei hun.

Aeth Malcolm yn ôl i'r cyntedd. Stwffiodd ei draed i'w welingtons, rhoi côt arall drwchus amdano, menig am ei ddwylo, het am ei wallt cyrliog du a gwthio'r drws ffrynt ar agor i wynebu diwrnod gwyn arall. Roedd o wedi trio clirio'r llwybr o'r tŷ i'r giât bnawn ddoe, ond roedd mwy o eira wedi disgyn ers hynny, ac yn dal i ddisgyn. Bu'n rhaid gwneud camau cawr a'r rheiny'n suddo i'r eira cyn cyrraedd y giât. Doedd dim modd agor honno, felly doedd dim amdani ond camu drosti. Tybiai mai dyna a wnaeth ei chwaer fach yn gynharach yn ôl yr olion traed bach, a thybiai Malcolm fod rhai o ffrindiau Carol wedi dod yno i'w hannog i fynd i chwarae yn yr eira.

Doedd neb wedi clirio dim o eira 2 Tan y Dderwen a doedd dim syndod gan mai tŷ haf i deulu'r Ellwoods o Birmingham oedd y tŷ drws nesaf. Anaml iawn y deuent i aros yno. 'Mwy o bres nag o sens' fyddai ei dad yn ei ddweud bob tro y byddai rhywun yn crybwyll 2 Tan y Dderwen, ac am unwaith roedd Malcolm yn tueddu i gytuno efo fo. Bechod na fyddai Meibion Glyndŵr, fu'n benawdau newyddion BBC Wales yn ddiweddar, yn targedu'r tŷ. Ac eto, efo dau dŷ o boptu rhif 2, a dim ond pwt o ardd a gwrych rhwng pob un, efallai y byddai llosgi'r tŷ canol yn rhoi rhif 1 a rhif 3 mewn peryg! A phrun bynnag, roedd hi'n ymddangos mai tai haf anghysbell oedd prif darged Meibion Glyndŵr – pwy bynnag oedd y meibion hynny.

Tŷ teulu'r Stevens oedd rhif 1 ar y pen. Meurig Stevens – tad Megan a Sharon, ffrind gorau ei chwaer Linda – adeiladodd y tri thŷ ar ddechrau'r 70au gan sicrhau bod ei dŷ a'i ardd gefn o'r mymryn bach lleiaf yn helaethach na'r ddau arall. Digon teg, meddyliodd Malcolm. Roedd Meurig angen lle i'w sgaffaldiau, ei lori a'i dryc adeiladu, ac roedd wedi llwyddo i sicrhau iard fach gefn fel y gallai'r moduron a'u geriach fod o'r golwg. Ar wahân i hynny, roedd y tri thŷ'r un ffunud â'i gilydd ac yn cael eu cyfri'n 'mod' iawn pan adeiladwyd nhw. Er bod tai modern ar y pryd yn wfftio at lefydd tân go iawn ac yn ffafrio tanau trydan 'smalio bod yn go iawn', roedd Rhiannon Stevens, gwraig Meurig, wedi mynnu bod gan dai Tan y Dderwen lefydd tân. Tŷ heb enaid oedd tŷ heb dân go iawn, yn ei thyb hi. Roedd ei thad, Gareth Glo, yn ddyn llnau simneau. Tai â gratiau tân glo oedd ei fara menyn. Diolch am Anti Rhiannon, meddyliodd Malcolm, gan mai'r llefydd tân â'u syrównd cerrig Efrog oedd eu hunig ffynhonnell gwres yn ystod toriad i'r cyflenwad trydan.

O ran estheteg tai Tan y Dderwen, roedd brest y simne garreg yn torri rhywfaint ar undonedd y waliau gwyn y tu allan. Ar wahân i hynny, roedd gan y tri thŷ'r un ffenestri mawr, yr un garej a charport a dim llawer o gymeriad. Wedi dweud hynny, roedd gan y tai i gyd, o'r ardd a'r patio cefn, y fendith o olygfa hyfryd o'r Fron a'r dderwen urddasol ynghyd â'r ucheldir y tu hwnt. Ond mewn eira mawr fel hyn, roedd Malcolm yn diawlio eu bod yn byw ar dir uchel a bron i ddeng munud o waith cerdded i ganol y pentref islaw. Byddai'r deng munud hwnnw dipyn hirach heddiw yn yr eira.

Bu'n ddigon hawdd iddo ffeindio Carol yn un o gaeau Tegeirian yn creu dyn eira anferth efo'i ffrindiau. Roedd chwaer Sharon, Megan Stevens, a Lisa Mai Ellis, merch y meddyg, yno efo hi. Barbara, merch Morus Owen Tegeirian, oedd yn trefnu pawb a chudynnau ei gwallt yn sbecian o dan ei het bron yr un lliw â'r foronen yr oedd hi newydd ei thynnu o boced ei chôt. Edrychodd Barbara ar frawd ei ffrind, ac yn hytrach na gosod y foronen yn drwyn i'r dyn eira, dyma hi'n ei gosod yn gellweirus islaw ei fotwm bol yn bidyn nobl a hynny'n achosi iddi hi, Megan, Lisa a Carol chwerthin yn afreolus. Gwenodd Malcolm. Braf gweld ei chwaer fach yn mwynhau ei hun o'r diwedd. Rhyw Ddolig digon ciami gawson nhw eleni. Y Dolig cyntaf heb eu mam. Ac yn ôl Linda, bu diwrnod pen-blwydd ei chwaer fach yn naw oed ddechrau Rhagfyr yn achlysur digon pethma. Roedd gan Carol dueddiad i gau ei hun o'r byd y tu allan ers colli ei mam ac ymgolli'n robotaidd fud yng nghwmni ei Rubix's Cube. Diolch byth am yr eira i'w thynnu hi o'i chragen.

'Mae Dad yn deud bod angen i ti fynd adra!' gwaeddodd Malcolm arni a'r frawddeg fach honno'n pylu gwên gynnes ei chwaer fach yn wg rhewllyd yn syth bin. 'Dydi hi ddim isio!' gwaeddodd Barbara'n ôl arno'n herfeiddiol. Astudiodd Malcolm hi. Peiriant a hanner oedd Barbara Owen. Mae'n siŵr bod canolfan arddio ei thad wedi'i chael hi yn yr eira mawr, er gwaethaf busnes llewyrchus y coed Dolig a'u tinsel a'u trimins lliwgar fis neu ddau ynghynt. Gobeithiai Malcolm y câi fwy o brofiad gwaith yng Nghanolfan Arddio Tegeirian pan ddeuai gwyliau'r Pasg. Roedd Morus Owen eisoes wedi gadael iddo helpu efo'r cyfrifon ers iddo ddod adre o'r coleg dros y Dolig ac roedd Malcolm wedi cael blas ar y gwaith. Chydig wyddai Malcolm bryd hynny y byddai ffrind ei chwaer fach yn dod yn wraig iddo maes o law ac y byddai yntau'n gyd-berchennog ac yn rheolwr ariannol Canolfan Arddio Tegeirian, Rhyd y Garreg wedi i'r hen Forus gicio'r bwced. Ond byddai dros ddeng mlynedd dda arall tan hynny.

Gadawodd Malcolm y pedair a gweddill eu ffrindiau gan alw dros ei ysgwydd eto y byddai'n well i Carol fynd adre at ei thad cyn hir os oedd hi am osgoi ei dempar. Ateb Carol oedd taflu pelen eira ato fo a methu a Barbara a'r criw yn chwerthin lond eu boliau unwaith eto. Gwenodd Malcolm arnyn nhw ac ymbalfalu drwy'r eira i gyfeiriad gwaelod y pentref. Bu'n dipyn o gamp i geisio osgoi rhai o'r plant oedd yn gwibio heibio iddo ar geir llusg wedi'u gwneud o fagiau bin, três metal neu gaeadau tuniau Quality Street a wagiwyd dros y Dolig.

Daeth at yr adwy i Ffridd Bella. Penderfynodd Malcolm alw drwy'r bwlch yn y gwrych i weld a oedd ei Anti Sydna'n iawn yn yr oerfel 'ma. Bu'n gweiddi ei henw dair gwaith cyn iddi ymddangos yn ffenest y parlwr yn ei chôt capel a gofyn iddo be yn neno'r tad oedd yr holl sŵn. 'Dim ond tsiecio'ch bod chi'n iawn, Anti Sydna?' Gwenodd ei fodryb arno gan ateb, 'Wel, yn wahanol i chi yn Nhan y Dderwen, mae gennon ni ar y ffridd 'ma drydan, 'ngwas i! Mae Duw yn gwenu ar y cyfiawn!'

Wedi gweld nad oedd ar ei fodryb annwyl a hynod annibynnol angen dim byd neilltuol, aeth Malcolm yn ei flaen a gweld ymhen chydig funudau fod ei gymydog, Sharon Stevens, wedi cyrraedd Ffridd Ganol i edrych am ei thaid. Niwsans ai peidio, roedd eira mawr '82 wedi esgor ar ymddygiad cymdogol a charedig. Hyd yma, beth bynnag. Hen hogan iawn oedd Sharon ac roedd o'n amau efallai fod yna garwriaeth wedi dechrau rhyngddi hi ac un o'i ffrindiau. Roedd Paul Garej Foty a Sharon yn eistedd yn agos iawn at ei gilydd yn y Lion Noswyl Nadolig. Ac at Sharon y gwnaeth Polyn bi-lein efo'i uchelwydd nos Galan pan darodd y cloc hanner nos!

Gwelodd Malcolm amlinelliad main Doctor Ellis yn brasgamu'n bry copyn brysiog i fyny'r allt â'i wynt yn ei ddwrn. ''Dach chi ddim wedi gweld Gary Glitter, ydach chi, Malcolm? Mi ddihangodd o'r tŷ gynna. Sgin neb syniad lle mae o wedi mynd,' meddai â'i lais yn floesg. 'Naddo, Doctor Ellis,' atebodd Malcolm a chael yr ysfa i chwerthin wrth feddwl am y ci bach fyddai'n crefu am fwythau dim ond i chi ganu 'Do you wanna touch me'. Sobrodd Malcolm fymryn a gweld bod golwg bryderus iawn ar wyneb addfwyn Doctor Ellis. Cofiai i'w fam ddweud pan oedd hi'n gwaelu a Doctor Ellis newydd fod yn ymweld â hi, iddi hi a'r meddyg fod yn gariadon pan oedd hi yn y chweched dosbarth a Vernon Ellis yn y coleg. Er bod Doctor Ellis yn briod ac yn hapus efo'i wraig Anna a'u plentyn Lisa Mai, roedd hi'n amlwg fod ganddo le annwyl o hyd yn ei galon i Fal a dim llawer i'w ddweud wrth David Pritchard.

Cofiai Malcolm sylwi bod y doctor o dan deimlad mawr yn angladd ei fam. Bu'n ffeind iawn efo nhw fel teulu yn ystod y cyfnod anodd hwnnw. Ceisiodd Malcolm gysuro'r dyn drwy ychwanegu, 'Fasa fo ddim wedi gallu mynd yn bell yn yr eira 'ma, Doctor Ellis. Mae Lisa Mai efo'r genod yng nghaeau Tegeirian. Dwi ar fy ffordd i'r pentra. Mi gadwa i lygad allan amdano fo a holi pawb wela'i.' Diolchodd Doctor Ellis iddo'n gynnes a mynd yn ei flaen yn fân ac yn fuan i nôl ei ferch. Go brin y byddai Gary wedi medru trotian i fyny'r allt yn yr eira, meddyliodd Malcolm. Mae'n siŵr mai o gwmpas y syrjeri yn y pentref roedd y creadur druan.

Daeth Malcolm at Dynyffridd a gweld bod ei ffrind Dewi wedi agor ffenest y llofft ac wrthi'n tynnu lluniau o rialtwch yr eira efo'i gamera. 'Wela'i di'n Leion mewn munud!' gwaeddodd drwy'r ffenest. 'Dwn i'm,' atebodd Malcolm. 'Mae gen i betha i'w gwneud.' Codi dau fys arno fo wnaeth Dewi Tynyffridd. Roedd Malcolm ar fin taflu pelen eira ato pan gofiodd yn sydyn y gallai wneud difrod i gamera gwerthfawr ei ffrind ac ymataliodd. Stwffiodd Malcolm ei ddwylo'n ddyfnach i'w bocedi i geisio cadw'n gynnes. Roedd rhaid canolbwyntio ar le i osod ei draed gan fod yr eira wedi hen guddio'r lôn a arweiniai i lawr at y pentref. Roedd rhannau eraill lle bu pobl yn palu llwybrau i'w tramwyo'r diwrnod cynt yn llithrig gan rew ac yn beryg bywyd. Gofal piau hi!

Pwy welai yn straffaglu i fyny'r allt tuag ato ond ei chwaer, a golwg fel ysbryd arni hi. Gan nad oedd llawer o staff yr ysbyty wedi llwyddo i gyrraedd eu gwaith yn yr eira, roedd rhai fel Linda wedi gorfod gwneud shifft ychwanegol heb fawr o ysbaid, dim ond ceisio dwyn mymryn o gwsg mewn cadair. Ond diolch i'r drefn, ar ôl shifft hir o bron i hanner can awr, cafodd ddod adre, er iddi orfod cerdded y filltir olaf yn ôl o'r Gilfach i Ryd y Garreg gan fod y bysys wedi dod i stop. Gwenodd Malcolm arni wrth weld bod ganddi dorth o fara o dan ei chesail a hynny'n gadarnhad fod gan fecws Lôn Lwyd drydan os oedden nhw wedi gallu pobi bara'r bore hwnnw.

'Carol yn iawn?' oedd ei chwestiwn cyntaf.

'Mae hi efo'i ffrindia,' atebodd Malcolm a chwestiwn nesaf ei chwaer yn dod fel bwled o wn:

'Lle?'

'Yng nghae Tegeirian.'

'Trydan yn ôl eto?'

'Pwy wyt ti, Juliet Bravo?' pryfociodd Malcolm ei chwaer yn sgil yr holl gwestiynau, ond gwelodd yn syth nad oedd natur chwerthin ynddi hi'r bore hwnnw ac ychwanegodd, 'Nacdi. Mae'r tŷ fel ffrij. Ar y ffordd i Becws o'n i.'

''Sa ti ddim wedi cael dim byd. Hon oedd un o'r rhai olaf ar y silff a finna wedi gorfod ciwio am dros chwarter awr. 'Sa ti'm yn credu faint o fara oedd gan rai yn mynd o 'na. Roedd gan Mrs Edwards dair torth yn ei basged ac un o dan ei chesail! *Selfish* iawn!' atebodd Linda.

Crychodd Malcolm ei dalcen arni hi: 'Gwraig y gweinidog?'

'Gobeithio syrthith hi ar ei thin ar ffor i Tŷ Capel!' meddai Linda'n stowt. Chwarddodd ei brawd at ddicter annisgwyl ei chwaer. Roedd ei shifft hir yn yr ysbyty a'r cerdded drwy'r eira wedi tynnu'r gwaetha ohoni. Ond roedd eisiau gras wrth feddwl am hunanoldeb rhywun fel Mrs Edwards Tabernacl o bawb. Efallai nad oedd pawb wedi cofleidio'r ysbryd cymdogol felly.

'Lwyddish i gael dwy sgon. Dwi am fynd â nhw draw at Anti Sydna ar y ffordd a gofyn os ga'i gawod. Mae gan dai'r Ffridd drydan, oes?' Cyn i Malcolm fedru ateb na holi mwy ar ei chwaer clywodd ei ffrind yn dod y tu ôl iddyn nhw. Heb yn wybod iddo fo a Linda, roedd Dewi wedi tynnu llun o gefnau'r ddau a'u coesau o'r golwg yn yr eira.

'Leion!' gorchmynnodd Dewi gan roi'r cas yn ôl yn ofalus i warchod ei gamera, cyn ychwanegu, 'Tyd! Rhag ofn bydd Erika Roe wrthi eto pnawn 'ma!' Chwarddodd Malcolm. Bu hen siarad ers y penwythnos cynt am y *streaker* a phawb wedi cythru at y papurau Sul fore trannoeth i gael gweld y llun a'r penawdau. Daeth gwylio rygbi'n fwy poblogaidd byth am gyfnod. Trodd at ei chwaer: 'Ti'n iawn i fynd fyny i Dan y Dderwen dy hun? Ella 'sa'n well cael Carol adra. Dad wedi gofyn i fi berswadio hi i fynd adra. Ond 'sa hi ddim yn gwrando arna i.'

'Neith les iddi gael bod efo'i ffrindia' meddai Linda.

'Dyna be o'n i'n feddwl. Mae hi'n mwynhau ei hun. Gyda llaw, mae Gary Glitter ar goll. Doctor Ellis wedi cynhyrfu braidd. Wela'i di wedyn', atebodd Malcolm cyn dilyn ei ffrind i lawr am y pentre. Trodd Linda a chychwyn dringo'r allt unwaith yn rhagor.

Teimlai Malcolm bwl o euogrwydd yn gadael i'w chwaer sortio pethau rhwng Carol a'i thad a hithau wedi bod yn gweithio'r hollol oriau. Ond y peth callaf iddo fo oedd dianc o'r tŷ am y pnawn i glydwch y Lion at ei ffrindiau, rhai ohonyn nhw, fel yntau, adre o'r colegau. Munud y byddai'r eira wedi cilio mi fydden nhw i gyd yn ei chychwyn hi'n ôl i'w gwahanol brifysgolion. Fedrai Malcolm ddim dioddef yr awyrgylch rhewllyd yn y tŷ rhwng Linda a'i thad. Roedd Carol yn meddwl y byd o'i chwaer fawr ac felly mae'n siŵr y byddai gwell siâp ar bethau adre o adael y ddwy chwaer efo'i gilydd a gadael i'w tad bydru yn ei wely tan i'w annwyd a'i beswch gilio.

Roedd hi'n syndod sut y cyflymodd camre Malcolm yng nghwmni Dewi Tynyffridd gyda'r addewid o wres a pheint neu ddau ar ben draw'r daith.

Linda

Ar ôl gadael ei brawd, pwy ddaeth i gyfarfod Linda ar ben yr allt ond Sharon oedd wedi bod yn gweld Emrys Stevens, Ffridd Ganol. 'Taid yn iawn?' holodd Linda. Gwenodd Sharon yn dyner wrth weld yr olwg legach ar ei ffrind.

'Mae ei geg o'n iawn! Ond mae Mam a Dad wedi methu teithio'n ôl ar ôl mynd â Nain Drefach adra ar ôl nos Galan. Maen nhw'n gobeithio bydd yr eira'n clirio digon erbyn drennydd iddyn nhw fentro adra.'

'Ti 'di bod ar ben dy hun efo Megan yn yr oerfel 'ma?' gofynnodd Linda mewn syndod. Doedd hi ddim yn gwybod dim am Yncl Meurig ac Anti Rhiannon yn sownd yn Nhrefach nac am Sharon a Megan ar eu pennau'u hunain a hithau wedi bod yn gaeth yn yr ysbyty am ddeuddydd cyfan. A Linda'n un o staff ifanc di-blant yr ysbyty, chafodd hi ddim dewis mynd adre fel rhai o'r lleill. Ond doedd adre ddim yn lle braf iawn bellach.

'Do. Meddylia, yr holl amser yma heb Mam a Dad o gwmpas y lle. 'Swn i 'di gallu cael amser efo Paul yn tŷ. Jest ni'n dau. Mi ffoniodd o bore 'ma yn awgrymu dod draw heno. Ond mae Megan dan draed ac mi fasa hi bownd o gario straeon i Mam a Dad pan ddôn nhw adra.'

'Geith Megan ddod acw heno, os tisio?' cynigiodd Linda er nad oedd ganddi owns o egni i feddwl edrych ar ôl y ddwy ferch fach a hithau bron ar ei gliniau. Y cyfan roedd hi eisiau ei wneud oedd mynd yn syth i'w gwely. Mae'n rhaid bod

Sharon wedi synhwyro hynny gan iddi ateb yn garedig drwy ddweud, 'Paid poeni, mae Megan a fi'n iawn. A neith o'm drwg i fi chwara hard-tw-get efo Paul Foty!'

Chwarddodd Linda'n ysgafn. Doedd dim hoel hynny wedi bod ar ei ffrind yn y Lion dros y Nadolig a'r flwyddyn newydd. Roedd y ddau ohonyn nhw wedi bod dros ei gilydd fel rash. Aeth Sharon yn ei blaen, ''Dan ni'n cael te efo Taid yn Ffridd Ganol mewn munud. Mae gynno fo drydan. Jest angen cael Megan i ddod o'r eira 'ma i gael pryd cynnes dwi rŵan, cyn i ni'n dwy fynd adra. Ond yn bwysicach na dim, sut mae Florence Nightingale?'

Adroddodd Linda rywfaint o'r hanes iddi am y syrcas yn yr ysbyty: sut bod y generaduron wedi gorfod cael eu defnyddio gan iddyn nhw golli pŵer am chydig oriau; sut bod llawdriniaethau wedi eu gohirio a llawer o gleifion a staff wedi methu gadael na chyrraedd yr ysbyty. Roedd y mortiwari'n llawn dop ac angladdau wedi eu canslo ar hyd y dyffryn. Roedd hi'n llanast llwyr yno. Bu ond y dim i Linda fynd i orwedd ar wely un o'r cleifion gan mor flinedig oedd hi! Roedd hi wedi llwyr ymlâdd. Ac roedd hynny cyn iddi orfod cerdded drwy'r bali eira.

'Wyt ti'n siŵr bod ti isio mynd i'r maes meddygol, Shar? Mae o'n *killer*!' gofynnodd Linda i'w ffrind gorau.

'Dibynnu ar risylts lefel-A'r haf 'ma. Mam yn deud mai yn Woolworths fydda i os nad ydw i'n dechra stydio go iawn!' atebodd hithau.

Roedd yna ran fach o Linda'n dyheu am gael gweithio yn rhywle fel Woolworths. Dim cyfrifoldebau mawr. Dim oriau gwirion. Dim metron gas. Diolchai Linda am rywun fel Sharon i gael bwrw ei bol bob hyn a hyn. Roedd y ddwy'n ffrindiau mynwesol er i Linda adael yr ysgol i fynd i nyrsio tra arhosodd Sharon yn y chweched dosbarth. Doedd dim yn y byd yn mynd i rwystro eu cyfeillgarwch nhw. Gwirionodd y ddwy ddechrau'r 70au a hwythau ar drothwy mynd i'r ysgol uwchradd pan symudodd y ddau deulu i Dan y Dderwen. Roedden nhw'n ffrindiau ac yn gymdogion erbyn hynny a dim ond 2 Tan y Dderwen yn eu gwahanu. Bu Sharon yn gefn mawr i Linda ar ôl iddi golli ei mam. Roedd o'n help bod gan Sharon hefyd chwaer fach. Er bod Megan fymryn yn hŷn na Carol, roedd y ddwy ferch fach yn ffrindiau da a Linda a Sharon wedi gwneud eu siâr o warchod y ddwy dros y blynyddoedd.

Gallai Linda ddweud unrhyw beth wrth Sharon. Yn wir, roedd Linda wedi ymddiried yn Sharon ac wedi rhannu coblyn o gyfrinach fawr efo hi ddiwrnod Dolig. Roedd Sharon wedi addo peidio codi'r mater eto, oni bai bod Linda eisiau trafod y peth.

"Dan ni angen nait-awt yn Gilfach cyn hir. Ti'n gêm? Codi dau fys ar naintin-eiti-wan!' meddai Sharon

'A gwynt teg i fis Ionawr naintin-eiti-tŵ!' atebodd Linda hi.

Gwenodd Sharon cyn ychwanegu, 'Yn y cyfamser dos adra i newid dy ddillad, *metal mouth*, cyn i rywun dy gamgymryd di am ddyn eira!'

Chwarddodd Linda. Roedd Sharon wedi ceisio ei pherswadio i beidio â chael y bresys hyll ar ei dannedd. Rhan o apêl gwên Linda oedd y ffaith fod ei dannedd blaen hi'n croesi ei gilydd rhyw fymryn, bron fel petaen nhw'n cusanu, yn union fel y gwnâi dannedd ei thad. Ond doedd Linda ddim wedi gwrando ar ei ffrind. Roedd hi eisiau dannedd syth.

Tarfodd llais Sharon ar ei meddyliau: 'Dwi'n mynd i weld lle mae Megan. Croeso iti ddod acw heno os tisio?'

A ffwrdd â Sharon i chwilio am ei chwaer fach a Linda'n gweiddi ar ei hôl, 'Os ydi Carol efo Megan, deud wrthi hi bo fi'n picio i Ffridd Bella ac y bydda i adra wedyn.'

Cafodd Linda'r croeso twymgalon arferol gan ei Anti Sydna yn Ffridd Bella a mwynhau bath cynnes, lobsgóws a phaned a sgonsan. Bu hen drafod yr eira.

'Dwi ddim yn gwybod be 'di'r ffŷs, dydi hyn ond sgeintiad bach o eira o'i gymharu â be gawson ni yn naintîn-sicsti-thrî heb sôn am naintîn-fforti-sefn!' meddai Anti Sydna wrth bigo briwsion gweddill ei sgonsan â blaen ei bys. A dyna ailadrodd y stori gyfarwydd am eira '47 pan oedd Sydna a Falmai yn genod bach a'u tad, Robat Parry, taid Linda, yn gorfod dringo drwy ffenest y llofft i fynd allan o'r tŷ.

Ynghanol y chwerthin a'r hel atgofion bu cyfnodau o ddwyster hefyd. Dim ond efo'i Anti Sydna a'i ffrind Sharon y gallai Linda drafod ei phrofedigaeth mewn gwirionedd. Bu'r ddwy yn gefn mawr iddi yn ei galar. Roedd Anti Sydna a'i mam yn agos fel chwiorydd a gwyddai Linda'n iawn fod Anti Sydna hefyd yn teimlo'r golled i'r byw. Onid oedd galar yn beth rhyfedd? Doedd o ddim yn rhywbeth y gellid ei weld na'i gyffwrdd. Ond roedd o yno, fel y ddannodd, drwy'r amser. Roedd galar yn brathu. Yn flêr. Yn frwnt. Gadawodd Anti Sydna lonydd i Linda bendwmpian o flaen y tân trydan nes bod ei choesau bron â sgaldio gan y gwres. Hynny a siffrwd tic-toc y cloc ar y silff ben tân a'i deffrodd yn y pen draw, a gwelodd Linda ei bod rhwng popeth wedi bod yno am bron i dair awr.

'Cofia di, mi gei di a Malcolm a Carol fach ddod yma i aros heno os nad ydi'r trydan wedi dod yn ôl i Dan y Dderwen, neu mi fyddwch wedi fferru,' meddai Sydna wrthi fel roedd hi'n gadael.

Sylwodd Linda'n dawel bach nad estynnwyd gwahoddiad i'w thad. Diolchodd Linda iddi a dweud bod hogiau Manweb yn yr ysbyty wedi sôn eu bod yn gweithio'n gyntaf ar y pŵer yn y Gilfach ond y bydden nhw'n taclo tai rhan uchaf Rhyd y Garreg cyn gynted â phosib gyda'r gobaith y byddai'r pŵer yn ôl cyn iddi nosi.

Roedd hi'n tynnu am bump o'r gloch y prynhawn ar Linda'n gadael Ffridd Bella a hithau'n ysu am ei gwely, boed hwnnw'n oer ai peidio. Dim ond ambell blentyn gwydn neu wirion oedd yn dal i fanteisio ar yr eira draw ar gaeau Tegeirian ac roedd hi'n dal i bluo. Rhyfedd sut y gallai plu'r eira droi'r awyr yn ddu. Doedd dim sôn am Carol. Efallai iddi fynd i dŷ Barbara Owen am y prynhawn. Gwthiodd Linda ei dwylo mor ddwfn i bocedi ei chôt nes bu bron iddi greu twll ynddyn nhw gan mor oer oedd hi. Gobeithiai'n arw fod ei thad yn cysgu'n sownd neu wedi gwella digon o'r haint ar ei frest i fynd draw i'r ysgol i geisio paratoi at bryd bynnag y byddai'r ysgol yn ailagor. Gorau po gyntaf. Byddai'n well gan Linda gnoi sgriws na threulio ei nos Sadwrn yn ei gwmni.

Roedd cyhyrau ei choesau'n protestio ar ôl yr holl gerdded drwy'r eira a hithau'n drwm gan ludded. Fuodd hi erioed mor falch o weld Tan y Dderwen. Ond buan y trodd ei rhyddhad yn siom. Gallai weld wrth ddynesu at y tri thŷ nad oedd y trydan yn ei ôl. Damia! Roedd rhif 2, wrth gwrs, yn dywyll fel arfer gyda'r Ellwoods ymhell i ffwrdd. Ond roedd tŷ Sharon a'i chartref hithau o boptu tŷ'r Ellwoods fel y fagddu a mwg yn chwythu'n chwyrn o simne ei chartref hi. Golygai hynny, gwaetha'r modd, fod ei thad adre. Un peth a'i tarodd hi'n rhyfedd: roedd llenni parlwr ffrynt ei chartref wedi'u cau. Pam cau'r llenni pan nad oedd trydan? Pam cau'r llenni pan nad oedd golau? Oni bai mai ymgais oedd hyn i gadw'r mymryn gwres o'r tân rhag dianc drwy'r ffenest? Rhyfedd.

Ymbalfalodd Linda drwy'r eira ar lwybr y tŷ. Gwthiodd y drws ffrynt yn agored a theimlo rhyddhad am unwaith o gael cyrraedd adre er bod cyntedd y tŷ a'r grisiau gwyn agored o'i blaen yn oer a digysur ar noson mor aeafol. Waeth beth am ei rhyddhad, wnaeth hi ddim rhagweld erchyllra'r olygfa sinistr oedd yn ei disgwyl hi hyd nes iddi fynd i mewn i'r parlwr at y tân. Bu'n rhaid i'w llygaid ymgynefino am ennyd neu ddau gyda'r cysgodion a grëwyd gan fflamau'r tân ar garped geometrig brown ac oren y parlwr. Dyna pryd y deallodd Linda pam fod y llenni wedi eu cau'n dynn. Ceisiodd lyncu ei phoer ond roedd ei cheg yn sych fel tywod. Byddai'r olygfa ym mharlwr 3 Tan y Dderwen y prynhawn hwnnw'n aros efo hi am byth.

Sharon

Wnaeth Sharon, yn fwriadol, ddim crybwyll cyfrinach fawr Linda efo hi yn ystod eu sgwrs fer ar ben yr allt. Doedd hi ddim yn briodol, rywsut, ac roedd hi'n rhy oer i hel eu traed yn sgwrsio'n rhy hir. Ac ar ben popeth, roedd golwg fel ei bod hi ar fin nychu ar Linda druan.

Er bod Sharon wedi dechrau gweld Paul Foty cyn y Nadolig a'r ddau ohonyn nhw wedi dechrau closio'n arw, cyfrinach erchyll Linda oedd wedi meddiannu meddwl Sharon dros yr ŵyl. Bu Sharon yn ysu i rannu'r gyfrinach efo'i mam dros y Dolig er mwyn elwa o'i chyngor doeth, ond chafodd hi ddim cyfle gan fod Nain Drefach yn aros efo nhw dros gyfnod yr ŵyl. A phrun bynnag, ble'r oedd dechrau adrodd yr hanes? A fyddai ei mam yn credu'r stori? Byddai'n rhaid mynd at wraidd y mater rywsut. Ei bwriad hi oedd trafod hynny efo Linda ar noson allan, munud fyddai'r eira 'ma o'r ffordd a phan fyddai hi'n haws cael sgwrs go iawn. Roedd hi'n poeni ei henaid amdani hi.

Fu Sharon fawr o dro'n ffeindio ei chwaer fach ar ôl gadael Linda. Roedd Megan a Carol wedi mynd i dŷ Barbara Tegeirian i gynhesu a Lisa Mai wedi mynd adre efo'i thad i chwilio am Gary Glitter. Oherwydd y busnes garddio, roedd gan Degeirian gyflenwad da o eneraduron. Doedd dim diben bellach i'w ddefnyddio ar gyfer y polydwneli'r tu allan gan fod yr eira wedi sigo'r rheiny'n grempogau gwynion. Edrychent yn union fel pe bai rhywun wedi'u waldio â rhaw. Rhyfedd sut y gallai rhywbeth mor ysgafn â phlu eira wneud y ffasiwn ddifrod. Byddai'r colledion yn faich ariannol ar ganolfan Tegeirian am rai blynyddoedd wedyn. Ond roedd positifrwydd a dyfeisgarwch yn rhan o anian teulu Tegeirian. Defnyddiodd Morus Owen y generaduron ar gyfer gwresogi rhywfaint ar ei gartref ac er mwyn medru cynhesu bwyd. Roedd ei wraig, Delia Owen, yn giamstar ar greu pryd o fwyd o ddim, a'i chacen Mandarin Gâteau fyddai'r gyntaf i'w gwerthu mewn unrhyw ffair leol. Ganddi hi, meddyliodd Sharon wrth edrych arni'n diwyd baratoi bwyd yng nghegin eang Tegeirian, yr etifeddodd Barbara'r gwallt coch bendigedig oedd ganddi. Doedd ei ddisgrifio'n goch ddim yn gwneud tegwch â lliw ei gwallt mewn gwirionedd. Roedd yn debycach i aur. Fyddai'r un botel yn gallu efelychu'r lliw unigryw hwnnw.

Bu Delia Owen yn holi Sharon yn dwll am helyntion ei rhieni yn sownd yn Nhrefach yn sgil yr eira. Roedd Delia a Morus Owen yn ffrindiau da efo Meurig a Rhiannon Stevens ac yn mynd yn y garafán efo'i gilydd i lawr i'r arfordir bob Pasg yn ddi-ffael. Gwyddai Delia Owen y byddai Meurig Stevens ar bigau'r drain eisiau dod adref o Drefach. Onid oedd ganddo fusnes adeiladu i'w redeg? Roedd o, fel Morus ei ŵr, yn byw i'w waith. Mae'n siŵr bod Meurig wedi dod o hyd i ryw brosiect draw yn nhŷ ei fam-yng-nghyfraith, awgrymodd Delia. Pan ddywedodd Sharon fod ei mam wedi dweud wrthi hi ar y ffôn ei fod o wedi dechrau peintio cegin gefn Nain Drefach, chwarddodd Delia yn harti. Roedd Meurig Stevens yn gnonyn aflonydd a chanddo ddim pwt o amynedd efo segurdod o unrhyw fath.

Cafodd Sharon gynnig tamaid i'w fwyta gan Delia Owen ond gwrthododd yn gwrtais gan ei bod hi wedi addo gweini lobsgóws i'w thaid yn Ffridd Ganol. Doedd tai'r Ffridd na'r rhan fwyaf o'r tai islawr yn y pentref ddim wedi cael eu heffeithio gan y toriad yn y trydan. Ar ôl tawelu meddwl Delia Owen ei bod hi a Megan yn iawn ar eu pennau eu hunain fyny yn Nhan y Dderwen ac nad oedd arnyn nhw angen dim byd, galwodd Sharon ar Megan a Carol i baratoi i fynd am adre. Waeth iddi fod wedi siarad â'r wal ddim!

Doedd fawr o awydd gan yr un o'r ddwy adael clydwch a chynhesrwydd cartref eu ffrind. Roedd y ddwy wedi ymgolli'n chwarae efo doliau Barbie Donnie a Marie Osmond, er nad oedd Sharon yn siŵr a oedden nhw'n gwybod pwy oedd y ddau. Prin bod yr un o'r ddwy wedi cael eu geni pan ganodd Donny 'Puppy Love'. Cofiai Sharon fel y byddai hi a Linda'n dawnsio yn y cae swings gan smalio bod eu lolipops yn feicroffonau a'r ddwy am y gorau'n dawnsio a chanu cyn disgyn yn glanna chwerthin wrth drio efelychu'r 'Someone help me, help me, help me please!' Anodd credu mai dim ond pedair ar ddeg oedd Donny Osmond pan ganodd y gân. Y fath ddiniweidrwydd. Y fath dalent. Y diniweidrwydd a'r dalent y manteisiwyd arnynt.

Trodd Sharon yn ôl at ei chwaer fach a mynnu am yr ail dro fod yn rhaid iddi hi a Carol ddod efo hi'r munud hwnnw. Protestio'n groch wnaeth Megan a bu'n rhaid i Sharon fygwth ei chwaer fach na fyddai'n cael gweld ei hoff raglen deledu'r noson honno oni ddeuai heb wneud lol. Roedd rhaid i Megan ddod i gael bwyd efo'i thaid ac roedd angen i Carol fynd adre i Dan y Dderwen. A dyna ddiwedd ar y mater. Eglurodd Sharon i Carol na fyddai Linda fawr o dro'n cyrraedd adre a hithau ond wedi picio'n sydyn i weld ei modryb Sydna.

Estynnodd Delia eu cotiau oedd yn mygu o flaen y tân glo a siarsio Barbara i ddod i lawr o ben y bwrdd. Beth yn enw rheswm oedd hi'n da yn dawnsio ar ben bwrdd? 'Smalio bod yn Legs & Co. ar *Top of the Pops* ydw i, Mam!' Chwerthin yn braf wnaeth Megan a Carol wrth i Delia a Sharon wenu'n slei ar ei gilydd. Efallai fod Barbara wedi etifeddu lliw gwallt ei mam ond cafodd ei direidi byrlymus gan Morus Owen oedd yn enwog drwy'r fro am ei dynnu coes.

'Cofia ni at Taid Ffridd Ganol!' galwodd Delia Owen wrth i Sharon lusgo'r genod o'r tŷ ac allan eto i'r oerfel a'r plu eira'n dad-wneud y crasu fu ar y cotiau yn Nhegeirian. Roedd y gwynt wedi dechrau codi eto a Sharon yn poeni y byddai mwy o luwchio'r noson honno. Efallai fod yr eira'n hwyl am ddiwrnod neu ddau, ond roedd meddwl am ddyddiau o'r stwff gwyn oer yma'n ddigon i ddiflasu sant. Bu'n rhaid i Sharon ddwrdio'r genod wrth iddyn nhw ddechrau taflu peli eira. Roedd hi'n hen bryd bod dan do a doedd hen chwarae gwirion fel hyn ond am eu hoeri a'u gwlychu nhw eto fyth. Argian, roedd hi'n mynd i swnio'n debycach i'w mam bob dydd. Tân dani ac adre am y cyntaf.

Wrth gyrraedd y lôn fach a arweiniai at Ffridd Ganol, ffarweliodd Carol â nhw a mynd yn ei blaen am adre. Gwyliodd Sharon hi'n mynd cyn iddi ddiflannu rownd y gornel ar ben yr allt am Dan y Dderwen. Ddychmygodd Sharon erioed faint y byddai hi'n ei ddifaru am flynyddoedd i ddod iddi hi fynnu bod Carol yn mynd adre ar ei phen ei hun y prynhawn hwnnw. Sut oedd hi i fod i wybod bod Linda wedi aros efo'i modryb Sydna cyhyd? Sut oedd hi i fod i wybod bod bwystfil yn aros amdani hi yn Nhan y Dderwen?

Roedd Taid yn pendwmpian pan gyrhaeddodd y ddwy gegin gefn Ffridd Ganol. Ond deffrodd yn ddigon sydyn pan welodd ei ddwy wyres a synhwyro'r lobsgóws yn ffrwtian ar y stof. Wrth i Sharon osod y bwrdd bach fformica coch, adroddodd Megan hanes ei diwrnod wrth ei thaid: y dyn eira, y slejo a chael mynd i Degeirian i sychu a chynhesu efo'i ffrindiau. Anrheg Dolig hwyr oedd yr eira yma i Megan a'i ffrindiau a chael gwyliau hir iawn o'r ysgol. Un dda oedd

Megan am adrodd stori. Roedd hi wedi penderfynu ei bod hi eisiau bod yn newyddiadurwraig pan fyddai hi'n hogan fawr. Roedd hi eisiau bod fel Angela Rippon. Byddai ei thad yn chwerthin ar ei phen pan ddywedai hi hynny, ond byddai Rhiannon Stevens yn annog ei merch i ddilyn ei breuddwydion. Os oedd hi eisiau darllen y newyddion ar y BBC, wel, anelu am hynny a pheidio â gadael i neb ei rhwystro. A hithau'n athrawes yn yr ysgol, roedd Rhiannon yn gwybod nad oedd y merched yn cael yr un chwarae teg â'r bechgyn na'n cael eu hannog i fod yn uchelgeisiol yn yr un modd.

Wrth i Sharon weini'r lobsgóws chwaraewyd cân rhif 1 y Nadolig ar weiarles Taid Ffridd Ganol. Gwenodd wrth gofio am Paul Noswyl Nadolig yn y Lion yn meimio a chyfeirio'r geiriau 'Don't you want me baby' ati hi â'i lygaid yn wincio arni hi. Roedd meddwl amdano'n ei llenwi â chynhesrwydd.

Roedd Sharon wedi bwriadu picio am dro ar draws y caeau i lawr i Garej Foty i weld a welai hi o. Beryg y byddai hi wedi ei chladdu yn yr eira a'r lluwchfeydd yn cofleidio'r cloddiau. Ond byddai'r eira wedi bod yn esgus perffaith i Paul lapio'i hun amdani i'w chadw'n gynnes. Ta waeth am hynny, roedd hi'n tynnu am chwech o'r gloch ar Sharon a Megan yn gadael Ffridd Ganol a dim sôn bod yr eira am beidio. Troi am adre i Dan y Dderwen oedd yr unig ddewis. Roedd Megan wedi swnian ar ei chwaer fawr am gael aros yn nhŷ ei thaid. Pam mynd adre a thrydan gan Taid Ffridd Ganol? Roedd hi'n gallu gwylio'r teledu yn fan'no. Roedd teledu du a gwyn ei thaid yn well na dim teledu o gwbl. Doedd dim trydan adre a hynny'n golygu dim teledu ac roedd ei hoff raglen deledu'r noson honno. Uchafbwynt ei hwythnos hi!

Trwy ryw ryfedd wyrth, o fewn eiliadau i gyrraedd adre, daeth y trydan yn ei ôl i Dan y Dderwen. Roedd y tŷ yn sydyn iawn wedi'i oleuo fel Blackpool. Neidiodd Megan mewn gorfoledd ar ben soffa Ercol y lolfa cyn rhedeg at y teledu yn y gornel a phwyso botwm BBC One i ddisgwyl am ei hoff raglen yn y byd. Aeth Sharon i'r gegin i roi'r tegell ymlaen, yn rhannol i gael paned ond hefyd i lenwi'r poteli dŵr poeth gan y byddai hi'n sbel eto cyn i'r gwres lyncu'r oerfel oedd wedi lapio ei hun am y tŷ. Fe wnâi'r tân yn y munud.

Newydd orffen llenwi'r poteli dŵr poeth oedd Sharon pan ganodd ffôn y tŷ. Roedd hi'n rhyw led-obeithio mai Paul fyddai'n ei ffonio am sgwrs, neu'n ei ffonio i drio ei pherswadio i adael iddo bicio acw. Byddai'n fendigedig ei weld. A fyddai hi'n ei wahodd o draw i'r tŷ gan fod ei rhieni hi i ffwrdd? Go brin. Dim efo Megan o dan draed. Na, roedd hi'n fwy tebygol mai ei rhieni oedd yn galw o Drefach i wneud yn saff ei bod hi a'i chwaer fach yn iawn. Byddai ei thad wastad yn aros tan wedi chwech o'r gloch cyn ffonio gan fod galwadau'n rhatach yr adeg honno. Aeth Sharon drwodd ac eistedd ar fainc y ffôn yn y cyntedd i'w ateb, gan fynwesu ei photel ddŵr poeth. Defnyddiodd ei llais gorau yn y gobaith mai Paul oedd ar y lein:

'Tan y Dderwen 3-6-5.'

'Sharon?'

Doedd Sharon ddim wedi disgwyl clywed llais ei ffrind, ond wrth gwrs roedd yna achos dathlu a llenwodd y distawrwydd y pen arall drwy ddweud, 'Hei, Linda! Mae'r trydan yn ôl! Newydd lenwi poteli dŵr poeth! Hale-blincin-liwia!'

'Mae o wrthi eto, Shar!' sibrydodd Linda mewn i'r ffôn.

Sobrodd Sharon.

'Be?'

Bu saib am ennyd wrth i Sharon geisio prosesu geiriau ei ffrind. Gwasgodd ei photel ddŵr poeth yn dynn dynn amdani. Grasusa! Ceisiodd ddychmygu'r senario yn y tŷ drws nesaf ond un. Roedd yr hyn roedd Linda wedi ymddiried ynddi fore'r Nadolig yn hunllefus. Mae'n amlwg felly nad gweithred aflan untro oedd gweithred David Pritchard, meddyliodd Sharon. Ers marwolaeth Falmai Pritchard, roedd ei gweddw wedi troi'n anghenfil. Neu ai felly fu prifathro Ysgol Rhyd y Garreg erioed? Doedd dim dwywaith fod gan blant yr ysgol ei ofn o, ond onid oedd hynny'n wir am y rhan fwyaf o brifathrawon? Mynnu parch drwy godi ofn? Gwyddai Sharon nad oedd gan ei mam hi, oedd yn athrawes yn yr ysgol, lawer i'w ddweud wrtho. Er bod Sharon a Linda'n ffrindiau mynwesol, perthynas gwrtais led braich oedd gan ei rhieni hi efo'u cymdogion. Byddai'n anodd i neb yn Rhyd y Garreg ddychmygu'r gwirionedd am eu prifathro parchus.

'Ydi o yna efo ti rŵan? Be nath o i ti, Linds?'

'Na! Dim i fi tro 'ma.'

'Be? O-mai-god!'

Teimlai Sharon fel pe bai ei chalon wedi stopio. Roedd hi'n anodd amgyffred yr hyn oedd yn digwydd yn 3 Tan y Dderwen. Doedd bosib fod y mochyn wedi mela efo Carol? Hogan fach naw oed?

'Mae rhaid ffonio'r heddlu, Linda. Fedar o ddim cael get-awê efo hyn.'

'Na, Sharon. Ac eniwê, pwy fasa'n credu? Yli, mae rhaid i fi gael Carol o 'ma. Geith hi ddod draw at Megan? Geith hi aros acw heno?'

'Ceith siŵr. A titha – mi gei ditha aros yma. Lle mae Malcolm?'

'Yn Leion, am wn i. Dim ots am Malcolm rŵan.'

Clywodd Sharon ei ffrind yn galw ar Carol i gasglu ei phethau.

'Lle mae o rŵan, Linds?'

'Yn parlwr. Mae o ar y wisgi. Ers oria dwi'm yn ama. Mae Carol yn gadal rŵan, ocê?'

'Ocê. Ond pam na ddoi di draw hefyd – o leia tan ddaw Malcom adra?'

Clywodd Sharon ddrws tŷ Linda'n cau yn y cefndir gan wybod felly y byddai Carol yn canu cloch rhif 1 o fewn eiliadau. Doedd Sharon ddim yn dawel ei meddwl bod ei ffrind ar ei phen ei hun efo David Pritchard, ond mynd yn ei blaen wnaeth Linda a sŵn brys yn ei llais hi:

'Paid sôn gair am hyn wrth neb, Sharon. Neb – ti'n dallt?'

Doedd Sharon ddim yn siŵr ai cadw'n dawel oedd y cynllun gorau a synhwyrodd Linda hynny gan ychwanegu'n daer, 'A phaid â chymyd arnat efo Carol. Mi fydd hi wedi anghofio amdano fo os nawn ni beidio siarad am peth.'

Doedd Sharon ddim yn siŵr o hynny chwaith ond mentrodd ofyn i'w ffrind yn dyner, 'Be nath o iddi hi, Linds?'

'Dwi'm yn meddwl bod o wedi gneud dim byd iddi hi. Nes i gerdded mewn i'r parlwr ac odd o'n sefyll yna – dim trowsus, dim ond crys ei bajamas a'i sana ...'

'O god.'

'Odd o'n chwara efo fo'i hun.'

'Blydi hel. Lle oedd Carol?'

'Odd hi'n noeth o flaen tân efo tywel bach amdani. Odd o wedi deud wrthi hi am dynnu ei dillad gwlyb ar ôl bod yn yr eira ac i sychu o flaen tân. Dwi ddim yn meddwl bod o wedi'i chyffwrdd hi. Jest isio hi'n noeth o'i flaen o tra oedd o'n ...'

Canodd cloch drws ffrynt 1 Tan y Dderwen. Cododd Sharon o'r fainc a gosod y botel ddŵr poeth arni hi a gweld gwyn esgyrn ei bysedd wedi iddynt fod yn crafangu torchau cêbl y ffôn yn ei llaw. Roedd y sgwrs ffôn wedi ei hysgwyd i'w seiliau, cymaint felly nes ei bod hi'n meddwl am eiliad ei bod am chwydu'r lobsgóws a gawsai yn nhŷ ei thaid yn gynharach y prynhawn hwnnw. Cyn iddi gyrraedd y drws, rhedodd Megan heibio iddi hi drwy'r cyntedd i agor y drws gan ei bod wedi gweld Carol drwy'r ffenest yn dod i fyny'r llwybr bach. 'Haia, Lorac!' meddai Megan. 'Haia, Nagem!' atebodd Carol yn cydchwarae un o hoff gemau Megan o greu codau i enwau pawb drwy eu troi nhw o chwith. 'Tyd. Mae Norash ar y ffôn efo Adnil yn sôn am alw plismyn neu wbath!' Roedd hi'n amlwg fod Megan wedi gwirioni'n bot o weld Carol yno ac arweiniodd ei ffrind i eistedd ar waelod y grisiau fel y gallai hi ei helpu i dynnu ei welingtons bach coch oddi ar ei thraed. Yna llusgodd hi i'r parlwr at y teledu er mwyn setlo i weld hoff raglen Megan.

Gwenodd Sharon ar yr hogan fach cyn troi'n ôl at y ffôn a dweud yn dawel wrth ei ffrind, 'Mae Carol yma, Linds. Tyd ti draw wedyn. Paid poeni am Carol. Mae hi'n saff. Mae hi'n gwylio *Jim'll Fix It* yn fan hyn efo Megs.'

Linda

Rhoddodd Linda'r ffôn yn ei grud, cymryd anadl ddofn a mentro'n ôl i'r parlwr. Roedd David Pritchard wedi gwisgo trowsus ei bajamas a lluchio ei ddresin-gown drosto. Cuddiai ei gorff mawr afrosgo'r tân wrth iddo hordio unrhyw wres ddeuai ohono. Er na allai Linda weld y tân i gyd o ddrws y parlwr, roedd hi'n amlwg o'r sŵn clecian fod ei thad wedi lluchio mwy o briciau arno tra oedd hi ar y ffôn efo Sharon. Roedd golwg rynllyd arno a'i wallt du cyrliog yn glynu'n fflat ar ei gorun ac yntau wedi bod yn orweddog efo'r haint ar ei frest ers dyddiau. Heb drydan, doedd o ddim wedi medru cael cawod i olchi ei wallt.

Edrychodd Linda ar y rhaw fach, y brws, y tongs a'r procer yn crogi ar y stand fach bres wrth ochr y tân. Y procer dynnodd ei sylw'n bennaf. Mor hawdd fyddai lladd ei thad gyda'r teclyn hwnnw. Ac fel petai David Pritchard yn synhwyro llif arswydus ei meddyliau trodd o'r tân i'w hwynebu gan dynnu tri phwff o wynt o'i bwmp asthma a'i osod wedyn yn ôl yn ei briod le ar y silff ben tân cyn tanio un o'r Benson & Hedges oedd ym mhoced ei ddresin-gown. Sylwodd Linda ar y lliw drwg arno. Wnaeth o ddim tynnu ei lygaid duon oer oddi arni hi. Y llygaid duon hynny o dan gysgod ei aeliau mawr blewog. Doedd ryfedd fod rhai yn ei alw, y tu ôl i'w gefn, ymhlith enwau eraill llawer llai parchus, yn Dennis Healey.

Doedd dim hoel edifeirwch arno. Dim hoel cywilydd. Safai'n gefnsyth, yn union fel y gwnâi yn neuadd yr ysgol adeg y gwasanaethau boreol gan wgu'n frawychus ar ei ddisgyblion o dan ei aeliau duon blin. Roedd ganddo wg barhaus, fel petai'r rhychau wedi'u naddu i'w wyneb gan gerflunydd gorffwyll. Gwelai Linda, er gwaetha'r gorhyder ffals, nad oedd o'n hollol sâd ar ei draed. Roedd hi wedi sylwi drwy gil drws y gegin, pan ffoniodd hi Sharon, mai dim ond chwarter y botel Bell's oedd ar ôl. Rhaid bod ei thad wedi defnyddio'r wisgi fel 'ffisig' at yr haint ar ei frest. Syllodd Linda'n ôl ar y bwgan o ben draw'r ystafell. Doedd ganddi hi mo'i ofn o bellach. Roedd y ffaith ei bod hi wedi gwneud ei phenderfyniad wedi rhoi rhyw dawelwch meddwl rhyfedd iddi hi. Rhywbeth nad oedd hi wedi ei brofi ers amser hir. Roedd hi wedi penderfynu, wrth siarad ar y ffôn efo Sharon, na allai hi a Carol fyw yno ddim mwy. Châi o ddim mynd yn ei flaen i wneud i Carol yr hyn wnaeth o iddi hi cyn y Dolig.

Byddai Anti Sydna'n siŵr o adael iddyn nhw fyw efo hi. Fu ei modryb erioed yn hoff o'i brawd-yng-nghyfraith. Wyddai Linda ddim a allai hi egluro i'w modryb yr hyn oedd wedi digwydd, ond gwyddai y byddai yno groeso iddi hi a Carol fach. Roedd rhaid gwarchod Carol. Fyddai Linda fyth yn maddau iddi hi ei hun pe gadawai i Carol ddioddef yr hyn fu'n rhaid iddi hi ei ddioddef. Byddai Malcolm yn mynd yn ôl i Fanceinion ar ôl i'r eira gilio i orffen ei gwrs Mathemateg yn y brifysgol yno. Fedrai hi ddim gadael Carol ar ei phen ei hun efo'i thad a hithau'n gweithio shifftiau mor oriog yn yr ysbyty. Oedd ei thad wedi trio rhywbeth tebyg efo Carol cyn hynny, tybed? Penderfynodd yn y fan a'r lle nad oedd hi am ofyn cwestiynau o'r fath iddi. Rhaid gobeithio mai digwyddiad untro oedd hwn ac na fyddai Carol yn cofio fawr ddim amdano mewn blynyddoedd i ddod. Peidio gwneud môr a mynydd o'r peth, a chyda lwc, mi fyddai'r fath anlladrwydd yn cilio i bellafoedd y cof.

Sut oedd hi am ddweud wrth Malcolm ei bod hi a Carol yn bwriadu symud at Anti Sydna? Dyna oedd ei chyfyng-gyngor nesaf. Gwyddai na allai ddechrau egluro i'w brawd yr hyn oedd eu tad wedi ei wneud iddi hi ddechrau Rhagfyr. Sut oedd rhoi geiriau i weithred mor ddychrynllyd? Roedd hi wedi llwyddo rywsut i ddweud y cyfan wrth Sharon fore Nadolig wrth iddyn nhw fel teulu fynd draw i rif 1 Tan y Dderwen i gynnal y traddodiad blynyddol hapus, er bod absenoldeb Falmai Pritchard yn llethol dros y cyfan.

Roedd Sharon wedi annog ei ffrind y bore hwnnw i fynd am sgwrs i'r llofft. Tybiai Linda ei bod hi wedi sylwi ar ei thawedogrwydd, heb sylweddoli mai eisiau siarad am ei charwriaeth newydd efo Paul Garej Foty oedd Sharon yn y bôn. Roedd Carol a Megan wedi ymgolli yn y rhaglen deledu *Rolf at Christmas* yn y lolfa a Malcolm a David efo Rhiannon a Meurig a Nain Drefach ar y sieri yn y gegin yn smalio nad oedd pawb yn gweld colli Falmai. Arhosodd Anti Sydna yn 3 Tan y Dderwen i baratoi'r cinio Dolig. Doedd dim disgwyl i Linda druan wneud popeth ar y Dolig cyntaf heb eu mam. Roedd Anti Sydna wedi prynu bastiwr twrci'n anrheg Dolig i'r teulu gan nad oedd hi'n medru deall sut y gallen nhw fastio'r twrci'n llwyddiannus heb un o'r teclynnau handi yna. Bydden nhw'n cael defnydd ohono am flynyddoedd i ddod, meddai hi wrthyn nhw.

Roedd Rhiannon a Meurig Stevens yn meddwl y byd o Falmai druan ond doedd ganddyn nhw fawr ddim i'w ddweud wrth David Pritchard mewn gwirionedd. Gallent ddioddef un sieri bach a mins-pei yn ei gwmni fore Dolig ynghyd â'i smocio parhaus, ac wedyn gwynt teg ar ei ôl o ac mi fydden nhw'n gallu cael gweddill y diwrnod iddyn nhw'u hunain fel teulu.

Taflodd Sharon ei hun ar ei gwely o dan boster enfawr o Michael Jackson a dangos i'w ffrind yr anrheg Nadolig a gafodd gan ei rhieni. Er mai'r geiriad ar y bocs oedd 'Just what he's always wanted' roedd ei rhieni wedi prynu'r Dymo Home Label Maker iddi hi er mwyn iddi fedru rhoi label ar ei ffeiliau gwaith yn y chweched dosbarth. Dangosodd Sharon i Linda sut roedd y peiriant bach yn gweithio, troi'r olwyn a gwasgu'r carn a theipio'r geiriau, 'Polyn Foty'. Daeth stribed plastig glas o'r Dymo gyda'r geiriau'n bwmplog arno. Glynodd Sharon y stribed ar ddrws y wardrob gan wenu fel giât, ond gwelodd nad oedd ei ffrind yn talu dim sylw i'w hanrheg newydd. Sylweddolodd ar amrantiad iddi fod yn ddifeddwl yn gwirioni fel hyn a'r Dolig hwn, yr un cyntaf ers i Linda golli ei mam, yn bownd o fod yn anodd iddi. Gosododd Sharon y Dymo ar ei desg gan ymddiheuro'n llaes am fod mor ddi-feind, ond chwifiodd Linda ei llaw gan ddiystyru'r ymddiheuriad. Nid dyna oedd ar ei meddwl hi'r funud honno.

Magodd Linda blwc wrth bwyso'n erbyn drws y llofft gan fanteisio ar ennyd breifat efo'i ffrind y bore Nadolig hwnnw i ymddiried ei chyfrinach fawr. Er y gwyddai Linda fod yr hyn a wnaeth ei thad iddi'n anfoesol, yn anghywir, yn alaethus, yn anghyfreithlon, ymateb chwyrn Sharon a gadarnhaodd hynny iddi hi yn y pen draw. Rhoddodd Sharon y gorau i siarad am Paul Foty yn y fan a'r lle, gan eistedd fel bollt ar ymyl ei gwely wrth i arswyd profiad ei ffrind gael ei ddadlennu iddi hi. Rhoddodd ei sylw i gyd i'w ffrind a'i llygaid yn agor yn fawr wrth iddi brosesu'r stori erchyll. Er mor anodd credu y gallai'r fath beth ddigwydd mewn pentref fel Rhyd y Garreg, wnaeth Sharon ddim amau'r un gair. Gwyddai na fyddai Linda byth bythoedd yn creu stori o'r fath a phrun bynnag, roedd hi wedi torchi llewys ei siwmper Nadolig ac wedi dangos iddi'r cleisiau ar ei breichiau lle bu dwylo ei thad yn pwyso'n gyffion arnynt.

Wrth edrych yn ôl, roedd Linda'n falch ei bod wedi rhannu'r digwyddiad fore Nadolig a gwyddai fod ei ffrind yn saff fel y banc. Teimlai rywfaint o ryddhad. Fyddai Sharon ddim yn dweud wrth neb. Ond roedd rhannu'r profiad efo'i ffrind gorau yn fater gwahanol i drio rhannu'r profiad efo'i brawd. Fedrai hi ddim dweud wrtho fo. Doedd wybod sut y byddai o'n ymateb heb sôn am geisio disgrifio'r olygfa a welodd hi yn y parlwr gwta awr ynghynt. Ac er nad oedd gan Malcolm lawer i'w ddweud wrth ei dad, gwyddai Linda ei fod yn ymhyfrydu yn ei statws fel prifathro'r ysgol leol. Roedd pethau fel yna'n bwysig iddo fo. Go brin y byddai Malcolm yn coelio nac eisiau coelio ei stori hi. Daeth peswch a llais cryg David Pritchard i dorri ar draws ei meddyliau gan ddod â hi'n ôl at ei phresennol gofidus.

'Be wyt ti'n neud yn sefyll yn drws, Linda? Tynn dy fenyg. Tynn dy gôt a tyd at y tân. Ti'n gneud i'r lle edrych yn flêr.'

Syllai Linda arno'n fud drwy gwmwl o fwg. Roedd y tawelwch rhyngddynt yn hongian fel marc cwestiwn nad oedd ateb iddo. Aeth y bwystfil yn ei flaen dan fwldagu'n swnllyd wrth dynnu'n daer ar ei sigarét: 'Be wyt ti isio, Linda? Isio mwy wyt ti? Isio cysur? Pawb angen cysur.'

Edrychodd Linda arno â'r ffieidd-dra mwyaf cyn sibrwd, "Dach chi wedi meddwi.' Gwenodd David Pritchard arni hi: 'Angen dathlu'r estyniad i'r flwyddyn newydd yn does, Linda?'

Oedd o'n cysidro ailadrodd y weithred anllad? Oedd hi'n mynd i allu ei rwystro petai o'n trio eto? Go brin y byddai ganddi nerth i gwffio chwannen heno, a phrun bynnag, roedd o'n gymaint cryfach na hi. Ac eto, roedd yr haint a gafodd ar ei frest dros y flwyddyn newydd wedi tynnu'r hwyliau ohono, diolch i'r drefn.

Cofiai fel y teimlai fel petai hi'n mygu pan oedd ei gorff trwm ar ei phen hi dair wythnos cyn y Dolig. Roedd hi'n gwbl grediniol yr adeg honno ei bod hi am farw. Roedd hi wedi trio gweiddi, ond llwyddodd ei thad i'w thewi â'i law gan fygwth gwasgu'r gobennydd ar ei phen oni fyddai'n cau ei blydi ceg. Doedd dim diben gweiddi. Fyddai Malcolm ddim yn cyrraedd adre o Fanceinion tan y diwrnod canlynol ac roedd Carol wedi mynd i aros efo Barbara Tegeirian fel rhan o'i dathliadau pen-blwydd yn naw oed. Roedd drws nesa'n wag. Pwy fyddai'n clywed? Ond roedd Linda wedi gweiddi'r un fath. Eisteddodd David Pritchard arni'n solet fel pe bai'n marchogaeth ebol blwydd ac estyn selotêp o boced ei ddresin-gown. Roedd ei fraich arall wedi clymu'n glo ar ei garddyrnau fel na allai symud modfedd. Torrodd ddarn mawr o'r selotêp efo'i geg a'i stampio'n dynn ar ei cheg hithau. Roedd oglau stêl sigaréts a wisgi ar ei ddwylo ac ar ei wynt a hynny'n codi cyfog gwag arni hi.

Eiliadau'n ddiweddarach, a David Pritchard yn tuchan fel mochyn a hedbord gwely Linda'n taro fel drwm wrth iddo ei threisio, teimlodd Linda boen gwaeth nag unrhyw boen misglwyf a gawsai cyn neu ar ôl hynny. Daeth i ddeall yn fuan wedi hynny mai'r *hymen* yn torri oedd hynny. Bu'n rhaid iddi hi ddiodde'r trais yn dawel gan weddïo y byddai'r cyfan drosodd yn sydyn. Fu arni erioed cymaint o ofn. Canolbwyntiodd ar y poster Snoopy, 'I'm allergic to mornings', uwch ei phen er mwyn ceisio cau'r drws ar realiti'r hunllef oedd yn digwydd iddi hi. Weithiodd o ddim. Dechreuodd gyfri'r cylchoedd *artex* ar y nenfwd, yn union fel y cyfrai bibau organ fawr y Tabernacl pan fyddai pregeth yn hir ar fore Sul. Weithiodd o ddim. Byddai hi wedi croesawu cant a mil o bregethau diflas y Parchedig Lodwig Edwards yr eiliad honno. Oedd hyn yn digwydd iddi hi ynteu ai hunllef oedd y cwbl? Oes hir ddiddiwedd yn ddiweddarach, pan ddaeth yr artaith gorfforol i ben a sŵn yr hedbord wedi tewi, cododd David Pritchard oddi arni'n ddiseremoni, clymu llinyn ei ddresin-gown *paisley* lliw gwaed a mynd i'w lofft heb yngan gair.

Prin y medrai hi anadlu. Roedd hi mewn sioc. Fe'i parlyswyd gan ofn. Fedrai hi ddim hyd yn oed lyncu ei phoeri. Pasiodd rhai munudau cyn iddi fentro rhisglo'r selotêp oddi ar ei cheg. Cyrliodd yn belen fach grynedig bathetig yn ei gwely. Rywdro'n ddiweddarach y noson honno, wrth godi i sleifio i'r ystafell ymolchi, llifodd hylifau David Pritchard i lawr ei choesau crynedig. Gwelodd fod gwaed wedi sychu ar du mewn ei chluniau. Clodd ddrws yr ystafell. Cymerodd gawod oer. Doedd y dŵr poeth ddim yn cynhesu tan y bore. Doedd fiw iddi hi roi'r *immersion heater* ymlaen. Ceisiodd anwybyddu'r crynu afreolus oedd wedi hawlio'i chorff. Sgwriodd ei chorff gyda'r hyn oedd yn weddill o hylif bath Badedas ei diweddar fam. Dyna pryd y daeth y dagrau go iawn. Roedd hi'n teimlo colled enfawr ar ôl ei mam. Ond yn oriau mân y bore hwnnw, teimlai golled enbyd arall. A waeth faint y sgrwbiodd ei chorff, roedd stamp David Pritchard arni hi a'i oglau'n glynu fel gelen. Roedd hi'n dal i deimlo'n fudr. Teimlo cywilydd. Teimlo colled. O'r diwrnod hwnnw ymlaen, ni fedrodd Linda erioed gyfeirio ato eto fel ei thad. David Pritchard fu o iddi hi wedi hynny.

Daeth pwl arall o beswch sych a gwichian brest i dynnu ei meddwl oddi ar hunllef ei hatgofion. Doedd y tabledi gwrthfeiotig a gawsai gan Doctor Ellis rai dyddiau ynghynt ddim i weld yn lleddfu rhyw lawer ar ei anhwylder. Ond ac yntau'n dioddef o'r fogfa ers ei fod yn blentyn a hynny ar ben yr haint diweddar ar ei frest a'r ffaith fod y diawl dwl yn mynnu smocio ac yfed wisgi – doedd ryfedd yn y byd nad oedd o wedi gwella eto. Sut gallai dyn oedd yn brifathro ymddwyn mor dwp?

Ciledrychodd Linda arno'n sefyll o flaen y tân wrth iddo osod ei wydr wisgi gwag ar y bwrdd coffi gan ddal i dagu a phesychu. Roedd sŵn cras y tagu'n ddigon i ddrysu sant. Aeth Linda at y ffenest i agor y llenni heb weld yr eira'n chwyrlïo'n ddawns dlos y tu allan. Feiddiai hi ddim troi ei chefn ato'n rhy hir. Doedd wybod beth wnâi. Ond doedd yna'r un ffordd yn y byd y câi o ei chyffwrdd hi eto. Go brin y gwnâi hynny heno, ond wyddai hi ddim beth oedd ei fwriad a dim ond nhw ill dau yn y tŷ. Ar ben popeth roedd yr eira'n rhwystr i neb ddod i ymweld â nhw. Sylweddolodd Linda ei bod hi mewn sefyllfa go fregus a hithau yno ar ei phen ei hun yn y tŷ efo fo. Doedd gan Linda ddim syniad pryd y byddai Malcolm adre o'r Lion ond mentrodd ddweud wrth David Pritchard rhag iddo ddechrau cael syniadau, 'Mae Malcolm ar ei ffordd adra. Dwi'n mynd draw at Sharon. Mi fydda i'n ôl fory i gasglu petha Carol a fi.'

'Casglu petha?'

''Dan ni ddim am aros yn fan hyn ddim mwy.'

'Lle wyt ti am fynd, Linda fach? At y Salvation Army?'

'At Anti Sydna.'

Chwarddodd David Pritchard gan danio sigarét arall. 'Mi fyddi di wedi newid dy feddwl erbyn y bora,' atebodd gan dynnu'n ddwfn ar ei sigarét. Aeth yn ei flaen yn ei lais iasol bloesg: 'Dim ond hogan galad front fasa'n gadal ei thad ar ei ben ei hun ac ynte'n ŵr gweddw. Be fasa pawb yn ddeud, Linda? E? O, glywsoch chi am Linda Pritchard – yr hen ast fach 'na'n gadal ei thad druan ar ei ben ei hun mor fuan ar ôl i'r cradur golli ei wraig.'

'Be fasa pawb yn ddeud tasan nhw'n gwybod y gwir am yr hyn mae prifathro Ysgol Rhyd y Garreg yn neud mor fuan ar ôl colli ei wraig?' hisiodd Linda drwy ei dannedd.

'Fasa neb yn credu gair rhyw nyrs fach ifanc benchwiban fel ti. Pawb yn gwbod be mae nyrsys bach ifanc yn licio, on'd ydyn nhw, Linds?'

'A be am ferch fach naw oed?'

"Nes i ddim twtsiad ynddi hi. Paid â gneud ffŷs,' poerodd arni hi a'i eiriau'n dew gan ddiod cyn ychwanegu, 'Ti'n creu dim byd allan o ddim byd. Yli, cau dy geg a dos i nôl wisgi arall i dy dad, 'na hogan dda. Dwi'n mynd yn ôl i 'ngwely. Blydi *chest infection* ddiawl 'ma.'

Diflannodd David Pritchard drwy ddrws y parlwr a bustachu'n swnllyd glwyfus i fyny'r grisiau. Daeth ei eiriau'n dweud wrthi hi am gau ei cheg â'r weithred o osod y selotêp ar ei cheg cyn ei threisio yn ôl iddi hi'n frawychus gan beri i groen gwydd godi ar ei gwar. Daeth cryndod drosti. Sylwodd Linda ar brocer y tân yn wincio arni o gornel ei llygad. Petrusodd am eiliad cyn cerdded draw at y bwrdd coffi i estyn y tymbler *cut glass* gwag a gadael y parlwr.

Meddyliodd Linda eto wrth gyrraedd y gegin mor hawdd fyddai ei ladd. Roedd ei hatgasedd tuag ato wedi cyrraedd man di-droi'n-ôl. Onid oedd dull gwell nag ymosod arno efo'r procer? Carchar am oes fyddai'r ddedfryd a doedd hi ddim yn barod i wynebu hynny. Ond doedd hi chwaith ddim yn barod i wynebu gadael iddo ei cham-drin hi a'i chwaer. Rhoddodd y gorau i'w syniadau gorffwyll. Byw efo Anti Sydna oedd yr unig opsiwn iddi hi a Carol. Ond sut oedd egluro hynny wrth Malcolm? Sut oedd rhoi mewn geiriau'r hyn roedd David Pritchard wedi ei wneud iddi hi ac yn amlwg yn bwriadu ei wneud i Carol? Sut oedd disgrifio'r fath weithred gan dad at ei ferched?

Doedd hi ddim eisiau i Malcolm ei gweld hi na Carol fel dioddefwyr am weddill eu bywydau. Dioddefwyr trais. Doedd hi ddim eisiau cael ei diffinio gan y peth gwaethaf oedd wedi digwydd iddi hi erioed. Doedd hi ddim eisiau piti neb. Ond feiddiai hi ddweud y gwir wrth Malcolm? Beth fyddai ei ymateb? Onid oedd ganddo ddigon ar ei feddwl, rhwng ei alar am ei fam a'i astudiaethau coleg? A fyddai o'n meddwl ei bod hi jest eisiau sylw? Ei bod hi wedi creu rhywbeth o ddim? A fyddai hi'n teimlo'n euog am weddill ei dyddiau am roi pwysau'r gwirionedd ysgeler ar ysgwyddau ei brawd?

Ac wedyn dyna rywbeth arall yn ei tharo hi. A fyddai Carol yn ddiogel yn yr ysgol? Fyddai Anti Sydna ddim yno i gadw golwg ar bethau yn fanno. Fyddai prifathro yn gallu manteisio ar ei ferch fach yn yr ysgol? Pwy fyddai'n ei herio? Wrth i'r holl senarios lenwi ei phen, sylweddolodd Linda mai'r hyn a deimlai'n anad dim oedd cynddaredd. Gwelodd ei hadlewyrchiad cuchiog yn y ffenest tu ôl i sinc y gegin a'r noson yn heneiddio o'i blaen. Blydi hel, roedd hi'n flin. Roedd gweithred David Pritchard fel pe bai wedi rhoi cadach am ei cheg. Wedi ei thewi am byth fel y gwnaeth gyda'r selotêp. Y selotêp a ddefnyddiodd hi i bacio ei anrheg Nadolig. Edrychodd gyda dirmyg ar yr anrheg a brynodd iddo yn eistedd ar ben yr *hostess trolly* ym mhen draw'r gegin: *The Christmas Winter Driving Kit*. Doedd yr anrheg yn dda i ddim ar hyn o bryd a'r eira wedi lluwchio o dan y carport a chladdu'r rhan fwyaf o Vauxhall Carlton gwerthfawr David Pritchard.

Carol oedd ei blaenoriaeth hi. Ac wrth dywallt y wisgi i'w bwystfil o dad, gwawriodd achubiaeth bosib arall arni hi. Edrychodd eto ar *The Christmas Winter Driving Kit*. Petai rhywun wedi gweld Linda'r funud honno yng nghegin 3 Tan y Dderwen, mi fydden nhw wedi gweld yr awgrym lleiaf un o wên ar ei hwyneb lluddedig.

Carol

Doedd Carol ddim yn rhannu'r un diddordeb â Megan yn *Jim'll Fix It*. Doedd hi erioed wedi cymryd at y rhaglen. Doedd hi erioed wedi cymryd at y dyn a'i sigâr wirion chwaith. Ond llwyddodd i guddio ei diffyg brwdfrydedd. Roedd hi wedi dod yn giamstar ar guddio pethau. Diawliodd ei bod hi wedi anghofio dod â'i Rubix's Cube efo hi. Ond doedd hi ddim am fentro picio'n ôl adre ar ôl gweld llygaid mellt ei chwaer fawr.

Roedd Sharon wedi dod â diod o oren sgwosh a Kit Kat yr un i'r ddwy ohonyn nhw i'r lolfa ac wedi edrych ar Carol efo llygaid llawn tosturi. Byth ers iddi golli ei mam, gwenai pawb arni hi efo llygaid trist. Doedd hi ddim eisiau eu gwên na'u tristwch nhw. Doedd hi ddim eisiau neb. Yr unig beth oedd hi eisiau oedd ei mam. Roedd ei phen-blwydd a'r Dolig oedd newydd basio wedi bod yn llethol iddi hi. Pawb yn smalio bod yn hapus ei bod hi'n naw oed. Pawb yn smalio bod yn hapus ei bod hi'n Ddolig. Pawb yn smalio bod yn hapus ei bod hi'n flwyddyn newydd. Neb yn sôn am ei mam, fel petai pawb wedi brwsio Falmai Pritchard o dan y carped. Fel pe na bai Falmai Pritchard erioed wedi bodoli. Doedd Carol ddim yn deall oedolion.

Roedd yna gymaint o bethau nad oedd Carol yn eu deall. Sut y gallai rhywun fod un munud ac wedyn peidio â bod? Sut oedd egluro hynny? Doedd yna'r un oedolyn wedi llwyddo i ateb y cwestiwn hwnnw. Ac roedd oedolion i fod i

wybod popeth. Collai Carol oglau dydd Sul ei mam. Collai
Carol y profiadau bychain: y profiad o gael dod adre o'r ysgol
a gweld ei mam yn y gegin yn paratoi bwyd, y profiad o weld
ei mam yn chwynnu'r borderi bach neu'r profiad o'i gweld
yn y parlwr yn gwylio ei hoff raglen, *Crossroads*.

Dynes fach breifat fu Falmai Pritchard erioed, yn byw
yn dawel yng nghysgod ei gŵr. Fyddai hi byth yn codi llais
na chwaith yn lleisio barn bendant ar fawr ddim ac eithrio'r
adeg yr ymatebodd yn chwyrn, a hithau'n bur wael ar y
pryd, i'r penderfyniad a wnaed i ddiswyddo Noel Gordon
o'r opera sebon boblogaidd. Byddai clywed cerddoriaeth
agoriadol *Crossroads* yn cynyddu'r hiraeth dwys a deimlai
Carol. Roedd hi mewn brwydr beunydd yn erbyn y dagrau,
a'r dagrau ran amlaf fyddai'n ennill y dydd. Cofiai sut y
byddai ei mam, waeth beth fyddai hi'n ei wneud pan ddeuai
Carol o'r ysgol, yn bownd o ofyn sut aeth ei diwrnod hi. A'i
mam fyddai'r unig berson yn y byd fyddai wastad â gwir
ddiddordeb yn ei hateb.

Cofiai fel y byddai ei mam yn mynd â hi a Linda a
Malcolm am dro pan fyddai'n braf i ben y Fron ac at yr hen
dderwen. Y tro diwethaf iddyn nhw fynd yno, daeth Anti
Sydna efo nhw. Roedd eu mam wedi eu cymell i sefyll o
gwmpas boncyff y goeden i weld, o afael dwylo, a fedren nhw
wneud cylch a'u dwylo'n ymestyn yn ddigon pell i gydio yn
ei gilydd. Doedd breichiau'r tri ohonyn nhw ddim yn ddigon
hir ac felly ymunodd eu mam a'u modryb efo nhw. Roedd
angen y pump ohonyn nhw i wneud terfyngylch a hynny'n
brawf, meddai ei mam, fod y goeden yn hen iawn. Po fwyaf
y boncyff, hyna'n byd oedd y dderwen. Pan ofynnodd Carol
i'w mam oedd y dderwen mor hen â hi, chwarddodd Falmai
Pritchard: 'Mae'r dderwen yn hŷn nag amser, Carol fach.'
Doedd Carol ddim yn siŵr beth oedd hynny'n ei olygu, dim
ond bod rhaid bod y dderwen yn hen iawn.

Pam y bu raid i'w mam hi farw? Doedd hi ddim yn hen.

Gallai Carol roi ei breichiau o gwmpas ei mam heb help ei brawd a'i chwaer. Pam na allai mam rhywun arall fod wedi marw? Pam hi? Roedd ei marwolaeth wedi chwalu ei byd yn deilchion. Wyddai hi ddim sut y gellid rhoi darnau ei hemosiynau brau yn ôl. Roedd hi fel y fâs Doulton ar ddrôrs dillad y landin oedd yn graciau ac yn hoel glud drosti. 'Sa waeth ei lluchio i'r bin ddim. Y hi a'r fâs. Doedd dim trwsio hyn.

Doedd Carol ddim yn licio'r pethau y byddai ei thad hi'n gofyn iddi hi eu gwneud. Ond bob tro y byddai hi'n mentro gwrthod, byddai ei thad yn dweud wrthi hi mai dyna fyddai ei mam hi wedi dymuno. Byddai ei mam wedi dymuno i Carol ufuddhau. Byddai ei mam wedi dymuno i Carol gysuro ei thad. Byddai ei mam wedi dymuno i Carol fod yn hogan fach dda a chau ei cheg. 'Cris croes tân poeth, torri 'mhen a thorri 'nghoes.' Eu cyfrinach nhw oedd hyn. Eu cyfrinach 'sbesial' nhw. Roedd ei thad wedi dweud wrthi hi, os meiddiai hi grybwyll eu cyfrinach 'sbesial' nhw wrth unrhyw un, y byddai ei mam hi'n llosgi yn uffern. Doedd Carol ddim yn deall sut y byddai ei mam, oedd – yn ôl y Parchedig Lodwig Edwards Tabernacl – wedi mynd i'r nefoedd, yn medru mynd o fanno i uffern. Doedd hi ddim yn deall sut roedd ei mam, a ollyngwyd mewn bocs i dwll mawr hyll yn y fynwent, wedi gallu mynd rywsut o'r bocs i'r nefoedd.

Ond tybed rŵan, a Linda wedi gweld eu tad heb drowsus ei bajamas yn y parlwr, y byddai pethau'n newid? Doedd Carol erioed wedi gweld ei chwaer yn edrych fel y gwnaeth hi gynnau. Doedd Carol ddim yn siŵr oedd ei chwaer am grio neu ffrwydro. Tybed fyddai ei thad yn gadael llonydd iddi hi rŵan bod Linda'n rhannu eu cyfrinach 'sbesial'?

Diolch i'r drefn, roedd *Jim'll Fix It* wedi gorffen a Megan wedi mynd i'r llofft i nôl Kerplunk iddyn nhw gael chwarae o flaen y tân. Doedd gan Carol fawr o awydd chwarae

Kerplunk mewn gwirionedd. Roedd digon yn chwalu o'i chwmpas fel roedd hi heb orfod chwarae'r gêm wirion honno. Tra oedd Megan i fyny yn y llofft, sleifiodd Sharon i'r lolfa ati hi ac eistedd ar y soffa efo'r wên ffals yna sydd gan oedolion pan nad ydyn nhw'n gwybod beth i'w ddweud. A dyma hi'n torri ar y distawrwydd annifyr gan ddweud mewn llais caredig: 'Cofia, Carol, os wyt ti isio siarad rhywdro, cariad, ti'n gwbod y galli di siarad efo fi. Paid â chadw petha i ti dy hun.'

Edrychodd Carol arni hi'n ddiddeall. Beth oedd hon yn trio'i ddweud? Pam fod oedolion wastad yn siarad mewn posau? Oedd hi'n cyfeirio at golli ei mam? Doedd hi'n sicr ddim yn cyfeirio at ei thad achos wyddai hi ddim am hynny. Cyfrinach oedd honno. Wyddai neb am hynny. Neu oedd Sharon yn gwybod? Ond sut? Oedd ganddi hi bwerau arallfydol? Oedd hi'n gallu gwneud hud a lledrith fel Paul Daniels? Cyn iddi hi na Sharon fedru mynd dim pellach daeth sŵn traed Megan yn bowndio i lawr y grisiau ac i mewn â hi fel corwynt i'r lolfa gan ddatgan, 'Alla'i ddim ffeindio Kerplunk. Gawn ni gêm o Cluedo, Lorac, a gesio pwy ydi'r llofrudd?'

Linda

Lai nag awr yn ddiweddarach, roedd Linda'n gafael yn yr anrheg fach a roddodd Anti Sydna i'w chwaer pan ddaeth Falmai adre o'r ysbyty ac yn cael cysur rhad ei gwely ei hun. Roedd Anti Sydna, â'i thafod yn ei boch, wedi prynu blwch tabledi bach crwn yn anrheg iddi ac arno silwét o'r pâr priodasol gyda'r geiriau 'To celebrate the marriage of HRH The Prince of Wales and Lady Diana Spencer 29th of July 1981' wedi'u sgwennu'n llawn cwafars arno. Er ei bod hi'n nychu yn ei gwely a golwg fel sgerbwd arni, cofiai Linda fel y gwenodd ei mam ar ei chwaer a chydnabod y tynnu coes bwriadol gan sibrwd y byddai wedi lluchio'r blwch ar draws y llofft petai ganddi'r nerth i wneud hynny. Doedd Falmai ddim yn un o edmygwyr y teulu brenhinol, ac roedd hi'n tawel wrthwynebu hwrlibwrli'r briodas frenhinol, yn enwedig â chymaint o bobl yn ei chael hi'n anodd cael dau ben llinyn ynghyd. Fodd bynnag, tabledi ai peidio, lai na mis yn ddiweddarach roedd Falmai Pritchard wedi marw yn yr union wely yr oedd David Pritchard yn hanner eistedd, hanner gorwedd yn swrth ynddo'r funud honno.

Caeodd Linda'r blwch oedd wedi ei lenwi â'r tabledi gwrthfeiotig a gawsai David Pritchard ar bresgripsiwn gan Doctor Ellis ar gyfer yr haint ar ei frest rai dyddiau ynghynt. Roedd hi wedi rhoi'r tabledi yn y blwch cyn iddi fynd i'w shifft yn yr ysbyty, fel na fyddai'n rhaid i Malcolm forol amdanyn nhw. Roedd David Pritchard wedi arfer â chael ei wraig yn tendio arno, ac wedi iddi farw, roedd o'n disgwyl i'w ferch, yn enwedig a hithau'n nyrs, gamu i'r adwy. Rhoddodd Linda'r blwch yn ei phoced. Doedd dim diben iddi hi roi'r tabledi i'r bwbach bellach. Edrychodd arno yn ei wely. Roedd golwg legach arno ac yn amlwg eisiau cysgu ond doedd hi ddim yn barod iddo wneud hynny eto. Ddim cweit eto. Roedd Linda eisiau mynd gam ymhellach na chwsg. Roedd hi eisiau cael gwared ohono fo am byth.

Er bod y menig ar ei dwylo'n llyffethair i weithredu ei chynllun, bu'n ofalus iawn rhag eu tynnu er mwyn sicrhau na fyddai ôl ei bysedd ar y gwydr na'r blwch tabledi. Yn hytrach na rhoi'r tabledi gwrthfeiotig iddo, roedd Linda wedi malu llond dwrn o aspirins yn hen bestl a morter ei mam yn y gegin ac wedi'u hychwanegu at y ddiod wisgi. Roedd David Pritchard wedi drachtio'r wisgi fel petai o'r moddion gorau un. Funudau'n ddiweddarach roedd o'n tagu eto ac yn cwffio am ei wynt. Edrychai'n debyg ei fod yn cael pwl arall go ddrwg o'r fogfa. 'Pwmp!' galwodd yn floesg o'i wely. 'Cer i nôl y pwmp!'

Gwyddai Linda ei fod wedi gadael y pwmp ar silff ben tân y parlwr cyn mynd i'w lofft. Cydiodd yn y gwydr gwag a mynd lawr i'r gegin drachefn yn hamddenol braf ac agor potel arall o wisgi. Crychodd ei thrwyn. Byddai Linda'n ffieiddio at oglau wisgi am weddill ei bywyd. Clywai sŵn tagu'r hwdwch yn dod o'r llofft. Aeth i'r parlwr i nôl y pwmp. A hithau ar fin cydio ynddo dyma ailfeddwl. Gadawodd y pwmp ar y silff ben tân a mynd yn ôl at ei thasg yn y gegin. Estynnodd am y pestl a morter yn barod i falu mwy o dabledi, ond gwelodd mai dim ond pedair aspirin oedd ar ôl. Malodd y tabledi ond tybiai na wnâi hynny ar ei ben ei hun mo'r tro. Estynnodd at yr *hostess trolly* a bachu'r anrheg a roddodd iddo'r Nadolig rhyfedd hwnnw. Nid mater hawdd oedd agor bocs *The Christmas Winter Driving Kit* a hithau'n gwisgo menig gwlân. Defnyddiodd siswrn i'w helpu i agor y bocs yn ofalus er mwyn ceisio tynnu'r botel *antifreeze* allan ohono. Agorodd y drôr cytleri a thynnu bastiwr twrci Anti Sydna allan.

Cofiai Linda yn ystod ei hwythnos gyntaf fel nyrs yn Ysbyty'r Gilfach am hogyn bach yn marw. Roedd achos ei farwolaeth yn ddirgelwch llwyr i bawb. Pan ddarganfu'r rhieni galarus rai wythnosau'n ddiweddarach botel *antifreeze* hanner gwag wedi ei hagor yn y cwt yng ngwaelod yr ardd, a hithau'n ganol haf, dechreuwyd gofyn cwestiynau. Pwy fyddai eisiau *antifreeze* yn yr haf? Dyma'r rhieni'n tybio efallai mai dyna fu'r achos i'w plentyn bach annwyl farw cyn cyrraedd ei chwe blwydd oed. Doedd y post-mortem ddim wedi datrys achos y farwolaeth, ond yn sgil casgliad y rhieni, datganodd yr arbenigwyr wedyn fod hylif *antifreeze* yn beth anodd ei ganfod mewn corff gan ei fod yn cael ei amsugno'n eithaf cyflym a'i drosi'n gemegol. Mae'n bur debyg felly mai'r *antifreeze* achosodd farwolaeth yr hogyn bach. Cafwyd dyfarniad o farwolaeth drwy ddamwain gan y crwner.

Agorodd Linda'r caead. Sugnodd yr *antifreeze* i'r bastiwr twrci. Cydiodd yn y wisgi a'i goctel o bedair aspirin a chariodd hwnnw a'r bastiwr efo hi allan o'r gegin. Roedd yr ymladd am wynt a'r wich o ysgyfaint i'w clywed o waelod y grisiau. Edrychodd draw at y pwmp ar silff ben tân y parlwr. Doedd ganddi hi ddim llaw sbâr. Cyn iddi roi cyfle iddi hi ei hun ystyried yr hyn roedd hi'n ei wneud roedd hi'n dringo'r grisiau'n hamddenol, un ris ar y tro. Doedd dim brys.

Ar ôl camu i mewn i'r llofft, lledodd panig drosti o weld bod David Pritchard a'i lygaid ynghau a chwys oer ar ei dalcen. Roedd hi'n rhy fuan iddo gysgu. Doedd hi ddim eisiau iddo fo gysgu. Ddim eto. Gosododd y wisgi a'r bastiwr ar y cabinet wrth ymyl ei wely a'i godi'n ôl ar ei eistedd. Roedd o'n gythreulig o drwm ond roedd Linda wedi cael ei hyfforddi sut i godi cleifion yn eu gwlâu. O nunlle, daeth ochenaid a'r sŵn rhuglo rhyfeddaf o'i ysgyfaint a gwelodd Linda ben y sglyfaeth yn disgyn yn ôl wrth iddi ei godi a'r symudiad hwnnw'n agor ei geg led y pen fel pyped *ventriloquist.* Dychrynodd am ei hoedl wrth weld llygaid David Pritchard yn agor ac yn edrych arni drwy'r niwl. Syllai arni hi, ond doedd Linda ddim yn siŵr oedd o'n ei gweld hi. Ond roedd o'n dal yn fyw. Byddai angen dipyn mwy eto i'w ladd. Roedd ganddo gyfansoddiad blaidd.

'Dyma chi, Dad. Y wisgi. Y ffisig gora at y *chest infection.'* Edrychodd David Pritchard arni hi a cheisio dweud rhywbeth. Smaliodd Linda beidio deall ei eiriau ond gwyddai'n iawn mai ceisio gofyn am y pwmp asthma'r oedd o wrth i'w ysgyfaint wichian yn bathetig fel hen olwyn rydlyd beic Carol yr oedd o wedi addo ei thrwsio iddi hi ers misoedd. Anogodd Linda iddo yfed y coctel ond tagodd ar ôl un llwnc ohono. Daria. Doedd o ddim yn mynd i farw fel hyn. Roedd angen mwy. Unwaith eto, agorodd David Pritchard ei lygaid i edrych arni a'r llygaid pŵl hynny'n llawn dryswch ac yn llawn ymholiad. A wyddai beth oedd yn digwydd iddo? Ceisiodd ddweud rhywbeth wrth ei ferch, ond ei thro hi oedd ei droi o'n fudan. Roedd hyn yn fwy effeithiol nag unrhyw selotêp i gau ei geg. Doedd ganddi ddim tosturi. Doedd dim lle i faddeuant. Doedd dim lle i alar.

Edrychodd arno'n lled-orwedd fel doli glwt a'i geg llawn dannedd nicotîn yn llydan agored. Perffaith. Anelodd y bastiwr am ei geg a gwasgu'n araf fel y gallai'r *antifreeze* wneud ei waith. Llwyddodd David Pritchard i lyncu rhywfaint ohono heb y syniad lleiaf beth oedd o'n ei gymryd. Gwnaeth ymgais bathetig i dagu, ond doedd ganddo mo'r egni na'r ymwybyddiaeth bellach. Roedd ei lygaid yn dechrau cau. Go brin y byddai'n medru llyncu llawer mwy. Er mai diferion yn unig o'r hylif y llwyddodd Linda i'w gorfodi i lawr ei gorn gwddw, roedd hi'n ffyddiog nad oedd achubiaeth iddo. Roedd o'n llithro'n gyflym.

O fewn llai nag awr, roedd o'n anymwybodol. Ond dal, ysywaeth, yn fyw.

Bu Linda'n eistedd ar erchwyn y gwely am amser hir wedyn a'r bastiwr twrci'n llipa yn ei llaw. Mor wahanol oedd y profiad hwn i'r profiad bum mis ynghynt o eistedd ar erchwyn yr un gwely'n union wrth ddisgwyl i'w hannwyl fam gymryd ei hanadl olaf. Beth feddyliai ei mam o'r hyn yr oedd ei merch hynaf newydd ei gyflawni? Beth feddyliai ei mam o ymddygiad cyfeiliornus ei gŵr? A fyddai hi'n gallu credu dim o hyn i gyd? Teimlai Linda fel petai hi mewn ffilm arswyd a hithau'n chwarae'r brif ran. Ac eto, teimlai ryw lonyddwch rhyfedd. Teimlai'n saff am y tro cyntaf ers tro byd. Fyddai yna ddim gobaith i David Pritchard ymosod arni hi na'i chwaer fach fyth eto. Byddai Carol yn ddiogel. Teimlai ryddhad. Teimlai bwysau enfawr yn codi. Doedd dim angen poeni. Gallai hi a Carol fyw yn eu cartref heb boeni Anti Sydna. Byddai Carol fach yn iawn.

Syllodd Linda eto ar y llabwst mawr yn y gwely. Edrychodd ar ei ddannedd blaen yn ddominos blêr yn croesi'i gilydd. Diolch i'r drefn ei bod hi wedi cael y brês i'w dannedd hi. Byddai ei dannedd wedi sythu'n braf o fewn chydig fisoedd. Edrychodd ar David Pritchard eto. Tybiai ei fod yn dal yn fyw. Gwyddai Linda y byddai'r cemegolion gwyrthiol yn yr *antifreeze* yn ymyrryd â'i arennau, ei ysgyfaint, ei ymennydd a'i system nerfol o fewn ychydig oriau, er y gallai farw o'r coctel wisgi a thabledi cyn hynny. Tybiai fod y diwedd yn agos. Mater o amser oedd hi rŵan.

Synnai pa mor hunanfeddiannol oedd hi. Ond newidiodd hynny'n sydyn iawn. Neidiodd Linda allan o'i chroen wrth i ffôn y llofft ddiasbedain dros y lle. Wnaeth

David Pritchard ddim cyffroi. Wnâi o ddim clywed sŵn ffôn fyth eto nac unrhyw sŵn arall o ran hynny. Pwy oedd yn galw, tybed? Doedd Linda ddim yn barod i siarad efo neb. Dim eto beth bynnag. Rhaid oedd cadw pen clir. Meddwl yn rhesymegol. Cododd Linda o'r gwely gan gydio yn y ffôn efo'i dwy law wrth i'r menig achosi i'r derbynnydd lithro rhywfaint rhwng ei dwylo. Fe'i hatebodd yn nerfus a synnu o glywed llais Sharon y pen arall. Pam ffonio rŵan? Gobeithio nad oedd Carol ar ei ffordd draw. Clywodd lais ei ffrind yn gofyn, 'Wyt ti'n iawn, Linds?' Brathodd Linda ei gwefus cyn ateb, 'Dwi'n ocê, Sharon.' Cyn iddi fedru dweud dim mwy roedd Sharon yn ei holi eto: 'Pam nad wyt ti wedi dod draw? Poeni amdanat ti. Lle wyt ti?'

'Dwi yn y llofft efo fo ...'

Chafodd Linda ddim cyfle i fynd yn ei blaen gan fod Sharon wedi rhoi'r cart o flaen y ceffyl ac yn carlamu yn ei blaen efo'i chwestiynau blinderus: 'O-mai-god! Be ti'n da yn fanna? Pam na ddoi di draw? Ti'm yn saff yn fanna, Linda!'

Gwenodd Linda wên wan. Teimlai'n saffach y funud honno nag oedd hi wedi ei wneud ers wythnosau.

'Paid poeni, Sharon. Dwi'n ocê. Ond dwi'n mynd i orfod dod off y ffôn achos dwi angen ffonio'r doctor.'

'Pam? Be sy? Be mae o wedi neud i ti?'

'Dim byd, Sharon. Mae o'n sâl. Yn sâl iawn. Y *chest infection* yma wedi gwaethygu ac mae o wedi bod yn cael *asthma attacks*, un ar ôl y llall. Well i mi fynd, Shar. Edrych di ar ôl Carol, plis. Dwi isio ffonio Doctor Ellis.'

Rhoddodd Linda'r ffôn yn ei grud heb ddisgwyl i glywed ymateb ei ffrind. Camodd yn nes at David Pritchard gan neidio eto wrth glywed y sŵn gwichian. Edrychai'n debyg ei fod yn cael pwl arall o asthma ond nad oedd ganddo'r egni na'r ymwybyddiaeth i besychu. Roedd ei wyneb wedi troi'n lliw rhyfedd. Wedi rhai munudau a deimlai fel oes, peidiodd y gwichian. Edrychodd arno. Doedd dim symudiad yn ei frest. Mentrodd gamu'n nes ato. Rhoddodd ei chlust wrth ei geg. Dim smic. Tynnodd ei menig er mwyn cymryd ei byls. Dim smic. A dyma sylweddoli anferthedd yr hyn yr oedd hi wedi ei wneud. Llyncodd ei phoer. Efallai mai'r asthma a'i lladdodd o'n y diwedd, ond gwyddai Linda y byddai'r coctel o aspirins a'r *antifreeze* wedi ei ladd o maes o law. Roedd hi ar fin rhoi'r menig yn ôl ar ei dwylo ond penderfynodd beidio. Doedd dim ots bellach am olion bysedd gan y gwyddai'n iawn beth oedd hi am ei wneud. Gwyddai hefyd y byddai cwrs ei bywyd hi a phawb oedd yn annwyl iddi hi yn newid yn ddramatig o hyn ymlaen. Ond doedd dim dewis arall.

Trodd Linda'n ôl at y ffôn a ffonio'r syrjeri a phan atebodd y doctor, dywedodd wrtho heb betruso, 'Linda Pritchard Tan y Dderwen sy 'ma. Fedrwch chi ddod draw i'r tŷ, os gwelwch yn dda, Doctor Ellis? Dwi'n meddwl 'mod i wedi lladd fy nhad.'

Doctor Ellis

Roedd Doctor Vernon Ellis yn digwydd bod yn ei gôt a'i het pan dderbyniodd yr alwad ffôn syfrdanol o annisgwyl gan Linda Pritchard. Gwisgai ei gôt gan ei fod wedi bwriadu picio i dafarn y Lion i ddiolch i'r hogiau am eu cymorth drwy'r prynhawn yn chwilio am Gary Glitter. Teimlai ei fod angen eu hysbysu bod y ci bach wedi ei ganfod yn gelain ar y llwybr cyhoeddus nid nepell o'r syrjeri. Byddai'n gyfle iddo hefyd tsiecio ar Janice oedd yn disgwyl babi o fewn yr wythnos. Ond roedd yr alwad ffôn wedi gwthio hanes helynt Gary Glitter druan a Janice a'i beichiogrwydd o'r neilltu am y tro a bu'n rhaid i Doctor Ellis gasglu ei bethau a'i feddyliau i fynd i Dan y Dderwen i weld beth yn union oedd wedi digwydd yno. Oedd Linda Pritchard yn cyfeiliorni? Am ddiwrnod! Go brin y gwyddai y byddai'n tystio i farwolaeth a genedigaeth o fewn chydig oriau i'w gilydd.

Camodd i fyny'r grisiau i lofftydd y syrjeri a tharo ei ben rownd drws llofft ei ferch, Lisa Mai. Roedd ei wraig, Anna, yno'n ceisio cysuro Lisa Mai oedd yn fawr ei galar. Eglurodd Vernon Ellis wrth ei wraig ei fod wedi cael ei alw allan. Chymerodd Anna fawr o sylw ohono gan fod Lisa Mai druan yn beichio crio. Ar un olwg, roedd hi'n haws iddo beidio â gorfod egluro'n llawn i ble'n union roedd o'n mynd. Roedd o angen gweld drosto fo'i hun beth yn union oedd wedi digwydd i David Pritchard.

Pasiodd y doctor ddrws y Lion ar ei ffordd i fyny'r allt

am Dan y Dderwen. Byddai'n rhaid disgwyl cyn cyhoeddi'r newyddion am farwolaeth Gary Glitter. Roedd marwolaeth arall yn ei ddisgwyl, marwolaeth fyddai'n disodli hanes y ci bach ac yn destun siarad mawr drwy'r pentref am wythnosau lawer. Ond dyna ni, gwir y dywediad: chwedl a dyf yn ei hadrodd.

Fel doctor roedd o wedi hen arfer â galwadau ffôn annisgwyl, ond efallai ddim cweit i'r un graddau â'r un roedd o newydd ei derbyn. Gwyddai fod Linda Pritchard wedi bod o dan straen enbyd ers colli ei mam. Roedd meddwl am Falmai yn ddigon i ddod â dagrau i'w lygaid. Er cymaint y carai Anna, ddaeth neb yn agos at ennyn y teimladau fu ganddo at Falmai. Wnaeth o erioed ddeall na derbyn yn iawn pam y gwnaeth Falmai ddewis David Pritchard drosto fo. Beth welodd hi erioed ynddo fo? Dyn sarrug yn amddifad o unrhyw empathi oedd David Pritchard o'i brofiad o. Dyn a fagwyd yn unig blentyn gan Beti Pritchard a hithau wedi dotio'i phen yn llwyr arno. Cafodd ei ddifetha ganddi. Bu Beti yn fam ac yn dad iddo gan i'w dad adael ei wraig pan oedd David yn fychan iawn. Roedd David Pritchard wedi eilunaddoli ei fam a mawr fu ei alar pan fu farw rai blynyddoedd ynghynt. Aeth ei benodiad fel prifathro a'r pŵer a ddeuai efo'r statws hwnnw i'w ben.

Wrth drampio drwy'r eira i fyny at Dan y Dderwen, cofiai'r doctor am daith gerdded drwy law at y dderwen deg ym Mehefin 1953. Roedd o ar ei flwyddyn gyntaf yn y coleg meddygol ac adre am ysbaid. Roedd Falmai Parry'n ddisgybl chweched dosbarth ac roedd Vernon Ellis wedi mopio'i ben yn lân arni ers misoedd. Ati hi y byddai'n mynd yn syth bob tro y deuai adre o'r coleg. Diwrnod coroni'r Frenhines Elizabeth oedd hi. Gwyddai Vernon Ellis na fyddai gan Falmai Parry ddim diddordeb yn yr achlysur gan ei bod hi mor wrthwynebus i'r teulu brenhinol a chynigiodd fynd â hi am dro i ben y Fron at yr hen dderwen â fflasg o de a phaced o fisgedi yn ei fag. Doedd fawr o ddiddordeb gan Vernon Ellis yn y coroni chwaith. Teimlai mai ganddo fo oedd y goron y diwrnod hwnnw yng nghwmni trysor o eneth ifanc. Diolchodd yn ddistaw bach am y tywydd garw gan i hynny roi'r esgus iddo, â'r swildod rhyfeddaf wedi dod drosto, i glosio at ei gydymaith wrth iddyn nhw geisio lloches rhag y glaw. Ar y diwrnod hwnnw y cerfiodd lythrennau 'V + F' ar y boncyff a Falmai'n ei ddwrdio am ddifwyno'r hen dderwen. Wnaeth o erioed fwynhau cael ei ddwrdio cymaint a fu hi fawr o dro arno'n llwyddo i droi ei gwg yn ôl yn wên.

Bu'n edifar gan y doctor fyth ers hynny am beidio â datgan ei wir deimladau tuag ati hi bryd hynny. Pan ddaeth adre o'r coleg y tro nesaf, roedd Falmai efo David Pritchard yn y sosial yn neuadd goffa Rhyd y Garreg. Dyna pryd ddaeth David Pritchard ato, yn llanc i gyd, a dweud wrtho'n fygythiol am gadw draw. Fo oedd piau Falmai. Roedd hi wedi dewis ei dyn. O edrych yn ôl dylai o fod wedi mynd at Falmai a siarad efo hi'n uniongyrchol, ond bu'n llwfr. Daeth ei gyfle flynyddoedd yn ddiweddarach wrth weinyddu ei chyffuriau lladd poen a hithau ar ei gwely angau. Ond roedd hi'n rhy hwyr. I ba ddiben oedd dweud wrthi hi bryd hynny? Dylai fod wedi cwffio drosti hi pan ddaeth David Pritchard ar eu traws. Gofynnodd Falmai iddo, a hithau ar ei gwely angau, oedd o'n cofio eu prynhawn o dan y dderwen. Dywedodd wrthi'n floesg â'i lygaid yn llawn dagrau mai'r prynhawn hwnnw oedd un o ddyddiau gorau ei fywyd. Sylweddolodd yr adeg honno mai peidio dweud wrthi ei fod yn ei charu hi'n ôl yn haf 1953 fu ei gamgymeriad mwyaf erioed. Wrth iddo geisio prosesu siomedigaeth fawr ei fywyd, sylweddolodd mai'r siom honno oedd fo ei hun. Doedd ganddo neb i'w feio ond fo ei hun.

Meddyliodd am David Pritchard a sut y byddai'r pentref

yn ymateb i'w farwolaeth. Efallai fod gan ambell un barch ato fo, ond doedd fawr neb yn ei hoffi. Cofiai'r doctor am Mrs Leyshon Caffi'r Tebot yn dod i'r syrjeri efo'i hogan fach, gwta flwyddyn yn ôl, gan fynnu bod rhywbeth mawr yn bod arni hi. Gwenda oedd enw'r hogan fach, ac roedd hi'n rhyw ddeg oed, bron i ddwy flynedd yn hŷn na Lisa Mai ar y pryd. Mynnai Mrs Leyshon fod Gwenda'n gwrthod mynd i'r ysgol ac ar ben popeth, gwrthodai siarad. Ceisiodd y doctor bob sut i gael Gwenda i siarad. Ond y cyfan a wnâi'r hogan fach oedd llyncu ei phoer, fel petai'r weithred o lyncu yn anodd iddi hi. Roedd y fam yn llygad ei lle. Roedd yr hogan fach wedi ei tharo'n gwbl fud. Tybiai'r doctor ei bod wedi dioddef rhyw fath o drawma, ond wyddai o na'r fam beth oedd achos y mudandod. Ond roedd y ffaith ei bod hi'n gwrthod mynd i'r ysgol yn gwneud i'r doctor amau'n gryf fod gan David Pritchard rywbeth i'w wneud â thrawma'r hogan fach. Fo oedd y drwg yn y caws, meddyliodd y doctor. Ond doedd ganddo fo na neb arall dystiolaeth o fath yn y byd. Symudodd teulu'r Leyshon o Ryd y Garreg yn fuan wedi hynny i lawr i'r De. Wyddai'r doctor ddim beth fu hanes Gwenda Leyshon wedyn. Ond arhosodd y profiad efo fo'n hir gan ddwysáu ei amheuon am gymeriad prifathro'r pentref. Llwyddodd y doctor i berswadio ei wraig i symud Lisa Mai o Ysgol Gynradd Rhyd y Garreg i Ysgol Gynradd y Gilfach yn fuan wedyn a phawb yn methu deall pam iddo wneud hynny.

Cymerodd yn agos at chwarter awr i'r doctor dramwyo drwy'r eira i fyny at Dan y Dderwen. Chwythai stêm ei anadl yn gwmwl rhewllyd o'i flaen yn yr awyr oer. Hanner goleuai'r lleuad ei lwybr gan beri i'r eira rhewllyd dan draed ddisgleirio fel deiamwntiau bychain. Daeth at y rhes o dri thŷ. Gwelodd drwy ffenest rhif 1 fod Carol a Megan yn eistedd yn eu pajamas efo Sharon yn chwarae gêm. Rhaid bod rhyw drefniant wedi bod i Carol aros efo Megan. Wyddai'r beth fach ddim felly ei bod hi ar fin profi ail brofedigaeth o fewn cyfnod mor fyr, os oedd byrdwn galwad ffôn Linda'n iawn a bod David Pritchard wedi marw. Byddai'n rhaid iddo weld drosto fo'i hun. Cnociodd ar ddrws rhif 3. Atebodd Linda ar ei hunion fel pe bai wedi bod yn sefyll reit wrth y drws yn disgwyl amdano. Heb ddweud dim mwy na 'Diolch am ddod', dyma hi'n ei dywys i'r llofft i ddangos iddo gorff ei thad. Dilynodd hi gan feddwl ei bod hi'n rhyfedd ei bod hi yn ei chôt.

'Newydd ddod i'r tŷ 'dach chi, Linda?' gofynnodd wrth ddringo'r grisiau.

'Na. Dwi yma ers diwedd pnawn. Mae Carol efo Sharon ac mae Malcolm yn y Leion. Dydyn nhw ddim yn gwybod eto.'

Doedd y doctor ddim yn siŵr pam na fyddai hi wedi tynnu ei chôt os oedd hi adre ers cyhyd, oni bai ei bod hi'n oer. Gwyddai fod toriad wedi bod yn y trydan fyny yn yr ardal hon o Ryd y Garreg. Ond cyn iddo fedru hel meddyliau dim pellach roedd Linda'n agor drws y llofft lle bu farw Falmai fis Awst diwethaf. Camodd y doctor i'r ystafell a chael sioc o weld corff trwsgl David Pritchard yn sach flêr ar y gwely. Roedd golwg grotésg arno â'i geg ar led. Mor wahanol i gorff eiddil tlws Fal annwyl pan welodd o hi yma ddiwethaf. Sylwodd y doctor ar y bastiwr twrci a gwydr a'i chwarter o'n llawn wisgi cymylog yr olwg ar y cabinet bach wrth y gwely. Ceisiodd guddio'r ffaith ei fod yn gweld amgylchiadau'r farwolaeth yn rhyfedd.

Cofiai'r doctor am yr hyfforddiant a gawsai flynyddoedd ynghynt wrth iddo wneud ei drêning yn un o ysbytai Lerpwl sef sefyll wrth draed y gwely er mwyn gweld pob agwedd ac er mwyn chwilio am bob math o gliwiau am achos salwch, neu yn yr achos yma, farwolaeth claf. Edrychodd o'i gwmpas cyn symud at ochr y gwely a tsiecio'r corff er mwyn cadarnhau'r hyn oedd yn eithaf amlwg sef bod prifathro Ysgol Gynradd Rhyd y Garreg wedi marw yn ei wely. Ymhen hir a hwyr, trodd at Linda a nodio'i ben i gadarnhau'r farwolaeth. Cyn iddo fedru dweud dim torrodd Linda ar y tawelwch a'r geiriau'n tasgu ohoni: 'Wnewch chi ffonio'r heddlu, Doctor Ellis? Bydd angen post-mortem. Mi alla i helpu efo'r manylion i gyd. Fi ...'

Torrodd y doctor ar ei thraws. 'Fydd dim angen ffonio'r heddlu, Linda. Mi fedra i arwyddo'r dystysgrif farwolaeth.'

Edrychodd Linda arno mewn penbleth gan ychwanegu, 'Ond bydd angen post-mortem ...'

'Na fydd,' meddai'r doctor yn gadarn. 'Mae'r ysbyty'n llawn ers yr eira, does dim capasiti a beth bynnag, mi roddais i bresgripsiwn *antibiotic* cryf i'ch tad lai nag wythnos yn ôl ar gyfer y *chest infection*. Roedd o'n sâl. Roedd o'n asthmatig. Roedd o'n smociwr. Roedd o'n yfwr trwm. Mae achos y farwolaeth yn glir. Niwmonia.'

'Ond dim niwmonia ...'

'Linda, bydd raid i chi gymryd fy ngair i. Bydd rhaid i chi beidio â damcaniaethu ar unrhyw achos posib arall. Deud dim, Linda. 'Dach chi'n deall? Fi ydi'r doctor. Mae yma ddigon o dystiolaeth i egluro'r farwolaeth ac yn hanesyddol, mi rydw i fel y meddyg teulu wedi rhoi meddyginiaeth at y *chest infection* i'ch tad a dydi ei *lifestyle* ddim wedi helpu'r achos ac fe ddirywiodd yn sydyn yn yr oerfel.'

'Ond ...'

'Linda, dyna ddigon. Er eich mwyn eich hun ac er fy mwyn i, dim mwy. Dim gair pellach am hyn byth eto. Niwmonia laddodd eich tad. Derbyniwch fy nghydymdeimlad ...'

Stopiodd y doctor ar hanner ei frawddeg a throdd y ddau eu pennau at y ffenest. Roedd y ddau wedi clywed yr un sŵn. Clywodd y ddau yr un llais yn galw'r tu allan eto. Llais dyn oedd o. Llais Malcolm yn galw 'Gary!' ac yn ailadrodd hynny a'r alwad yn dod fymryn yn nes at y tŷ bob tro. Fel arfer byddai rhywun wedi clywed sŵn traed ar *crazy paving* y llwybr oedd yn arwain at y tŷ, ond roedd yr eira wedi llwyddo i ladd unrhyw sŵn. Rhaid nad oedd ci Lisa Mai byth wedi dod i'r fei, meddyliodd Linda. Torrodd llais y doctor ar draws ei meddyliau.

'Cuddiwch hwnna!' gorchmynnodd y doctor.

'Cuddio be?' gofynnodd Linda mewn panig. At beth oedd y dyn yn cyfeirio? Oedd o'n disgwyl iddi guddio'r corff?

'Hwnna!' sibrydodd Doctor Ellis gan bwyntio at y cabinet. Ufuddhaodd Linda gan stwffio'r bastiwr twrci i boced ei chôt ddyffl tra ceisiai brosesu'r hyn roedd y doctor wedi ei ddweud. Nid marw o niwmonia wnaeth ei thad. Fe wyddai hi hynny. Fe wyddai'r doctor hefyd.

Malcolm

Mae'n rhaid ei fod o wedi marw, meddyliodd Malcolm. Roedd hogiau'r Lion i gyd yn eu tro wedi bod yn chwilio am Gary Glitter. Cymaint oedd eu parch at Doctor Ellis, roedd yr hogiau'n fodlon gadael eu peintiau bob yn dipyn i fynd o gwmpas y pentref i chwilio am gi bach ei ferch. Golygai hynny hefyd nad oedden nhw'n yfed yn wirion. Lisa Mai yn cythru i chwarae yn yr eira efo'i ffrindiau'r bore hwnnw gan adael drws cefn y syrjeri'n gilagored yn ei brys – dyna oedd i gyfri am y ffaith fod y ci bach wedi dianc o'r tŷ. Y gobaith oedd fod Gary wedi cael cartref dros dro rhag yr oerfel, achos go brin y byddai'n goroesi'r eira. Tybiai Malcolm mai ofer fyddai ei alwadau o a Dewi Tynyffridd wrth iddyn nhw ddringo'r allt serth yn ôl am adre'r noson honno. Fyddai coesau ci bach Lisa Mai byth wedi dygymod â'r troedfeddi o eira oedd o dan draed. Ond doedd dim i'w golli o alw ei enw bob hyn a hyn ar eu tramp rhag ofn ei fod wedi cael lloches gan rywun yn rhywle.

Doedd Malcolm ddim wedi bwriadu aros cyhyd yn y Lion. Ond roedd hwyl i'w gael efo'r hogiau a hynny'n fodd o dynnu ei feddwl o'i alar am ei fam. Bu Janice a Trefor Lion yn groesawgar iawn a Janice yn dod â phlateidiau o sosejys a sglodion i bawb yn y bar cefn a'r tân yn cael ei fwydo â thanwydd Gareth Glo drwy'r pnawn. Gallai bar cefn y Lion fod yn ddihangfa tymor byr rhag helbulon y byd go iawn y tu allan. Diolchodd yr hogiau i gyd yn ddiffuant i Janice. Doedd dim raid iddi fod wedi mynd i drafferth i goginio iddyn nhw a hithau'n amlwg wedi blino a'i bol chwyddedig yn dangos yn glir i bawb ei bod hi'n disgwyl babi unrhyw funud. Ond roedd Janice yn falch o gael rhywbeth i'w wneud. Diflas iawn oedd y disgwyl am y babi.

Cafwyd toriad yn y trydan ganol prynhawn yn y dafarn. Pharodd o ddim yn hir, diolch i'r drefn; chwarter awr ar y mwyaf, ond roedd yr amseru'n anffodus. Diffoddodd y teledu ar yr union amser y deuai canlyniadau'r bêl-droed a chyda hynny ganlyniadau'r Pools. Ta waeth, buan iawn y daeth y golau'n ôl ac anghofiodd pawb am y teledu.

Roedd Polyn a Glyn, hogiau'r garej, yn eu hwyliau, er na ddylai Glyn ddim fod wedi bod ar gyfyl y dafarn yn yfed peintiau ac yntau ond newydd gael ei ben-blwydd yn bymtheg oed. Ddylai Glyn ddim fod yn gyrru ceir ar hyd buarth Garej Foty chwaith ac yntau ddim eto'n ddigon hen i gael trwydded yrru. Ond ta waeth am hynny, roedd y ddau frawd yn haeddu torri syched a hwythau wedi treulio drwy'r dydd efo'u tad, Gwyndaf Foty, yn trio helpu pobl oedd wedi bod yn ddigon gwirion i drio gyrru eu ceir ar hyd lonydd yr oedd hyd yn oed dractorau'r ffermydd cyfagos yn cael trafferth eu tramwyo. Roedd Garej Foty'n llawn ceir yn disgwyl eu trwsio yn sgil mân ddamweiniau yma ac acw. Ond nid helyntion y ceir fyddai'r prif beth y byddai brodyr Garej Foty'n ei gofio ar ôl y diwrnod hwn. Byddai Glyn a phawb arall fyddai'n mynychu'r Lion yn cofio am flynyddoedd wedyn ei frawd yn dringo ar ben y ceir oedd wedi eu gadael ar hyd y lôn y tu allan i'r dafarn a chyrraedd i ben y bocs ffôn. Anfarwolwyd y noson honno gan gamera Dewi Tynyffridd a chafodd y llun le parchus ar wal y Lion. Flynyddoedd yn ddiweddarach, pan fyddai rhywun yn gofyn am gael gweld y llun a hwnnw'n cael ei dynnu oddi ar y wal, gellid gweld ôl nicotîn ysmygwyr y dafarn yn dal yno, yn gofnod o gyfnod gwahanol iawn i'r blynyddoedd di-fwg oedd i ddod.

A hithau'n nosi, aeth y gair ar led fod y trydan wedi dod yn ôl i rannau uchaf Rhyd y Garreg a phenderfynodd Malcolm a Dewi, beint neu ddau'n ddiweddarach, gychwyn am adre cyn i'r nos gau amdanynt go iawn a chyn i'r cwrw eu troi hwythau'n slwts. Roedden nhw wedi cyfrannu digon i goffrau'r Lion am un prynhawn a wyddai Malcolm ddim sut hwyliau fyddai ar ei dad erbyn hyn. O adael yn weddol gall, byddai adre mewn pryd i weld *Match of the Day* ac i wirio canlyniadau'r Pools. Wrth gamu drwy'r eira, bu Malcolm a Dewi'n trafod beth fydden nhw'n ei wneud pe baen nhw'n ennill y jacpot y penwythnos hwnnw. Roedd dynes o Bort Talbot wedi ennill dros £800,000 chydig dros flwyddyn ynghynt. Onid oedd hi'n bryd i rywun o Ryd y Garreg gael mymryn o lwc?

''Swn i'n perswadio Sheena Easton i 'mhriodi fi!' dywedodd Dewi drwy wlân ei sgarff Aston Villa.

'Fedar pres ddim prynu gwraig i ti. A beth bynnag, mae Sheena Easton yn briod yn barod, Dewi,' atebodd Malcolm yn gwenu fel giât. Roedd gan ei ffrind obsesiwn efo Sheena Easton ac yn treulio oriau'n gwrando ar ei record 'Morning Train' heb sôn am lafoerio dros y llun ohoni ar y clawr efo'i gwallt yn llawn jel a wnâi iddi ymddangos fel petai hi newydd ddod allan o'r gawod. Yn ychwanegol at hynny, roedd y ffaith fod y llun pen ac ysgwyddau ohoni ar glawr yr albym yn awgrymu nad oedd hi'n gwisgo dillad yn ychwanegu at yr apêl iddo.

'Mae hi'n difórsd! 'Swn i'n dweud wrthi hi, "Yli ŵan, Sheena, *You could have been with me!*"'

Chwarddodd Malcolm a gofyn beth tasai gan Sheena ddim diddordeb.

''Swn i'n heirio stripar personol i ddod i'r tŷ bob nos Sadwrn a tynnu ei llun hi ym mhob *position* posib!'

''Swn i'n cael dod draw hefyd?'

'*For my eyes only,* Malcs!'

Chwarddodd Malcolm. Dim ond un peth oedd gan Dewi ar ei feddwl ran amlaf, a rhyw oedd hwnnw. Tynnodd Malcolm goler ei gôt yn dynnach amdano. Roedd hi'n parhau'n gythreulig o oer a'r penawdau yn y papur, 'The return of the Ice Age', yn teimlo'n go agos at eu lle. Wrth iddo ffarwelio â'i ffrind yn adwy Tynyffridd, dechreuodd Malcolm gynllunio sut y byddai o'n gwario ei enillion mawr, petai o'n lwcus ar y Pools. Dechreuodd godi ei gestyll fel y gwnâi bob penwythnos. Byddai'n prynu Lamborghini, byddai'n prynu un o'r tai mawr yn Gilfach Avenue, byddai'n talu am wyliau i'w deulu yn y Costa Brava. Roedd hi'n sobor o anodd dychmygu bod ar draeth dan haul chwilboeth y noson honno a hithau'n dal i bluo eira. Ond roedd gan bawb hawl i freuddwydio. Yna bob nos Sadwrn yn ddi-ffael, byddai ei gestyll yn gandryll wrth weld nad oedd canlyniadau'r Pools o'i blaid. Ond efallai mai heno fyddai ei noson lwcus o.

Cofiodd Malcolm yn sydyn am Gary Glitter druan a rhoddodd un alwad fach arall cyn cyrraedd y tŷ, er y tybiai nad oedd fawr o obaith i'r creadur bellach. Galwodd unwaith yn rhagor. Ond doedd dim diben. Agorodd ddrws y tŷ a rhoi rhyw 'iŵ-hŵ' fach bathetig i ddynodi i'w deulu ei fod adre. Chafodd o ddim ymateb. Dim siw na miw. Doedd dim sŵn y teledu chwaith o'r parlwr, oedd yn rhyfedd achos gwyddai y byddai Linda'n debygol o fod yn gwylio *Dallas* ar nos Sadwrn. Efallai ei bod hi yn ei gwely ar ôl shifft mor hir yn yr ysbyty. Byddai'n well iddo beidio gwneud gormod o sŵn rhag ei deffro. Caeodd Malcolm y drws yn dawel bach a dechrau tynnu ei gôt. Dychrynodd wrth droi i'w hongian ar ganllaw'r grisiau wrth weld Linda a Doctor Ellis yn sefyll ar ben y grisiau, y ddau yn eu cotiau. Nid dyma'r olygfa roedd o wedi disgwyl ei gweld. Y peth cyntaf ddaeth i'w feddwl oedd fod Carol yn sâl, neu wedi brifo wrth syrthio yn yr eira.

Edrychodd i fyny arnyn nhw'n disgwyl eglurhad. Roedd hi'n teimlo fel petai'r byd wedi dod i stop. Neb yn dweud dim. Doctor Ellis oedd y cyntaf i dorri ar y tawelwch. Doedd dim wedi ei baratoi ar gyfer geiriau'r doctor: 'Mae'n ddrwg iawn gen i, Malcolm. Newyddion drwg sydd gen i, mae arna i ofn, a does dim unrhyw ffordd y gallaf liniaru'r newyddion i chi. Ond mae eich tad wedi marw. Fe drodd y *chest infection* yn niwmonia. Derbyniwch fy nghydymdeimlad. Bydd angen i chi'ch dau fod yn ddewr, er mwyn Carol fach.'

Roedd plu'r eira'r tu allan yn hofran fel gwyfynod bach wedi eu dal yng ngolau lamp y stryd islaw, a'r pentref a'r cyffiniau'n gwbl ddiddeall fod storm arall ar fin taro Rhyd y Garreg.

Linda

Erbyn diwrnod olaf Ionawr, roedd yr eira wedi cilio bron yn llwyr ac eithrio copa'r Fron, gan ganiatáu i'r byd anadlu fymryn yn rhwyddach. Caniataodd y newid hin i'r byd a'r betws fynychu cynhebrwng enfawr David Pritchard yng nghapel y Tabernacl a hynny'n ddidramgwydd. Achosodd eira dechrau Ionawr dagfa i restri angladdau'r sir, a bu'n rhaid disgwyl bron i dair wythnos cyn medru cynnal y gladdedigaeth. Erbyn hynny roedd niwl trwchus wedi ffeirio'i le efo'r eira a glaw smwc yn taenu ei ddiflastod dros bawb.

Daeth menywod diwyd y gymuned at ei gilydd, yn ôl eu harfer, i drefnu'r te cynhebrwng yn festri eang y Tabernacl, o dan arweiniad abl Delia Owen. Roedd Meurig a Rhiannon Stevens wedi hen ddod yn ôl o Drefach erbyn hynny ac wedi'u syfrdanu gan farwolaeth annisgwyl eu cymydog. Cydiodd Rhiannon hithau yn y paratoadau gan helpu Delia efo'r lluniaeth. Dyma'r union ferched a drefnodd de cynhebrwng Falmai Pritchard bum mis ynghynt a hithau'n haf bach Mihangel bryd hynny. Bu eu gwŷr, Meurig Stevens a Morus Tegeirian, wrthi'n ddygn hefyd yn gosod arwyddion ar hyd y pentref i ddangos i bobl fyddai'n dod o bob cwr lle'r oedd y llefydd parcio agosaf at y capel. Synhwyrai pawb a fu'n rhan o'r paratoadau fod awyrgylch y ddau gynhebrwng yn dra gwahanol i'w gilydd. Collwyd dagrau lu yng nghynhebrwng un ond dim ond Linda oedd i'w gweld o dan deimlad yng nghynhebrwng y prifathro. Roedd marwolaeth

David Pritchard wedi ei llorio hi'n lân. A phob tro y ceisiai ddal sylw Doctor Ellis, gwelai ei fod yn osgoi unrhyw gyswllt llygad rhyngddynt. Ond y gwir oedd fod gan Linda rywbeth mwy yn pwyso ar ei meddwl na marwolaeth ei thad.

Er gwaethaf ei sioc, llwyddodd Malcolm i gadw ei deimladau o dan gêl yn o lew drwy'r cynhebrwng. Roedd o wedi dweud wrth Linda ddyddiau ynghynt ei bod hi'n edifar ganddo na fyddai wedi mynd i tsiecio ar ei dad yn ei lofft ar fore'r eira mawr. Gwyddai bryd hynny fod yr haint ar ei frest wedi ei boeni ers dyddiau, ond doedd o fawr o feddwl y byddai hynny'n ei ladd. A dyna pam, meddyliodd Linda, er mwyn lliniaru rhywfaint ar ei euogrwydd, i'w brawd gymryd rôl y penteulu'n sydyn iawn ar ôl colli ei dad. Ond doedd ganddo ddim syniad beth oedd euogrwydd go iawn. Arni hi y disgynnai pwys yr euogrwydd drymaf.

Tyrrodd tyrfa fawr i'r capel ac roedd y galerïau o dan eu sang fel y byddent adeg y cymanfaoedd mawr erstalwm. Er nad oedd fawr neb yn galaru ar ei ôl, roedd pawb wedi rhyfeddu bod y prifathro wedi marw mor ddisymwth ac yntau heb eto gyrraedd ei hanner cant oed. Pwy feddyliai y byddai'n marw mor fuan ar ôl colli ei wraig? Chydig a wyddai neb, ac eithrio Linda a'i modryb Sydna, y byddai sioc enfawr arall yn hyrddio atynt drannoeth y cynhebrwng.

Bu cryn drafod rhwng Linda a'i brawd yn yr wythnosau'n dilyn y farwolaeth a ddylai Carol fynychu cynhebrwng ei thad. Roedd Malcolm wedi dadlau y dylai hi gael mynd. Mi aeth hi i angladd ei mam. Ond sut oedd egluro iddo nad oedd colli ei thad yn gymaint o golled y tro hwn? Fedrai Linda ddim dweud wrtho fod marwolaeth David Pritchard mewn gwirionedd wedi bod yn fendith i Carol. Roedd hi'n rhydd o grafangau'r bwystfil am byth. Ond doedd hi ddim am fentro crybwyll hynny wrth Malcolm. Gwyddai na fedrai o ddygymod â hynny. Roedd y gwir weithiau'n rhy greulon i'w gydnabod.

Dadleuai Malcolm fod Carol wedi cael dod i gynhebrwng ei mam felly pam ddim i gynhebrwng ei thad? Ond mynnai Linda y byddai cynhebrwng David Pritchard yn un llawer mwy gyda holl brifathrawon ac aelodau undebau'r athrawon yn tyrru i dalu eu gwrogaeth i brifathro Ysgol Rhyd y Garreg. Oedd rhaid rhoi eu chwaer fach drwy'r fath brofiad cyhoeddus? Daeth Anti Sydna i'r adwy a dweud y byddai hi'n gwarchod Carol y diwrnod hwnnw gan arbed yr hogan fach rhag wynebu cynhebrwng arall eto fyth. Roedd Linda'n lled-amau nad oedd Anti Sydna'n awyddus iawn i fynychu cynhebrwng ei brawd-yng-nghyfraith.

Diolchai Linda'n ddistaw bach mai Malcolm ysgwyddodd gyfrifoldeb am y rhan fwyaf o'r trefniadau. Roedd hi'n amlwg fod Malcolm o'r farn mai fo ddylai arwain y trefniadau er cynnal urddas y teulu. Gwyddai Linda ei fod o'n meddwl ei bod hi'n dioddef o sioc ac wedi mynd i'w chragen yn sgil trawma marwolaeth sydyn eu tad. Gadawodd iddo feddwl hynny. Fo aeth â'r dystysgrif i Swyddfa Gofrestru'r Gilfach i gofrestru'r farwolaeth. Bu Linda ar bigau'r drain y diwrnod hwnnw yn disgwyl iddo ddod yn ôl o'r Gilfach. Gwyddai'n iawn beth hoffai hi ei wneud petai rhywun yn cwestiynu achos y farwolaeth. Byddai'n cyfaddef yn syth. Roedd cario baich ei phechod o ladd David Pritchard yn pwyso'n drwm arni hi, yn ei mygu hi fel y selotêp a roddodd o ar ei cheg. Ond wedyn roedd Doctor Ellis yntau wedi dweud wrthi hi'n gwbl ddigyfaddawd noson y farwolaeth am 'ddeud dim' ac wedi ychwanegu, 'er eich mwyn eich hun ac er fy mwyn i, dim mwy. Dim gair pellach am hyn byth eto.' Cofiai Linda rigwm yr arferai ei mam ddweud o dro i dro:

Dweud y gwir sydd dda bob amser,
Dweud y gwir sy'n digio llawer.

Doedd dim posib ennill.

Deallodd Linda o daerineb y doctor yn llofft ei rhieni nad oedd ganddi ddewis. Gallai gyrfa a rhyddid y doctor fod yn y fantol petai hi'n yngan gair am yr hyn ddigwyddodd y noson honno. Ac felly ddywedodd hi'r un gair wrth neb; dim wrth Anti Sydna, dim hyd yn oed wrth Sharon oedd wedi bod yn ei holi hi'n dwll beth oedd wedi digwydd yn 3 Tan y Dderwen y noson ryfedd honno. Gwyddai Linda fod gan Sharon ei hamheuon, ond gwyddai hefyd na fyddai Sharon fyth yn ei bradychu. Ond erbyn hyn roedd gan Linda broblem fawr arall. A'r tro hwn, ymddiriedodd ei chyfrinach newydd, nid yn Sharon ond yn ei modryb Sydna.

Drannoeth y cynhebrwng, yn oriau mân y bore Sul, cododd Linda o'i gwely'n ddistaw bach a gadael y tŷ yng nghar David Pritchard. Roedd hi wedi llwyddo i lenwi'r gist â chymaint o'r hyn oedd hi ei angen ag oedd bosib heb ddenu sylw neu amheuon. Dim ond Malcolm oedd yn y tŷ gan fod Carol yn dal yn Ffridd Bella. Roedd hynny'n rhan o'r trefniant rhwng Linda a'i modryb. Bu Malcolm yn boddi ei ofidiau yng nghwmni Dewi Tynyffridd yn dilyn y cynhebrwng, felly roedd Linda'n eithaf sicr na fyddai'n deffro ar chwarae bach ben bore fel hyn. Tynnodd ddrws cefn 3 Tan y Dderwen am y tro olaf a chamu ar flaenau ei thraed i Vauxhall Carlton y prifathro ac olgau'r Benson & Hedges yn ei mygu o hyd. Roedd y blwch llwch bychan yn tagu o stwmps a llwch ei hen sigaréts o. Roedd ôl ei dorso ar sedd y gyrrwr yn *imprint* tragwyddol. Daeth cryd drosti wrth ddychmygu ei bod hi'n eistedd ar ei lin. Marw neu beidio, ni chredai Linda y câi hi wared ar David Pritchard fyth.

Taniodd y car. Doedd y car ddim wedi cael llawer o ddefnydd yn ddiweddar a doedd dim yn tycio wrth i Linda droi'r goriad a phwyso'i throed chwith ar y clyts. Pesychodd y car ei brotest. Daria! Roedd y daith yn gwbl angenrheidiol.

Daria ddwywaith! Roedd rhaid i'r car ufuddhau. C'mon! Teimlodd Linda banic yn lledu drosti. Doedd hi ddim eisiau gorfod ffonio'r Foty. Sut fyddai hi'n egluro i ble'r oedd hi'n mynd mor blygeiniol a pha mor gwbl hanfodol oedd ei thaith? C'mon! Tynnodd yn daer ar y *choke* a diolch i'r drefn, ildiodd y car yn y diwedd gan lithro'n dawel o dan y carport ac i'r lôn a heibio rhes Tan y Dderwen. Dechreuodd Linda anadlu unwaith eto. Tarodd gipolwg ar rif 1 a gweld bod llenni'r llofftydd i gyd wedi eu cau. Fyddai Sharon yn methu deall erbyn amser brecwast i ble'r oedd hi wedi diflannu. Efallai yr eglurai wrthi hi rywdro, er i Anti Sydna ei siarsio rhag dweud wrth neb. Dyna oedd ei hanes hi: pawb yn dweud wrthi hi am beidio â dweud dim wrth neb. Aeth y car yn ei flaen.

Roedd caeau Tegeirian wedi eu cuddio dan flanced o niwl y bore hwnnw a'r pentref islaw yn cysgu'n sownd. Edrychodd Linda dros ei hysgwydd ar y dderwen deg ar gopa'r Fron am y tro olaf cyn troi'n ôl am y lôn fawr. Yn gymysg ag euogrwydd, teimlai Linda'r mymryn lleiaf o ryddhad wrth iddi hi droi'r car allan o'r pentref cysglyd. Bu'r wythnosau diwethaf yn artaith pur iddi hi. Nid yn unig oherwydd ei heuogrwydd enbyd ond oherwydd ei chanfyddiad erchyll ddyddiau ar ôl marwolaeth David Pritchard. At bwy allai hi droi? A dyna pryd y bu'n rhaid iddi ymddiried yn Anti Sydna a gytunodd yn raslon i warchod Carol tan y byddai Linda'n barod i ddod yn ôl i Ryd y Garreg.

Gwelwodd wyneb Anti Sydna pan ymddiriedodd Linda'r gyfrinach enfawr iddi hi. Ac wedi dod dros y sioc, eglurodd yn dawel hunanfeddiannol wrth ei nith fod datrysiad i bob problem. Cydiodd Sydna yn y trefniadau gan sicrhau Linda y byddai'n gwneud esgusodion drosti hi i Malcolm. Gallai ddweud wrtho fod Linda angen cyfnod byr i ffwrdd. Roedd hi wedi bod o dan straen eithriadol. Gwnâi les iddi hi gael gorffwys bach i ffwrdd o'r pentref. Doedd dim rhaid i Malcolm wybod y gwir. Doedd dim rhaid i neb wybod y gwir. A beth bynnag, fyddai gan Malcolm ddim cymaint â hynny o ddiddordeb ac yntau'n mynd yn ôl i'r coleg o fewn chydig ddyddiau. Wyddai Anti Sydna na neb arall ar y pryd na fyddai Linda'n dychwelyd i Ryd y Garreg fyth eto.

Trodd Linda'r car am y gororau. Roedd Anti Sydna wedi bwcio llofft iddi hi am wythnos mewn llety cyffyrddus gan ei bod hi'n rhyw lun o adnabod y ddynes a redai'r lle a'r ddwy ohonyn nhw wedi mynychu'r un brifysgol ddiwedd y 50au. Kathleen Thompson oedd ei henw hi ac yn ôl ei modryb, roedd hi'r beth glenia'n fyw. Myfyrwraig aeddfed oedd Kathleen pan oedden nhw yn y coleg ac felly roedd hi sbel yn hŷn nag Anti Sydna ac yn dioddef yn o ddrwg o gryd cymalau ers pan oedd hi'n ifanc. Ond sicrhaodd Anti Sydna y câi Linda bob caredigrwydd ganddi ac y byddai'n gyfle iddi hi orffwys mewn cysur a phreifatrwydd.

Edrychodd Linda ar gloc y car. Roedd hi newydd droi pump o'r gloch y bore. Digon o amser i gyrraedd a tsiecio i mewn i'w llety dros dro cyn ffeindio'i ffordd i'r ysbyty. Roedd hi i fod yng nghlinig yr ysbyty'r prynhawn hwnnw; nid fel nyrs, ond fel claf. Doedd Linda ddim yn edrych ymlaen at y profiad o gwbl ac roedd ei stumog hi'n glymau i gyd. Trodd ei llygad at yr amlen ar sedd y car wrth ei hymyl. Ynddo roedd manylion ei hapwyntiad ddiwedd y prynhawn hwnnw i erthylu plentyn ei thad.

RHAN 2

CALAN GAEAF 2024

Megan

Doedd gan y tywydd ddim oll i'w wneud â'i marwolaeth hi, ond efallai i'r amodau gwlyb gyfrannu at hynny. Roeddwn i'n ôl yn Rhyd y Garreg ac yn aros efo Mam pan ddigwyddodd y ddamwain. Ond down at hynny yn y man.

Efallai y dylwn egluro fan hyn nad fy stori i ydi hon. Stori Linda a'i theulu ydi hon o hyd, ond yn anffodus, dydi Linda ddim yma bellach i'w hadrodd hi. Mae'n debyg iddi hi etifeddu'r un canser ag a gafodd ei mam. Falmai annwyl, heddwch i'w llwch. Bydd Mam yn dal i siarad amdani o bryd i'w gilydd. Mae'n licio cofio sut yr hoffai'r ddwy ohonyn nhw eistedd ar ôl rhoi'r dillad ar y lein i sychu, sodro'r fasged ddillad ddwy glust ar lawr a mwynhau paned a sgwrs yn yr ardd gefn wrth i Carol a finnau reidio ar ein sgwters bach i fyny ac i lawr y clwt patio yn yr ardd gefn. Edrych draw at y Fron fyddai'r ddwy ac os nad oedd y dderwen wedi dechrau deilio erbyn diwrnod cyntaf Mai, byddai Falmai'n arfer dweud, 'Rhiannon, mae'r gwanwyn yn cwffio ei ffordd allan o'r gaeaf. Mi fydd yr haf yn fyrrach eleni. Well i ni neud yn fawr o'r mymryn haul 'ma. Panad arall?'

Haf byr iawn oedd haf '81 i Falmai Pritchard druan. Bu farw cyn i dymor yr ysgol ddechrau. Fy chwaer, Sharon, fu'n gefn i Linda drwy hynny i gyd a Mam yn gwneud mwy na'i siâr o warchod Carol a finnau, pan fedrai hi y tu allan i oriau'r ysgol.

Mam ffoniodd fi ryw ddwy flynedd yn ôl i ddweud bod Anti Sydna wedi galw draw yn Nhan y Dderwen i'w hysbysu bod Linda druan wedi marw o'r un aflwydd â Falmai. Diawl o beth. Roedd clywed enw Linda Pritchard eto ar ôl yr holl flynyddoedd yn dipyn o sioc. Bu Linda'n achos chwedlau'n chwalu drwy Ryd y Garreg am fisoedd ar ôl iddi ddiflannu o'r pentref ddechrau 1982. Chydig iawn o ddiddordeb sydd yn ei bywyd na'i marwolaeth erbyn heddiw. Ond mae pob sgandal yn gadael blas cas ar ei ôl. Un o'r pethau sydd wedi 'mhigo i ers tro byd ydi be'n union wnaeth iddi adael Rhyd y Garreg mor ddisymwth wedi marwolaeth ei thad. Ei marwolaeth hi ei hun sydd wedi troi Linda'n fud y tro hwn ac nid yr amodau y tybiaf a roddwyd arni hi i fod yn dawel ddeugain mlynedd a mwy yn ôl. Ond ei stori hi ydi hi, er y bydd lleisiau eraill yn ceisio ei hawlio hi, a'i brawd ei hun wedi ceisio mygu ei stori hi'n llwyr. Dydi hi byth yn rhy hwyr i wneud iawn am gamgymeriadau'r gorffennol.

Dwi ar drywydd stori. Dyma fy nghrefft. Dyma fy mywoliaeth. Wedi dros ddeng mlynedd ar hugain yn gweithio i'r Gorfforaeth Ddarlledu yng Nghaerdydd, diddymwyd fy nghytundeb. Dwi dal ddim yn siŵr pam. Mae'n digwydd i lawer o ferched wedi iddyn nhw basio'r hanner cant. Roedd y ffaith i mi gael cynnig gweithio ar raglen radio wedi degawdau o weithio ar raglenni teledu'n dweud y cyfan. Wyneb radio sydd gen i bellach. Gwrthodais y cynnig. Nid cyflwyno rhaglenni cylchgrawn oeddwn i eisiau ei wneud. Fe wnes i hynny am bwl pan oeddwn i'n dechrau ar fy ngyrfa yn y cyfryngau ddechrau'r 90au. Cam yn ôl yn fy ngyrfa fyddai hynny. Mae mwy i mi na hynny. Newyddiadurwr a chynhyrchydd ymgyrchol ydw i. Dilyn y straeon mawr. Mynd o dan groen straeon sydd wedi'u mygu. Caf bleser di-ben-draw o'r gwaith ymchwil manwl sydd ei angen i dyrchu a datgelu straeon cudd. Mae sawl un o'm rhaglenni wedi ennill i mi rai o brif wobrau'r byd teledu. Dwi'n enw. Neu efallai y dylwn ddweud y bûm i'n enw ar un cyfnod. Ond dydw i ddim yn un am anobeithio. Mae cyfleoedd i'w cael rownd pob cornel ac fel mae'n digwydd, daeth un o'r cyfleoedd hynny i mi ar hap yn ddiweddar iawn.

Roeddwn i'n siopa bwyd un noson yn Marks & Spencer Croes Cwrlwys, a dyma'r ddynes ar y tils yn nabod fy wyneb. Mae hyn yn digwydd yn aml. Doedd gen i ddim llawer o amynedd ar y pryd, tan i'r ddynes ddweud ei bod hi'n fy nghofio i'n blentyn yn Ysgol Gynradd Rhyd y Garreg. Craffais arni hi. Dwi fel arfer yn eithaf da am gofio wynebau ond doedd dim byd am y ddynes yma'n gyfarwydd. Wrth i mi gasglu fy neges ychwanegodd, 'Merch Mrs Rhiannon Stevens ydach chi'n 'dê? Roedd hi'n athrawes lyfli.'

'Mae hi'n dal yn fyw.'

'Ac roedd gynnoch chi chwaer fawr?'

'Oes. Mae Sharon yn dal i fyw yn Rhyd y Garreg hefyd. Mae'n briod â Paul Garej Foty.'

Roedd y sgwrs yn prynu rhywfaint o amser i mi drio ei chofio hi, ond doedd dim yn tycio. Gofynnais iddi faint oedd ei hoed hi. Roedd hi bron i ddwy flynedd yn hŷn na mi ac eglurodd iddi hi a'r teulu adael Rhyd y Garreg pan oedd hi'n ddeg oed. 'Ydach chi'n cofio teulu'r Leyshons?' gofynnodd i mi. 'Teulu Caffi'r Tebot?' atebais innau. Gwenodd arna i a daeth atgof niwlog i mi am hogan a gafodd ei tharo'n fud. 'Roeddech chi'n byw drws nesa i'r prifathro, yn doeddech?' meddai hi wedyn.

'Drws nesaf ond un,' cywirais hi.

'Mochyn o ddyn. Methu dallt na fasa chi wedi riportio arno fo ar eich rhaglenni erbyn hyn.'

Gwnes ryw esgus tawel mai newyddiadurwraig lawrydd oeddwn i erbyn hyn ac nad oedd llawer o gyfleoedd na chyllid i greu rhaglenni nodwedd ymchwiliol, ond roedd croeso iddi gysylltu eto os oedd hi'n meddwl bod yna stori werth ei hadrodd.

'Stori werth ei hadrodd? Stori sy raid ei hadrodd ydi hi,' meddai hi'n benderfynol. Roedd hon yn sicr wedi canfod ei llais erbyn hyn.

'Chdi oedd yr hogan fach oedd yn gwrthod siarad?' gofynnais, wrth gofio rhywfaint o'r hanes.

'Ie. Ond mi ddaeth fy llais yn ôl ond bod neb isio clywed fy stori i. Mae Carol Pritchard yn gwybod, graduras. Ond ei bod hitha, dybiwn i, yn cau deud. 'Dach chi wedi siarad efo hi? Roeddech chi'n ffrindiau, toeddech? Be 'di ei hanes hi erbyn hyn?'

Eglurais wrthi hi fod Carol yn briod efo Glyn Garej Foty. Ond doeddwn i ddim yn meddwl ei bod hi'n briodol i mi ddatgelu wrth y tils yn Marks fod Carol druan mewn sefyllfa go druenus yn ôl yr hyn a ddywedai Mam wrtha i amdani. Tybed oedd gan honiadau hon ryw ran i'w chwarae yn ei chyflwr?

Roedd rhes o bobl wedi dechrau ymgasglu y tu ôl i mi yn disgwyl talu am eu neges ac felly gofynnais yn sydyn am ei henw. 'Gwenda Leyshon. Dwi ar Facebook.' A dyna fu. Cysylltais â hi'n ddiweddarach y noson honno. Atebodd fi'n syth a threfnais gyfarfod Zoom ar amrantiad. Cefais wybod am y gamdriniaeth rywiol erchyll a gafodd gan David Pritchard bron yn wythnosol. Anodd credu bod hyn wedi digwydd o dan ein trwynau – yn ystafell y prifathro o bob man. Ond ei chredu hi wnes i. Er fy mod i a'm cyfoedion wedi clywed pob math o sibrydion, doedd neb wedi dweud yr hanes yn blaen fel hyn, tan rŵan. Rhaid bod sail i'r cyfan felly. Pwy arall oedd yn gwybod? Pwy arall a effeithiwyd? Pam nad oedd neb wedi siarad? Ai am fod yr holl beth mor anodd i'w gredu? Ai dyna pam yr aeth Linda o Ryd y Garreg? Wnaeth y prifathro focha efo'i ferch ei hun? Neu efo'i ferched ei hun? Gallai hynny egluro llanast bywyd Carol druan.

Haerai Gwenda Leyshon i Carol hithau gael ei 'hambygio'. Sut gwyddai hi hynny, fedrai hi ddim dweud, dim ond ychwanegu, 'Dwi'n nabod y seins. Bob tro odd y mochyn yn dod i'r iard amser chwara, neu i mewn i'r neuadd amser cinio, mi fyddai hi'n edrych ar ei thraed a chnoi ei gwinadd i'r byw.'

Doedd hynny'n fawr o dystiolaeth, er 'mod i'n cofio Mam yn annog Carol i beidio â chnoi ei hewinedd neu byddai'n rhaid iddi gael asiffeta arnyn nhw. Faint wyddai Mam am hyn i gyd, tybed? Doedd bosib na fyddai'n gwybod neu wedi amau rhywbeth a hithau ar staff yr ysgol bryd hynny.

Es yn syth i lygad y ffynnon a'i ffonio hi'r noson honno. Holais fy mam oedd hi'n cofio Gwenda Leyshon. Beth oedd wedi digwydd yn yr ysgol i beri iddi wrthod siarad? Oedd hi'n ymwybodol o'r hyn oedd David Pritchard yn ei wneud yn ystafell y prifathro efo merched bach? Sut y gellid bod wedi gadael i hyn ddigwydd? Gwadu'r cyfan wnaeth Mam a'm siarsio i beidio â chodi hen grachen. Hen stori oedd hon. Doedd dim angen mynd i godi nyth cacwn.

Feiddia i ddim dweud wrth Mam fy mod i'n bwriadu cynnig y syniad am raglen ar bedoffiliaid Cymraeg i gwmni teledu sydd wedi dangos diddordeb mawr yn y cais. *Paid â Deud* ydi'r *working title*. Er nad ydw i wedi anfon y cais na derbyn comisiwn eto, gellwch fentro fy mod wedi dechrau ymchwilio i'r hanes. Dwi wedi dod adre i Ryd y Garreg i aros efo Mam am ysbaid er mwyn tyrchu'n ddyfnach. Pwy'n union oedd David Pritchard a sut y bu farw? Oedd gan Linda ran ym marwolaeth ei thad? Gwelwi wna Mam bob tro dwi'n crybwyll enw David Pritchard, fel tasai hen ysbryd aflan wedi ailymddangos yn y tŷ. A phan holais hi unwaith yn ormod neithiwr, dechreuodd grio. Roeddwn i'n syfrdan. Dim ond unwaith dwi wedi gweld Mam yn crio o'r blaen ac adeg marwolaeth fy nhad oedd hynny. Ymddiheurais yn llaes iddi hi am ei styrbio, ond mentrais gloddio'n ddyfnach. Oedd y prifathro yn gymaint o fwystfil ag oedd Gwenda Leyshon yn ei ddweud? Onid oedd hi wedi amau unrhyw beth a hithau'n gweithio mor agos efo fo? A dyna pryd y cyfaddefodd Mam drwy ei dagrau ei bod hi wedi codi pryder efo'r Cyfarwyddwr Addysg un tro, ond roedd hwnnw'n gyd-aelod o'r Seiri Rhyddion efo'r prifathro ac wedi ei siarsio i gau ei cheg neu mi fyddai hi'n colli ei swydd. Mae'r cyn-Gyfarwyddwr Addysg hwnnw wedi marw ers blynyddoedd, felly taro wal ydw i ar hyn o bryd a finnau'n dechrau amau a oes yma stori o gwbl, yn enwedig a phawb, ar wahân i Gwenda Leyshon, un ai wedi marw neu'n gwrthod siarad.

A dyma fi yn 1 Tan y Dderwen ac atgofion plentyndod yn llifo'n ôl. Dwi'n ddigon ffodus i fedru dweud mai atgofion hapus ydi fy rhai i. Dyddiau gwyn. Dyddiau glân. Cofio cyfeillgarwch a hwyl efo Lisa Mai Ellis, Barbara Owen a Carol Pritchard. Cofio'r hwyl a gawson ni adeg yr eira mawr, cyn i farwolaeth y prifathro ein synnu ni i gyd a throi ein dyddiau gwyn yn ddyddiau du. Ond dwi'n licio meddwl i'r tair ohonom ni fod yn gefn i Carol ar ôl iddi golli ei mam, ei thad ac wedyn Linda. Ond mynd i'w chragen wnaeth Carol ar ôl marwolaeth ei rhieni, ac fe newidiodd yn llwyr ar ôl i Linda adael y pentref. Bu'n hogan anystywallt yn ei harddegau ac ymddieithriodd braidd o'n cylch bach ni o ffrindiau cyn gorfod priodi Glyn Foty.

Ddeugain mlynedd a mwy yn ddiweddarach, mae marwolaeth yn yr awyr eto. Mae hi'n dymor Calan Gaeaf. Cyfnod o nodi diwedd tymor y cynhaeaf a chyfle i gofio'r gorffennol ac edrych ymlaen at y dyfodol. Ond mae'r gorffennol yn dal i bwyso'n drwm yn Rhyd y Garreg a düwch y cof yn cydio'n dynn. Bu'n fis o stormydd, mis o wynt a glaw diddiwedd a phawb call yn swatio yn eu tai o flaen y teledu i gysgodi a cheisio anghofio am y ddrycin o'u cwmpas. Mae hi'n anodd cofio cyfnod mor wlyb â hyn. Drwy'r dydd ac ymlaen drwy'r nos, llifodd y glaw'n rhaeadr i lawr at Lôn Lwyd a gweddill y pentref. Dioddefodd ambell dŷ ger afon y Garreg lifogydd amhosib eu rhwystro, gyda'r afon yn berwi'n ffrom gan ormod o ddŵr. Bu'r ysgol hithau'n anlwcus. Dechreuodd to neuadd Ysgol Gynradd Rhyd y Garreg ollwng dŵr gan greu difrod pellach i adeilad sydd wedi dechrau mynd â'i ben iddo erstalwm yn sgil toriadau didostur y cyngor sir. Fy ffrind, Lisa Mai, ydi prifathrawes yr ysgol erbyn hyn ac mae hi'n briod â Dewi Tynyffridd. Manteisiodd Lisa ar yr hanner tymor i fynd i Gaerdydd i weld ei merch ac felly does ganddi hi ddim syniad am y dinistr fydd yn ei hwynebu ar ôl cyrraedd adre ar ddechrau hanner tymor newydd.

Mae'r tywydd garw wedi troi ardaloedd mwyaf mynyddig Rhyd y Garreg yn llynnoedd. Siôn Rwdins, fferm Penyrhiw yn Rhyd Uchaf, sydd wedi ei chael hi waetha wrth i'w gaeau rwdins gael eu llyncu gan ddŵr ac yntau wedi bwriadu cynaeafu ei rwdins enwog chydig wythnosau ynghynt. Ond does dim ysbaid o'r glaw wedi bod i'w alluogi i wneud hynny. Mae'n debyg bod hwyliau drwg wedi bod arno drwy fis Hydref a does dim argoel fod Tachwedd am fod yn garedicach chwaith.

Nid yr un pentref ydi hwn â'r pentref a adewais i am y brifddinas dros ddeng mlynedd ar hugain yn ôl i ddilyn a gwireddu fy mreuddwyd o fod yn newyddiadurwr. Dydi Rhyd y Garreg ddim wedi ennill unrhyw wobrau am fod y pentref taclusaf ers degawdau lawer. Prin y gellwch chi ddarllen yr enw ar yr arwydd ar y lôn bost sy'n arwain i mewn i'r pentref oherwydd yr holl ddrain sy'n tagu polion yr arwydd a'r holl faw sydd wedi bwyta'r llythrennau. Mae'r llythrennau wedi erydu cymaint hyd nes mai dim ond y llythrennau 'Rh———eg' sydd i'w gweld yn glir. Cynigiodd un o'r trigolion, meddai Mam, lanhau'r arwydd ond fe'i rhybuddiwyd gan y cyngor, oherwydd iechyd a diogelwch, mai mater i'r awdurdodau oedd hwn. Roedd hynny rai misoedd yn ôl a chuddio tu ôl i faw mae enw'r pentref o hyd. Efallai fod rhyw symboliaeth i hynny i'r sawl sy'n ceisio'r gwir.

Mae'r Gymraeg ar i lawr yma hefyd. Nodwyd bod llai na hanner poblogaeth Rhyd y Garreg a'r Gilfach yn medru siarad Cymraeg pan ryddhawyd data Cyfrifiad 2021. Daeth Rhyd y Garreg a'r Gilfach yn nes at ei gilydd wrth i stadau tai lyncu'r caeau fu unwaith yn glasu'r tair milltir rhwng y ddau le. Mae cynnydd sylweddol wedi bod mewn tai haf yn y pentref, nid oherwydd ei fod o'n bentref tlws ond oherwydd fod tai yn gymharol rad i bobl ddwad a bod Rhyd y Garreg wedi'i lleoli mewn lle cyfleus o fewn cyrraedd i'r traeth ac i'r mynydd. Tasech chi'n dod gyda mi am dro ar hyd Lôn Lwyd mi welech chi pa dai sy'n dai haf o'r holl focsys *keysafe* sydd wrth eu drysau. Ond wna i ddim eich tynnu allan o gysur eich tai ar noson mor arw â heno.

Dyna ichi dafarn y Golden Lion wedyn. Mae ganddi berchnogion newydd ers sawl blwyddyn. Cwpwl o Lerpwl sy'n ei rhedeg gan ddod â'u problemau a'u cyffuriau efo nhw. Symudodd Janice a Trefor Lion i Abertawe i helpu eu mab, Terwyn, i redeg tafarn yno. Arhosodd eu merch, Eira, yn Rhyd y Garreg gan ddilyn gyrfa fel plismones. Hi sy'n byw yn 3 Tan y Dderwen erbyn hyn. Petai waliau hen gartref y Pritchards yn gallu siarad, tybed a fyddai Eira Lion yn aros yno? Mae gen i deimlad y byddai hi'n cau'r drws yn glep ar y tŷ a'i heglu hi oddi yno'n go handi.

Yr unig beth sy'n dangos llewyrch yn Rhyd y Garreg bellach ydi Canolfan Arddio Tegeirian o dan reolaeth fy ffrind, Barbara, a'i gŵr, Malcolm. Pwy feddyliai pan oedden ni'n blant y byddai Barbara yn priodi brawd ein ffrind, Carol? Mae'n debyg mai Barbara a fi arhosodd yn ffrindiau agosa ar ôl yr holl flynyddoedd; efallai am nad oes gan yr un ohonom ni, yn wahanol i Lisa a Carol, blant. Dwi wedi trefnu gweld Barbara fory. Bydd rhaid troedio'n ofalus wrth ei holi a hithau'n briod â mab y prifathro. Ond un peth am Barbara ydi ei bod hi fel arfer yn ei dweud hi fel y mae. Faint mae hi'n wybod, tybed? Bydd honno'n sgwrs ddiddorol.

Chwilio am y gwir ydi fy nyletswydd i fel newyddiadurwraig. Dywedodd Gwenda Leyshon wrtha i ei bod hi'n tybio y byddai Doctor Ellis yn gwybod rhywbeth. Ato fo yr aeth ei mam â hi pan gafodd hi ei tharo'n fud. Fo aeth i dŷ Linda Pritchard y noson y bu farw David Pritchard. Gwnaeth hyn i gyd i mi feddwl am benderfyniad rhyfedd Doctor Ellis i dynnu ein ffrind, Lisa Mai, o Ysgol Gynradd Rhyd y Garreg a'i hanfon hi i Ysgol Gynradd y Gilfach. Pam gwneud hynny a hithau ar ei blwyddyn olaf yn yr ysgol? Pam gwneud hynny a hwythau'n byw yn y pentref? Tua'r un adeg, ymddiswyddodd y meddyg o'i rôl fel llywodraethwr Ysgol Rhyd y Garreg. Pan holais i Mam am hyn, doedd ganddi ddim atebion i mi. Yr unig beth ddywedodd hi wrtha i oedd fod Doctor Ellis wedi symud i gartref i'r henoed yn y Gilfach gwta flwyddyn yn ôl. Gwna hynny bethau'n haws i'w ferch Lisa ac i'w fab-yng-nghyfraith Dewi, gan eu bod hwythau'n byw yn y Gilfach bellach, ar stad y Gilfach Wen, ac yn medru picio i'w weld yn gyson.

Nid dim ond yn Rhyd y Garreg mae'r tywydd garw. Heno, wrth i Mam a finnau wylio'r teledu, mae penawdau'r newyddion yn trafod llifogydd erchyll yn Sbaen a thros gant a hanner wedi marw yno. Cafwyd gwerth blwyddyn o law mewn mater o chydig oriau. Mae hi'n anodd bellach i unrhyw sgeptig newid hinsawdd ddadlau nad oes rhywbeth ar droed yn troi tymhorau'n chwil ac eithafol. Nid dim ond yn Rhyd y Garreg y mae rhai sy'n dal i fynnu anwybyddu'r gwir.

Newyddion syfrdanol arall ar y teledu heno ydi hanes dynes 70 oed o Ffrainc a gafodd ei threisio gan 72 o ddynion. Mae llawer o'r dynion wedi honni yn y llys nad trais ydi cael rhyw efo dynes os ydi'r gŵr yn caniatáu hynny. Does dim syndod felly nad oes llawer o ferched yn datgelu'r troseddau yn eu herbyn. Roedd agweddau at ferched yn yr 80au'n ddigon drwg – ond dydyn nhw'n fawr gwell erbyn heddiw chwaith. Mynna Gisèle Pelicot ei bod hi wedi bod yn 'ffodus' fod yna dystiolaeth fideo o'r dynion yma yn ei threisio hi. Peth prin iawn, yn hanesyddol, fu tystiolaeth o'r fath.

Mae Gisèle yn cael ei hedmygu dros y byd am ei dewrder yn gwrthod ei hawl i fod yn anhysbys. Nid dewrder, meddai hi, wnaeth ei chymell i wynebu'r llys, y dynion euog a chamerau'r byd, ond yr ewyllys a'r penderfynoldeb i geisio newid cymdeithas. *Rhaid i gywilydd newid ochr.* Dyna ei geiriau hi. Ac mae hi yn llygad ei lle. Awgrymodd Gwenda Leyshon wrtha i ei bod hi'n tybio bod Carol hefyd wedi dioddef trais gan ei thad. Mae hynny'n gwneud i mi feddwl bod posibilrwydd gwirioneddol fod Linda hefyd wedi dioddef. Ai hynny sy'n egluro pam iddi ddiflannu o Ryd y Garreg am byth? Beth ddigwyddodd i'w thad hi'r noson honno y daeth Carol draw i aros atom ni? Ai gwir y gred, dan gêl gan rai, fod Linda wedi ei ladd? Bydd rhaid i mi holi fy chwaer. Roedd Sharon a Linda'n ffrindiau pennaf. Dwi'n gweddïo bod Carol fach yn gweld y sylwadau yma ar y newyddion heno ac yn cael ei hysbrydoli gan Gisèle Pelicot i sylweddoli nad drwy gadw'n dawel mae symud ymlaen o'i gorffennol hyll.

A hithau'n wyliau hanner tymor, dydi hyd yn oed plant Ysgol Rhyd y Garreg ddim wedi mentro o gwmpas y pentref heno efo'u cri am 'gast neu geiniog' gan fod y tywydd mor egr. Drylliwyd sawl coeden gan y storm a gwasgarwyd eu canghennau ar hyd y priffyrdd a'r caeau. Ond wrth i mi baratoi paned i Mam a finnau, gwelaf drwy ffenest y gegin gefn fod un goeden yn sefyll yn gadarn yn erbyn y dymestl, a'r dderwen deg ar gopa'r Fron ydi honno.

Mae llawer o'r trigolion, hyd yn oed mewn storm, yn dweud mai Rhyd y Garreg ydi'r lle gorau yn y byd. Ond po fwya dwi'n meddwl am y peth, mwya'n byd dwi'n meddwl nad lle bach neis ydi Rhyd y Garreg o gwbl. Er holi a stilio, cadw'n dawel mae pobl. Gwyro at gelu'r gwir mae pawb o hyd.

Barbara

'Paid â mynd!' Roedd ei eiriau'n canu yn ei chlustiau wrth iddi wisgo amdani ar ras. 'Paid â mynd, Babs!' crefodd arni hi eto wrth iddi hi dynnu ei thracwisg dros ei chluniau a cheisio osgoi edrych ar ei lygaid llo bach yn chwarae'r gêm arferol o'i phryfocio a'i ffug-gosbi'n dawel bach. Gwyddai'r diawl bach yn iawn y byddai hi wedi bod wrth ei bodd yn aros yno drwy'r nos petai ganddi hi ddewis.

'Deutha Malcolm fod 'na rywbeth mawr wedi codi yn gwaith!' meddai eto gan godi dwfe'r gwely mawr yn chwareus. Gwnaeth hithau ymdrech wan i wgu.

'Dwi 'di deutha fo 'mod i 'di mynd i'r gampfa, Dewi. Sut arall faswn i'n egluro bod 'ngwallt i'n wlyb?'

'Ond mae o'n Aberystwyth, medda ti? Ac yn aros noson yno?'

'Mi ddudodd o fod o'n aros y tro dwytha roedd 'na gynhadledd yno, ond dod adra wnaeth o. Dwi ddim am risgio fo, Dewi.'

Seiniodd sŵn ei ffôn a chydiodd ynddo gan edrych yn bryderus ar y neges.

'Damia! Malcom yn gofyn i fi fynd i'r dderbynfa i fwcio'r *five-a-side* iddo fo nos fory. Fedri di neud?'

Edrychodd Dewi arni hi gan grychu ei dalcen a chodi ei aeliau. Gwyddai hithau fod ei hawgrym yn wallgo bost. Stwffiodd ei thraed i'w thrênyrs.

'Dim ots. Mi decstia i o ar ôl cyrraedd adra a deud bod y gwersi spin newydd orffen a 'mod i newydd adael y gampfa.'

Gwelodd Barbara fod ganddi neges ffôn arall, gan Sharon y tro hwn, yn gofyn iddi pam nad oedd hi yn y gampfa heno. Byddai'n rhaid iddi ateb Sharon ar ôl cyrraedd adre. Trodd Barbara at y grisiau gan glywed Dewi'n gweiddi ar ei hôl, 'Tyd yn ôl i fama ata i, Babs, mi ddangosa i ti be 'di gwersi spin!'

Anwybyddodd hi'r pryfocio. Roedd yn rhaid iddi hi adael rŵan. Os oedd Malcolm wedi cyrraedd adre, mi fyddai'n dechrau amau bod rhywbeth o'i le.

Cythrodd Dewi ar ei hôl ar hyd y landin a thywel y gawod yn sgert flêr am ei ganol. Chwarddodd hithau cyn iddo ei thynnu hi ato, pwyso'n galed yn ei herbyn a sibrwd yn ei chlust, 'Bwcia'r *five-a-side*, Babs. Mi wna i esgus dros beidio mynd fory. Tyd ti yma ata i. Mi fedrwn gael rhyw awran go lew.'

'Mae Lisa'n dod adra o Gaerdydd nos fory, medda ti.'

'Ddim tan amser swper.'

'Www! Risgi Dew!'

'Tyd, Babs. Mi wna'i o'n werth chweil i ti.'

'Na, fedra'i ddim. Mi fydd yr Audi'n ôl gen i erbyn fory felly fydd hi ddim mor hawdd bod yn *incognito*! A beth bynnag, mae Megan Stevens adre am sbel ac wedi gofyn am gael mynd am ddiod bach i'r dre nos fory.'

Tynnodd ei hun o'i afael gan rwygo'r tywel oddi amdano a chwerthin yn braf wrth iddi fownsio i lawr y grisiau. Clywodd o'n galw arni hi eto yn noethlymun borcyn, 'Paid â mynd!' Ceisiodd Barbara anwybyddu'r llun o Dewi a Lisa Mai a'u plentyn perffaith Alaw Haf ar wal y cyntedd. Un o'r myrdd lluniau teuluol hapus hapus o gwmpas y tŷ er gwaethaf protestiadau gor-daer Dewi mai gwenu ffals a dedwyddwch ffug oedd yr holl ffasâd. Gwyddai Barbara hefyd mai Dewi oedd wedi tynnu'r holl luniau hyn o Lisa. Tybed oedd ei wraig wedi caniatáu iddo fo dynnu'r math o luniau yr oedd hi wedi gadael iddo fo'u tynnu, ar funud wan?

Roedd un ffotograff du a gwyn bendigedig o Dynyffridd adeg eira mawr '82 ar waelod y grisiau a dau silwét ger yr adwy wrth y troad am Ffridd Ganol a Ffridd Bella. Gwyddai Barbara mai ei gŵr Malcolm a'i chwaer Linda oedd y ddau yn y llun. Dyna'r diwrnod y cafodd hi a Lisa, Megan a Carol fodd i fyw yn yr eira. Gwyddai Barbara hefyd mai ar y diwrnod y tynnwyd y llun y bu farw tad Malcolm, Linda a Carol gan adael cymuned Rhyd y Garreg yn syfrdan o golli ei phrifathro mor ddisymwth. Aeth Barbara ddim i'r cynhebrwng, ond yn hytrach cafodd hi a Megan Stevens fynd i Ffridd Bella at Anti Sydna i gadw cwmni i Carol. Roedden nhw'n rhy ifanc, yn ôl eu rhieni, i fynd i gwrdd â galar. Cynnal Carol oedd eu dyletswydd nhw. Deuai tro Barbara rai blynyddoedd yn ddiweddarach pan fu farw ei thad hithau. Clamp o gynhebrwng mawr oedd un Morus Tegeirian a'r gymuned yn gwybod ei bod wedi colli cymeriad a hanner. Collwyd sawl deigryn diffuant yng nghynhebrwng ei thad – yn wahanol iawn i un ei thad-yng-nghyfraith.

Craffodd Barbara ar y llun gan sylweddoli nad oedd yr un llun o Linda Pritchard ar barwydydd Tegeirian. Doedd Malcolm ddim eisiau dim byd i'w atgoffa o'i chwaer. Linda fu achos yr un ffrae fawr a fu rhwng Barbara a'i gŵr. Yn fuan wedi iddyn nhw briodi ac ymgartrefu yn Nhegeirian, mentrodd Barbara leisio rhai o'r sïon oedd wedi bod yn ffrwtian. Onid oedd David Pritchard wedi bod yn hambygio genod bach yn yr ysgol gynradd? Onid oedd gan hynny rywbeth i'w wneud â'r ffaith fod Linda wedi gadael Rhyd y Garreg mor ddisymwth ar ôl ei gynhebrwng a hynny heb air o eglurhad? Ac onid oedd hi'n rhyfedd fod y prifathro wedi mynnu nad oedd genod Ysgol Rhyd y Garreg yn cael gwisgo trowsus na shorts? Oedd David Pritchard wedi mela efo Linda hefyd?

Cynddeiriogwyd Malcolm gan ensyniadau ei wraig ifanc. Roedd anrhydedd teulu'n bopeth iddo. Gwyddai nad oedd ei dad yn sant, ond roedd lledawgrymiadau Barbara'n ormod. Roedd Linda wedi codi digon o warth ar enw da'r teulu wrth ddiflannu a gadael Carol fach yn amddifad heb ddechrau straeon anllad eraill. Doedd neb, ac yn sicr ddim ei wraig, am gael bwrw sen ar ei rieni ac yn ei dymer, gwthiodd hi yn erbyn Aga Tegeirian gan beri i Barbara golli ei balans a disgyn yn glewt ar lawr teils y gegin a thorri ei garddwrn. Cywilyddiodd Malcolm yn enbyd yn y fan a'r lle gan erfyn arni hi i faddau iddo. Gwyddai Barbara iddo edifarhau'n ddiffuant yn syth bin ac ni fu unrhyw arwydd o drais o fewn eu bywyd priodasol wedi hynny. Ond fu pethau fyth cweit yr un fath chwaith ac ni fu fawr ddim sôn am Linda Pritchard wedyn. A dim ond crybwyll ei henw wrth basio wnaeth Malcolm pan gafodd wybod gan ei fodryb Sydna ddwy flynedd yn ôl fod Linda wedi marw'n ddibriod yn Amwythig o ganser yr ofari. Aeth Malcolm ddim i'w chynhebrwng ac erbyn iddo ddweud wrth Carol, roedd cynhebrwng Linda Pritchard druan wedi bod. Gwyddai Barbara nad oedd Carol dal ddim wedi maddau iddo fo am gadw'r wybodaeth hon am eu chwaer rhagddi.

Edrychodd Barbara eto ar y llun ar y wal. Tŷ braf oedd Tynyffridd ac fel unig blentyn, roedd Dewi wedi etifeddu'r hen gartref ar ôl i'w rieni farw. Bechod ei fod o wedi gorfod gadael i'r hen dŷ fynd, meddyliodd Barbara. Ffeirio hen dŷ ac iddo gymeriad a thir o'i gwmpas yn Rhyd y Garreg am un o'r tai drud newydd oedd yn smalio bod yn hen dai ar stad y Gilfach Wen yn y Gilfach. Lisa Mai oedd wedi mynnu bod Dewi'n gwerthu Tynyffridd ryw ddeng mlynedd yn ôl gan nad oedd hi, fel prifathrawes Ysgol Gynradd Rhyd y Garreg, eisiau byw yn yr un pentref ynghanol y disgyblion a'u rhieni. Byddai symud i'r Gilfach yn well i bawb. O wneud hynny, byddai Dewi o fewn pum munud i'w fferyllfa ar sgwâr y Gilfach a byddai hithau ond cwta ddeng munud yn y car i Ryd y Garreg. Digon agos ond digon pell. A dyna fu. Roedd llawer yn Rhyd y Garreg yn filain wrth Dewi am werthu Tynyffridd i Saeson, ond y gwir amdani, meddai Dewi, oedd nad oedd posib dod o hyd i Gymry fyddai'n gallu fforddio prynu tŷ mor fawr. Nid pawb fyddai eisiau byw hanner ffordd fyny i'r ucheldir. Roedd Barbara hithau wedi ei ddwrdio. Byddai ei gyn-deidiau wedi troi yn eu beddau. Ond codi ei ysgwyddau'n ddi-hid wnaeth Dewi gan ddweud bod pawb eisiau byw a bod rhaid symud efo'r oes.

Edrychodd Barbara drwy gwarel ffenest y drws ffrynt i weld a oedd rhai o gymdogion y stad o gwmpas y lle. Roedd celwydd o brynhawn wedi troi'n noson fudr, a glaw di-baid mis Hydref wedi cadw pawb call ynghudd yn eu tai. Synnai Barbara fod Lisa wedi mynnu gyrru i Gaerdydd yn y fath dywydd tra oedd y byd a'i fodryb yn argymell i bobl beidio â theithio heblaw fod rhaid. Eisiau gweld ei merch, Alaw Haf, oedd hi, meddai Dewi, ac roedd o wedi gwrthod cynnig ei wraig iddo fynd efo hi er mwyn medru dwyn ambell orig efo Babs. Roedd cyfleoedd fel hyn yn brin! Dywedodd Dewi iddo lwyddo i gyfiawnhau'r penderfyniad i'w wraig drwy ddweud bod angen rhywun i fynd i weld ei thad. Roedd Doctor Ellis yng nghartref nyrsio Afallon ar gyrion y Gilfach ers blwyddyn. Roedd dementia'n prysur ddwyn ei atgofion. Fe âi Dewi yno fory i ymweld ag o cyn i Lisa gyrraedd adre fel y gallai ddweud wrth ei wraig ei fod wedi bod i weld ei thad tra oedd hi yng Nghaerdydd.

Roedd y stryd yn ddistaw. Pawb wedi setlo ar ôl swper i wylio teledu, gobeithio. Edrychodd Barbara draw at dŷ ei chwaer-yng-nghyfraith. Doedd dim car o flaen y tŷ, diolch byth. Doedd hi ddim eisiau i Carol o bawb ei gweld. Sut fyddai hi'n egluro ei bod yn nhŷ eu ffrind, Lisa Mai, a honno yng Nghaerdydd? Ond roedd siawns go dda fod Carol, os oedd hi adre, ar y gwin ers tro ac na fyddai ganddi ddiddordeb yn yr hyn oedd yn digwydd y tu allan. Doedd

Barbara chwaith ddim eisiau gweld Glyn Foty, gŵr Carol, ac yntau'n gyd-weithiwr iddi hi yng nghanolfan Tegeirian. Glyn Foty oedd pawb yn parhau i'w alw, er mai ei frawd Paul oedd yn rhedeg Garej Foty ers i'w tad, Gwyndaf Foty, farw rai blynyddoedd yn ôl.

Rhaid cyfaddef bod dod i dŷ Dewi wedi bod yn risgi a dweud y lleiaf. Ond roedd Dewi wedi mynnu manteisio ar y ffaith fod ei wraig yng Nghaerdydd dros wyliau'r hanner tymor. Yr hyn berswadiodd Barbara yn y pen draw oedd y cyfuniad bod ei gŵr yn Aberystwyth am y diwrnod a bod ganddi gar dieithr y diwrnod hwnnw. Diolchodd yn ddistaw bach mai car cwrteisi Garej Foty oedd ganddi tra oedd ei Audi yn cael prawf MOT. Go brin y byddai neb yn debygol o'i hadnabod yn y Corsa bach coch a gafodd ar fenthyg gan Polyn Foty tan y bore. Trodd yn ôl a thaflu cusan drwy'r awyr at y plentyn mewn corff dyn ar ben y grisiau a'i glywed eto fyth yn galw, 'Paid â mynd, Babs!'

'Ti fel tiwn gron, Dewsi!' Ac ar hynny cododd gwfl ei chôt er mwyn celu rhywfaint ar ei hwyneb a sleifiodd allan drwy'r drws, i ddannedd y gwynt a'r glaw ac i mewn i'r Corsa ar waelod y dreif. Taniodd y car bach a swniai fel tractor. Byddai'n dda cael yr Audi'n ôl fory. Tynnodd ei chwfl ond estynnodd y fisor i lawr i guddio rhywfaint ar ei hwyneb, rhag ofn, a chychwyn i gyfeiriad y lôn bost o'r Gilfach yn ôl am Ryd y Garreg.

Daeth at geg y stad a gorfod arafu i adael i gar droi i mewn o'r gyffordd. Damia! Roedd y car yn gyfarwydd. BMW gwyn Glyn Foty! Doedd bosib ei fod wedi bod yn gweithio tan rŵan? Os oedd rhywfaint o stoc y Dolig wedi cyrraedd Tegeirian byddai ganddi waith clirio'r pwmpenni a chael trefn ar bopeth fory a hithau wedi cymryd prynhawn heddiw i ffwrdd. Byddai angen arwain staff y ganolfan ben bore i wirio'r stoc a'u gosod i gyd ar hyd blaenfuarth

y ganolfan arddio cyn rhuthr yr awr ginio. Byddai'r coed
Dolig smâl yn cyrraedd o fewn y dyddiau nesaf ac angen
creu'r arddangosfa liwgar fawreddog flynyddol.

Am hanner eiliad a deimlai fel oes, synhwyrai lygaid Glyn
yn syllu arni hi drwy ffenest ei gar. Cododd ei llaw i gysgodi
rhywfaint ar ei hwyneb. Oedd o wedi ei gweld hi'n iawn?
Byddai Barbara'n un go hawdd ei hadnabod fel arfer gyda'i
gwallt coch tonnog yn goron drawiadol am ei phen. Ond
gyda lwc byddai hi'n anoddach ei hadnabod heno â'i gwallt
yn wlyb. Oedd Glyn wedi ei hadnabod hi mewn car dieithr,
tybed? Oedd o wedi ei hadnabod â'r glaw yn llen? Go brin.
Ac os oedd o wedi ei hadnabod hi, wel, roedd y stori'n drwch
ar hyd canolfan Tegeirian ei fod o'n potsian efo Amanda, is-
reolwr ifanc y caffi, y tu ôl i gefn Carol. Beth oedd ei mam yn
arfer ei ddweud am 'dderyn glân yn canu'?

Trodd y car i gyfeiriad Rhyd y Garreg a'r glaw yn pistyllio
ar y ffenest. Penderfynodd fynd ar hyd y lôn gefn ddeuai
allan yn Rhyd Uchaf yn hytrach nag ar hyd y lôn bost. Roedd
hi'n llai tebygol o ddod ar draws ceir eraill ar hyd y ffordd
honno. Llai tebygol o weld rhywun oedd yn ei hadnabod hi.
Gyda lwc byddai adre mewn cwta ddeng munud. Sylwodd
ei bod hi'n fyr ei gwynt. Ceisiodd gofio egwyddorion yr
yoga y byddai'n ei ymarfer bron yn ddyddiol. Gadawodd
i'w hysgwyddau uchel ymlacio. Gollyngodd anadl hir
allan er mwyn ceisio ymlacio fymryn. Doedd dros ddeng
mlynedd o fachu cyfleoedd prin efo Dewi ddim wedi pylu'r
nerfusrwydd na'r straen o fyw celwydd. Doedd hi ddim yn
teimlo balchder am dwyllo ei gŵr na chwaith am dwyllo ei
ffrind ysgol. Roedd hi a Dewi wedi trafod sawl gwaith pa
mor amhosib fyddai iddyn nhw chwalu priodas y naill a'r
llall. Byddai cymaint o bobl yn cael eu brifo, cymaint yn eu
casáu am greu'r fath ddistryw. Gwyddai Barbara hefyd, er ei
chariad tuag at Dewi, na fyddai hi fyth yn gallu byw efo fo.

Ac er nad oedd bywyd efo Malcolm yn fêl i gyd, roedd ei theimladau tuag ato'n rhai cynnes. Fyddai hi fyth yn medru ei adael. Byddai Malcolm yn lloerig pe gwyddai am y twyll. A phwy welai fai arno?

Roedd hi a Dewi wedi gallu celu eu perthynas gudd rhag gweddill y byd cyhyd ac onid oedd hynny'n well na rhyw chwalfa ddramatig enfawr ddiangen? Doedden nhw ddim yn achosi loes i neb fel hyn. Gwyddai Barbara wrth geisio rhesymu â hi ei hun nad oedd modd mewn gwirionedd iddi gyfiawnhau'r hyn roedden nhw'n ei wneud. Ond er gwaetha'r euogrwydd enbyd, doedd dim dianc rhag y ffaith ei fod o'n rhoi hapusrwydd di-ben-draw iddi hi. Nid dim ond yn gorfforol, er mor wych oedd hynny. Roedd o'n rhoi rhywbeth ychwanegol iddi hi. Roedd o'n gwneud iddi hi wenu. Roedd o'n mynnu ei galw hi'n 'Babs' am fod yn well ganddo fo ei 'Babs' heb y 'bra'. Plentynnaidd neu beidio, roedd o'n dal i lwyddo i godi gwên. Roedd o'n gwneud iddi deimlo'n ifanc. Yn gwneud iddi deimlo'n arbennig. Yn rhoi blas iddi hi ar fyw.

Dechreuodd ei hanadl ddod yn ôl i ryw fath o drefn. I'r diawl ag unrhyw euogrwydd. Hen gysyniad henffasiwn oedd yn perthyn i'r capel oedd hwnnw. Doedd dim rhyfedd fod capeli'n cau ymhobman, ar wahân i'r Tabernacl Rhyd y Garreg, capel oedd yn mynnu cydio'n dynn yn yr hen draddodiadau er mai dim ond llond llaw fyddai'n mynychu ar foreau Sul erbyn hyn. Cofiai Barbara ei mam yn adrodd hanesion am rai merched ifanc, yng nghyfnod ei nain, gafodd eu taflu allan o'r Tabernacl oherwydd eu bod yn feichiog y tu allan i briodas. Cafodd y dynion a'u beichiogodd gadw eu haelodaeth capel. Na, doedd gan Barbara fawr ddim i'w ddweud wrth ragrith y capeli. Credai Barbara mai parhau i fynychu wnâi'r chydig ffyddloniaid er parch neu bechod dros yr hen Barchedig Lodwig Edwards oedd bownd o fod dros ei bedwar ugain oed erbyn hyn. Ond doedd Barbara ddim yn mynd ar gyfyl y capel oni bai fod yna briodas neu gynhebrwng. A doedd hi ddim yn mynd i deimlo'n euog am beidio â mynd chwaith. Euogrwydd? Roedd bywyd yn rhy fyr i hynny.

Goleuodd ei ffôn ar y sedd wrth ei hochr. Tybiai mai Dewi fyddai yno gan fod ei rif o'n dragwyddol ar osodiad tawel y teclyn bach. Daria! Petai ganddi'r Audi, byddai hi wedi gallu ateb heb orfod estyn am y ffôn. Ymbalfalodd am ei ffôn ac agor y neges. Ie, Dewi oedd yno.

> Babs. T d gadal dy Fit watch yma. Caru ti xxx

Gwenodd. Roedd o wedi mynnu ei bod hi'n tynnu ei horiawr cyn ei hudo hi efo fo i'r gawod ar ôl mabolgampau'r llofft sbâr. Roedd hi wastad wedi gwrthod caru yn ei lofft o a Lisa. Daria ei bod hi wedi anghofio ei horiawr. Byddai'n rhaid iddi bicio yno fory i'w nôl pe gallai, neu drefnu i gyfarfod Dewi'n sydyn yn y *lay-by* arferol. Doedd fory ddim yn ddelfrydol a hithau â chymaint ar ei phlât ac eisiau mynd allan efo Megan fin nos. Ond digon i'r diwrnod ...

Petai Barbara wedi peidio ag edrych ar ei ffôn, mae'n debyg y byddai popeth wedi bod yn iawn. Ond a hithau wedi tynnu ei llygaid oddi ar y ffordd am ennyd fach yn rhy hir, gwyrodd y Corsa bach ar gyflymder cynyddol i ganol y lôn. Welodd hi mo'r panig ar wyneb gyrrwr y 4x4 oedd yn dringo'r allt o'i blaen yn gwbl ddiymadferth. Welodd hi mo'r 4x4 yn gwyro i ochr arall y lôn er mwyn osgoi gwrthdrawiad. Welodd hi mo'r gornel yn dod amdani wrth i'r Corsa bach coch blymio ben i waered i'r ffos wlyb gerllaw.

Bu farw Barbara yn y fan a'r lle.

Carol

Roedd hi wedi bod yn ddiwrnod arall anodd. Y plant ym meithrinfa Babis y Fron wedi bod yn anodd. Ambell aelod o'r staff wedi bod yn anodd. Rhieni anodd yn hwyr yn dod i gasglu'r plant anodd. Mab-yng-nghyfraith anodd oedd yn flin fel tincar gan i'w gaeau rwdins fod yn ddwrlawn ac yn wlyb sopen. Roedd hyd yn oed Delyth wedi bod yn anodd y diwrnod hwnnw wrth wgu ar ei mam yn y feithrinfa pan ddaliodd hi'n pendwmpian ar un o'r cadeiriau. Er mai dim ond 52 oedd hi, teimlai Carol ei bod hi'n dechrau mynd yn rhy hen i weithio fel hyn. Roedd y menopôs wedi dechrau dweud arni hi a'r unig bleser a gâi bellach oedd glasiad bach o win bob hyn a hyn. Roedd y cyfan o dan reolaeth ganddi hi felly doedd hi ddim yn gwybod beth oedd y ffỳs pan aeth ei merch yn flin efo hi o weld bod ganddi botel fach o win ar ei hanner yn ei bag. Ceisiodd Carol wneud jôc fach o'r peth, ond doedd dim yn tycio. Faint o weithiau y clywodd hi'r gair 'cyfrifoldeb' wrth i Delyth bregethu am bwysau'r cyfrifoldeb o warchod plant pobl eraill. Y gwir oedd nad oedd Delyth yn gwybod ei hanner hi. Doedd ganddi hi ddim syniad pa mor lwcus oedd hi yn priodi Siôn Rwdins, mab fferm Penyrhiw, cael addasu hen feudy'n feithrinfa lewyrchus a chael creu ei hincwm ei hun. Mor fach oedd unrhyw bryderon a gawsai Delyth o'u cymharu â'i rhai hi. Doedd dim angen iddi hi orymateb fel hyn.

Ochneidiodd Carol wrth setlo yn y car ar fuarth Penyrhiw gan ysgwyd y diferion glaw o'i gwallt brith.

Tynnodd y band lastig yn dynnach er mwyn ceisio cadw trefn ar gynffon ei gwallt. Arferai ymfalchïo yn y ffaith fod ei gwallt hir du yn sgleinio, ond ers iddo ddechrau britho doedd dim llewyrch arno o gwbl. Câi ei themtio i'w dorri'n gwta, ond y munud y gwnâi hynny, gwyddai na fyddai yna ddim troi'n ôl. Fuodd hi ddim mor lwcus â'i brawd a'i chwaer yn etifeddu gwallt du cyrliog eu tad. Gwallt ei mam ac Anti Sydna gafodd hi. Gwallt du fel inc, ond gwallt tenau cyn sythed â phren mesur. Pan oedd hi'n blentyn, credai'n siŵr bod holl nerth ei mam wedi mynd wrth eni Malcolm a Linda ac nad oedd ganddi'r nerth wrth ei geni hi i roi cyrlen yn ei gwallt. Ceisiodd gofio'r plentyn fuodd hi. Ond roedd honno wedi diflannu gyda'i chwaer fawr.

Seiniodd ping ei ffôn bach. Megan Stevens eto yn gofyn a hoffai 'Lorac' fynd am ddiod i rywle gan ei bod hi adre yn Rhyd y Garreg am chydig ddyddiau. Diffoddodd Carol y ffôn. Doedd hi'n ddim ffit i neb fynd allan mewn ffasiwn dywydd. Doedd hi ddim llawer o awydd gweld neb. Y gwir oedd ei bod hi, ers y Cyfnod Clo, wedi mynd i'r arfer o aros yn y tŷ. Doedd hi ddim eisiau mynd allan. Doedd hi ddim eisiau gweld neb. Doedd hi ddim eisiau cyfarfod Megan a gorfod gwrando arni hi'n canu ei chlodydd ei hun ac yn siarad yn ddi-baid am ei gyrfa a'r holl bobl enwog roedd hi wedi gweithio efo nhw. Bu Huw Edwards yn un o'i chyd-weithwyr hi. Fyddai hi'n clodfori hwnnw bellach ac yntau wedi ei ddedfrydu gan lys barn?

Edrychodd Carol o'i chwmpas i wirio nad oedd Delyth yn un o ffenestri'r feithrinfa yn ei gwylio. Dim ond un o bwmpenni'r fferm oedd yno'n gwenu ei wên erchyll arni hi drwy'r ffenest. Diolchodd fod y glaw diddiwedd yn glogyn a chymerodd ddracht bach o'r gwin yn ei bag fel tamaid bach i aros pryd. Roedd y gwin wedi cynhesu yn ei bag ond roedd blas mwy arno a phenderfynodd orffen gweddillion y botel yn gyflym. Doedd chwarter potel o win yn dda i ddim i neb ac roedd hi'n haeddu drinc ar ôl diwrnod mor brysur. Llwyddai'r gwin i sadio rhywfaint ar ei nerfau hi. I'r diawl ag unrhyw un fyddai'n pregethu dirwest wrthi hi.

A hithau wedi mynd fymryn yn nerfus o yrru car, byddai weithiau, os oedd y tywydd yn ffafriol, yn cael lifft gan ei gŵr pan oedd o ar ei ffordd i'w waith. Byddai Glyn yn anelu i gyrraedd canolfan Tegeirian erbyn wyth bob bore. Credai ei bod hi'n bwysig iddo fel is-reolwr ddangos esiampl i weddill y staff drwy gyrraedd yn brydlon bob bore. Rhoddai hynny gyfle i Carol ladd amser drwy gerdded wedyn i fyny i Ryd Uchaf o Degeirian i gyrraedd meithrinfa ei merch mewn da bryd i dderbyn rhai o'r plantos fyddai'n cael eu gollwng yno gan rieni ar eu ffordd i'w gwaith. Roedd y cerdded yn un o'r chydig bethau a wnâi Carol i drio colli rhywfaint ar y bloneg oedd yn mynnu lledu'n deiar o gwmpas ei bol ers dechrau'r menopôs. Wyddai hi ddim faint o wahaniaeth wnâi'r cerdded mewn gwirionedd, ond roedd o'n gyfle hefyd i glirio rhywfaint ar ei phen ar ôl yfed y noson cynt.

Bob tro y cerddai hi o Degeirian i fyny at fferm Penyrhiw, byddai'r hen dderwen yn y pellter yn mynnu ei sylw. Er mai brith gof o'i mam oedd ganddi, cofiai hi'n dweud wrthi hi i beidio byth â cherdded ar ei phen ei hun i fyny i gopa'r Fron. Doedd hi ddim yn saff i hogan fach gerdded i fyny'r llwybrau drwy'r gors ac i fyny at y dderwen heb oedolyn efo hi. Doedd wybod pa fwystfil fyddai'n barod i fanteisio ar hogan fach ar ei phen ei hun. Ond gwyddai Carol ei bod hi ganmil saffach ar gopa'r Fron nag yn unman arall. Yn ei chartref hi roedd y bwystfil.

Doedd Carol ddim wedi mentro cerdded i Benyrhiw ers bron i bythefnos gan fod y tywydd wedi bod mor wlyb a gwyntog drwy'r hydref a rŵan, a hithau bron yn Dachwedd, roedd rhybuddion am storm arall yn llenwi'r newyddion.

Mwy o law a mwy o lifogydd. Roedd eisiau gras ac roedd eisiau rhywbeth i godi calon a glasiad o Pinot oedd hwnnw. Taniodd Carol y car a throi o Benyrhiw ar hyd lôn gefn Rhyd y Garreg i gyfeiriad y Gilfach. Deng munud arall ac fe gâi hi agor y botel oedd yn disgwyl amdani hi yn yr oergell. Bob nos byddai'n agor potel o win gan addo iddi hi ei hun na fyddai'n agor un arall. Ond methu a wnâi bob nos.

A dyma hi rŵan ar ôl diwrnod anodd, ar ei ffordd adre mewn tywydd anodd at ŵr anodd. Roedd Glyn wedi pellhau oddi wrthi ers rhai blynyddoedd. Dim bod eu priodas wedi bod yn un ramantus iawn o'r dechrau. Chwant a'u denodd nhw at ei gilydd. Priodi o raid wnaethon nhw a Delyth mewn gwirionedd a'u cadwodd nhw efo'i gilydd. Roedd hi'n hogan fach annwyl yn blentyn a'i phlant hithau bellach yn cadw'r cwlwm brau rhyngddi hi a Glyn rhag datod yn llwyr. Liam a Lowri oedd yr wyrion perffaith a'r ddau yn adran fabanod Ysgol Gynradd Rhyd y Garreg o dan arweiniad un o'i ffrindiau bore oes, Lisa Mai, er mai'n anaml iawn fyddai Carol yn gweld Lisa rŵan serch eu bod yn byw ar yr un stad dai yn y Gilfach.

Na, doedd gan Delyth ddim syniad pa mor lwcus oedd hi. Fu dim rhaid iddi hi boeni am ddim. Cawsai ddechreuad cymaint haws i'w bywyd na hi. Bu Carol yn ceisio ymgodymu â hi ei hun ers pan oedd hi'n naw oed. Bu'n ceisio ffeindio ffordd o ffitio i mewn rywsut gan ei bod hi'n teimlo ei bod hi wastad wedi bod ar y cyrion. Wyddai hi ddim sut i ddisgrifio'i sefyllfa tan ddwy flynedd yn ôl, pan ddywedodd Malcolm wrthi fod Linda wedi marw. A dweud hyn wrth basio, fel 'tae o fawr o bwys a hithau wedi bod yn crefu ers dros ddeugain mlynedd i wybod rhywbeth am y chwaer fawr a ddiflannodd ar ôl marwolaeth eu tad. Roedd hi'n dal i gorddi wrth feddwl am y peth. Faint o weithiau dros y blynyddoedd y gwnaeth hi bob math o addewidion y byddai hi'n cysegru ei hun i Dduw, os oedd o'n bod, petai o'n dod â Linda'n ôl adre? Nid gwrthod gwrando wnaeth Duw. Gwyddai bellach nad oedd Duw yn bod. Naw wfft i grefydd ac i gapel y Tabernacl a'i holl gelwyddau. Wrth dderbyn bod ei chwaer wedi marw, gwyddai Carol fod yna ran fach ohoni hithau wedi marw hefyd.

Gwyddai Carol fod Malcolm ac Anti Sydna wedi celu pob gwybodaeth am Linda oddi wrthi ac roedd gwybod hynny'n ei bwyta hi'n fyw. A'r adeg honno, ddwy flynedd yn ôl, pan gafodd wybod i sicrwydd na châi fyth weld Linda eto, y gwawriodd arni hi beth yn union oedd ei chyflwr. Roedd o'n syml. Roedd o'n glir fel grisial. Y gwir plaen oedd ei bod hi'n unig. Yn arteithiol o unig. Roedd hi wedi trio popeth i guddio hynny, ac roedd yr ymdrech i gelu pob dim wedi ei blino'n lân. Linda oedd yr unig un oedd wedi ei deall hi, neu o leiaf smalio ei deall hi. Ac wedyn, ar ôl cynhebrwng ei thad, gadawodd Linda heb air o eglurhad. Doedd dim synnwyr yn y peth. Linda oedd ei hangor hi. A dyna pryd y stopiodd Carol ddeall. Stopiodd Carol ddeall pobl. Deall bywyd. Bu marwolaeth ei mam yn drobwynt. Bu ymddygiad ei thad yn drawma. Ond bu ymadawiad ei chwaer yn frad. Ac wedyn, fel 'tae hynny ddim wedi bod yn ddigon, dyna Malcolm yn diystyru ei hangen dybryd hi i gael cyswllt neu o leiaf wybod am leoliad neu gyflwr iechyd ei chwaer tan ei bod hi'n rhy hwyr. Doedd ryfedd ei bod hi'n unig. Doedd ryfedd ei bod hi angen cysur y botel win bob hyn a hyn.

Pan ddiflannodd Linda o'u bywydau adeg eira '82, daeth Anti Sydna i Dan y Dderwen i edrych ar ei hôl a gosod Ffridd Bella i denantiaid. Tybiai Carol fod Linda wedi trefnu hynny efo'i modryb cyn mynd i ble bynnag yr aeth hi, gan i'r busnes o drefnu tenantiaid a symud ati hi ddigwydd yn sydyn a didramgwydd, o'r hyn fedrai hi ei gofio. Cynllwyn oedd y cyfan. Doedd hi ddim yn dwp. Gwyddai Carol fod

Anti Sydna'n gwybod mwy nag oedd hi'n fodlon ei ddatgelu. Ac am hynny roedd Carol yn ei chael hi'n anodd maddau iddi hi. Oedd, roedd Anti Sydna'n ddigon clên – ond dim hi oedd Carol eisiau. Byddai hyd yn oed cael ei thad yn ôl wedi bod yn well na hyn. Doedd hi ddim eisiau cael ei magu gan hen ferch. A fyddai gan Malcolm ddim llawer i'w ddweud wrthi hi chwaith ar yr adegau prin pan ddeuai adre o'r coleg. Brawd mawr nad oedd yn frawdol o gwbl.

Ceisiodd Carol holi ei brawd sawl gwaith dros y blynyddoedd am Linda. Pam ei bod hi wedi eu gadael nhw? I ble'r oedd hi wedi mynd? Ond atebion swta fyddai hi'n eu cael: ei bod hi wedi mynd draw i fyw i ochrau Wrecsam ynghyd â rhyw lol bod eu chwaer nhw'n hunanol ac mai gwell fyddai anghofio amdani. Doedd Linda ddim eisiau gwybod amdanyn nhw felly i beth oedd eisiau iddyn nhw wybod dim amdani hithau? Fu Malcolm yn fawr o gysur na chymorth i Carol. Ar ôl graddio, arhosodd ym Manceinion i ddechrau gweithio a ddaeth o ddim yn ôl i Ryd y Garreg am bron i bedair blynedd arall wedyn. Yr adeg honno, cyn diwedd yr 80au, dechreuodd Malcolm weithio fel cyfrifydd ac yna fel rheolwr busnes i Morus Tegeirian a syrthio dros ei ben a'i glustiau mewn cariad efo'i ferch. Roedd bywyd wedi bod yn ddigon caled i Barbara gan i'w mam, Delia Owen, gael strôc fawr yn ifanc. Bu farw ei mam a'i thad o fewn dwy flynedd i'w gilydd. Ynghanol y trybini hwnnw y gwerthfawrogodd Barbara law gadarn Malcolm ar y busnes a'i ofal tyner drosti. Do, bu Malcolm yn gefn i Barbara wedi iddi golli ei rhieni a'i phriodi hi maes o law gan gyflawni ei nod fawr o fod yn rhywun.

Yn y cyfamser, tra oedd ei brawd yn mwynhau ei statws fel arglwydd ar deyrnas lewyrchus Tegeirian, roedd hi, Carol, yn gorfod dyfalu beth oedd wedi digwydd i'w chwaer. Doedd hyd yn oed Anti Sydna ddim yn gwybod beth oedd hanes Linda, neu'n smalio nad oedd hi'n gwybod. Gwyddai Carol iddi fod yn blentyn anodd ei gwarchod. Ond roedd hi wedi cael llond bol ar geisio plesio pawb. Cofiai fel y bu'n rhaid iddi hi geisio plesio ei thad. Ond bob tro y cofiai am yr adegau yna, gwthiai'r atgofion mor bell yn ôl ag y gallai. Weithiau deuai oglau sigaréts neu wisgi â'r cyfan yn ôl. Roedd rhai pethau nad oedd hi'n werth ailymweld â nhw. Ac roedd hi'n casáu eira â chas perffaith. Byddai unrhyw bluen eira'n ei hatgoffa o'r cyfnod du hwnnw yn ei phlentyndod. Ac er iddi geisio cofio ei mam, roedd yr atgofion amdani hi wedi dechrau troi'n niwl. Yr unig ddelwedd oedd yn glir oedd honno o Falmai Pritchard yn gorff yn ei gwely'r bore y daeth ei chwaer i'w llofft i ddweud wrthi hi'n dawel fod eu mam annwyl wedi marw'n ystod y nos.

Mae'n debyg mai cyfuniad o'r helyntion yma oedd i gyfri iddi hi fynd 'off y rêls', fel y disgrifiai Anti Sydna ei hymddygiad, pan oedd hi yn ei harddegau. Dywediad plagus arall a ddefnyddiai Anti Sydna oedd ei bod hi'n bechod bod 'Carol fach wedi dechrau cymysgu efo rhyw hen garidýms'. Un o'r caridýms hynny, chwedl Anti Sydna, oedd Glyn Foty. Roedd o chwe blynedd yn hŷn na Carol ac yn un o'r criw fyddai'n prynu diodydd iddi hi a rhai o'i ffrindiau pan fyddai Trefor Lion yn dewis peidio sylwi ar rai o'r genod oedd o dan oed fyddai'n fflyrtio efo'r hogiau hŷn yng nghefn y bar.

Trodd ambell beint yn snog yn iard gefn y Lion a fesul dipyn yn fyseddu o dan ddillad. Dyna pryd y dechreuodd Carol wisgo dillad fyddai'n hwyluso'r ffordd i Glyn gael mynediad i'w rhannau cudd a'i modryb yn dwrdio o'i gweld 'yn mynd allan yn gwisgo'r nesa peth i ddim! Lle mae dy urddas di wedi mynd?' Cofiai Carol un noson yn benodol pan wisgodd un o hen siacedi siwt ei thad dros ei sanau duon *fish net*. Chwarddodd pan gystwyodd Anti Sydna hi am 'edrych yn gomon'. Oedd siaced siwt y prifathro'n 'gomon'? A phrun bynnag, trio edrych fel Madonna oedd ei bwriad hi a dyna Anti Sydna'n dweud fel ergyd o wn mai trio bod yn hi ei hun y dylai hi wneud. Fedrai Carol ddim cyfaddef wrth ei modryb nad oedd hi'n gwybod yn iawn pwy oedd hi ei hun. Ond gwyddai ei bod hi'n mwynhau'r sylw a gawsai gan Glyn. Wrth gusanu, gallai synhwyro'r rhwystredigaeth yn ei wefusau barus, ac o dipyn i beth dechreuodd ddiwallu ei awch amdani gan adael iddo fynd fymryn pellach bob tro.

Gwyddai Carol wrth weld llygaid Glyn yn agor led y pen pan gerddodd i mewn i'r Lion y noson honno ei fod yn gwerthfawrogi'r diffyg dillad. Gwyddai hefyd ei fod yn awchu i gael gwybod beth oedd ganddi, neu beth nad oedd ganddi, o dan siaced dywyll ei thad. Cofiai Ned Rwdins, un o feibion fferm Penyrhiw, yn galw arni hi dros y bar, gan gyfeirio at Glyn: 'Hei, Carol! Mae'r dipstic yma jest â marw isio tsiecio dy olew di!' a phawb yn chwerthin dros bob man. Ar yr adegau hynny teimlai Carol fod ganddi bŵer rhyfedd drosto a dechreuodd fagu blas am y pŵer hwnnw. Hi oedd yn rheoli tan i'r ddiod fynd yn drech na hi ac wedyn Glyn fyddai'n rhedeg y sioe. Byddai Glyn yn hael iawn yn prynu un fodca ar ôl y llall iddi hi nes bod ei phen hi'n troi a'r byd i gyd yn ffair. Ni fu'n fawr o dro cyn i Glyn ei thywys o gefn y Lion i gefn un o geir Garej Foty a hynny'n datblygu wedyn yn rhyw blêr yn offis ddi-drefn y garej. Weithiau byddai'r profiad yn un niwl fore trannoeth ond roedd Glyn wastad yn ffeind efo hi. Roedd Glyn wastad yn awyddus iddi hi fwynhau ei hun. Roedd y nosweithiau cynnar hynny efo Glyn yn un chwrligwgan o ddihangfa bleserus.

Gwta fis cyn iddi gyrraedd ei dwy ar bymtheg oed, dechreuodd Carol amau ei bod hi'n disgwyl. Siŵr mai dyna oedd i gyfrif am y ffaith i'w bronnau dyfu'n falŵns poenus. Roedd hi wedi colli cownt ar bryd y cafodd hi ei mislif diwethaf a wyddai hi ddim sut i gael prawf i ffeindio allan. Wyddai hi ddim beth i'w wneud nac at bwy i droi. Petai Linda'n dal i fyw yn Rhyd y Garreg, byddai hi fel nyrs wedi gallu ei helpu. Ond roedd honno wedi ei bradychu. Meddyliodd am siarad efo'i ffrind a'i chymydog, Megan. Ond roedd honno â'i thrwyn mewn llyfr byth a beunydd neu'n sgwennu storis. Fyddai ganddi ddim syniad sut i'w helpu hi. Meddyliodd am siarad efo chwaer Megan a ffrind gorau Linda pan oedden nhw'n iau. Roedd Sharon newydd ddechrau gweithio yn y fferyllfa yn y Gilfach. Ond roedd Sharon yn briod efo Paul Foty, brawd Glyn, erbyn hynny. Byddai siarad efo hi am hyn yn embaras llwyr. Rhoi ei phen yn y tywod wnaeth Carol felly am chydig wythnosau tan i Anti Sydna ddyfalu bod mwy i'r cyfogi boreol na rhyw hen salwch parhaus. Yr hyn na wyddai Carol oedd bod Anti Sydna wedi bod yn fan hyn o'r blaen.

Roedd pethau wedi mynd yn rhy bell i drefnu cael erthyliad ac o fewn dim roedd Anti Sydna wedi rhoi gwŷs i Glyn Foty ddod draw i Dan y Dderwen i'w gweld. A'r peth nesaf, er syndod i bawb, oedd priodas fach ddistaw yn swyddfa gofrestru'r Gilfach. Doedd ganddyn nhw ddim modd i fynd ar fis mêl ffansi ac felly gofynnodd Carol am gael mynd am ddwy noson i Wrecsam. Fedrai Glyn ddim deall pam Wrecsam o bob man. Ddywedodd Carol ddim wrtho ei bod hi'n amau mai i ochrau Wrecsam roedd ei chwaer Linda wedi symud. Fe wnâi unrhyw beth i weld ei chwaer eto a gadael iddi wybod ei bod yn briod efo Glyn Foty ac yn disgwyl ei blentyn.

Ymhen chydig fisoedd wedyn, ganwyd Delyth. Cawsant fyw yn deulu bach yn Nhan y Dderwen ac aeth Anti Sydna'n ôl i Ffridd Bella ar ôl dros saith mlynedd go gythryblus fel gwarchodwraig i'w nith. Roedd Malcolm a Barbara wedi priodi chydig cyn hynny ac fe gynigiodd Malcolm swydd i Glyn yn Nhegeirian. Gwnaeth ffafr fawr ag o mewn gwirionedd gan roi peth sicrwydd ariannol iddyn nhw gan fod Glyn dros y blynyddoedd wedi dringo drwy'r cwmni a'i benodi'n is-reolwr Canolfan Arddio Tegeirian.

Flynyddoedd yn ddiweddarach, ar ôl clywed am farwolaeth Linda, mynnodd Carol ei bod hi a Glyn yn symud o Ryd y Garreg i'r Gilfach. Roedd Delyth wedi ymgartrefu ym Mhenyrhiw. Doedd dim diben cadw gafael ar Dan y Dderwen bellach. Roedd Carol wedi aros yn Nhan y Dderwen am yr holl flynyddoedd yn gobeithio y byddai Linda'n ymddangos ar stepen y drws ryw ddiwrnod. Ond gydag iddi ddeall na fyddai hynny fyth yn digwydd, ceisiodd Carol werthu 3 Tan y Dderwen, Rhyd y Garreg er mwyn iddyn nhw symud i'r Gilfach. Cafodd drafferth gwerthu'r tŷ ac felly fe'i rhoddodd ar rent gan greu incwm bach iddi hi ei hun tan iddi werthu'r tŷ maes o law i Eira Lion. Cafodd gau'r drws ar yr hen gartref a gadael y pentref. Doedd ganddi fawr i'w ddweud wrth Ryd y Garreg. Roedd gormod o ysbrydion y gorffennol yno'n ei blino'n barhaus.

Meddwl am y pethau yma roedd Carol ynghyd â chrefu i gael cyrraedd adre i arllwys gwydraid go fawr o win iddi hi ei hun pan welodd gar bach Corsa coch yn dod tuag ati hi yn y glaw ar ganol yr allt. Roedd y car yn gwyro i ganol y lôn. Be ffwc oedd ar y ddynes oedd yn gyrru ati hi? Canodd Carol gorn y 4x4 a thrwy lwc mwnci llwyddodd i osgoi'r car bach drwy lithro i ochr y lôn. Ond doedd dim gwaredigaeth i'r Corsa. Er i bopeth ddigwydd o fewn mater o eiliadau, teimlai'r cyfan fel *slow motion* mewn ffilm. Plymiodd y car bach coch ar ei ben i'r ffos ger afon y Garreg. Daeth Carol i stop. Roedd ei migyrnau'n wyn a chydiai'n dynn yn y llyw a'i chalon yn ei gwddw. Cael a chael fu hi iddi beidio â chael gwrthdrawiad angheuol. Roedd y glaw yn parhau i saethu bwledi gwlyb. Daeth Carol allan o'r car yn sigledig a chroesi'n simsan draw i'r ffos drwy'r ddrycin. Edrychodd ar y car oedd yn chwilfriw a phlygodd i geisio gweld a oedd y gyrrwr yn iawn. Bu bron iddi â neidio o'i chroen pan welodd lygaid llonydd Barbara Pritchard yn syllu arni'n ddifywyd ben i lawr.

Rhedodd yn ôl i'w char wedi'i dychryn am ei bywyd ac yn bwriadu ffonio'r heddlu pan gofiodd ei bod hi wedi bod yn yfed gwin. *Shit.* Ceisiodd ffonio Glyn. Ond doedd dim signal ar y darn hwn o lôn gefn Rhyd y Garreg. Roedd ei chorff hi'n gryndod i gyd a chwys oer ar ei thalcen. Roedd hi angen diod. Taniodd y car cyn bod neb arall yn pasio a gweld y gyflafan. Wedi dweud hynny, roedd y Corsa wedi gwyro ddigon oddi ar y lôn i rywun beidio â sylwi arno'n syth. Fe âi hi adre a ffonio'r heddlu o'r tŷ ar ôl cael gair efo Glyn. Byddai Glyn yn ei helpu. Efallai y gallai Glyn ffonio drosti hi. Doedd hi ddim wedi gwneud dim byd o'i le. Byddai'r Corsa wedi plymio i'r ffos beth bynnag. Ond fedrai hi ddim riportio'r hyn roedd hi newydd dystio iddo a hithau â rhywfaint o alcohol yn ei gwaed. Gyrrodd yn ei blaen mor ofalus â phetai'n ddiwrnod ei phrawf gyrru.

Barbara Tegeirian. Ei ffrind ysgol. Barbara Tegeirian. Ei chwaer-yng-nghyfraith. Barbara Tegeirian. Roedd Barbara Tegeirian wedi marw.

Paul Foty

Mynd drwy anfonebau'r garej ar fwrdd cegin Ffridd Ganol roedd Paul Foty pan ganodd ei ffôn. Gwelodd enw Glyn ei frawd a phenderfynodd ei ffonio'n ôl yn hwyrach gan ei fod yn awyddus i gwblhau'r dasg o'i flaen fel y gallai fwynhau cwmni ei ŵyr. Robin bach oedd cannwyll ei lygad. Anwybyddodd yr alwad a throi'n ôl at ei waith. Roedd ei gyfrifydd wedi argymell iddo ddechrau cael trefn ar waith papur y garej cyn bod angen cyflwyno'r cyfrifon ym mis Ionawr. Er bod bron i dri mis tan ddiwedd Ionawr, byddai Sharon yn dathlu ei phen-blwydd yn chwe deg ganol Ionawr ac roedd y ddau wedi trefnu gwyliau arbennig ym Mauritius. Teimlai'n ddigon hyderus y gallai eu mab Emrys ofalu am y garej am bythefnos gyda help Tom, prif beiriannydd Garej Foty. Doedd mis Ionawr ddim yn adeg neilltuol o brysur iddyn nhw. A phrun bynnag, roedd Emrys a Helen yn mynd ar wyliau'n ddigon aml gan adael Robin bach i aros efo Nain a Taid Foty. Nid ei fod o na Sharon yn cwyno. Roedden nhw wrth eu boddau'n cael Robin i aros efo nhw yn Ffridd Ganol.

Doedd dim angen iddo fo na Sharon deimlo'n euog am gymryd gwyliau. Chydig iawn o wyliau oedden nhw wedi'u cael dros y blynyddoedd gan fod y garej yn llyncu ei amser. Bu Sharon yn amyneddgar efo fo, chwarae teg iddi, a chawsai hi o leiaf un gwyliau tramor hir efo'i chwaer Megan bob blwyddyn, os gellid tynnu honno o'i gwaith yng Nghaerdydd. Ond gwyddai Paul mai ei dro fo oedd mynd efo Sharon a hithau'n wynebu pen-blwydd go fawr. Gwnâi les i'r ddau gael gwyliau go iawn efo'i gilydd ac yn dawel bach roedd o'n edrych ymlaen at wneud dim, er bod hynny fel arfer yn groes i'r graen iddo. Rhwng ei waith o yn y garej a'i gwaith hithau ym mhrif fferyllfa'r Gilfach, roedd y ddau ohonyn nhw'n brysur beunydd. Ond doedd ganddyn nhw ddim lle i gwyno. Roedd bywyd yn dda.

Prif ofid Sharon oedd pwy fyddai'n cadw golwg ar ei mam i fyny yn Nhan y Dderwen tra bydden nhw ym Mauritius. Pur anaml y deuai ei chwaer fach yn ôl adre gan ei bod hi'n byw i'w gwaith fel newyddiadurwraig yn y brifddinas. Roedd Rhiannon Stevens yn ddigon abl i edrych ar ôl ei hun, dim ond i rywun nôl neges iddi bob hyn a hyn gan iddi benderfynu rhoi'r gorau i yrru car ar ôl colli ei gŵr, Meurig, chydig dros flwyddyn ynghynt. Roedden nhw'n ffodus fod Eira Lion yn byw yn 3 Tan y Dderwen a hithau'n blismones. Byddai Eira'n bownd o gadw golwg bod Rhiannon Stevens yn iawn. Byddai Emrys a Helen hefyd yn siŵr o bicio i'w gweld a nôl neges iddi tra bydden nhw ym Mauritius. Ond doedd dim angen iddyn nhw boeni. Roedd Megan wedi glanio yn Rhyd y Garreg yn ddirybudd neithiwr i aros efo'i mam am rai dyddiau. Wyddai o na Sharon beth yn union oedd bwriad yr ymweliad annisgwyl diweddar yma, ond rhyddhad oedd clywed Megan yn dweud wrth Sharon neithiwr na fyddai'n ddim problem iddi ddod at ei mam am y pythefnos y bydden nhw ar eu gwyliau. Roedd ganddi hi waith y gallai hi ei wneud yn Rhyd y Garreg ac roedd angen iddyn nhw fwynhau Mauritius. Nid bob dydd roedd rhywun yn 60 oed. Wrth glywed y glaw yn torchi'i lewys go iawn wrth chwipio ffenest Ffridd Ganol y noson honno, roedd hi'n anodd i Paul ddychmygu bod ar draethau gwyn yn torheulo a hithau'n dywydd mor ofnadwy y tu allan.

Edrychodd dros ei ysgwydd a gwenu wrth weld Robin ar ei glustffonau'n chwarae gêm Mario Kart drwy Nintendo Switch. Lled-orweddai ei ŵyr ar y soffa yn goesau i gyd.

Er mai dim ond ym mlwyddyn 5 roedd Robin yn Ysgol Rhyd y Garreg, fo oedd y talaf yn yr ysgol o dipyn. Roedd rhai o'r to hŷn wedi dechrau ei alw'n 'Polyn Junior'. Roedd y creadur wedi etifeddu taldra ei daid a'i dad yn ogystal ag addfwynder ei nain. Hen hogan iawn oedd ei fam o hefyd. Roedd Helen yn gaeth i amserlen gwyliau ysgol a hithau'n athrawes yn Ysgol Uwchradd y Gilfach ac felly roedd hi ac Emrys wedi cymryd mantais o'r hanner tymor hwn i fynd i Lundain am ddwy noson i ddathlu degfed pen-blwydd eu priodas. Gobeithiai Paul na fyddai'r tywydd gwael yn amharu ar ddathliadau ei fab a'i ferch-yng-nghyfraith. Edrychodd ar gloc y gegin a gweld ei bod hi'n tynnu am hanner awr wedi saith. Dylai Sharon fod adre o gampfa'r Gilfach o fewn yr hanner awr nesaf. Er ei bod hi'n fedrus iawn y tu ôl i'r llyw, doedd Paul ddim yn licio meddwl amdani hi'n gyrru mewn tywydd mor arw.

Yr un fyddai'r tywydd fory yn ôl y rhagolygon a mwy o stormydd geirwon ar y ffordd. A hithau'n hanner tymor, byddai Robin yn gorfod mynd i Babis y Fron i 'helpu' Delyth gan y byddai Sharon yn gorfod gweithio yn y fferyllfa ben bore trannoeth. Roedd Delyth yn berson abl iawn. Tybiai Paul ei bod hi wedi gorfod tyfu fyny'n sydyn pan oedd hi'n iau. Dyna mae plant i riant sy'n cael cysur o waelod poteli'n gorfod ei wneud. Gwyddai Paul nad oedd Robin yn hoff o orfod mynd i'r feithrinfa ac yntau'n gymaint hŷn na'r babis. Ond byddai ei rieni yn ôl o Lundain erbyn canol pnawn ac roedd ei fam wedi addo mynd â fo i weld Mam-gu a Tad-cu Sir Benfro cyn diwedd yr hanner tymor. Byddai'n rhaid i Emrys aros yn Rhyd y Garreg. Hyn a hyn o wyliau y gellid eu cymryd o'r garej ac roedd hi'n brysur ar y busnes gyda'r tywydd gwael yn creu hafoc i geir amryw o'u cwsmeriaid. Cyfrai Paul ei fendithion fod ganddo fab oedd yn rhannu ei ddiléit o mewn ceir ac yn un y gallai drosglwyddo'r busnes iddo pan ddeuai'r amser iddo gamu'n ôl ac ymddeol. Chwarddodd wrth feddwl beth fyddai ymateb Sharon i'r fath sylw. Ymddeol? Go brin y gallai Polyn Foty fyth ollwng gafael ar y garej yn gyfan gwbl.

Daeth sŵn gwich ei negeseuon testun. Glyn eto:

Ffonia fi!

Crychodd Paul ei dalcen. Fyddai ei frawd fyth yn tecstio gorchmynion iddo. Rhaid bod rhyw fater brys. Oedd Carol wedi disgyn ac wedi brifo? Gwyddai Paul fod ei chwaer-yng-nghyfraith yn gandidêt am ddamweiniau a hithau mor hoff o'r botel. Oedden nhw wedi ffraeo eto? Doedd gan Paul fawr o amynedd efo hyn, ond gosododd ei gyfrifiannell ar y bwrdd, cydio yn ei ffôn a ffonio ei frawd. Chafodd o ddim cyfle i ddweud dim gan i'w frawd ateb yn syth bin a gofyn yn daer, 'Wyt ti ben dy hun?'

Robin

Edrychodd Robin ar gloc y gegin. Roedd y bys mawr ar chwech a'r bys bach ar saith. Dylai Nain fod adre o'r gampfa cyn bo hir ac roedd o am drio ei pherswadio i adael iddo aros adre ar ben ei hun fory tan ddeuai ei rieni'n ôl o Lundain. Mi fyddai o'n iawn. Doedd o ddim eisiau mynd i Babis y Fron. Fo fyddai'r plentyn hynaf yno. Doedd o ddim yn meindio Delyth ond roedd Anti Carol yn mynd ar ei nerfau wrth ei drin fel babi bach. Doedd o ddim eisiau gorfod gwylio *Cyw* drwy'r dydd. Roedd o eisiau gwylio *Stranger Things*. Ond doedd fiw iddo fo sôn am hynny neu mi fyddai Anti Carol jest yn chwerthin yn nawddoglyd ac yn dweud nad oedd o'n ddigon hen i edrych ar bethau fel'na. Doedd o ddim yn addas. Doedd Robin ddim yn meddwl mai ei lle hi oedd barnu beth oedd yn addas neu beidio. Dim hi oedd ei fam o. Doedd hi ddim yn anti go iawn iddo fo chwaith – jest wedi priodi brawd Taid. Roedd hi'n embaras.

Roedd Robin wedi cwblhau'r gêm ac wedi ychwanegu at ei sgôr. Tynnodd un ochr o'i glustffonau gan fwriadu gofyn i'w daid am ddiod, ond gwelodd fod hwnnw ar y ffôn â golwg flin arno. Roedd ar fin rhoi'r clustffonau'n ôl am ei glustiau ac ailafael yn y gêm ond parodd y pryder a'r brys yn llais ei daid iddo oedi am ennyd a synnodd wrth ei glywed yn sibrwd:

'Be ti'n feddwl "mae hi wedi marw" ...? Ocê, ocê ... Blydi hel ... Ocê. Cŵl-down ... Dwi'm yn mynd i guddio marwolaeth – no-wê ... Ocê. Be ddigwyddodd ...? *Shit.* Faint mae hi wedi yfed ...? Ocê. Ond doedd 'na ddim gwrthdrawiad ...? Be ydi'r broblam felly ...?'

Sylwodd Paul fod ei ŵyr yn edrych arno a brasgamodd o'r gegin i'r cyntedd i barhau â'r sgwrs. Ond erbyn hyn roedd Robin wedi tynnu'r clustffonau'n gyfan gwbl a gallai glywed y cyfan a gweld ei daid yn troedio'n ôl ac ymlaen yn y golau drwy'r crac rhwng y drws a'r wal. Gwelai ei daid yn y cyntedd yn cribo ei fysedd drwy ei wallt brith drosodd a throsodd. Roedd hynny fel arfer yn arwydd fod pethau'n mynd o le. Roedd o wedi gweld ei daid yn gwneud hynny bob tro roedd Everton yn colli. Ac roedd hynny'n aml iawn.

Gwrandawodd eto ar lais pryderus ei daid gan geisio gwneud synnwyr o un ochr i'r sgwrs ffôn:

'Ia, dydi o ddim yn amhosib y gallan nhw dracio unrhyw ôl sgidio teiars i'r 4x4. Ond gyda lwc, fydd yr heddlu'n gweld nad oedd neb arall yn rhan o'r ddamwain. Ond os tisio bod yn saff, pam na ffoni di'r heddlu a deud mai ti oedd yn gyrru a bod 'na'm signal ar y lôn neu mi fasa ti wedi riportio fo yn y fan a'r lle ...? Be ddiawl oeddat ti'n da yn fanna ...? Yli, dwi'm angan gwbod am dy fywyd preifat di, ond blydi hel, mae Amanda lot iau na chdi ... Ocê, yr unig beth fedra i awgrymu ydi bod ni'n newid y teiars fel bod *tread pattern* y teiars yn wahanol. Dwi'm yn hapus iawn yn neud – ond fedra i ddim meddwl pa opsiwn arall sy 'na. Fyny i chi wedyn be 'di'ch rheswm chi'ch dau dros beidio riportio'r peth os ydi'r heddlu'n dod i holi ... Ocê, dos â fo i garej ŵan a gad o yna. Mi sortia i'r teiars ben bore cyn i Tom ac Emrys gyrraedd ... Na, fedra i'm gadael Robin ar ei ben ei hun, mae Sharon yn y gampfa. Yli, gad o yn garej. Defnyddia gôd 'mhenblwydd i agor clo'r giât fawr i'r iard gefn .... Naci – 6ed o Orffennaf. 060762. *Shit*, ti'm yn gwbod pryd mae 'mhenblwydd i? 060762. Dos â'r car, pasio'r fforcort i ben draw'r iard – a parcia fo tu ôl i hen Land Rover Dad. Reit ym mhen draw'r hen iard. Ti'n dallt? Reit i'r pen draw ... Ffycin hel. Oes raid? Ocê, ocê, 'na i bicio chdi adra'n sydyn wedyn. Ti'n gadal ŵan ...? Ocê – paid â mynd ar hyd lôn gefn. Fydda i yna ŵan. Paid â deud wrth neb lle ti'n mynd, iawn?'

Roedd Robin yn gegrwth. Cuddio marwolaeth. Marwolaeth pwy? Gwyddai Robin y byddai ei nain wedi dwrdio ei daid yn ofnadwy am regi. Rhoddodd ei glustffonau'n ôl am ei glustiau'n frysiog cyn i'w daid ddod yn ôl i'r gegin ac amau ei fod wedi bod yn clustfeinio. Pwy oedd ar ochr arall y lein, tybed? Daeth ei daid i'r gegin a chythru ato. Am eiliad, credai Robin fod ei daid, fyddai fyth yn dweud gair croes, ar fin dweud y drefn wrtho. Tynnodd Robin y clustffonau oddi ar ei glustiau eto ac edrych arno'n syfrdan.

'Robin! Dwi'n picio i Londis yn sydyn i nôl llefrith cyn iddo fo gau. Fydda i'm dau funud. Fyddi di'n iawn? Siŵr bydda i'n ôl cyn i Nain gyrradd adre. Deg munud fydda i. Fyddi di'n iawn?'

Amneidiodd Robin a gweld ei daid yn taflu ei gôt amdano, cipio goriadau'r car a'r garej o fwrdd y gegin a gadael y tŷ. Caeodd y drws yn glep. Clywodd sŵn y Volvo'n rhuo allan o'r buarth. Pam fod ei daid wedi dweud ei fod yn mynd i Londis? Edrychodd Robin eto ar y cloc. Roedd Londis wedi cau ers dros hanner awr. Gwyddai Robin mai i'r garej roedd Taid yn mynd. Lawr at y pentre, led tri chae i ffwrdd o Ffridd Ganol. Gwyddai Robin hefyd fod yna ddigon o lefrith yn yr oergell. Gwyddai Robin fod gan ei Anti Carol 4x4. Gwyddai Robin fod rhywun wedi marw. Gwyddai Robin fod ei daid yn dweud porci-peis.

Sharon

Doedd Sharon ddim wedi mwynhau'r wers spin gystal ag arfer. Yn un peth doedd Barbara na Lisa Mai ddim yno i gadw cwmni iddi hi'r tro hwn. Ac ar ben hynny roedd Lindsey wedi gwthio'r dosbarth heno a Sharon wedi ei chael hi'n anodd cadw i fyny efo'r genod iau o'i chwmpas. Roedd y gerddoriaeth ddefnyddiai Lindsey'n gythreulig o uchel hefyd, yn ddigon i roi cur pen iddi hi. Ond roedd hi am anelu i fod mor ffit â phosib mewn pryd i fynd i Mauritius ym mis Ionawr. Y gwir amdani hefyd oedd nad oedd hi wedi bod eisiau mynd o gwbl i'r dosbarth y noson honno. Roedd eisiau gras i adael y fferyllfa drwy'r glaw llifeiriol a mynd i'r gampfa. Byddai'n llawer iawn gwell ganddi fod wedi mynd yn syth adre er mwyn iddi hi a Paul gael mwynhau rwdlan efo Robin a'i sbwylio'n racs cyn i'w rieni ddychwelyd fory. Ond mynd wnaeth hi, yn meddwl y byddai Barbara eisiau cwmni gan fod Lisa Mai yng Nghaerdydd yn ymweld â'i merch. Ond wnaeth Barbara ddim ymddangos chwaith.

Ar ôl cael cawod sydyn, ceisiodd Sharon ffonio Barbara ar y ffordd allan o'r gampfa, ond doedd dim ateb. Rhaid ei bod hi wedi rhedeg allan o fatri neu wedi cael ei dal yn y ganolfan. Gwyddai Sharon fod tymor y Nadolig yn cychwyn yn syth bin ar ôl Calan Gaeaf mewn canolfan arddio a hynny'n dwyn llawer o amser sbâr Barbara'r adeg hon o'r flwyddyn. Ond roedd hi braidd yn flin ei bod wedi afradu noson efo'i hŵyr a Barbara ddim wedi dod yn y diwedd.

Aeth Sharon ar hyd y lôn bost o'r Gilfach yn ôl i Ryd y Garreg yn hytrach na'r lôn gefn. Doedd y lôn gefn ddim yn braf mewn tywydd fel hyn a digon posib fod canghennau'r coed wedi disgyn ar hyd y lle. Cyrhaeddodd Ryd y Garreg a throi trwyn y car i mewn i fuarth Ffridd Ganol. Yn fuan wedi marw ei thaid ddiwedd 1986, roedd Paul a hithau wedi priodi ac ymgartrefu yn hen gartref Emrys Stevens. Roedd blynyddoedd o esgeulustod ynghyd â difrod eira '82 wedi creu hafoc i'r lôn fechan a arweiniai at hen dŷ ei thaid. Defnyddiodd Paul a hithau eu cynilion i gyd i darmacio'r lôn a chreu buarth mwy o flaen y tŷ er mwyn medru parcio ceir pan nad oedd lle iddyn nhw yn y garej. Roedd bron i ddeugain mlynedd ers hynny, meddyliodd Sharon, a'r tarmac yn dechrau dangos ei ddannedd unwaith eto. Byddai'n rhaid ystyried aildarmacio pan ddeuai'r gwanwyn.

Crychodd Sharon ei thalcen. Edrychodd o'i chwmpas a'r glaw yn dal i fwrw ffenest y car yn ddidostur. Doedd Volvo coch Paul ddim yn ei le arferol ar y buarth. Ac eto roedd golau lond y tŷ. Ble'r oedd Robin, tybed? Oedd rhywbeth wedi digwydd iddo? Neu oedd Paul ac yntau wedi gorfod mynd draw at ei mam yn Nhan y Dderwen? Gwyddai y gallai cyflenwad trydan Tan y Dderwen fod yn anwadal mewn tywydd garw. Oedd ei mam wedi ffonio'r tŷ? Na. Go brin y byddai angen help arni a Megan wedi dod i aros efo hi. Bachodd Sharon ei bagiau, clepian drws y car a stompio'n frysiog drwy byllau glaw'r buarth at y tŷ.

Gwaeddodd ei 'helô' arferol wrth agor y drws ond bod mwy o ymholiad yn yr 'helô' hwnnw na'r arfer. Cymysgedd o ryddhad a phryder oedd gweld, wrth gerdded i mewn i'r gegin agored, fod Robin yno – ond ar ei ben ei hun.

'Lle mae Taid, 'ngwas i?' gofynnodd i'w hŵyr wrth luchio ei bagiau wrth ochr y soffa lle'r eisteddai Robin. Gwelodd ei fod yn pendroni sut i ateb, a gofynnodd eto gyda mwy o daerineb yn ei llais y tro hwn, 'Lle mae Taid wedi mynd yn y tywydd yma, Robin?'

'I Londis.'

'Londis? Mae Londis wedi cau ers meitin. Ers faint mae Taid wedi mynd?'

'Ddim yn hir.'

'Be odd o isio o Londis?'

'Llefrith.'

Edrychodd Sharon arno'n syn. Doedd hi ddim am ei groesholi ond roedd rhywbeth yn amheus iawn ac roedd Robin yn weindio cêbl ei glustffonau o gwmpas ei fys yn nerfus ac yn osgoi cyswllt llygad. Fedrai Sharon ddim coelio y byddai ei gŵr yn gadael eu hŵyr yn y tŷ ar ei ben ei hun i nôl llefrith yn nhywyllwch y gaeaf fel hyn. Byddai Paul yn fwy tebygol o fod wedi anfon neges ati hi'n gofyn iddi brynu carton o lefrith o Morrisons y Gilfach ar ei ffordd adre. Tapiodd neges ar ei ffôn yn frysiog i'w gŵr.

> **Lle wyt ti? Pam fod Rob yma ben ei hun?**

Agorodd Sharon yr oergell. Roedd hen ddigon o lefrith yno. Edrychodd ar fwrdd y gegin oedd wedi'i orchuddio ag anfonebau'r garej, cyfrifiannell, tudalennau'n llawn rhifau a beiro. Ble bynnag roedd Paul wedi mynd, roedd o wedi mynd ar frys gan adael gwaith ar ei hanner.

Roedd Sharon yn casáu meddwl am Robin ar ei ben ei hun yn y tŷ. Ac ar ben popeth roedd hi'n noson Calan Gaeaf. Noson i godi ofn ar unrhyw un oedd mewn tŷ ar ei ben ei hun, yn enwedig plentyn naw oed. Beth ddaeth dros ei gŵr yn gadael Robin yno ar ei ben ei hun? Daeth atgof poenus iddi hi am adael plentyn arall, yr un oed â Robin, i gerdded o'r bwlch i lôn Ffridd Ganol i fyny'n ôl i Dan y Dderwen drwy eira mawr. Dim bod y daith honno'n hir. Roedd rhes Tan y

Dderwen o fewn chydig funudau o gerdded o Ffridd Ganol. Nid y daith gerdded oedd y broblem mewn gwirionedd ond yr hyn oedd yn disgwyl yr hogan fach ar ben draw'r daith. Fe wnâi Sharon unrhyw beth i droi'r cloc yn ôl. Petai hi wedi gadael i Carol ddod efo hi a Megs am lobsgóws at Taid Ffridd Ganol y prynhawn hwnnw yn lle ei hel hi adre, efallai y byddai pethau wedi bod yn dra gwahanol. Efallai y byddai ei ffrind bore oes yn dal i fyw yn y pentref. Efallai na fyddai David Pritchard wedi marw.

Gwyddai Sharon fod rhywbeth mawr wedi digwydd rhwng Linda a'i thad y noson honno pan anfonwyd Carol i ddod i aros ati hi a Megan. Trodd haint ar frest David Pritchard yn niwmonia yn rhyfeddol o sydyn. Roedd Sharon hefyd yn amau bod gan Doctor Ellis ryw fys yn y potes, er na wyddai'n iawn beth. Ond rŵan bod Linda druan wedi marw, doedd dim posib iddi wybod y gwir. Petai hyn wedi digwydd heddiw byddai ganddi rif ffôn symudol i gael gafael ar ei ffrind i weld sut oedd hi a beth yn union oedd wedi digwydd iddi hi. Ond doedd ganddyn nhw ddim mo'r fath bethau yn ôl yn 1982. A phrun bynnag, roedd Linda wedi marw. Roedd hi'n dal yn ddirgelwch i Sharon pam fod Linda wedi gadael Rhyd y Garreg heb gysylltu fyth eto. Doedd fiw iddi ofyn i Malcolm. Roedd enw Linda yn fwd yn ei olwg o. Ceisiodd Sharon gael gafael ar y gwir gan Anti Sydna, ond 'gwell gadael pethau fel maen nhw a pheidio holi' oedd ateb stowt Anti Sydna bob tro. Taw piau hi felly. A'r hyn oedd yn gwneud y cyfan yn anos fyth i Sharon oedd ei bod hi erbyn hyn yn chwaer-yng-nghyfraith i Carol. Pwy feddyliai y byddai hi a Carol-drws-nesa-ond-un yn priodi dau frawd? Doedd gan Carol ddim syniad fod Sharon yn gwybod llawer mwy o'r hanes nag a ddychmygai.

Edrychodd ar y ffotograff du a gwyn o Paul ar ben y car yn yr eira oedd ar y wal uwchben soffa las y gegin. Roedd

Trefor a Janice Lion wedi rhoi'r llun i Paul yn anrheg ar ôl iddyn nhw werthu'r Lion. Bu Sharon am hydoedd yn glanhau'r ffrâm gan ei bod wedi ei gorchuddio â gwerth degawdau o nicotîn ysmygwyr y Lion. Rhoddodd y gorau iddi'n y diwedd a phrynu ffrâm newydd. Roedd Paul wrth ei fodd efo'r llun. Chydig wyddai o beth oedd yn digwydd i fyny yn Nhan y Dderwen y noson honno, meddyliodd Sharon.

Roedd hi ar fin ei ffonio pan welodd oleuadau'r Volvo'n troi i mewn i'r buarth.

'Pam nad ei di i newid i dy bajamas, Robin? A gawn ni gêm fach o UNO pan ddoi di lawr, ia?'

Amneidiodd Robin a throi yn ôl at ei nain cyn gadael y gegin. 'Dwi'n iawn ar fy mhen fy hun, 'chi, Nain. Dwi ddim ofn na dim byd. Ga'i aros yn fan hyn bore fory tan ddaw Mam a Dad adra? Dwi'm isio mynd i Babis y Fron.'

'Dim ond bore fydd o, 'ngwas i. Rŵan cer i newid, dyna hogyn da.'

Mynd yn anfoddog wnaeth Robin gan droi'n ôl at ei nain a gofyn, 'Ga'i fynd â hwn efo fi i'r llofft, Nain?'

Edrychodd Sharon yn ôl arno a gweld ei hen beiriant bach Dymo yn ei law. 'Cei siŵr,' gwenodd hithau. Fyddai hi byth wedi disgwyl i ryw hen beth o'r 80au fod o gymaint o ddiddordeb i hogyn naw oed. Llifodd atgofion am Nadoligau'r gorffennol yn ôl iddi hi pan oedd ei theulu hi a theulu Linda Pritchard yn cyfarfod am sieri bob bore Dolig yn Nhan y Dderwen.

Daeth Paul i'r tŷ i darfu ar ei hiraeth. Roedd o'n socian a'i ruddiau'n goch gan y gwlybaniaeth. Synhwyrai Sharon ei fod o wedi gobeithio dod yn ôl o le bynnag roedd o wedi bod cyn iddi hi ddod adre o'r gampfa. Agorodd ei lygaid yn fawr fel cwningen wedi'i dallu gan flaenoleuadau car pan welodd o hi'n sefyll yn y gegin yn disgwyl eglurhad. Yr hyn na wyddai Paul oedd mai Sharon oedd yr unig un o'r criw arferol oedd yn y gampfa'r noson honno. Heb gwmni Lisa Mai a Barbara a'r jangl arferol rhwng y tair ar ôl y spin, roedd hi wedi llwyddo i gyrraedd adre dipyn cynt na'r arfer.

'Lle ti 'di bod?' gofynnodd iddo, gan geisio peidio datgelu'r pryder a'r cyhuddiad yn ei llais. Doedd hi erioed, drwy holl flynyddoedd eu priodas, wedi cael achos i amau ei gŵr. Roedd eu priodas nhw'n hollol solet a'r ddau'n parhau'n gariadon ac yn ffrindiau da. Ond roedd pob math o senarios posib yn chwyrlïo drwy ei meddwl y funud honno.

'Rhywun wedi torri lawr yn y glaw. Sut aeth y spin?' meddai Paul, yn amlwg yn ceisio troi'r stori neu'n ceisio meddwl am stori fyddai'n argyhoeddi.

'Mi nest ti adal Robin ar ei ben ei hun, Paul. Fasa Tom ddim wedi gallu mynd?'

'Do'n i'm isio styrbio Tom. Mae o'n gweithio ddigon caled i mi heb fynd ar ei ofyn gyda'r nos fel hyn. Deg munud fues i, Shar. Tisio panad?'

'A lle mae'r llefrith?'

'Llefrith?' gofynnodd Paul yn ffug ddiniwed.

'Robin yn deud dy fod ti wedi picio i Londis i nôl llefrith.'

'Mi nes i ddeud hynna yn lle fod o'n poeni amdana i yn y glaw 'ma.'

Roedd Sharon ar fin herio ei esgusodion gwael pan glywodd y ddau gamau Robin yn drybowndian i lawr y grisiau a phenderfynodd Sharon roi'r gorau i groesholi ei gŵr. Am y tro.

Dewi

Tynnodd Dewi'r tyweli o'r peiriant sychu a sylwi bod oglau'r sebon wedi disodli oglau caru neithiwr. Hen dro. Ond gyda Lisa'n dod adref heno, rhaid oedd cael trefn a chuddio pob tystiolaeth. Un fach amheus fuodd ei wraig erioed, ond roedd pethau'n well rhyngddynt nag y buon nhw ers tro. Roedd y ffaith fod y ddau ohonyn nhw'n mynd i fod yn daid a nain cyn diwedd y flwyddyn wedi dod â nhw dipyn yn nes at ei gilydd. Roedden nhw hyd yn oed wedi cael rhyw unwaith neu ddwy eleni! Ond doedd fiw iddo fo ddweud hynny wrth Babs. Roedd o wedi tyngu nad oedd o wedi cyffwrdd pen ei fys yn ei wraig ers blynyddoedd. Doedd dim rhaid i Babs wybod pob dim am ei briodas. Doedd o ddim hyd yn oed wedi crybwyll wrthi hi eto fod Alaw Haf yn feichiog. Dyna ddiben trip Lisa i Gaerdydd. Picio i lawr, a hithau'n hanner tymor, i weld Alaw Haf am y tro cyntaf ers iddi gyhoeddi ei bod hi'n disgwyl. Byddai'n haws i Dewi ddweud wrth Barbara ar ôl i Lisa ddod adre a smalio mai newydd gael y newyddion oedden nhw. Go brin y byddai Babs yn cydlawenhau. A hithau bron i ddeng mlynedd yn iau na fo, doedd o ddim yn siŵr sut fyddai hi'n teimlo am gael perthynas efo rhywun fyddai'n daid cyn hir chwaith.

Gosododd Dewi'r hen dywely, na fyddai fyth yn cael eu defnyddio, yn ôl yn dwt ar waelod y pentwr yn y cwpwrdd crasu a mynd i'r llofft i wirio nad oedd unrhyw hoel ei fod o a Babs wedi bod yno'r diwrnod cynt. Agorodd y llenni a gweld Glyn a Carol ym mhen draw'r stad yn mynd i'r BMW.

Doedd dim sôn am y 4x4. I beth oedd angen 4x4 arnyn nhw, wyddai Dewi ddim. Gallai ddeall yr angen am gar mawr o'r fath petaen nhw'n byw fyny yn ucheldir Rhyd y Garreg. Ond gwiriondeb oedd car o'r fath yma yn y Gilfach. Efallai eu bod wedi penderfynu cael gwared arno fo. Edrychodd Dewi ar ei oriawr. Roedd hi newydd droi hanner awr wedi saith. Roedden nhw'n gynharach na'r arfer yn gadael am eu gwaith, ac roedd golwg eu bod ar frys.

Doedd gan Dewi ddim llawer i'w ddweud wrth Glyn er ei fod yn chwarae *five-a-side* efo fo a Malcolm, Paul ac Emrys yn wythnosol. Roedd ganddo lai fyth i'w ddweud wrth ei wraig, Carol, fyddai'n meddwi ar ddim. Roedd yn well gan Dewi gadw ato fo'i hun yn ei gartref ei hun. Ond gwyddai, pan fyddai'r dydd yn dechrau ymestyn a hanner addewid o dywydd braf, y byddai yna wahoddiad iddo fo a Lisa fynd i ben draw'r stad am farbeciw a gorfod smalio edmygu'r blodau. Chydig wyddai Glyn wrth gwyno efo Dewi am ei reolwr llinell yn Nhegeirian ar ôl potel neu ddwy'n ormod o San Miguel fod pob cwyn ganddo yn mynd yn ôl at honno rhwng cynfasau'r gwely a'r ddau'n cael modd i fyw yn rhannu'r gyfrinach!

Aeth Dewi yn ôl i lawr grisiau. Gwenodd wrth gofio Barbara'n diosg ei dywel oddi amdano neithiwr a'i adael yno ar ben y grisiau'n dangos ei *crown jewels*! Teimlodd gynnwrf wrth ail-fyw'r prynhawn a gawsant. Doedd dim yn well ganddo na'i gweld yn cael pleser, yn mwynhau gan arddangos ei dannedd gwynion perffaith. Dannedd naturiol wyn, nid fel dannedd brawychus o wyn Lisa Mai – dannedd mor ffals o wyn nes eu bod yn edrych fel dannedd gosod. Ond doedd fiw iddo ddweud hynny wrth ei wraig.

Wedi cyrraedd y gegin, gwnaeth goffi *latte* iddo'i hun o'r peiriant drud a gafodd yn anrheg pen-blwydd gan ei wraig gwpwl o flynyddoedd ynghynt. Wyddai o ddim, tan i Malcolm ddweud wrtho fo un noson, fod y peiriannau

DeLonghi Bean to Cup Coffee fel yr un brynodd Lisa iddo yn costio cannoedd o bunnoedd. Fyddai yna ddim llawer o newid o fil o bunnoedd! Roedd Dewi wedi tagu ar ei goffi bryd hynny a Malcolm yn chwerthin yn braf. Ceisiodd beidio meddwl am Malcolm. Roedd ei berthynas gudd efo Babs yn iawn, tan ei fod yn dechrau meddwl am ei ffrind, neu'n waeth fyth yn dechrau meddwl beth fyddai ymateb Lisa petai hi'n gwybod y gwir.

Tarodd olwg ar gloc y popty. Roedd ganddo ddigon o amser. Er na fyddai'r fferyllfa'n agor tan naw byddai Sharon ac yntau'n cymryd troeon i gyrraedd erbyn wyth er mwyn dechrau cael trefn ar bresgripsiynau'r diwrnod cyn agor. Tro Sharon oedd hi i gyrraedd erbyn wyth bore 'ma, diolch byth, ac felly doedd dim angen iddo fo ruthro gan nad oedd angen iddo fod yno tan yn nes at naw.

Taflodd gip ar ei ffôn eto. Dal dim neges gan Babs. Dim dau dic glas i nodi ei bod wedi derbyn ei neges yntau neithiwr chwaith. Oedd hi'n chwarae gemau efo fo? Roedd hi'n gallu mynd yn ddistaw weithiau ar ôl eu sesiynau caru. Rhyw bwdu distaw, tybiai Dewi, am ei bod hi'n eiddigeddus o'i berthynas o efo Lisa ac yn edliw iddo'r mymryn hapusrwydd hwnnw. Ond y gwir oedd na fedrai Lisa fyth roi'r un cynnwrf iddo â Babs. Sut oedd cael Babs i ddeall hynny? Fedrai o ddim dweud wrthi hi mai dychmygu caru efo hi fyddai o ar yr adegau prin pan fyddai Lisa awydd rhyw a bod rhaid iddo fo ganolbwyntio ar beidio ag ochneidio enw Babs pan oedden nhw wrthi. Tybiai Dewi y byddai Babs yn gadael Malcolm ar amrantiad petai o'n cynnig gadael Lisa. Ond doedd hynny ddim yn mynd i ddigwydd. Fyddai Lisa nac Alaw Haf fyth yn maddau iddo. A beryg na fyddai Malcolm fyth yn maddau i Babs.

Rhewodd Dewi yn y fan a'r lle wrth i syniad ei daro. Beth os oedd Malcolm wedi cael gafael ar ffôn Babs rywsut neithiwr? Byddai dychmygu hynny'n aml yn esgor ar nosweithiau di-gwsg i Dewi. Tybed oedd Malcolm neithiwr wedi amau ei wraig ac wedi edrych drwy ei ffôn? Er bod Babs wedi rhoi enw arall iddo fo, a fyddai Malcolm yn dyfalu pwy oedd y 'Sant' fyddai'n anfon negeseuon anllad at ei wraig? Go brin.

Gorffennodd Dewi ei goffi a mynd o gwmpas ei gartref yn gwirio eto nad oedd unrhyw awgrym fod Babs wedi bod yno'r diwrnod cynt. Ar ôl glanhau ei ddannedd a chasglu ei bethau gwaith, aeth yn ôl i'r gegin gan roi ei gwpan goffi a'i lestri brecwast yn y peiriant golchi llestri. Doedd fiw i'r gegin fod yn flêr pan ddeuai Lisa adre. Roedd popeth mewn trefn. Ar hynny, gwelodd neges yn dod ar ei ffôn. Am eiliad meddyliodd mai Barbara fyddai yna. Neidiodd ei galon i'w wddw wrth weld enw Malcolm. O fy Nuw! Oedd Malcolm wedi gweld y negeseuon rhyngddo fo a'i wraig? Agorodd y neges a gweld:

> **Five a side heno? Fedri di dybl tsiecio oes gynnon ni'r pitsh?**

Lledodd rhyddhad fel dŵr cynnes ar rew drwy ei gorff. Doedd Malcolm ddim callach o'r hyn fu'n digwydd tra oedd o'n Aberystwyth. Roedd o'n swnio hefyd fel petai Malcolm wedi aros yn Aberystwyth neithiwr. Damia. Gallai Barbara fod wedi aros y noson. Fyddai neb wedi bod ddim callach. Rhaid fod Barbara wedi anghofio bwcio'r pitsh neithiwr. Rhoddodd Dewi'r ffôn yn ei boced. Doedd ganddo fo fawr o awydd mynd i'r *five-a-side* heno. Efallai y defnyddiai'r ffaith fod Lisa'n cyrraedd adre fel esgus dros beidio mynd. Fe anfonai neges yn ôl at Malcolm ar ôl iddo gael gair gan Barbara.

A hithau'n tynnu am hanner awr wedi wyth, estynnodd Dewi am ei gôt a goriadau'r car a gadael y tŷ. Taniodd y car a throi am y dre. Byddai'n siŵr o gael neges fach gan Babs yn y man gan ei bod hi'n hen bryd iddi hithau fod ar ei ffordd i'w gwaith. Gobeithiai yn ddistaw bach y byddai hi'n picio ato fo ddiwedd y prynhawn i nôl ei horiawr. Roedd o wedi cadw honno'n saff yn un o'i sanau yng ngwaelod y drôr nesaf at ei wely. Os deuai hi draw yn nes ymlaen, câi ddangos iddi eto faint ei chwant tuag ati hi. Fyddai yna ddim cymaint o amser heddiw gyda Lisa'n dod adre. Ond tybed na allai roi'r pleser mwyaf i Babs heb iddi hi orfod gwneud dim? Dim ond mwynhau'r foment. Mwynhau ystwythder ei dafod a chael ei chlywed yn griddfan ei enw. Roedd meddwl am y peth yn ei gynhyrfu.

Parciodd ei gar yn y safle arferol o dan y cloc ynghanol y Gilfach a cherddodd draw at stryd y fferyllfa gan werthfawrogi'r toriad lleiaf yn y glaw er ei bod hi'n addo mwy erbyn canol dydd. Llenwodd ei ysgyfaint a chamu'n dalog. Roedd bywyd yn dda. Roedd ar fin bod yn daid, roedd Lisa a fo'n fwy o ffrindiau nag a fuon nhw ers tro, ac roedd ganddo ddynes hyfryd gudd oedd yn ei addoli'n ddistaw bach. Daeth cysgod dros ei wên hunanfoddhaus wrth iddo edrych draw at y fferyllfa ym mhen arall y sgwâr. Doedd dim golau yno. Peth rhyfedd nad oedd Sharon wedi cyrraedd eto. Byddai hi'n cysylltu fel arfer, petai yna broblem. Ochneidiodd Dewi. Byddai yna waith cael trefn cyn i'r cwsmeriaid gyrraedd.

Gwiriodd ei ffôn eto. Dim neges gan Sharon a dim neges gan Babs. Roedd ei annwyl Babs yn glynu at ei harfer o gadw pellter ar ôl iddyn nhw fod efo'i gilydd. Mentrodd anfon neges arall yn sydyn ati hi cyn brasgamu at y fferyllfa:

> **Picia draw i nôl dy fit bit ar ôl gwaith. Wnaim dy gadw di'n hir ond dwi'n gaddo byddi di'n wlyb socian! A dwim yn sôn am y gawod! Isio chdi Babs x**

Sharon

Gwyddai Sharon fod ei gŵr yn celu rhywbeth rhagddi ac oherwydd hynny, troi ei boch y ffordd arall wnaeth hi pan geisiodd Paul roi'r cusan arferol iddi hi wrth adael am y garej y bore canlynol. 'Problemau efo ceir ar ôl y dilyw' oedd ei ateb pan ofynnodd hi iddo pam ei fod o'n gadael yn gynt na'r arfer. Roedd Robin yn dawedog iawn y bore hwnnw hefyd ac mewn hwyliau rhyfedd, yn amlwg ddim pwt o eisiau mynd i Babis y Fron. Ond ei thro hi oedd cyrraedd y fferyllfa gyntaf y bore hwnnw a doedd dim unrhyw ffordd y byddai'n gadael Robin ar ei ben ei hun yn y tŷ.

Wrth gyrraedd Penyrhiw, gofynnodd Robin iddi ble'r oedd 4x4 Anti Carol. Wyddai Sharon ddim pam fod gan ei hŵyr ddiddordeb yng nghar Carol fwyaf sydyn, ond wedyn, mae'n siŵr ei fod, fel ei dad a'i daid, yn gwirioni ar geir. Roedd o yn y gwaed. Fel roedd hi'n hebrwng Robin i'r feithrinfa, pwy ddaeth i'r buarth ond BMW Glyn, a daeth Carol allan ohono'n simsan. 'Lle mae'r 4x4, Anti Carol?' gofynnodd Robin mewn llais rhyfedd, bron yn ymosodol. Anwybyddodd Carol ei gwestiwn. Cododd Sharon law ar Glyn ond roedd ei wyneb yn ddwrn a sgrialodd y BMW allan o'r buarth. 'Glyn ar frys bore 'ma?' holodd Sharon ei chwaer-yng-nghyfraith, ond ysgwyd ei llaw i ddiystyru ei chwestiwn wnaeth honno a chythru am y feithrinfa.

'Anti Carol wedi codi ochor rong y gwely bore 'ma, Robin!' sibrydodd Sharon wrth ei hŵyr. 'Mae hi'n codi'r ochor rong bob bore, Nain,' atebodd hwnnw'n swta gan fynd i mewn i'r feithrinfa'n anfoddog yn llusgo'i draed a'i fag nos. Gobeithiai Sharon na fyddai Emrys a Helen yn cael eu dal yn ôl gan y tywydd ar eu ffordd o Lundain y bore hwnnw. Doedd Robin ddim eisiau bod yn Babis y Fron ddim eiliad yn hwy nag oedd raid. Roedd Sharon wedi ystyried gofyn i'w chwaer a gâi Robin fynd i Dan y Dderwen am y bore ati hi a'i Hen Nain. Ond penderfynodd beidio â gofyn gan fod Megan wedi dweud wrthi mai dod adre i weithio oedd hi ar ryw gomisiwn pwysig. Pa waith oedd ganddi yn Rhyd y Garreg, doedd gan Sharon ddim syniad. Ceisiodd Sharon godi calon Robin wrth ffarwelio efo fo: 'Paid poeni, boi! Fydd Mam a Dad adra erbyn cinio ac mi gei fynd lawr at Mam-gu a Tad-cu Sir Benfro a chael dy sbwylio'n racs!' Ond ddaeth 'na ddim gwên i wyneb Robin. Gadawodd Sharon ei hŵyr yn y feithrinfa â golwg bwdlyd iawn arno. Beth oedd yn bod ar bawb bore 'ma?

Un peth oedd yn gas gan Sharon a hynny oedd bod yn hwyr. Cwta bum munud ar ôl gollwng Robin ym Mhenyrhiw, roedd Sharon ar y ffordd gefn o Ryd y Garreg i'r Gilfach. Roedd llai o draffig ar y ffordd yma nag ar y brif ffordd yr adeg yma o'r bore, fel arfer. Ond dim heddiw. Doedd hi ddim wedi rhagweld y byddai'r ffordd wedi'i chau yn rhannol. Be oedd wedi digwydd, tybed? Roedd rhes o geir o'i blaen a neb yn symud modfedd a nunlle i droi rownd. Edrychodd ar gloc digidol y car: deng munud i wyth. Roedd hi'n mynd i fod yn hwyr oni bai eu bod nhw'n agor y ffordd yn reit handi. Wedi dweud hynny, roedd ei chyd-weithiwr wedi cymryd hanner diwrnod o'i waith ddoe. Wyddai Sharon ddim yn iawn i ble fyddai Dewi'n mynd ar ambell brynhawn, ond gwyddai mai gwell peidio holi gan y byddai o'n ei siarsio i adael iddo wybod os byddai ei wraig yn holi amdano. Wnaeth o ddim sôn amdani hi bore ddoe a gwyddai Sharon fod Lisa wedi mynd i Gaerdydd at Alaw Haf. Mwy o reswm byth felly i Dewi fanteisio ar absenoldeb ei wraig i wneud mistimanars. Doedd Sharon ddim yn dwp. Tybed pwy oedd y ddynes arall fyddai'n dwyn ei brynhawniau bob hyn a hyn? Efallai ei bod hi'n well iddi beidio gwybod.

O'r diwedd, a hithau'n wyth o'r gloch ar ei ben, dechreuodd y rhes ceir lusgo mynd yn ei blaen dow-dow. Taniodd radio'r car a chael cadarnhad ar benawadau'r newyddion fod damwain angheuol wedi bod ar y ffordd gefn rhwng y Gilfach a Rhyd y Garreg. Gobeithio'n wir nad oedd y sawl fu farw'n rhywun o'r pentref. Wrth nesáu at leoliad y ddamwain a'r heddlu'n annog y gyrwyr i basio'r safle yn hytrach nag arafu i fusnesu, gwelodd Sharon mai car bach coch oedd yn y ffos. Roedd hynny'n fymryn o ryddhad iddi hi gan na allai hi feddwl am neb roedd hi'n ei adnabod efo car felly. Chafodd hi ddim cyfle i fynd yn ei blaen rhyw lawer gan i'r heddlu ei stopio er mwyn gadael i'r ceir oedd yn ei hwynebu symud ymlaen. Yno y buodd hi'n llawn rhwystredigaeth a bysedd y cloc yn rasio ymlaen. Ceisiodd anfon neges at Dewi i egluro y byddai'n hwyr. Ond doedd dim signal ar y rhan yma o'r ffordd. Roedd hi'n tynnu am hanner awr wedi wyth arni hi'n cael ailgychwyn gyrru am y Gilfach ac yn chwarter i naw arni hi'n parcio'r car yn ei le arferol. Diolch byth, gwelodd fod car Dewi yno. O leiaf roedd o wedi cyrraedd i ddechrau cael trefn yn barod i agor y fferyllfa am naw. Gallai hanner tymor fod yn brysur gyda phlant yn cael mân ddamweiniau neu ymwelwyr angen sylw.

'Sori! Sori!' galwodd wrth dynnu drws y fferyllfa y tu ôl iddi. Tarodd Dewi ei ben rownd y sgrin a wahanai'r cownter oddi wrth yr adran paratoi presgripsiynau. 'Cloc larwm ddim yn gweithio, Shar?' gofynnodd ei phartner gwaith yn smala a golwg arno fel ci â dwy gynffon. Roedd hynny'n ddigon o gadarnhad iddi hi ei fod wedi bod yn potsian efo rhyw ddynes brynhawn ddoe. 'Na. Damwain ar y ffordd gefn i Ryd y Garreg. Ceos llwyr! Car bach coch. Damwain angheuol yn ôl y newyddion ar y radio,' atebodd Sharon. A hithau'n brysur yn tynnu ei chôt a chael trefn arni hi ei hun, welodd hi mo wên lydan Dewi'n diffodd fel cannwyll na'r ffaith iddo welwi i'r un lliw â'i gôt waith wen.

Glyn Foty

Wrth ddewis y lôn gefn i Ryd y Garreg yn hytrach na'r lôn bost, gwyddai Glyn y gallai fod yn hwyr i'w waith yn Nhegeirian a Carol hithau i Babis y Fron. Ond fe'i cafodd yn anodd gwrthod y demtasiwn i gael gweld drosto fo'i hun union leoliad y ddamwain. Roedd Carol wedi dweud wrtho'r noson cynt mai ar y rhan o'r lôn oedd yn fforchio ger afon y Garreg yr aeth Barbara ar ei phen i'r ffos. Ar hyd y lôn hon y byddai Glyn yn arfer dod beth bynnag o'r Gilfach, oni bai bod Carol yn cerdded i'r feithrinfa o Degeirian. Pan fyddai hi awydd cerdded byddai Glyn yn gyrru ar hyd y lôn bost. Ond roedd hi wedi gwrthod gwneud hynny'r bore hwnnw, er iddo ryw lun o geisio ei pherswadio, yn enwedig gan fod rhywfaint o ysbaid o'r glaw mawr fu neithiwr cyn y dilyw nesaf. Ond doedd dim siâp arni hi a doedd dim posib cael llawer o sens ganddi hi chwaith. Roedd hi wedi dechrau udo crio wrth weld ceir a rhubanau'r heddlu yn nodi 'Damwain' ger lleoliad y Corsa bach coch.

A hwythau'n stond mewn rhes a heddlu fel gwybed o'u cwmpas ymhobman, ysgyrnygodd Glyn arni hi i i beidio â thynnu sylw ati hi ei hun ac i gael trefn arni hi ei hun, ffor-ffyc-sêcs. Ond roedd hynny wedi gwneud pethau'n gan mil gwaeth. Dechreuodd Carol bledio arno nad oedd hi eisiau mynd i Babis y Fron. Plis fasa fo'n mynd â hi'n ôl adre? Pam nad oedd Malcolm wedi cysylltu i ddweud bod Barbara wedi marw? Mynnodd Glyn fod angen iddi hi ymddwyn yn normal, er na wyddai beth oedd normalrwydd i'w wraig bellach. Roedd y gwin wedi cael gafael arni hi ers tro. Gallai ei ogleuo ar ei gwynt hi yn y car y funud honno, waeth faint o fferins mintys y byddai'n eu sugno na faint o bersawr drud a ddefnyddiai. Roedd Glyn yn mygu wrth ei hochr.

Feiddiai o ddim cyfaddef wrth neb, ond yn ddistaw bach byddai'n well ganddo petai Carol wedi cael ei lladd mewn damwain car yn hytrach na'i chwaer-yng-nghyfraith. Dwrdiodd ei hun yn syth bin am gysidro meddyliau mor erchyll. Ond roedd ei wraig yn straen ac yn destun gofid beunydd iddo. Hyn a hyn o fedru celu'r alcoholiaeth oedd yn bosib. Roedd ei ferch wedi lleisio ei phryder wrtho sawl gwaith yn ddiweddar gan ddweud nad oedd ei mam yn ddim ffit i ddod i helpu yn Babis y Fron. Ond sut allai Delyth ddiswyddo ei mam ei hun? Dyna beth oedd penbleth. A doedd fiw iddo godi'r mater eto efo Carol, neu mi fyddai hi'n mynd i sterics llwyr. Dweud dim oedd orau, ond roedd byw efo hi fel cerdded ar wyau oedd ar fin cracio.

Wrth aros i'r heddlu adael i'r rhes ceir symud yn eu blaenau, ac i'w wraig sychu ei dagrau, tarodd Glyn olwg slei ar ei ffôn. Roedd yno sawl neges destun gan Amanda. Negeseuon anllad fyddai wedi codi gwên fel arfer. Doedd o ddim yn y dymer iawn i hynny heddiw. Roedd hi'n llawer iau na fo, dim llawer hŷn na'i ferch ei hun mewn gwirionedd. Â phrisiau tai Rhyd y Garreg cymaint rhatach nag ym Manceinion, symudodd Amanda ryw flwyddyn ynghynt i hen dŷ'r Ellwoods yn Nhan y Dderwen, drws nesaf i hen gartref Carol a hen gartref ei bos, Malcolm. Roedd ganddi brofiad ym maes arlwyaeth a chafodd swydd is-reolwr arlwyo caffi Tegeirian. Gallai gerdded i'w gwaith yng Nghanolfan Arddio Tegeirian bob dydd. Saesnes oedd hi – oedd fymryn yn eironig, meddyliodd Glyn, o gofio bod Malcolm wedi mynd i gynhadledd i genhadu ar ddefnyddio'r Gymraeg mewn busnes yn Aberystwyth y diwrnod cynt.

Tipyn o hwyl ddiniwed oedd y fflyrtio rhyngddo fo ac Amanda, ond aeth pethau ymhellach na fflyrtio ar ôl cau Tegeirian neithiwr. Gyda Barbara a Malcolm i ffwrdd, a gweddill y staff wedi hen adael, dim ond Amanda a Glyn oedd yno. Pan aeth o i'r caffi, cyn cau, roedd Amanda wedi dringo i ben un o'r cadeiriau a'i gymell o i fynd ati hi. Cerddodd ati hi, ei lygaid yn pefrio, gan ofyn iddi beth oedd hi'n feddwl oedd hi'n ei wneud. Tynnodd Amanda uchelwydd plastig o boced blaen ei ffedog, un o'r rhai oedd wedi cyrraedd gyda stoc newydd ar gyfer arddangosfa'r Dolig y bore hwnnw.

'I'm on a chair cause you're so bloody tall, Glyn. Otherwise I'd be kissing your belly!'

Chwarddodd Glyn ac o fewn dim, roedd yr uchelwydd ar lawr a'r ddau wedi llusgo'i gilydd i'r gegin. Datblygodd y gusan yn dynnu dillad gorffwyll a'r ddau'n ildio i ryw cyflym llawn cyffro yn erbyn rhewgelloedd Tegeirian. Rhuai'r gwynt a'r glaw yn gyfeiliant cythryblus iddyn nhw'r tu allan.

Roedd Glyn yn eithaf adnabyddus fel un am fflyrtio efo merched. Roedd ei daldra a'r llygaid glas glan môr a nodweddai hogiau'r Foty yn denu merched ato heb fawr ddim ymdrech. Ond tan neithiwr, doedd o ddim wedi croesi'r llinell fel hyn, er y gellid dadlau y byddai'n anochel i'r ddau ganfod cyfle yn hwyr neu'n hwyrach gan nad oedden nhw'n medru cuddio'r fflyrtio oddi wrth weddill y staff erbyn hynny. Roedd pobl wedi dechrau siarad. Tu ôl i'w cefnau. Doedd dim ots gan Amanda. Ond roedd angen i Glyn ar y llaw arall fod yn ofalus. Roedd o'n briod efo chwaer ei fos, er nad oedd llawer o Gymraeg rhwng Carol a Malcolm. Gwyddai Glyn mai achos chwerwder ei wraig at ei brawd oedd y ffaith i Malcolm gelu rhagddi ble'r oedd Linda'n byw ar ôl iddi adael Rhyd y Garreg mor ddisymwth ddegawdau ynghynt. Roedd Glyn wedi gobeithio y byddai

Carol yn symud yn ei blaen yn emosiynol ar ôl clywed i'w chwaer farw a bod yna ryw fath o atalnod llawn ar y stori dreuliedig. Bu'n ormod o optimist. Gwaethygu wnaeth perthynas ei wraig gyda'i brawd.

Wrth aros yn stond gyferbyn â lleoliad y ddamwain, gwawriodd ar Glyn mai fo, mae'n debyg, oedd yr olaf, ar wahân i Carol, i fod wedi gweld Barbara yn fyw. Cofiodd mai Corsa bach coch oedd wedi dod i'w gyfarfod yng ngheg stad y Gilfach Wen ynghanol y glaw neithiwr a'i fod o wedi sylwi ar y ddynes oedd yn gyrru yn ceisio cuddio ei hwyneb. Ffycin 'el! Rŵan roedd o'n deall mai Barbara Tegeirian oedd hi! Beth oedd ei busnes hi yno? Roedd hi wedi dweud wrth ei chyd-weithwyr ei bod yn treulio'r prynhawn mewn sba. Gwyddai Glyn nad mynd i weld ei chwaer-yng-nghyfraith oedd hi, neu mi fyddai Carol wedi sôn. I ble'r oedd Barbara wedi bod? Doedd hi ddim wedi bod efo Lisa Mai achos roedd honno yng Nghaerdydd yn ymweld ag Alaw Haf. Roedd Dewi Jones, Tynyffridd gynt, ar ei ben ei hun. Ie, siŵr! Roedd ei gar o yn y dreif pan gyrhaeddodd Glyn y stad neithiwr a golau lond y lle. Roedd y jig-so bron yn gyflawn. Manteisio ar absenoldeb Malcolm Pritchard a Lisa Mai wnaeth y ddau. Mynd am gyfwerth â sba yn nhŷ Dewi wnaeth Barbara Pritchard ar y slei. Wel, wel! Gwnaeth gwybod hynny i Glyn deimlo'r mymryn lleia'n well am ei gambihafio personol o'r diwrnod cynt.

Gwiriodd ei ffôn unwaith eto. Byddai wedi disgwyl clywed gan Malcolm yn rhoi gwybod iddo am farwolaeth Barbara. Onid oedd o'n gwybod ffawd ei wraig druan erbyn hyn? Gwelodd fod neges gan ei frawd yn dweud ei fod wedi newid teiars y 4x4 a bod angen iddo drefnu i ddod i'w nôl. Byddai'n rhaid iddo drefnu rhywbeth ar ôl gwaith, meddyliodd Glyn. Roedd y ffaith fod ei frawd wedi llwyddo i wneud hynny heb neb yn busnesu'n un peth yn llai i boeni amdano. Teimlai'n eithaf sicr fod yr heddlu'n rhy brysur ddechrau'r bore fel hyn i fod wedi cael cyfle i fynd i holi neb. Beth fu achos y ddamwain, tybed? Mynnai Carol nad oedd Barbara'n edrych ar y lôn. Oedd hi ar ei ffôn, tybed? Os felly, byddai'r heddlu'n medru canfod hynny wrth wirio ei galwadau olaf hi. Sut fyddai Dewi'n ymateb i'r newydd am Barbara? Sut fyddai Malcolm yn ymateb? Sut fyddai'r staff i gyd yn ymateb pan ddeuai'r newydd fod perchennog Canolfan Arddio Tegeirian wedi marw mewn damwain car? Ar hynny, gwelodd y car o'i flaen yn aildanio a dechreuodd y rhes ceir symud o'r diwedd. Stwffiodd ei ffôn i'w boced a gyrru i Ryd y Garreg.

Suddodd ei galon wrth gyrraedd cartref ei ferch a gweld ei chwaer-yng-nghyfraith yn gollwng Robin o flaen Penyrhiw. Cododd Sharon ei llaw arno, ond doedd o ddim eisiau dechrau sgwrsio a mynnodd fod Carol yn mynd ar ei hunion i'r feithrinfa yn ddi-oed. Roedd o'n hwyr i'w waith. Aeth ei wraig dan rwgnach allan o'r car ac ar ei phen i'r feithrinfa heb gydnabod ei gor-nai bach. Edrychodd arni hi'n mynd gyda'i bag cynfas ac arno'r geiriau *A book a day keeps reality away*. Credai Glyn y gellid gwella ar y geiriau hynny: *A bottle of wine a day keeps reality away.*

Gweddïai Glyn na fyddai Carol yn gadael y gath o'r cwd efo Delyth na neb arall y diwrnod hwnnw. Y gwir oedd ei bod hi'n ddieuog yng nghyd-destun y ddamwain – ar wahân i'r ffaith ei bod wedi yfed a gyrru ac oherwydd hynny wedi methu riportio damwain angheuol. Roedd hi'n amlwg bore 'ma nad oedd neb wedi gweld y car bach coch ynghanol y glaw neithiwr. Doedd dim tystion eraill, felly, neithiwr. Dylai popeth fod yn iawn os llwyddai Carol i gau ei cheg. Tybed na fyddai'n well iddo fo fod wedi gadael iddi aros adre? Ond gwyddai, o aros adre, mai yfed gwin fyddai hi wedi ei wneud drwy'r dydd. Doedd dim ots pa ddewisiadau oedd ganddo, roedd yn gwbl ddiymgeledd. Doedd dim y gallai ei wneud i rwystro ei wraig rhag yfed alcohol.

Sgrialodd ei gar allan o'r buarth ac i lawr i gyfeiriad Tegeirian. Daeth at yr hen dŷ. Arafodd er mwyn ceisio gweld a oedd Malcolm wedi cyrraedd adre o Aberystwyth ai peidio. Ond byddai ceir Malcolm a Barbara fel arfer yn cael eu parcio yn y cefn, felly allai o ddim gweld a oedd car Malcolm yno. Trodd Glyn i mewn i faes parcio canolfan Tegeirian gan weld Amanda'n cerdded draw at y brif fynedfa. Edrychodd hi'n ôl arno gan wenu'n gellweirus, yn disgwyl iddo barcio'i gar. Dim rŵan Amanda, sibrydodd iddo fo'i hun. Anwybyddodd ei gwên a pharcio ger y fynedfa i'r swyddfa yn y cefn er mwyn osgoi gorfod cerdded i mewn efo hi. Diffoddodd yr injan a sylwi bod ei ddwylo'n wlyb gan chwys. Roedd hi'n edifar ganddo am yr hyn ddigwyddodd yng nghegin Tegeirian neithiwr. Beth ddiawl ddaeth dros ei ben o? Roedd ganddo fo hen ddigon ar ei blât heb gymhlethu pethau ymhellach.

Malcolm

Er gwaetha'r gwynt a'r glaw a'r tonnau'n rhuo ym Mae Ceredigion, cafodd Malcolm noson dda o gwsg. Roedd o wedi cysidro gyrru adre'n syth ar ôl y gynhadledd y noson cynt, ond rhwng bod y tywydd mor arw a'r trefnwyr wedi trefnu llety iddo beth bynnag, penderfynodd mai gwell fyddai iddo aros. Câi noson fach o ymlacio cyn codi'n gynnar er mwyn anelu i fod yn ôl yn Rhyd y Garreg erbyn canol bore. Roedd o wedi cael diwrnod da yn Aberystwyth yn cyflwyno hanes Canolfan Arddio Tegeirian i gynhadledd o bobl fusnes Cymru gyda'r pwyslais ar ddefnyddio'r Gymraeg. Ymhyfrydai yn y ffaith ei fod o a Barbara wedi llwyddo i ddenu dros 75% o'r gweithlu oedd yn Gymry Cymraeg. Roedd pob arwydd yn y ganolfan a'r caffi yn ddwyieithog. Roedd y rhan fwyaf o gynnyrch y siop a'r caffi i gyd yn gynnyrch lleol, y caffi'n denu pobl o bell a'r ciw ar gyfer cinio dydd Sul yn ddihareb. Gyda'i gilydd, roedd o a Barbara wedi datblygu canolfan Tegeirian yn fusnes llewyrchus tra oedd busnesau eraill eu hardal yn edwino. Roedden nhw'n dîm da. Go brin y byddai Delia a Morus Owen yn adnabod y lle heddiw.

Yr hyn oedd yn eironig oedd fod Malcolm wedi edrych ymlaen at gael swper bach hamddenol yn y gwesty'r noson honno, ond daeth toriad yn y trydan fel roedd y gegin ar ei phrysuraf. Roedd perchennog y gwesty'n amau mai'r gwyntoedd mawrion oedd i gyfri am y toriad a diolch i'r drefn, pharodd o ddim yn hir. Ond parodd yn ddigon hir i Malcolm ddwyn atgofion am doriad trydan ddegawdau ynghynt.

Yng ngolau cannwyll ym mar y gwesty, a gwynt y môr yn mynnu sleifio ei ffordd drwy'r ffenestri, cofiodd am oerfel '82; cofiodd am doriad trydan Tan y Dderwen a chofio codi ben bore ar gais ei dad i hel ei chwaer fach yn ôl i'r tŷ. Roedd Malcolm hyd heddiw yn dioddef euogrwydd dwfn am beidio mynd i lofft ei dad y bore hwnnw. Rhyw berthynas lawn tyndra fu rhwng ei dad ac yntau. Person felly oedd David Pritchard. Person y gallai Malcolm ei edmygu efallai'n hytrach na'i garu. Roedd ei fam yn fater gwahanol. Roedd hi'n halen y ddaear. Ond waeth pa fath bynnag o berthynas oedd ganddo â'i dad, dylai fod wedi taro'i ben rownd drws y llofft i wirio ei fod yn iawn.

Gwyddai Malcolm fod ei dad yn dioddef o haint ar ei frest yr Ionawr hwnnw. Ond wyddai o ddim na fyddai'n para'r pedair awr ar hugain nesaf. Fedrai o yn ei fyw â chael o'i feddwl y darlun ohono'n gorff yn y gwely'r noson honno ar ôl iddo fo a Dewi fod yn y Lion. Fedrai o chwaith ddim peidio meddwl bod rhywbeth mawr wedi digwydd i'w dad mewn amser mor fyr iddo farw fel y gwnaeth o. Be oedd pwmp asthma ei dad yn ei wneud yn y parlwr? Oni fyddai o wedi bod angen hwnnw yn y llofft? Pam na fyddai Linda wedi mynd â'r pwmp iddo fo? Pam fod Carol yn aros yn nhŷ Sharon a Megan Stevens? Pam fod Linda yn ei chôt? Pam fod ei menyg ar y cabinet bach wrth ymyl gwely eu tad? Cymaint o gwestiynau heb eu hateb. Roedd Linda wedi celu rhywbeth. Gwyddai hynny. Ond be'n union, wyddai o ddim.

Bu Malcolm yn holi ei Anti Sydna yn y dyddiau ar ôl i Linda adael. Pam ei bod hi wedi mynd heb adael gair? Pam ei bod hi wedi mynd â Vauxhall Carlton eu tad heb ofyn? Pam gadael Carol heb eglurhad? Y cyfan ddywedodd Anti Sydna wrtho oedd y byddai'n rhaid iddo fo holi Linda ei hun. Nid ei lle hi oedd dweud. Ond doedd dim lle iddo boeni. Byddai Linda'n ei hôl o fewn chydig ddyddiau. Mymryn o orffwys oedd ei angen arni hi. Ond roedd Anti Sydna'n anghywir. Ddaeth Linda ddim yn ôl i Dan y Dderwen mewn chydig ddyddiau. Ddaeth Linda ddim yn ôl i Ryd y Garreg fyth wedyn. A daeth Anti Sydna i Dan y Dderwen i warchod Carol gan fethu â deall i ble roedd ei bastiwr twrci wedi diflannu.

Dros dri mis wedi i Linda adael, a Malcolm ar fin gadael Manceinion i ddod i dreulio gwyliau'r Pasg yn ôl yn Rhyd y Garreg, derbyniodd lythyr oddi wrthi a gweld o'r cyfeiriad ei bod hi'n byw ger Wrecsam. Gofyn oedd hi a fyddai o'n fodlon ei chyfarfod hi rywle rhwng Wrecsam a Manceinion iddi gael egluro ei hymddygiad wrtho fo ac i gymodi. Atebodd hi'n swta gan ddweud nad oedd o eisiau ei chyfarfod, y gallai geisio 'egluro ei hymddygiad' mewn llythyr.

Cafodd ateb gyda throad y post yn dweud bod yr hyn oedd wedi digwydd iddi hi ac i Carol yn rhy erchyll i'w roi mewn llythyr gan ymbil arno i'w chyfarfod. Atebodd Malcolm mo'r llythyr hwnnw. Roedd o wedi dioddef digon o ddrama heb orfod dygymod â sterics ei chwaer. Doedd o ddim eisiau wynebu beth bynnag oedd ganddi hi i'w ddweud wrtho. Dylai fod wedi gwneud hynny yn Rhyd y Garreg, nid dianc ben bore heb air o eglurhad. A dyna fu diwedd y cyswllt rhyngddyn nhw hyd nes i Anti Sydna, ddeugain mlynedd a mwy yn ddiweddarach, ei hysbysu ei bod hi wedi marw gan ofyn iddo a hoffai ddod i'r cynhebrwng efo hi. Gwrthod wnaeth o a siarsio Anti Sydna i beidio sôn wrth Carol. Ei le fo oedd torri'r newydd i'w chwaer fach. Gwnaeth yn siŵr bod digon o amser wedi pasio fel na allai hi fynd i'r cynhebrwng. Roedd Carol yn beth fach ddigon bregus heb ailgodi crachen hyll ei chwaer fawr. Go brin y byddai Carol yn ei chofio bellach beth bynnag. Roedd Carol yn benwan pan sylweddolodd fod Malcom wedi cadw'r wybodaeth rhagddi fel na fedrai fod wedi mynychu cynhebrwng Linda. Arllwysodd ei llid ar Anti Sydna hefyd am beidio â dweud wrthi hi.

Yng ngolau cannwyll y noson honno yn Aberystwyth, â'r gwydraid mawr o Malbec yn meddalu'r atgofion, dechreuodd Malcolm gwestiynu ei benderfyniad i dorri pob cyswllt gyda Linda. Bu adeg pan oedden nhw'n agos. Cofiai fel y byddai eu mam, cyn iddi fynd yn wael, yn mynd â'r tri ohonyn nhw i'w hoff le: i gopa'r Fron ac at y dderwen deg. Byddai eu mam yn eistedd yn dadbacio'r brechdanau bach caws a phicl, Kit Kat yr un a'r lemonêd o dan barasól canghennau'r goeden. Cadwai hi olwg ar Carol fach, tra byddai Malcolm a Linda'n dringo'r goeden am y cyntaf i eistedd fel dau aderyn bach ar ei changhennau. Cyn gynted ag y bydden nhw wedi setlo, a'u coesau a'u breichiau'n sgriffiadau i gyd, gallent edrych lawr dros Ryd y Garreg a'r tai islaw oedd fel darnau Lego yn y pellter. Eu coeden nhw oedd hon. Eu caer nhw i'w hamddiffyn rhag gweddill y byd. Hon oedd yr unig goeden ar gopa'r Fron ac felly roedd ei changhennau'n ymestyn yn bell. Doedd yr un goeden arall yno i ddwyn ei lle.

Cofiai Malcolm fel y byddai eu mam yn eu rhybuddio nhw rhag eistedd ar gangen oedd yn rhy bell o'r boncyff. Y pella'r gangen o'r boncyff, y gwannaf oedd hi gan ei bod hi'n gymaint teneuach. Byddai eu mam yn dweud bod boncyff y dderwen fel cartref i'r teulu. Y canghennau oedd y teulu. 'Cadwch yn agos at y boncyff, ac mi fyddwch yn saff. Crwydrwch ymhell o'ch teulu, ac mi fydd y gangen yn torri.'

Ai marwolaeth eu mam a'u tad ynteu ei benderfyniad o i dorri cysylltiad efo Linda barodd i ganghennau'r teulu dorri?

Oni ddaeth marwolaeth eu rhieni â hollt rhyngddyn nhw? Cofiai Malcolm fel y trodd ymddygiad Linda'r Nadolig olaf hwnnw yn afresymol. Doedd hi prin yn siarad efo'i thad. Ai galar oedd i gyfrif am hynny? Oedd gan Linda ran ym marwolaeth ei thad? Allai o ddim credu am eiliad y byddai hi'n ei ladd. Beth allai fod wedi ei harwain i wneud hynny? Roedd Doctor Ellis wedi arwyddo'r dystysgrif farwolaeth. Go brin y byddai doctor uchel ei barch fel fo yn ffugio tystysgrif o'r fath. Ac eto ...

Wrth edrych yn ôl, cofiai Malcolm fel yr arferai ymfalchïo yn y ffaith fod ei dad yn brifathro Ysgol Rhyd y Garreg a'r statws a ddeuai efo hynny. Gwyddai Malcolm nad oedd pawb yn ei barchu. Byddai ambell un yn fwy na pharod i'w lusgo i lawr oddi ar ei bedestal. Ond beth bynnag oedd beiau ei dad, onid gwell oedd eu hanwybyddu bellach a gadael llonydd i'r meirw? Gwyddai hefyd fod trawma Carol o golli rhieni a diflaniad ei chwaer fawr o fewn cyfnod mor agos i'w gilydd wedi dweud arni hi. Cofiai Malcolm fel y cawsai Anti Sydna fyd efo Carol pan oedd hi yn ei harddegau ac roedd Glyn yntau wedi cael ei siâr o ofidiau efo hi fel gwraig iddo wedyn. Roedd yr hen euogrwydd yna'n tynnu eto. A ddylai o fod wedi ymateb yn wahanol i hyn i gyd? Beth fyddai wedi digwydd petai o wedi gadael i Linda fwrw ei bol? Fyddai hi wedi dod yn ôl i Ryd y Garreg? Fyddai Carol wedi bod yn hapusach? Fyddai enw da ei dad wedi bod yn ddiogel?

Tybed na ddylai siarad efo Carol? Ceisio gwneud iawn am gamgymeriadau'r gorffennol? Ynteu oedd hi'n rhy hwyr a hithau'n prysur yfed ei hun i'w bedd? Tybed oedd gwaredigaeth iddi hi? Hi, ac Anti Sydna, oedd yr unig gangen o'r teulu oedd ar ôl. Yn ôl llythyr Linda flynyddoedd ynghynt, roedd beth bynnag ddigwyddodd iddi hi a Carol yn rhy erchyll i'w roi mewn llythyr. Doedd Malcolm ddim yn siŵr a oedd o'n barod i wynebu'r gwir hwnnw chwaith. A ddeuai unrhyw ddaioni o dyrchu hen hanes? A fyddai Carol yn cofio unrhyw beth a hithau ond newydd gael ei phen-blwydd yn naw oed pan fu farw ei thad? Penderfynodd yn y fan a'r lle, fel daeth y trydan yn ôl i oleuo bar y gwesty, y byddai'n holi Barbara ar ôl cyrraedd adre. Roedd hi'n hen bryd iddo ddibynnu ar ei doethineb hi. Gwyddai iddo roi taw ar Barbara pan geisiodd hi awgrymu rhywfaint o'r sïon am ei dad wrtho flynyddoedd ynghynt. Doedd o ddim yn barod i wynebu'r gwir yr adeg honno. Roedd yr holl beth yn rhy amrwd. Ond efallai ei fod o'n barod rŵan. Aeth Malcolm i'r gwely'r noson honno yn teimlo rhywfaint o ryddhad. Fe siaradai efo Barbara ar ôl cyrraedd adre a cheisio cael trefn ar fudreddi'r gorffennol.

Cododd Malcom ben bore, cael brecwast a gadael y gwesty cyn wyth o'r gloch. Diolchodd mai ar Ffordd y Gogledd y parciodd o'r car y noson cynt, y tu ôl i'r gwesty yn hytrach nag ar y prom. Roedd y prom y bore hwnnw'n gyflafan o dywod a cherrig. Cyn cychwyn ei gar, anfonodd neges sydyn at Dewi yn holi am y *five-a-side*. Doedd Barbara ddim wedi ateb ei neges y noson cynt, a thybiodd Malcolm ei bod wedi bod allan efo'r criw spin y noson honno ac wedi anghofio amdano. Taniodd Malcolm y car a throi am adref gan wenu wrth ei ddychmygu o'n dwrdio Barbara'n ysgafn ar ôl cyrraedd Tegeirian a hithau'n agor ei llygaid mawr yn llawn ymddiheuriad, cyn ysgwyd y torchau coch mewn cywilydd. Roedd ganddo'r wraig orau yn y byd. Dim ond nhw ill dau oedd yna. Roedden nhw wedi methu â chael plant, wedi derbyn hynny ac wedi ymroi i'w gwaith yng nghanolfan Tegeirian. Diolchai Malcolm amdani. Hi oedd yr angor yn ei fywyd. Tybed na allen nhw fynd am bryd bach o fwyd i'r bistro newydd yn y dre'r noson honno, ar ôl y *five-a-side*?

Paul Foty

Wrth weld car yr heddlu'n troi mewn i fforcort y garej, atgoffodd Paul ei hun y byddai'n rhaid iddo smalio nad oedd yn gwybod bod y Corsa wedi bod mewn damwain y noson cynt. Roedd o wedi disgwyl y byddai'r heddlu'n dod yno ryw ben y bore hwnnw. Ond doedd o ddim wedi disgwyl mai Eira Lion fyddai'n dod. Roedd Paul yn ei hadnabod hi'n iawn; hyd yn oed yn cofio pryd y cafodd hi ei geni. Bu'n rhaid i Janice Lion eni ei phlentyn cyntaf yn llofft y Lion ar fore'r 10fed o Ionawr 1982. Doctor Ellis fu'n ei chynorthwyo gan nad oedd posib ei chludo i Ysbyty'r Gilfach oherwydd cyflwr y ffyrdd. Galwyd y baban, yn addas iawn, yn Eira. Chydig o ffŷs a wnaed ar ddiwrnod geni'r hogan fach gan fod y pentref wedi'i syfrdanu gan newyddion arall. Y newyddion am farwolaeth David Pritchard.

Er na fu llawer o ymwneud rhwng Eira a Paul, a hithau ddeunaw mlynedd yn iau na fo, roedd hi wedi hen arfer ei weld o. Cafodd ei magu â llun anfarwol Polyn Foty ar ben ceir yn yr eira yn swfenîr o gyfnod ei geni ar wal tafarn ei rhieni. Roedd hi'n eironig meddwl am Eira yn gweithio i'r heddlu, o gofio faint o weithiau y torrodd ei rhieni'r gyfraith drwy agor y dafarn yn hwyr a thrwy weini diod i sawl un oedd o dan oed. Cofiai fel y cawsai ei frawd, Glyn, sawl peint o chwerw ar noson yr eira mawr, er nad oedd ond rhyw bymtheg oed bryd hynny. Bu'n rhaid iddo helpu ei frawd bach adre'r noson honno. Cofiai ar ôl cyrraedd adre fod ei fam yn benwan o weld y stad oedd ar ei mab ieuengaf. Roedd Paul yntau fymryn yn flin efo'i frawd achos roedd o wedi bod yn chwarae efo'r syniad o gerdded i fyny i Dan y Dderwen i weld Sharon gan y gwyddai fod ei rhieni hi i ffwrdd yn nhŷ Nain Drefach. Ond gyda'i frawd bach yn chwil, bu'n rhaid iddo ei gyrchu adre i'r garej a wynebu llid eu mam druan.

Taflodd gip arall wrth weld Eira'n cerdded tuag ato. Roedd ganddi'r un wyneb yn union â'i mam. Cofiai Paul fod wyneb Janice Lion yn fflat fel crempog. Roedd Eira hithau a'i hwyneb yn edrych fel petai rhywun wedi eistedd arno. Sylwodd fod heddwas arall nad oedd o'n ei adnabod efo hi. Roedd hi wedi dechrau bwrw eto fyth. Penderfynodd Paul na fyddai'n gwâdd y ddau heddwas i'w offis. Roedd o wedi hen arfer â bod allan yn y glaw. Gobeithiai y byddai'r glaw yn cymell y ddau heddwas i fod yn gryno ac i adael llonydd iddo. Gwyrodd Paul ei ben o dan fonet Audi Barbara Pritchard a chymryd anadl ddofn. Roedd y car yn barod. Ond gwyddai Paul fod ei berchennog wedi marw. Roedd gwybod cymaint ond methu dweud dim yn cnoi yn ei stumog. Diolchai ei fod wedi llwyddo i newid teiars 4x4 ei frawd a'i guddio yng nghefn yr iard cyn iddyn nhw gyrraedd. Fel y clywai sŵn traed y ddau heddwas yn nesáu ato, caeodd y bonet a chododd ei ben yn barod i'w cyfarch. Gwnaeth Paul yn fawr o'i daldra i guddio ei ddiffyg hyder wrth iddo sefyll droedfeddi uwchben y ddau heddwas. Roedd y byd wedi newid. Erstalwm, y plismyn fyddai'n dal. Llyncodd ei boer a chodi cwfl ei gôt cyn dweud, 'Bore da! 'Dach chi 'di dod â'r blincin glaw yn ôl efo chi!'

Wastraffodd Eira Lion ddim amser yn ei hysbysu bod y Corsa, â'r hysbyseb *Car Cwrteisi Garej Foty* ar fathodyn ar y ffenest gefn, wedi bod mewn damwain gan ofyn iddo gadarnhau pwy fyddai wedi bod yn gyrru'r car.

'Barbara Tegeirian. Barbara Pritchard,' meddai Paul a'i lais yn crynu cyn mynd yn ei flaen. 'Mi gafodd hi fenthyg y car gen i ddoe. Barbara bia'r Audi 'ma. Ro'n i'n disgwyl iddi ddod i'w nôl o ben bore 'ma. Ydi Barbara'n iawn?'

Ysgwyd ei phen wnaeth Eira Lion a golwg eisiau crio arni hi. Wrth gwrs, roedd pawb yn Rhyd y Garreg a thu hwnt yn adnabod Barbara Tegeirian. Roedd hi'n bersonoliaeth fawr yn yr ardal. Byddai'r newyddion yn lledu fel tân gwyllt ar hyd a lled y lle o fewn dim a phawb wedi'u syfrdanu.

Torrodd Eira Lion ar draws ei feddyliau: 'Paid â sôn wrth neb eto, Paul. 'Dan ni'n disgwyl i Malcolm gyrraedd adra o Aberystwyth er mwyn torri'r newydd iddo fo. Dydi o ddim yn gwybod eto.'

Ac ar hynny, dechreuodd Eira grio gan ymddiheuro am ei hamhroffesiynoldeb cyn i'r heddwas bach arall, nad oedd yn edrych yn ddigon hen i sefyll ei TGAU, ddiolch i Paul a hebrwng Eira oddi yno.

Roedd Paul yntau o dan deimlad. Yn rhannol oherwydd colli Barbara ond hefyd mewn cywilydd ei fod wedi helpu i guddio tyst. Diawliai ei frawd ond diawliai ei chwaer-yng-nghyfraith yn fwy fyth. Byddai'n rhaid i Glyn sortio ei wraig a'i hyfed gwirion. Roedd pethau wedi mynd dros ben llestri yn llwyr. Byddai angen iddo yntau sortio pethau efo Sharon heno hefyd. Roedd y ffaith iddi hi ei anwybyddu dros frecwast y bore hwnnw wedi ei ypsetio'n lân. Oedd o am ddweud wrthi hi am yr hyn oedd wedi digwydd neithiwr neu obeithio y byddai'r newyddion trist am Barbara Tegeirian yn pylu'r cof am ddigwyddiadau'r noson cynt?

Malcolm

Ddwy awr dda yn ddiweddarach, roedd Malcolm ar fin cyrraedd pen ei daith. Bu bron iddo fynd ar ffordd osgoi'r Gilfach er mwyn cyrraedd Rhyd y Garreg yn gynt, ond penderfynodd bicio i mewn i'r dre. Roedd gwin y noson cynt wedi rhoi awgrym o gur pen iddo. Chydig iawn fyddai o'n yfed bellach – ambell lasiad o win neu beint o gwrw ar benwythnos weithiau. Roedd gweld sut roedd ei chwaer fach wedi mynd mor gaeth i'r gwin yn ddigon iddo ymwrthod. Anelodd y car am sgwâr y Gilfach. Fe âi draw i'r fferyllfa i gael paced o *paracetamols* ac i holi Dewi am y *five-a-side*. Doedd dim ots ganddo mewn gwirionedd os nad oedd y *five-a-side* am ddigwydd gan ei fod yn edrych ymlaen i gael rhoi'r byd yn ei le'n iawn efo Barbara. Roedd meddwl am gael *beef stroganoff* y bistro newydd yn nes ymlaen yn tynnu dŵr o'i ddannedd. Roedd hi wedi dechrau bwrw glaw eto. Brasgamodd Malcolm ar draws y maes ac i mewn i'r fferyllfa cyn iddo wlychu.

Roedd Dewi wrthi'n trafod rhyw feddyginiaeth efo cwsmer a phan welodd o Malcolm yn sefyll yno, gwelodd Malcolm o'n rhewi cyn ailgychwyn yn heglog ar ei druth gyda'r hen wraig o'i flaen. Tybiodd Malcolm fod Dewi newydd gofio iddo anghofio bwcio'r pitsh i'r *five-a-side*. Gyda Dewi'n parhau i roi cyfarwyddyd i'w gwsmer, daeth Sharon o'r cefnau. Roedd hi fel yr haul bob amser a wastad yn gynnes ei chyfarchiad.

'Sgeifio gwaith yn Nhegeirian, Malcs?' holodd hi o'n gellweirus.

'Na. Ar ffordd adra o Aber. Wedi bod yno ers ddoe.'

'Oedd Barbara efo ti?'

'Nagoedd.'

'Wel, deud wrthi hi 'mod i wedi trio'i ffonio hi neithiwr. Ddoth hi ddim i'r spin. Dydi hi byth yn colli fel arfer,' atebodd Sharon.

Crychodd Malcolm ei dalcen. Peth rhyfedd nad oedd Barbara wedi ateb y ffôn i Sharon nac iddo yntau. A pham nad oedd hi wedi mynd i'r spin? Anaml iawn fyddai Barbara'n colli'r un sesiwn.

Estynnodd Malcolm am baced o *paracetamols* a thalu Sharon gan ofyn iddi ddweud wrth Dewi pan fyddai o wedi gorffen efo'i gwmser nad oedd ots am y *five-a-side* – ei fod am dritio Barbara i swper bach yn y dre heno. Ac i ffwrdd â fo heb gael cyfle i siarad efo'i ffrind a throi am Degeirian.

Pan gyrhaeddodd ei gartref, gwelodd fod car heddlu o flaen y tŷ. Roedd Glyn yn sefyll yno efo nhw. Oedd difrod wedi bod i'r ganolfan arddio yn ystod y glaw mawr neithiwr? Petai hynny'n wir, byddai Barbara wedi cysylltu efo fo. Byddai Glyn hefyd. Na, nid yno ar berwyl y ganolfan oedden nhw. Edrychodd o'i gwmpas. Doedd Audi Barbara ddim yno. Roedd pen Glyn yn isel fel petai o'n canolbwyntio ar rywbeth pwysig ar ei esgidiau gwaith. Lledodd rhyw oerfel rhyfedd dros Malcolm. Roedd rhywbeth o'i le. Gwyddai'r eiliad honno mai newyddion drwg oedd yn ei ddisgwyl. Daeth allan o'r car gan weld dau heddwas yn dod tuag ato gan dynnu eu helmedau'n barod i drosglwyddo newyddion iddo a fyddai'n ei lorio'n llwyr.

Lisa Mai

Roedd hi'n dechrau nosi a'r glaw wedi dechrau dawnsio ar ffenest y car. Bu'n daith flinderus. Byddai Dewi'n ôl o'r fferyllfa erbyn iddi hi gyrraedd adre, ond mae'n siŵr nad oedd o wedi meddwl am beth i'w gael i swper. Bodloni ar basta syml a photel neis o win fyddai hi heno, debyg, ac roedd hynny'n siwtio Lisa i'r dim. Roedd y tywydd yn rhy wael i feddwl am fynd allan i'r dre'r noson honno ac roedd ganddi gymaint roedd hi eisiau ei rannu efo Dewi am ei harhosiad yng Nghaerdydd. Edrychai ymlaen at gael noson fach ramantus o swatio yn y tŷ a rhoi'r byd yn ei le. Roedd hi wedi prynu caws arbennig o'r enw Hiraeth a chraceri surdoes o'r siop gaws hyfryd ynghanol y brifddinas yn anrheg fach i'w gŵr. Jest y peth efo potel fach o win coch yn nes ymlaen.

Wrth aros mewn rhes o oleuadau traffig, taflodd gip sydyn arni hi ei hun yn y drych a chymryd y cyfle i estyn minlliw o'i bag a'i daenu'n ysgafn dros ei gwefusau cyn cyrraedd adre. Rhedodd ei bysedd drwy ei gwallt. Roedd y lliw golau cynnil a gawsai yn y salon gwallt yng Nghaerdydd yn gweddu i'w llygaid glas a'r toriad wedi sionci ei hwyneb. Teimlai'n dda. Doedd hi ddim yn edrych yn rhy ddrwg o ddynes yn ei phumdegau. Taflodd y minlliw yn ôl i'r bag wrth weld y goleuadau traffig yn newid i wyrdd a ffwrdd â hi, yn ysu am gyrraedd adre. Hwn fyddai'r penwythnos olaf cyn mynd yn ôl i'w hanner tymor olaf fel pennaeth Ysgol Rhyd y Garreg. Roedd hi am wneud yn fawr o'r penwythnos efo Dewi.

Byddai'n rhaid iddi fynd i weld ei thad yn y bore. Roedd hi bron yn wythnos ers iddi ei weld ac roedd o wedi ymddwyn yn rhyfedd y tro diwethaf yr aeth hi i'r cartref. Marwolaeth ei mam wnaeth brysuro'r dirywiad yng nghyflwr meddwl ei thad, roedd Lisa'n siŵr o hynny. Teimlai Lisa ryw chwithdod mawr na fyddai ei mam, a fu farw bum mlynedd ynghynt, wedi cael byw i weld ei gorwyres. Byddai hi wedi gwirioni. Ond edrych ymlaen at y dyfodol oedd angen ei wneud rŵan, nid hiraethu am yr hyn a fu.

Gwenodd Lisa wrth gofio am yr hwyl gafodd hi efo Alaw Haf yng Nghaerdydd dros yr hanner tymor a'r ddwy wedi treulio oriau yn John Lewis yn edrych ar ddillad a phetheuach babanod. Roedd Lisa wedi dychryn o weld prisiau'r pramiau gyda'r rhan fwyaf ohonyn nhw dros fil o bunnoedd. Mor wahanol oedd y pramiau bach twt hyn oedd yn troi'n bopeth bron iawn ar wahân i hofrennydd o'u cymharu â'r hen Silver Cross mawr heglog oedd ganddi hi pan oedd Alaw Haf yn faban bach. Ond naw wfft i gostau. Byddai'r babi newydd yn cael y gorau. Dim sgimpio! Roedd hi mor braf cael rhywbeth i edrych ymlaen ato fo. Byddai hi a Dewi yn nain a thaid cyn diwedd yr haf. A'i thad yn hen daid, os byddai'r hen Ddoctor Ellis yn dal yn fyw erbyn hynny.

Yn ogystal â John Lewis, treuliodd Lisa a'i merch brynhawn arall yn Ikea ac Alaw Haf yn methu coelio bod ei mam wedi dwyn llond bag o'r pensiliau bach a'r tapiau mesur papur o'r siop honno. Ond buan y sobrodd Alaw Haf wedyn pan eglurodd ei mam wrthi hi nad oedd gan yr ysgol ddigon o gyllid i brynu deunyddiau sylfaenol, ac roedd pensiliau a thapiau mesur Ikea jest y peth ar gyfer y plant. Fyddai neb ddim callach a beth bynnag, roedd y siop yn annog ei chwsmeriaid i helpu eu hunain i'r pensiliau a'r tapiau mesur er mwyn hwyluso'r siopa iddyn nhw. 'Ia, ond ddim hanner cant ohonyn nhw, Mam!' meddai Alaw Haf dan chwerthin. Edrychai Lisa ymlaen i ddweud yr hanes wrth Dewi. Byddai'n bownd o'i phryfocio'n ddi-baid drwy ei galw hi, a hithau'n brifathrawes, yn lleidr!

Roedd cyflwr Ysgol Rhyd y Garreg yn destun gofid mawr i Lisa ac roedd llawer o'r egni a'r brwdfrydedd fu ganddi at ei swydd rai blynyddoedd ynghynt wedi diflannu. Bu'n ystyried ymddeoliad cynnar ers tro ac roedd y newyddion diweddar am doriadau pellach wedi ei digalonni'n llwyr a'r holl waith papur wedi mynd yn fwrn. Gadawodd y Cyfnod Clo ei ôl ar lawer o'r plant a'r gwaith yn anodd, nid yn unig i sicrhau eu bod yn llythrennog ond hefyd i geisio gwarchod rhyw fath o gydbwysedd emosiynol iddyn nhw. Roedd gofyn i athrawon heddiw fod yn addysgwyr ac yn weithwyr cymdeithasol, a hynny o dan amodau tu hwnt o heriol. Hysbysodd Lisa'r llywodraethwyr ar ddiwedd tymor yr haf ei bod am roi'r gorau iddi erbyn y Nadolig. Daeth cyhoeddiad Alaw Haf ei bod yn disgwyl babi rai wythnosau'n ddiweddarach yn gadarnhad ei bod hi wedi gwneud y penderfyniad cywir. Fe gâi hi ddigon o gyfleoedd i fynd i Gaerdydd i ddotio at ei hwyres fach gyntaf heb hualau amserlen tymor ysgol. Ac er nad oedd hi wedi dweud wrth neb hyd yn hyn, roedd hi wedi dechrau breuddwydio am gael symud i'r brifddinas.

Tybed fyddai Dewi'n cysidro symud i Gaerdydd maes o law? Gwyddai Lisa ei fod yn mwynhau ei waith. Ond oni allai wneud ei waith fel fferyllydd yng Nghaerdydd tan ei fod yntau'n barod i ymddeol? Roedd Sharon yn ddigon abl i barhau â'r gwaith heb Dewi a fyddai hi fawr o dro'n recriwtio aelod newydd o staff ati hi. Mater arall i Lisa ei ystyried oedd ei thad. Byddai'n anodd iddi hi symud i fyw i Gaerdydd a gadael ei thad yn y cartref yn y Gilfach. Dyna anfantais bod yn unig blentyn. Doedd yna neb arall i rannu'r cyfrifoldebau â nhw. Wyddai hi ddim chwaith am faint yn hirach y byddai ei thad fyw. Doedd fawr ddim yn bod arno ar wahân i henaint a'r ffaith fod ei gof wedi dechrau pylu. Sylweddolodd Lisa ei bod hi bellach yn rhan o'r *sandwich generation*. Roedd ganddi gyfrifoldeb dros ei rhiant oedrannus a hefyd dros ei phlentyn oedd ar fin dod yn rhiant ei hun. Dyma rai o'r holl bethau fu'n troi a throi ym mhen Lisa ar hyd y daith yn ôl o Gaerdydd ac roedd hi ar dân eisiau bwrw ei bol efo Dewi. Byddai'n dda pe gellid rhoi rhyw gynllun ar waith gyda'r bwriad o symud i Gaerdydd o fewn y flwyddyn neu ddwy nesaf. Efallai y ceisiai Lisa wthio'r cwch y mymryn lleiaf i'r dŵr dros y penwythnos efo Dewi er mwyn gweld ei ymateb.

Hwn, felly, fyddai ei thymor olaf yn yr ysgol. Caniataodd ei chyhoeddiad ddigon o amser i'r llywodraethwyr a swyddogion yr adran addysg ddechrau paratoi at hysbysebu swydd pennaeth Ysgol Gynradd Rhyd y Garreg. Digon tila fu safon yr ymgeiswyr, ac roedd Lisa wedi dechrau poeni na fyddai'n bosib penodi, ond diolch i'r drefn, cafwyd un a ragorai ar yr holl ymgeiswyr eraill a gwnaeth gryn argraff ar bawb o'r panel. Roedd yn bennaeth mewn ysgol dipyn llai na Rhyd y Garreg, ysgol ac iddi enw da. Ond roedd yr ymgeisydd yma'n barod am yr her o arwain ysgol dipyn mwy er mai lleihau mewn niferoedd wnaeth disgyblion Rhyd y Garreg dros y blynyddoedd diwethaf. Gwyddai Lisa, o graffu ar y tueddiadau ar gyfer y blynyddoedd i ddod, nad oedd hi'n amhosib i Ysgol Rhyd y Garreg gael ei hychwanegu at restr y cyngor sir o ysgolion bach i'w cau maes o law. Nid diffyg plant oedd yr unig broblem ond y ffaith fod hen adeilad yr ysgol yn dechrau mynd â'i ben iddo. Wedi ymuno â'r proffesiwn oedd hi i addysgu plant, nid i graffu ar gyllidebau cyfalaf byth a beunydd. Doedd hi ddim am rannu ei theori fach hi ynghylch y bygythiad i gau'r ysgol efo'r pennaeth newydd. Nid ei phroblem hi fyddai hynny ar ôl y Nadolig.

Wrth gyrraedd y Gilfach a'r glaw yn dal i gusanu ffenest ei char, gwelodd Lisa 4x4 ei chymydog yn dod i'w chyfarfod. Trodd y 4x4 o'i blaen ac i mewn i stad y Gilfach Wen a throdd Lisa ar ei ôl gan barcio yn y dreif o flaen ei chartref. Er ei bod hi'n ysu am gael mynd i mewn o'r glaw at Dewi, safodd am eiliad i gyfarch ei chymydog ym mhen draw'r stad. Er bod Lisa'n gwybod bod Glyn wedi ei gweld, rhedeg i mewn i'w dŷ wnaeth o gan ei hanwybyddu hi'n llwyr. Tybed oedd o'n flin ar gownt Carol a'i hyfed eto? Roedd dibyniaeth Carol ar alcohol yn poeni Lisa. Gwyddai iddi gael magwraeth anodd yn sgil colli ei rhieni yn ifanc ac wedyn yr hw-ha fawr pan adawodd Linda Ryd y Garreg heb air o eglurhad. Oedd gobaith y byddai hi'n canfod adferiad? Roedd Carol a Glyn yn gwneud sioe fawr o smalio nad oedd dim byd yn bod a phawb yn cydchwarae'r gêm er bod y byd a'i fodryb yn gwybod bod Carol Miles yn alcoholig. Arhosodd Lisa ddim eiliad yn hirach yn y glaw – byddai'n difetha ei gwallt ac roedd hi'n edrych ymlaen i weld ymateb ei gŵr i'r toriad a'r lliw newydd. Bachodd ei chês a chythru am y tŷ yn awchu am goflaid gynnes Dewi.

Agorodd y drws, gadael ei phethau ar waelod y grisiau a gweiddi ei 'iw-hw' arferol. Chafodd hi ddim ateb. Cydiodd yn y pecyn caws yn barod i'w roi yn anrheg fach i'w gŵr. Galwodd eto. Lledodd anesmwythyd rhyfedd drwyddi. Gwyddai fod Dewi yn y tŷ. Pam nad oedd o'n ei hateb? Roedd golau lond y lle a'i gar ar y dreif. Cerddodd drwy'r cyntedd gan edrych draw at y gegin a gweld drwy'r drysau gwydr amlinelliad cwmanog ei gŵr yn pwyso ar y bar brecwast marmor. Aeth i'r gegin yn barod am goflaid a chroeso ond chododd o mo'i ben i'w chydnabod. Sylwodd fod gwydr wisgi bron yn wag wrth ei ochr. Ar ddiwedd noson y byddai Dewi fel arfer yn cael wisgi bach, nid mor gynnar â hyn.

'Ti'n iawn, Dewi?' gofynnodd iddo'n ddistaw. Yn araf bach cododd ei ben a gwelodd Lisa fod ei lygaid yn goch.

'Be sy?' Tybed oedd ei thad wedi ei gymryd yn wael. Mentrodd eto.

'Oedd Dad yn iawn heddiw? Fues ti i'w weld o?'

'Naddo,' atebodd Dewi drwy ei ddagrau.

'Ti 'di bod i'w weld o o gwbl ers pan dwi ffwrdd?' gofynnodd fymryn yn gyhuddgar. Rhoddodd Dewi ei ben yn ei ddwylo a dweud yn floesg, 'Mae rhwbath ofnadwy wedi digwydd.'

Aeth calon Lisa i'w gwddw a gofynnodd, 'Ydi Dad wedi ...?'

Ysgwyd ei ben wnaeth ei gŵr a dweud, 'Mae Barbara wedi marw.'

Edrychodd arno mewn anghrediniaeth. Oedd hi wedi clywed yn iawn?

'Barbara Tegeirian?' gofynnodd Lisa'n syfrdan.

'Pa ffwcin Barbara arall wyt ti'n nabod? Siŵr Dduw, Barbara Tegeirian,' atebodd ei gŵr gan roi ei ben yn ôl yn ei ddwylo a chrio fel babi.

Sharon

Fedrai Sharon ddim credu. Roedd gormod i'w brosesu. Cerddai o gwmpas cegin Ffridd Ganol fel gafr ar darannau. Crefodd Paul arni hi i ddod i eistedd ato ar y soffa fach las ym mhen draw'r gegin. Ond fedrai Sharon ddim eistedd. Roedd ei meddwl hi ar chwâl. Barbara wedi marw mewn damwain car? Dyna oedd y ddamwain roedd hi wedi pasio'r bore hwnnw felly ar ei ffordd i'w gwaith, heb fawr o feddwl mai dyna lle bu farw ei ffrind. Dyna pam nad oedd Barbara wedi ateb ei ffôn neithiwr.

Daeth Paul i'r fferyllfa'n unswydd i ddweud wrthi hi ganol prynhawn fod Glyn wedi ei ffonio i ddweud bod yr heddlu wedi mynd at Malcolm yn Nhegeirian ganol dydd. Eglurodd iddi ei fod wedi cael gwybod ei bod hi wedi marw mewn damwain car cyn hynny gan fod yr heddlu wedi dod i'r garej, ond iddyn nhw ei siarsio i beidio â dweud wrth neb tan eu bod wedi cael cyfle i ddweud wrth Malcolm. Yng nghar cwrteisi Garej Foty oedd Barbara pan aeth hi ar ei phen i'r ffos, dywedodd Paul wrthi hi. Doedd neb arall yn rhan o'r ddamwain. Mae'n debyg mai ar ei ffôn roedd hi. Roedd Malcolm druan wedi gofyn i Glyn hysbysu pawb o'i chydnabod, gan gynnwys ei chwaer, Carol.

Ond nid Carol oedd ar flaen meddwl Sharon yr eiliad honno. Beth os mai ei neges hi wrth iddi ddod allan o'r gampfa neithiwr yn holi ble'r oedd hi wnaeth achosi i

Barbara dynnu ei llygaid oddi ar y lôn? Beth os mai hi, Sharon, oedd achos ei marwolaeth? Roedd meddwl am y peth yn ei bwyta hi'n fyw. Ac ar ben popeth, os oedd hi'n teimlo pwysau euogrwydd, beth am Dewi? Meddyliodd Sharon yn ôl drwy ddigwyddiadau'r bore. Roedd Dewi wedi bod yn ymddwyn yn rhyfedd wedi iddi hi egluro ei bod hi'n hwyr yn sgil damwain angheuol. Roedd Dewi wedi ymddwyn yn rhyfedd pan ddaeth Malcolm i'r fferyllfa gan barhau i siarad efo'r cwmser er ei fod wedi hen orffen egluro dos y presgripsiwn. Roedd Sharon wedi gweld hynny'n od o feddwl bod Dewi a Malcolm yn ffrindiau bore oes. Byddai Dewi'n bownd o deimlo'n chwithig am ymddwyn mor shabi efo'i ffrind y bore hwnnw. Yn fuan wedyn, ar ôl i Malcolm adael, roedd Dewi wedi gofyn iddi hi a gâi o fynd adre, nad oedd o'n teimlo'n dda. Fedrai hi ddim gwrthod, er bod cynnal y fferyllfa ar ei phen ei hun, heblaw am Lili oedd ar y tils, yn mynd i fod yn anodd. Gadawodd Dewi heb ddweud gair o'i ben. Ond y ffrae a fu rhyngddi hi a Paul y noson cynt oedd ar flaen ei meddwl yn y fferyllfa ac nid ymddygiad rhyfedd ei phartner gwaith, ac felly wnaeth hi ddim meddwl fawr mwy am Dewi a Malcolm bryd hynny.

Erbyn heno, roedd y ffrae fu rhyngddi hi a Paul neithiwr wedi'i gwthio i ben pella'i meddwl. Ystyriai ei hun yn lwcus fod ganddi ei gŵr o feddwl am Malcolm druan yn ceisio ymgodymu â'r ffaith fod ei wraig wedi marw. Rhaid bod Paul wedi darllen ei meddyliau achos mi gododd o'r soffa ati hi a lapio'i hun amdani i'w chysuro.

'Bydd raid i ni fynd i gydymdeimlo efo Malcs, Shar,' sibrydodd yn y goflaid.

'A Carol. 'Sa well mynd at Carol gynta?' gofynnodd Sharon. Gwyddai Sharon y credai Paul mai mynd at Malcolm ddylen nhw'n gyntaf ond bu gan Sharon gonsýrn mawr am Carol erioed. Bron iawn nad oedd hi wedi cymryd mantell Linda fel chwaer fawr iddi hi, er y gwyddai na allai unrhyw beth wneud iawn â Carol am golli ei chwaer. Er nad oedd gan Carol a Malcolm fawr ddim i'w ddweud wrth ei gilydd, roedd Carol a Barbara wedi parhau'n ffrindiau da. Roedd y ddau ar fin estyn am eu cotiau pan ganodd cloch y drws. Megan oedd wedi dod yno o Dan y Dderwen, o dan deimlad mawr. Er bod Sharon wedi ffonio ei chwaer fach i ddweud wrthi hi am Barbara, gwyddai Sharon fod pawb angen bod efo rhywun ar adeg fel hyn. Diolchai fod Megan yn Rhyd y Garreg yn hytrach nag yng Nghaerdydd ar adeg mor drist. Doedd Megan hithau'n methu â chredu bod Barbara wedi marw.

'Ro'n i fod mynd allan am ddiod i'r Gilfach efo hi heno,' meddai Megan drwy ei dagrau. Cofleidiodd Sharon ei chwaer fach gan ddweud eu bod ar fin mynd draw at Carol a Glyn, a bod croeso iddi ddod efo nhw. A dyna fu. Rhoddodd y tri eu cotiau glaw amdanynt yn dawel a throi'r Volvo i gyfeiriad y Gilfach.

Yn ystod y daith fer i'r Gilfach, diolchai Sharon yn ddistaw bach fod Robin wedi mynd yn ôl at ei fam a'i dad. Roedd o'n rhy ifanc i boeni am bobl yn marw. Deuai profedigaethau ar draws ei fywyd yn ddigon buan eto. Byddai Robin ar ei ffordd i Sir Benfro efo'i fam erbyn hyn i aros efo'i fam-gu a'i dad-cu. Roedd Sharon ar fin anfon neges at Helen i ofyn iddi adael iddi wybod pan fydden nhw wedi cyrraedd Sir Benfro yn saff. Doedd hi'n ddim ffit i neb fod yn teithio i unman yn y tywydd yma. Ond cofiodd am ei neges ffôn at Barbara. Gwell peidio ag anfon neges at Helen rhag ofn ei bod hi'n dal i yrru.

Wrth droi i mewn i stad y Gilfach Wen edrychodd Sharon draw at dŷ Dewi a gweld bod dau gar yn y dreif.

Roedd Lisa Mai wedi cyrraedd yn ôl o Gaerdydd, felly. Byddai hithau'n bownd o fod wedi ypsetio'n lân hefyd. Roedd Lisa a Barbara'n ffrindiau mynwesol ers pan oedden nhw'n blant bach. Roedd pedair ohonyn nhw'n ffrindiau mawr yn yr ysgol: Barbara, Lisa, Carol a Megan. Teimlai fel petai galar wedi disgyn yn flanced drom ar draws yr ardal a phawb mewn sioc.

Glyn atebodd y drws gan gofleidio Sharon a Megan yn gynnes. Aethon nhw drwodd i'r gegin gefn lle roedd Carol wrth y bwrdd a photel win oedd bron yn wag o'i blaen. Cododd Carol gan faglu draw at Sharon a syrthio i'w breichiau'n beichio crio. Gafaelodd Sharon amdani'n dynn. Er bod ei chwaer-yng-nghyfraith fel sgerbwd o denau, gwyddai Sharon fod pwysau ei bywyd brau'n arteithiol o drwm. Aeth Megan hithau ati hi wedyn a'i chofleidio gan geisio cuddio ei syndod o weld ei ffrind ysgol yn edrych cymaint yn hŷn na'i hoed. 'Arabrab druan,' sibrydodd Megan wrth ei ffrind a gweld awgrym o wên ar wyneb Carol ynghanol yr holl ddagrau.

Rai munudau'n ddiweddarach a'r pump ohonyn nhw'n eistedd o gwmpas y bwrdd, a Glyn yn gwneud paned i Sharon, Megan a Paul, trodd Carol at Paul a dweud drwy ei dagrau, 'Diolch i ti am sortio'r 4x4 neithiwr, Paul. O leia mae hwnna'n un peth yn llai i boeni amdano fo.'

Plethodd Sharon ei hwyneb yn un marc cwestiwn. Gwelodd Paul yn rhoi ei ben yn ei ddwylo. Roedd hi'n amlwg fod Carol wedi rhannu cyfrinach nad oedd hi, Sharon, i fod i'w chlywed. Gwelodd fod Glyn yntau wedi'i rewi yn y fan a'r lle. Gwawriodd ar Sharon nad mynd i achub car oedd wedi torri lawr wnaeth Paul neithiwr. Roedd hynny'n egluro ei ymddygiad rhyfedd ynghyd â'r ffaith iddo adael ei ŵyr yn y tŷ ar ei ben ei hun. Hoeliodd ei llygaid ar ei gŵr.

'Be oedd yn bod ar y 4x4, Paul?'

'Doedd dim byd yn bod arno fo,' mwmiodd ei gŵr gan ysgwyd ei ben gystal â dweud wrthi am adael i'r peth fod. Ond doedd hi ddim am wneud pethau'n hawdd iddo fo.

'Be oedd angen ei sortio, felly?'

Daeth Glyn at y bwrdd efo'r paneidiau a cheryddu ei wraig: 'Ti a dy geg fawr. 'Sa fo'm yn well i ti gael panad yn lle ffwcin gwin?'

Gwnaeth hynny i Carol ddechrau udo crio eto a Megan yn edrych mewn syndod ar y ddrama oedd yn ymagor o'i blaen.

Trodd Glyn at Sharon: 'Sori, Sharon. O'n i'n meddwl 'sa Paul wedi deutha ti. Mi welodd Carol y ddamwain neithiwr. Doedd Barbara ddim yn edrych lle oedd hi'n mynd. Fi ofynnodd i Paul helpu.'

'Oedd y 4x4 yn rhan o'r ddamwain?' gofynnodd Sharon yn syfrdan, yn benderfynol o fynd i waelod y mater.

'Nagoedd. Ond fedren ni ddim cysylltu efo'r heddlu.' Pwyntiodd Glyn at y botel win. Gorffennodd Paul yr hanes drwy egluro ei fod wedi newid teiars y 4x4 rhag ofn y byddai'r heddlu'n tracio unrhyw hoel teiars wrth ymchwilio i'r ddamwain.

''Dan ni'n lwcus,' ychwanegodd Paul, 'dydi'r heddlu ddim wedi mynd ar ôl y sgwarnog honno.'

'Lwcus?' poerodd Sharon ar ei gŵr.

'Ti'n gwbod be dwi'n feddwl, Shar. Panicio wnaethon ni. Ond doedd dim angen.'

Ar un olwg, gwyddai Sharon nad oedd ei gŵr yn euog o ddim byd mawr mewn gwirionedd. Doedd gan neb arall ran ym marwolaeth Barbara. Helpu ei frawd a'i chwaer-yng-nghyfraith wnaeth Paul. Poeni y byddai Carol yn colli ei thrwydded yrru petai'r heddlu yn gofyn iddi chwythu mewn i'r bag oedd Glyn a Paul. Ond credai Sharon y byddai'n well pe byddai Carol yn colli ei thrwydded. Doedd hi'n ddim ffit i yrru i unman.

Trodd Sharon at Carol a gafael yn ei llaw: 'Rhaid i ti drio stopio'r yfed 'ma, Carol,' mentrodd yn garedig wrth ei chwaer-yng-nghyfraith.

Tynnodd Carol ei llaw yn rhydd: 'Dim rŵan, Sharon. Dim â Barbara wedi mynd,' meddai a'i geiriau'n llithro'n flêr wrth iddi estyn am fwy o win a'r dagrau'n ailddechrau.

'Mae'n bosib cael help. Ond mae rhaid i ti fod isio fo dy hun, Carol fach. Gofyn i'r doctor am help. Ond yn y cyfamser, rhaid i ti beidio gyrru. 'Dio'm werth o. Meddylia sut fasa ti'n teimlo os mai ti fasa wedi achosi damwain Barbara. Sut fasa ti'n teimlo wedyn?'

'O'n i'n meddwl mai dod yma i gydymdeimlo oeddet ti, nid i bregethu, Sharon!' gwaeddodd Carol yn llawn chwerwder.

Penderfynodd Sharon mai gwell fyddai gadael pethau am y tro â theimladau pawb mor amrwd. Gadawodd Carol y gegin a chlywyd sŵn ei thraed yn baglu i fyny'r grisiau ac yna ddrws y llofft yn cau'n glep. Edrychodd Sharon ar ei brawd-yng-nghyfraith. Codi ei ysgwyddau wnaeth hwnnw a golwg mor ddigalon arno. Doedd bywyd ddim yn braf i Glyn druan yn gorfod wynebu hyn bob dydd. Byddai un gair bach o'i le efo Carol yn ddigon i droi'r drol.

'A'i â hi draw at Malcolm bore fory. Dydi hi ddim ffit heno,' meddai Glyn a hoel pwysau'r byd ar ei ysgwyddau.

Edrychodd Sharon arno'n dosturiol a dweud, 'Siŵr mai dyna fasa galla, Glyn. Mi fydd hi'n brysur yno heno a phawb yn mynd i gydymdeimlo efo Malcolm. Synnwn i fawr na fydd Dewi a Lisa'n mynd yno nes ymlaen.'

'Dwn i'm am hynny,' atebodd Glyn.

'Be ti'n feddwl?' gofynnodd Paul i'w frawd.

'Dwi bron yn siŵr bod Barbara efo Dewi neithiwr.'

Edrychodd Sharon, Megan a Paul arno'n syfrdan, cyn i Glyn fynd yn ei flaen: 'Mi weles i Barbara'n gyrru'r Corsa o dŷ Dewi neithiwr. Doedd hi ddim yn gwaith ddoe. Roedd Malcolm yn Aberystwyth a dwi ddim yn gwybod lle oedd Lisa.'

'Roedd Lisa yng Nghaerdydd, efo Alaw Haf,' meddai Megan gan geisio cuddio ei syndod. Nid yn unig bod Barbara wedi marw, ond edrychai'n debyg ei bod hi'n cael perthynas efo Dewi Tynyffridd, gŵr un o'i ffrindiau gorau.

'Be ti'n ddeud, Glyn?' gofynnodd Sharon er ei bod hi wedi dechrau dyfalu'r ateb.

'Dwi'n meddwl bod Dewi a Barbara wedi bod yn cael affêr.'

'Ers pryd?' gofynnodd Paul i'w frawd.

'Dim syniad.'

Meddyliodd Sharon am ymddygiad Dewi yn y fferyllfa'r bore hwnnw pan ddywedodd hi wrtho fo fod car bach coch wedi bod mewn damwain angheuol ar y lôn gefn. Gwyddai fod ganddo ddynes gudd ers sawl blwyddyn. Ond doedd hi erioed, tan rŵan, wedi dychmygu mai Barbara oedd hi. Ai dyna'r rheswm na ddaeth Barbara i'r spin neithiwr gan weld ei chyfle, gan fod Malcolm a Lisa i ffwrdd, i gael mynd at Dewi? Am lanast! Barbara, felly, oedd y ddynes roedd ei chyd-weithiwr hi wedi bod yn dianc ati hi ar ambell bnawn. Roedd hi'n anodd credu bod dau oedd yn ffrindiau mor agos i Malcolm a Lisa wedi eu twyllo i'r fath raddau. Da o beth nad oedd yr un o'r ddau ddim callach, yn enwedig Malcolm. Y peth olaf oedd o ei angen ynghanol ei alar oedd cael gwybod am dwyll ei wraig a'i ffrind gorau. Oedd yna ddim diwedd i'r cyfrinachau felltith yma?

Gorffennodd Sharon ei phaned ac esgusodi ei hun i fynd i'r tŷ bach. Am ddiwrnod. Wrth olchi ei dwylo rai munudau'n ddiweddarach, gwelodd rywbeth yn y drych wnaeth iddi rewi yn y fan a'r lle. Trodd rownd ac edrych ar y bachau cotiau y tu ôl iddi hi. Yn hongian yno roedd bag cynfas Carol efo'r geiriau *A book a day keeps reality away.* Ond nid y geiriau hynny oedd wedi tynnu ei sylw. O dan y geiriau hynny roedd stribed plastig glas ei hen declyn Dymo hi wedi ei lynu ar y bag, gyda'r geiriau:

Paul

Roedd Paul wedi awgrymu eu bod yn mynd yn syth o dŷ ei frawd a'i chwaer-yng-nghyfraith yn ôl i Ryd y Garreg a draw i Degeirian i gydymdeimlo efo Malcolm. Doedd gan Sharon ddim awydd ond gwyddai ei fod yn llygad ei le ac y dylen nhw fynd draw'r noson honno. Cynigiodd Sharon eto i Glyn a hoffai o a Carol fynd efo nhw i weld ei brawd. Byddai'n rhaid i Carol fynd i gydymdeimlo efo fo'n hwyr neu'n hwyrach. Ond ysgwyd ei ben wnaeth Glyn. Doedd Carol ddim mewn cyflwr i fynd i weld neb y noson honno. Ond pryd fyddai hi?

Gellid teimlo'r tensiwn rhwng y ddau wrth iddyn nhw adael y Gilfach a throi'n ôl am Ryd y Garreg. Roedd y ffaith fod Megan yn eistedd yng nghefn y car yn ei gwneud hi'n anodd iddo ddechrau ymddiheuro wrth ei wraig, ond roedd yn gas ganddo feddwl am barhau gyda'r fath awyrgylch oeraidd. Paul oedd y cyntaf i dorri ar y tawelwch: 'Yli, dwi'n sori, Shar, am beidio deutha ti am y 4x4 neithiwr. Ond o'n i wir ddim isio dy boeni di heb fod angen.'

'I be oedd isio mynd i fusnesa efo'r 4x4? Ond dim hynny sy'n fy mhoeni i rŵan, Paul, ond y ffaith fod Robin yn gwybod.'

'Robin? Nacdi. Dydi Robin ddim yn gwybod.'

'Sut arall ti'n egluro'r neges ar fag Carol?'

'Pa neges?'

Eglurodd Sharon wrtho am y neges Dymo roedd hi

newydd ei gweld ar fag Carol yn y tŷ bach a bod Robin wedi bod yn chwarae efo'i Dymo hi'r noson cynt. Ceisiodd Paul ddiystyru'r peth. Ond gwnaeth hynny bethau'n waeth:

'Achos dy ffwlbri di, mi fydd Robin rŵan yn etifeddu afiechyd Rhyd y Garreg.'

Taflodd Paul edrychiad ati a gofyn, 'Afiechyd Rhyd y Garreg. Pa afiechyd? Am be wyt ti'n fwydro, Sharon?'

'Afiechyd cuddio'r gwir, Paul. Afiechyd cario gormod o gelwyddau.'

'Pa gelwyddau?'

'Yr un fath o gelwyddau ag y mae Carol druan wedi gorfod eu cario. Y ffaith fod ei thad wedi bod yn mocha efo hi. Y ffaith fod ei thad wedi cam-drin Linda'n rhywiol ...'

Dechreuodd Sharon grio. Aeth y cyfan yn drech na hi. Daeth llais Megan o'r cefn:

'Ydi hynny'n wir?' Ond roedd Sharon o dan ormod o deimlad i ateb ei gŵr na'i chwaer.

Trodd Paul ar ei union i *lay-by* ganllath o adwy Tegeirian, stopio'r car a gofyn i'w wraig, 'Ydi hynny'n wir, Shar? *Shit.* Sut oeddet ti'n gwbod?'

'Mi ddwedodd Linda wrtha i am y treisio'r Dolig cyn i David Pritchard farw. Mi siarsiodd fi i beidio â deud wrth neb. Ac wedyn mi ffoniodd hi fi noson yr eira mawr i ddeud bod o wedi bod yn mocha efo Carol. Naw oed oedd hi, Paul! Naw oed!'

'Blydi hel!'

'Ac mi ofynnodd Linda os câi Carol ddod am *sleepover* at Megs y noson honno. Bod hi'n saffach yn tŷ ni. Dyna'r noson fuodd David Pritchard farw.'

'Be ti'n drio'i ddeud, Shar? Ti'n deud bod Linda wedi lladd David Pritchard? Dyna pam nath hi adal Rhyd y Garreg?'

'Dwi'm yn gwbod, Paul. Dwi jest ddim yn gwbod.'

'Ydi Malcolm yn meddwl ei bod hi wedi ei ladd o?'

Ond roedd Sharon yn boddi yn nagrau'r deugain mlynedd diwethaf a Megan yng nghefn y car yn casglu'r wybodaeth ddiweddaraf yn dawel yn ei phen.

Malcolm

Roedd hi'n tynnu am hanner awr wedi wyth y nos a'r tŷ wedi bod yn brysur gan bobl yn dod i gydymdeimlo. Amanda o'r caffi yn Nhegeirian oedd y gyntaf gan ddod â *lasagne* ddigon i deulu cyfan iddo fo. Wedyn daeth y Parchedig Lodwig Edwards yn fusgrell at y drws gan ysgwyd llaw a dweud y byddai'n dod ato yn y bore i drafod unrhyw drefniadau. Doedd o ddim yn ei hwyliau gorau'r noson honno gan ei fod yn swp o annwyd. Dechreuodd Malcolm gydymdeimlo â fo, ond stopiodd ar ôl brawddeg neu ddwy. Onid y gweinidog oedd i fod i gydymdeimlo efo fo? Cofiodd nad oedd gan Linda erstalwm fawr i'w ddweud wrth y gweinidog a'i wraig. Doedd hi ddim yn meddwl eu bod y cwpwl mwyaf Cristnogol yn y pentref. Efallai fod ganddi bwynt. Wedi meddwl, doedd gan Barbara ddim llawer i'w ddweud wrth y capel chwaith. Byddai'n well cynnal y gwasanaeth yn yr amlosgfa. Yn ei hiraeth dwys am Barbara, bu'n rhaid iddo gydnabod iddo fo'i hun ei fod yn gweld colli ei chwaer hefyd. Y ddwy ohonyn nhw. Roedd o'n gyfan gwbl ar ei ben ei hun.

Edrychodd allan ar y nos yn araf lusgo ei chwrlid cras dros Degeirian. Ond doedd dim cysur o'r nos iddo heno. Roedd y coed wedi'u siapio gan y gwynt a'u troi'n wrachod y nos a'u brigau'n pwyntio ato'n gyhuddgar. Coeden arall ger y giât fel petai'n codi dau fys arno fo. 'Ffyc-off,' sibrydodd Malcolm wrth y goeden. 'Ffyc-off!'

Erbyn gyda'r nos, roedd bwrdd cegin Tegeirian dan ei sang o fara brith, *chilli con carne*, cawl a chacennau o bob math a gludwyd yno gan drigolion Rhyd y Garreg. Er gwaetha'r llif cyson o ymwelwyr, ddaeth yr un o'r rhai y byddai wedi disgwyl eu gweld. Wrth gwrs, roedd o wedi gweld Glyn pan ddaeth yr heddlu draw ganol dydd. Roedd Glyn wedi ei sicrhau y byddai'n cadw'r ganolfan ar agor. Doedd Malcolm ddim eisiau i'r ganolfan gau. Nid dyna fyddai ei dymuniad hi. Byddai hi wedi bod eisiau i fusnes fynd yn ei flaen. Roedd Glyn wedi cynnig ei fod yn trefnu gosod llun o Barbara a llyfr ar fwrdd yng nghyntedd canolfan Tegeirian i bobl gael nodi eu hatgofion a'u cydymdeimlad. Diolchodd Malcolm iddo. Roedd hynny'n syniad hyfryd. Ie, mae'n siŵr bod Glyn yn brysur, ond doedd o ddim wedi clywed siw na miw gan Carol. Fu Sharon a Paul ddim acw chwaith, er ei fod yn siŵr iddo weld Volvo Paul yn pasio adwy Tegeirian yn gynharach y noson honno. Ond y rhyfeddaf ohonyn nhw i gyd oedd Dewi a Lisa. Dewi! Ei ffrind gorau. Byddai wedi disgwyl iddo fo fod gyda'r cyntaf i alw. Efallai eu bod i gyd yn disgwyl tan y bore i ddod ato, fel y Parchedig Lodwig Edwards.

Bu'r heddlu acw hefyd gan ddod â bag Barbara a'i ffôn iddo fo. Edrychai'n debyg mai ar y ffôn efo rhywun o'r enw 'Sant' oedd hi pan gollodd reolaeth ar y car.

'Oeddech chi'n nabod unrhyw un o'r enw Sant?' gofynnodd yr heddwas iddo. Doedd gan Malcolm ddim syniad. Wedi i'r heddlu fynd, edrychodd Malcolm ar fwrdd y gegin. Sut oedd un person yn mynd i fwyta'r rhain i gyd? Un person. Gwawriodd arno mai un person oedd yn byw yn Nhegeirian bellach. Roedd Barbara wedi mynd a ddeuai hi fyth yn ôl.

Roedd ar fin tyrchu ym mag Barbara i edrych ar ei ffôn hi pan glywodd gar y tu allan. Bosib mai Dewi fyddai hwn.

Doedd o ddim wedi crio'n iawn eto. Byddai'n bownd o grio pan welai ei ffrind bore oes. Ond wrth fynd at y drws, gwelai mai cysgod rhywun llawer llai oedd yno. Agorodd y drws a gweld, er syndod iddo, ei Anti Sydna a'r tacsi oedd wedi ei gollwng yn gadael y buarth y tu ôl iddi hi. Er nad oedd Ffridd Bella ond deng munud o dro o Degeirian, roedd hynny'n bell braidd i hen wraig fel Anti Sydna gerdded drwy'r glaw a'r tywyllwch. Rhaid oedd edmygu ei dygnwch hi. Byddai'n 90 oed y flwyddyn nesaf.

'Fedrwn i ddim aros adra heno. Roedd rhaid i mi ddod draw, Malcolm, i ddweud pa mor ddrwg oedd hi gen i glywed y newyddion am Barbara druan gan Sharon pnawn 'ma.'

Diolchodd Malcolm iddi hi a'i harwain i'r parlwr. Oedd hi'n ei gystwyo wrth nodi mai Sharon oedd wedi ei hysbysu am farwolaeth ei wraig yn hytrach na fo? Gwyddai y dylai o fod wedi gwneud ond roedd o wedi bwriadu gofyn i Carol, munud y byddai hi'n cysylltu, i fynd draw at Anti Sydna efo'r newyddion. Ond doedd Carol ddim wedi cysylltu. Ta waeth am hynny, roedd Malcolm yn falch o'i gweld. Ac eithrio Carol a Delyth a'i phlant hithau, Lowri a Liam, dim ond Anti Sydna oedd ganddo'n deulu bellach. Gwrthododd hi dynnu ei chôt gan ddweud bod y tacsi'n dod yn ôl o fewn hanner awr.

'Sut mae Carol wedi cymryd y newydd?' gofynnodd Anti Sydna wrth iddi dynnu'r sgarff sidan oren oedd ar ei phen a sodro ei hun ar sedd y ffenest fel y gallai gadw golwg am y tacsi pan ddeuai i'w nôl hi. Doedd ei thraed prin yn cyffwrdd y ddaear ac edrychai fel doli fach ar silff. Agorodd llygaid ei fodryb led y pen pan ddywedodd Malcolm wrthi hi nad oedd wedi clywed gan Carol eto. A fesul dipyn dechreuodd Malcolm ddweud wrthi hi ei fod wedi bwriadu siarad efo Barbara'r noson honno i gael ei chyngor am sut y gallai gymodi efo Carol. Roedd hi'n hen bryd ceisio rhoi'r gorffennol lle'r oedd o i fod – y tu ôl iddyn nhw.

'Mae'n rhyfedd sut mae'r petha 'ma'n digwydd, Malcolm bach. Dyna'n union oeddwn inna'n ei obeithio heno, fel bod rhyw ddaioni'n dod o'r drasiedi yma. Ond er mwyn i ti allu gwneud hynny mae'n rhaid i ti gael gwybod be ddigwyddodd efo Linda.'

Roedd Malcolm yn cytuno efo hi a dywedodd wrthi, 'Mi ddwedodd hi wrtha'i mewn llythyr pan o'n i'n coleg fod beth bynnag ddigwyddodd iddi hi a Carol yn rhy erchyll i'w sgwennu. Roedd hi isio 'nghyfarfod i. Mi wrthodes i. Do'n i ddim isio wynebu'r gwir.'

'Ac wyt ti'n barod i wynebu'r gwir rŵan? Fydd o ddim yn hawdd,' gofynnodd ei fodryb yn dyner.

Rhoddodd Malcolm ei ddwylo yn ei ben a chrio cyn cydsynio'n dawel i wynebu'r gorffennol. Gwrandawodd heb ddarfu ar lith ei fodryb.

Doedd yr hyn ddywedodd Anti Sydna am Linda'n mynd i ffwrdd i erthylu plentyn eu tad, er mor erchyll, ddim yn syndod mawr iddo. Roedd o wedi amau rhywbeth tebyg i hynny ond wedi gwrthod cydnabod y peth. Yr hyn na fedrai ddeall oedd pam nad oedd Linda wedi dod yn ôl i Ryd y Garreg wedyn. Pam gadael am byth? Ac eto, gwyddai fod ganddo fo ei ran yn hynny am wrthod cyfarfod Linda. Am wrthod wynebu'r gwir.

'Mae yna un peth arall sy'n egluro rhywfaint pam na ddaeth Linda'n ôl,' meddai Anti Sydna cyn ychwanegu, 'Wnaeth hi ddim erthylu'r babi, Malcolm. Roedd hi wedi methu wynebu'r peth.'

Edrychodd Malcolm arni hi'n syfrdan cyn mentro gofyn, 'Mae'r babi'n fyw?'

'Am wn i, ydi. Mi roddodd Linda enedigaeth iddo fo. Bachgen oedd o. Ond fe roddwyd y baban i'w fabwysiadu o fewn dyddiau i'w eni fo. Chafodd Linda ddim cysylltiad efo fo wedi hynny.'

Mewn un diwrnod roedd Malcolm wedi gorfod dechrau delio efo marwolaeth ei wraig a genedigaeth ei ... beth? Beth fyddai'r babi iddo fo? Brawd? Nai? Roedd yr holl beth yn ffiaidd. Faint o hyn oedd o am ei ddweud wrth Carol? Faint fyddai hi'n gallu ei gymryd?

Roedd Anti Sydna fel petai hi'n gallu darllen ei feddwl:

'Dwi ddim yn siŵr fydd y ffaith fod Linda wedi beichiogi yn syndod mawr i Carol. Wedi'r cyfan, roedd David wedi dechrau mela efo hitha. Mae'n siŵr dy fod wedi amau hynny, yn do? Ond fyny i ti faint wyt ti'n meddwl y gall Carol ei gymryd. Mae rhan ohona i'n meddwl mai gwell fyddai peidio corddi'r dyfroedd eto a gadael i bethau fod. Ond wedyn, ella ein bod ni – wel, fi – wedi bod ar fai yn celu cymaint oddi wrthi hi a hithau ar dân isio gwybod pam fod Linda wedi ei gadael hi. Taswn i'n medru troi'r cloc yn ôl, Malcolm, mi faswn i wedi trio dweud wrthi hi, er mor anodd fasa hynny wedi bod. Ond doedd Carol, waeth pa benderfyniad faswn i wedi ei wneud, ddim yn hawdd.'

Llwyddodd Malcolm i roi gwên wan i'w fodryb ac ar hynny, daeth sŵn corn y tacsi'r tu allan. Cododd Anti Sydna a gosod ei sgarff yn ôl am ei phen; rhoddodd goflaid gynnes i'w nai a dweud wrtho i gysylltu efo hi fory iddi hi gael helpu efo unrhyw drefniadau ar gyfer yr angladd. Cyn iddi gyrraedd y drws, mentrodd Malcolm ofyn un cwestiwn arall: ''Dach chi'n meddwl bod Linda wedi ei ladd o?'

Edrychodd arno'n hir. 'Dy Dad? Does wybod.'

Ar hynny, gadawodd Anti Sydna am ei thacsi ac unwaith eto roedd Malcolm ar ei ben ei hun a'r nos yn cau amdano.

Lisa

Cododd Lisa fore trannoeth a pharatoi i fynd draw i weld ei thad yng nghartref Afallon. Doedd hi ddim yn gallu maddau i'w gŵr am beidio â mynd i'w weld o gwbl tra oedd hi wedi bod yng Nghaerdydd. Roedd o wedi addo y byddai'n mynd yno. Beth yn y byd oedd o wedi bod yn ei wneud? Chafodd hi fawr o sgwrs efo fo neithiwr, rhwng ei bod hi'n flin efo fo ac yntau'n ymdrybaeddu mewn galar. Ei ffrind hi oedd Barbara. Pam ddiawl ei fod o'n teimlo bod ganddo fo fonopoli ar alar?

Fedrai Lisa chwaith ddim deall pam i Dewi wrthod mynd i gydymdeimlo efo Malcolm neithiwr ac yntau'n un o'i ffrindiau gorau. Roedd hi'n ysu am gael gwybod beth oedd wedi digwydd i Barbara druan. Sut oedd hi wedi marw? Beth yn union oedd achos y ddamwain? Ond roedd Dewi wedi mynnu bod neithiwr yn rhy gynnar i fynd draw i Degeirian. Gwelodd Lisa drwy ffenest y tŷ'r noson cynt fod Paul a Sharon wedi bod efo Carol a Glyn. Cafodd gip ar Megan hefyd yn dod o'r car. Byddai'n dda eu gweld a rhannu eu gofidiau a'u profedigaeth. Ar adeg fel hyn, roedd cysur o gael bod yng nghwmni eraill oedd hefyd yn teimlo'r golled. Nid Dewi oedd yr unig un oedd yn drist. Cyn gadael am y cartref, a Dewi'n dal yn ei wely, dywedodd wrtho na fyddai'n hir efo'i thad ac y gallen nhw fynd draw at Malcom ar ôl iddi ddod adre. Ddywedodd o ddim gair o'i ben.

Ar ben popeth, wrth gyrraedd Afallon, gwelodd fod ganddi neges gan ofalwr yr ysgol yn dweud bod y storm wedi creu difrod i neuadd yr ysgol a dŵr ym mhobman. Grasusa! Roedd hi'n hwyr glas iddi roi'r gorau i'w swydd. Ar ôl mynd trwy'r rigmarôl arferol o arwyddo cofrestr ymwelwyr Afallon, daeth Rolant, rheolwr y cartref, draw ati hi i ddweud bod rhywun wedi dod i ymweld â'i thad a'u bod yn yr ystafell gymunedol. Tarodd Lisa olwg dros y gofrestr ymwelwyr a gweld enw Megan Stevens uwchben ei henw hi. Roedd hi wedi arwyddo'r gofrestr hanner awr ynghynt. Beth oedd Megan yn ei wneud yma? Oedd Rhiannon Stevens wedi gorfod dod i fyw i'r cartref?

Ar ôl gorffen ei sgwrs efo Rolant, aeth Lisa draw i'r ystafell gymunedol. Roedd Rolant wedi crybwyll bod ei thad wedi bod yn gyndyn o fwyta ers rhai dyddiau a bod ei hwyliau'n isel. Gwyddai Lisa i'r dim pam ei fod yn isel: doedd neb wedi bod i'w weld o ers bron i wythnos. Roedd hi'n gandryll efo Dewi a'i ddiffyg gofal o'i thad. Os gallai Megan Stevens fynd i'w weld ... Wrth droedio coridorau'r cartref ac oglau disinffectant yn llenwi ei ffroenau, ceisiodd liniaru rhywfaint ar ei hwyliau drwg cyn gweld ei thad. Ond roedd hi'n anodd cadw ei thymer o dan reolaeth wrth ei weld yn ei gwman yn un o'r cadeiriau oedd wedi'u gosod mewn rhes yn erbyn waliau magnolia'r ystafell. Dim ond fo a Megan oedd yno. Roedd pawb arall yn dal i orffen eu brecwast.

'Megan?' cyfarchodd Lisa hi'n syfrdan. Trodd Megan rownd i'w gweld hi, lluchio llyfr nodiadau i'w bag yn sydyn a chodi ar ei thraed i'w chofleidio gan fwmian enw Barbara drosodd a throsodd. Eglurodd ei bod hi wedi trefnu mynd allan efo Barbara'r noson honno. Ymhen dim, roedd hi a Lisa yn eu dagrau. Ar ôl cydnabod eu profedigaeth, crychodd Lisa ei thalcen a gofyn, 'Be ti'n da fan hyn,

Megan?' Gwridodd ei ffrind ysgol a baglu dros ei geiriau gan ddweud ei bod hi'n digwydd bod yn pasio a'i bod wedi picio i weld yr hen Ddoctor Ellis. Doedd Lisa dal ddim yn deall yn iawn pam ei bod hi wedi penderfynu dod i weld ei thad, ond trodd ato fo a dweud, 'Sbiwch lwcus 'dach chi, Dad, cael Megan o bawb yn dod i'ch gweld chi. 'Dach chi'n cofio Megan, tydach, Dad? Chwaer Sharon? Merch Rhiannon a Meurig Stevens Tan y Dderwen? Roedd Anti Rhiannon yn dysgu yn ysgol Rhyd y Garreg. 'Dach chi'n cofio?' Ond edrych yn gwbl ddifynegiant wnâi ei thad. Estynnodd Lisa gadair arall i eistedd gyda Megan gyferbyn â'i thad.

Doedd fawr o hwyliau arno fo. Dywedodd Lisa wrtho drwy ei dagrau fod Barbara Tegeirian wedi marw mewn damwain car. Nodio ei ben wnaeth ei thad a dweud, 'Sobor iawn. Sobor iawn.' Ac yna aeth ati i baldaruo am bethau nad oedd yn gwneud dim synnwyr o gwbl iddi. Mae'n rhaid fod y dementia'n dechrau gwaethygu. Roedd o wedi bod reit dda tan yn gymharol ddiweddar. Mynnai ei thad edrych ar Megan ac ailadrodd y frawddeg, 'Efo'r *turkey baster* lladdwyd o.' Edrychodd Lisa ar ei ffrind, ond codi ei hysgwyddau wnaeth Megan. Gofynnodd Lisa dro ar ôl tro iddo am bwy oedd o'n sôn. Ond doedd o'n gwrando dim arni hi, ac yn amlwg wedi cynhyrfu'n lân wrth iddo droi at Megan eto fyth a hefru eto am y bastiwr twrci. Fedrai Lisa ddim deall beth oedd chwilen ddiweddaraf ei thad efo'r bastiwr o bob dim a pham ei fod mor eiddgar i rannu ei stori ryfedd efo Megan. Mae'n rhaid i beth bynnag oedd yr obsesiwn ddiweddaraf yma fod wedi ei flino'n dwll achos o fewn dim, roedd o wedi dechrau pendwmpian eto.

Cododd Lisa a chrwydro'n ôl drwy'r coridor efo Megan gan egluro iddi hi fod ei thad yn dirywio'n sydyn ac ymddiheuro nad oedd o wedi ei nabod hi. Ond mynnai Megan ei fod o wedi ei nabod hi gan honni ei fod o'n cofio dipyn mwy nag yr oedd rhywun yn ei feddwl. Doedd gan Lisa ddim llawer o amynedd efo'i ffrind yn honni rhyw arbenigedd ar gyflwr ei thad fwyaf sydyn. Cofiai Lisa fod gan Megan yn blentyn, er mor annwyl oedd hi, duedd i feddwl ei bod hi'n gwybod y blydi lot! Roedd hyd yn oed ei mam, Rhiannon Stevens, yn cyfeirio at ei merch ieuengaf o bryd i'w gilydd fel 'bosi bŵts'.

Cyn i Lisa gael cyfle i holi Megan ddim pellach, daeth Rolant i'w cyfarfod gan hebrwng hen wraig yn araf tuag at yr ystafell gymunedol. "Nhad wedi drysu braidd bore 'ma, Rolant. Mae o wedi syrthio i gysgu yn y gadair. Mi ddo i'w weld o eto fory.'

Roedd yr hen wraig wedi dechrau mwydro efo hi, ond bu'n rhaid i Lisa esgusodi ei hun gan fod angen iddi baratoi i fynd i gydymdeimlo efo Malcolm druan ac i gael trefn ar y llanast dŵr yn yr ysgol. Addawodd y byddai'n gweld Megan eto dros y dyddiau nesaf cyn i'r ddwy ffarwelio yn nrws y cartref. Wrth yrru yn ôl adre, fedrai Lisa ddim gwneud pen na chynffon o'r rheswm i Megan fynd i ymweld â'i thad, ond buan yr aeth hynny o'i meddwl pan gyrhaeddodd y tŷ.

Roedd Dewi wedi codi ac yn y gawod. Aeth i fyny'r grisiau. Doedd o ddim wedi trafferthu i wneud y gwely. Roedd eisiau gras. Tynnodd Lisa'r dwfe a'i sythu'n dwt. Roedd hi ar fin mynd i lawr i'r gegin i gael coffi bach i aros i Dewi gael ei hun yn barod pan glywodd sŵn gwichian rhyfedd yn y llofft. Ceisiodd ddilyn y sŵn. Beth oedd o? Deuai o ochr Dewi o'r gwely. Edrychodd o dan y gwely. Welai hi ddim byd. Clustfeiniodd eto gan geisio canfod o ble'n union y deuai'r wich. Roedd o wrth ddrôr bach Dewi. Agorodd y drôr a daeth o hyd i ffynhonnell y sŵn. Yno, o dan sanau Dewi, roedd oriawr ffit a'i batri'n diffygio. Eisteddodd ar y gwely. Cododd Lisa'r oriawr. Roedd yn gyfarwydd. Ond nid oriawr ei gŵr oedd hon. Aeth Lisa'n binnau mân drosti wrth iddi sylweddoli mai oriawr ei ffrind gorau oedd hi.

Daeth Dewi o'r gawod yn ei ddresin-gown ac i mewn i'r llofft. Edrychodd Lisa arno a gofyn, 'Be mae oriawr Barbara Tegeirian yn neud yn ein llofft ni?'

RHAN 3
PASG 2025

Megan

Mae'n syndod faint o wahaniaeth y gall tymor ei wneud. Bu cryn newidiadau yn Rhyd y Garreg dros fisoedd y gaeaf. Gwta wythnos ar ôl angladd Barbara Tegeirian, bu farw Doctor Ellis a'r gymuned oll yn tystio iddo fod yn ddoctor arbennig. Mae pawb yn dweud mai marw o ddementia wnaeth o. Ond mi wn i mai euogrwydd sydd wedi ei gnoi ers deugain mlynedd a mwy. Efallai fod dementia wedi dechrau plicio plisgyn ei gof, ond roedd Vernon Ellis, pan welais i o yn y cartref, yn cofio ei ymweliad â 3 Tan y Dderwen ar noson yr eira mawr fel tasa hi'n ddoe. Roedd o, fel finnau bellach, yn gwybod beth ddigwyddodd i'r prifathro y noson honno.

Bûm yn ymchwilio ymhellach i hanes David Pritchard. Bron iawn y gellid dweud i'r holl beth droi'n obsesiwn gen i. Fesul dipyn y daw pytiau o straeon amdano. Cefais wybod llawer gan fy chwaer, Sharon, er ei bod hithau'n gyndyn ar brydiau i ailymweld â'r gorffennol. Mae hi'n dal i deimlo euogrwydd mawr am anfon Carol fach adre ar ei phen ei hun ar noson yr eira mawr. Does dim amheuaeth gen i fod y sïon am David Pritchard fel bwystfil yn wir. Mae Sharon bron yn siŵr mai gadael Rhyd y Garreg wnaeth Linda i erthylu plentyn ei thad a chafodd gadarnhad gan Carol fod Anti Sydna wedi dweud wrth Malcolm mai rhoi'r babi i'w fabwysiadu wnaeth Linda yn y pen draw. Druan ohoni.

Gwta fis yn ôl, dyma fi, o'r diwedd, yn anfon y cais comisiwn ar gyfer y rhaglen *Paid â Deud*. Dylwn gael clywed unrhyw ddiwrnod a fu'r cais yn llwyddiannus. Ond dwi'n betrus iawn am yr holl brosiect erbyn hyn. Dwi ddim wedi llwyddo i fagu plwc hyd yma i ddweud wrth neb yn Rhyd y Garreg, ar wahân i Sharon, fy mod, os caf y comisiwn, am ddatgelu'r holl stori mewn rhaglen awr o hyd. Dydi Sharon, er pregethu tryloywder, ddim yn credu 'mod i'n gwneud y peth iawn ac mae hi wedi crefu arna'i i roi'r gorau iddi. Nid rŵan ydi'r amser i ollwng y gath o'r cwd, meddai hi. O ddarlledu'r rhaglen, gallwn wneud cymaint o elynion yn Rhyd y Garreg. Ychwanegodd Sharon yn reit stowt na fyddai hi'n fodlon cyfrannu i'r rhaglen. Felly ar hyn o bryd, dim ond Gwenda Leyshon sydd gen i fel cyfrannydd.

Ddechrau'r flwyddyn, cafodd Ysgol Rhyd y Garreg bennaeth newydd a chafodd Lisa Mai ei ffordd: ymddeoliad cynnar a symud i Gaerdydd i fod yn agos at Alaw Haf a'r babi bach newydd sydd ar fin cyrraedd unrhyw funud. Maen nhw'n dweud bod un yn mynd er mwyn gwneud lle i'r nesaf. Doedd ddim pryderon gofal dros ei thad bellach ac felly, doed a ddelo, roedd Lisa Mai yn benderfynol o symud i'r brifddinas. Synnwyd pawb fod Dewi Tynyffridd yn fodlon gadael yr ardal. Ond nid pawb sy'n gwybod nad oedd ganddo fawr o ddewis, diolch i oriawr Barbara. A hithau rŵan yn byw yng Nghaerdydd, dwi wedi ailafael yn ein cyfeillgarwch ac fe ymddiriedodd Lisa ynof i ei bod hi wedi canfod bod Dewi wedi bod yn cael affêr efo Barbara. Roeddwn i, fel llawer un arall, yn amau hyn eisoes wrth gwrs, ond wnes i ddim cydnabod hynny. Calla dawo, fel y bydd Mam yn ei ddweud.

Lisa aeth i gydymdeimlo efo Malcom adeg marwolaeth Barbara. Roedd Dewi'n ormod o gachgi. Dywedodd Malcolm wrth Lisa na fu o'n hir iawn yn dyfalu pwy oedd yr enw rhyfedd fu'n anfon y negeseuon anllad at ei wraig pan gafodd ffôn Barbara'n ôl gan yr heddlu. 'Pa enw rhyfedd?' gofynnais i Lisa. Caeodd ei llygaid am eiliad cyn edrych arna i gan ddweud mai'r enw a roddodd Barbara ar Dewi yn ei ffôn bach oedd 'Sant'. Dewi Sant. Dywedodd Lisa wrtha i fod Malcolm a hithau, ynghanol eu galar a'u tristwch, wedi rhyw led wenu o ystyried eironi'r enw hwnnw. Dyna wnes innau hefyd.

Doedd gan Dewi ddim llawer o awydd aros yn Rhyd y Garreg ac yntau'n *persona non grata* yno. Gwnaeth y mudo ffafr â Malcolm nad oedd pwt o eisiau gweld Dewi o gwbl. Naw wfft oedd ymateb Malcolm pan glywodd fod y 'Sant' yn symud i fyw i Gaerdydd a gwynt teg ar ei ôl o. Mae Dewi a Lisa wedi cael y goriadau i'w tŷ newydd yn Rhiwbeina, ond mae'r berthynas rhyngddyn nhw'n llawn straen gydag un yn dal i alaru a'r llall yn dal i edliw. Gobeithio y daw'r babi bach â rhywfaint o heddwch a llawenydd i'r ddau. Amser a ddengys.

Dwi'n ôl yn Rhyd y Garreg am y penwythnos. Mae hi'n achlysur go arbennig. Pen-blwydd Anti Sydna'n 90. Chwarae teg iddi hi, mae hi wedi gofyn i Mam, Sharon a finnau ymuno efo'r teulu ar gyfer dathliad bach. Doedd hi ddim eisiau ffŷs, er bod Malcolm wedi cynnig dathliad mawr iddi hi yng nghanolfan Tegeirian.

Es i weld Malcolm neithiwr ar ôl cyrraedd o Gaerdydd, gyda'r bwriad o ddweud wrtho 'mod i wedi cyflwyno cais i gynhyrchu rhaglen am bedoffiliaid Cymraeg mewn sefyllfaoedd o awdurdod. Ond methais, yn arbennig gan i Malcolm ddweud bod Carol ac yntau ar delerau cymaint gwell a'u bod yn rhoi'r gorffennol lle y dylai fod. Yn y gorffennol. Hynny, ynghyd ag ymateb stormus fy chwaer ac ymateb emosiynol fy mam, sydd wedi fy nghymell i ystyried rhoi'r gorau i'r syniad. Tynnu'r cais am y comisiwn yn ôl fyddai orau. Fyddai neb yn diolch i mi am ailgodi'r stori hon rŵan.

Mae'r Pasg yn hwyr eleni a Chanolfan Arddio Tegeirian yn fwrlwm o flodau'r gwanwyn. Dyma hoff dymor Malcolm. Er cael pyliau o hiraeth dwys, mae'n trio'i orau i ddygymod â'i golled. Dydi galar fyth yn blino chwarae gemau. Dywedodd ei fod wedi alaru ar bobl yn dweud yr hen ystrydebau, 'Mi fyddi di'n teimlo'n well cyn bo hir.' Teimlo'n well? Dydi o ddim wedi bod eisiau teimlo'n well ers misoedd. Creda y byddai hynny'n golygu nad ydi o'n meddwl am Barbara ddim mwy. Mae o hefyd yn ceisio ymgodymu â'r ffaith i'w wraig fod yn anffyddlon − efo'i ffrind gorau. Cordda'r teimladau a'r galar yn ddidrugaredd gan fynnu dod yn ôl ac yn ôl fel llanw a thrai. Yr un person sydd wedi bod yn fodd iddo deimlo fymryn yn well, yn rhyfedd iawn, ydi ei chwaer fach. Ac er nad ydi Carol wedi llwyddo eto i roi'r gorau i yfed yn llwyr, o leiaf mae hi wedi cydnabod bod ganddi broblem yfed ac mae hynny'n gam enfawr ymlaen.

Mae'r tywydd yn sefydlog am unwaith. A chymaint o farwolaethau wedi bwrw eu cysgodion dros yr ardal yn ddiweddar, braf ydi gweld y gymuned yn dathlu penblwydd un o'i thrigolion hynaf. Dymuniad Anti Sydna oedd cael mynd efo'i theulu a'i chymdogion agosaf i fyny at dderwen y Fron am bicnic bach. Dyna oedd y traddodiad erstalwm, boed law neu hindda. Bob penblwydd yn blentyn, byddai hi a'i chwaer Falmai yn mynd efo'u rhieni am bicnic bach at y dderwen, i ddathlu'r Pasg a'r pen-blwydd. A'r adeg hon o'r flwyddyn mae dail derwen y Fron wedi blaguro ers pythefnos a mwy. Does unlle gwell ar wyneb daear.

Mae Malcolm a Carol ill dau wedi colli cwsg yn poeni sut yr ymdopai Anti Sydna â cherdded i'r Fron. Gellid mynd â char i fyny at fferm Penyrhiw, ond byddai'n rhaid cerdded wedyn ac mae tipyn o dynfa i fyny at gopa'r Fron o fanno a'r tir yn anwastad. Siôn Rwdins fu'r achubiaeth gan ddweud y gallai Anti Sydna gael pàs yn y tractor, ar yr amod ei bod hi'n bihafio! Yn ychwanegol at Anti Sydna, mae naw ohonom ni i gyd wedi mynd i gopa'r Fron i ddathlu'r pen-blwydd mawr: Malcolm, Carol a'i merch Delyth a'i phlant hithau Liam a Lowri, Sharon a'i hŵyr, Robin, a Mam a finnau. Mae Mam, sydd dros ei phedwar ugain oed, wedi cael pàs yn y tractor hefyd, diolch i'r drefn.

Wedi i ni gyd setlo efo geriach y picnic o dan ganopi'r goeden hardd, mae Siôn Rwdins yn mynd yn ôl at ei waith ar y fferm gan addo dod i nôl 'y ledis' mewn rhyw awran go dda. Rhaid dweud bod Carol a Delyth a'r plant wedi cael hwyl ar addurno'r tractor â balŵns a byntin a phawb wrth eu boddau'n codi llaw ar y tractor yn mynd yn ôl i lawr at fferm Penyrhiw. Mae hi'n olygfa hyfryd. Ar ôl gorffen y brechdanau a chanu pen-blwydd hapus, mae Anti Sydna'n mynnu ein bod i gyd yn gafael dwylo o gwmpas y dderwen a cheir llawer o chwerthin. Ymuna Carol a Malcolm yn yr hwyl a dwi'n sobor o falch o weld y ddau yn gwenu eto. Wrth ddatgysylltu dwylo, mae Malcolm yn amneidio at Carol i ddangos iddi rywbeth ar foncyff y goeden. Wrth weld y llythrennau 'V + F', mae hi'n crychu ei thalcen. Edrycha at Malcolm am esboniad a dwi'n ei glywed o'n dweud wrthi hi, 'Vernon a Falmai.' 'Roedd Doctor Ellis a Mam yn gariadon?' gofynna'n ddistaw bach i'w brawd. 'Oedden, mae'n debyg, pan oedden nhw'n ifanc.' Lleda gwên braf ar hyd wyneb Carol, yn diolch, dybiwn i, fod ei mam wedi cael rhywfaint o hapusrwydd yn ei bywyd.

Gellir teimlo rhywfaint o densiwn o hyd rhwng Robin bach a'i hen fodryb Carol, ond dydi Sharon ddim wedi mentro holi am y geiriau am y 4x4 ar y bag. Ar gais Paul, penderfynodd fy chwaer wneud yr hyn y mae trigolion Rhyd y Garreg yn arbenigo arno sef sgubo pethau anodd o dan y carped. Ond dydi hi ddim yn hollol dawel ei meddwl na fu hyn i gyd yn gwmwl dros ei hŵyr bach. Mae Sharon yn synhwyro bod pwysau'r byd ar ysgwyddau Robin. Nid yn unig y mae'n gas ganddo fynd i Babis y Fron adeg gwyliau pan fydd ei rieni'n gweithio, ond mae o bellach yn anhapus yn yr ysgol hefyd. Mae ei rieni a'i nain a'i daid yn lled-amau mai'r ffaith ei fod mor dal sydd efallai'n peri loes iddo. Cofia Paul Foty'n dda iddo yntau gael ei bryfocio am ei daldra pan oedd o yn yr ysgol.

Cafodd Sharon gyfle ym Mauritius i drio ymlacio a chlosio at Paul eto ar ôl popeth, er gwaetha'r poeni am Robin bach. Rhwng y gwyliau ym Mauritius ddechrau'r flwyddyn a phrysurdeb rhedeg y fferyllfa ers i Dewi fynd i Gaerdydd, dydi Sharon ddim wedi gallu helpu ei mab Emrys rhyw lawer efo gwarchod Robin, na chwaith i'w hebrwng i'r ysgol o dro i dro. Prun bynnag, mae o bellach yn ddigon hen i gerdded efo'i ffrindiau ac felly dydi Sharon ddim wedi cael achos i fynd ar gyfyl yr ysgol yn ystod y tymor diwethaf. Mae hi wedi gofyn i mi fynd â fo i'r ysgol fore Llun, ar ôl bod â fo at y deintydd a chyn i mi deithio'n ôl i Gaerdydd, gan y bydd hi a Paul a rhieni Robin yn eu gwaith. Dim problem o gwbl gen i. Mi fydd hi'n braf gweld yr hen ysgol unwaith eto.

Daeth bore Llun a dyma fynd â Robin at y deintydd yn y Gilfach. Fuodd o fawr o dro yno. Mae ei rieni a'i nain a'i daid yn eithaf llym o ran rhoi fferins iddo fo ac felly mae ei ddannedd mewn cyflwr go dda. Ond nid y deintydd sydd wedi rhoi Robin mewn hwyliau drwg y bore 'ma. Does ganddo fo ddim awydd o gwbl i fynd i'r ysgol a finnau'n gorfod dweud wrtho nad ydw i'n gallu ei adael yn y tŷ ar ei ben ei hun. 'Fedra i fynd at Nain Rhiannon' ydi ei ateb parod. Ond gorfod mynd i'r ysgol sydd raid iddo fel pob plentyn arall ac felly dyma droi'r car o'r Gilfach yn ôl am Ryd y Garreg a'r distawrwydd yn boenus rhyngom. Does wybod beth sy'n mynd drwy ei feddwl bach, ond yr hyn sy'n gwibio drwy fy meddwl i ydi fy mod i wedi penderfynu, munud y cyrhaedda i Gaerdydd heno, fy mod i am dynnu'r cais comisiwn am y rhaglen *Paid â Deud* yn ôl. Gallai'r hanes gythruddo a chynhyrfu cymaint o bobl: Malcolm a Carol, fy mam fu'n athrawes yn ystod cyfnod David Pritchard yn yr ysgol, heb sôn am Lisa Mai. Wedi'r cyfan, gallai'r rhaglen bwyntio bys beirniadol at y diweddar Ddoctor Ellis gan ei bod hi'n eithaf amlwg iddo fo arwyddo cofrestr farwolaeth ffug. Fyddai Lisa ddim yn diolch i mi am ddatgelu hynny. Er teimlo y dylid cynhyrchu'r rhaglen er mwyn cael rhyw fath o gyfiawnder i bobl fel Gwenda Leyshon, Linda a Carol Pritchard, mae Sharon wedi fy mherswadio i mai stori'n perthyn i gyfnod Jimmy Saville a'i fath ydi hon a'i bod hi'n haws cadw'n dawel.

A'r tymor newydd yn cychwyn, wrth gyrchu Robin at giât yr ysgol dwi'n simsanu am y rhaglen eto fyth. Ydi Sharon yn iawn i feddwl mai perthyn i'r gorffennol mae'r stori? Onid ydi'r gorffennol a'r presennol yn gorgyffwrdd? Dyma'r cwestiynau sy'n rasio drwy fy meddwl wrth i mi gyfarfod, am y tro cyntaf, y pennaeth newydd. Dwi'n craffu arno. Mae'n rhedeg ei fysedd yn chwareus drwy wallt Robin sy'n gwgu a gwingo, ac yna'n troi ataf fi i'm cyfarch yn gwrtais. Dwi'n cyflwyno fy hun iddo fel chwaer Sharon ac fel hen fodryb i Robin, ond wrth i mi wneud daw rhyw gwmwl mawr drosof a'r atal dweud rhyfeddaf. Dwi wedi treulio'r misoedd diwethaf yn craffu ar ddelweddau o David Pritchard oedd yn edrych yn debyg iawn i Dennis Healey. Mae ei wyneb wedi serio ar fy nghof. Tu allan i giât yr ysgol, dwi'n rhewi yn y fan a'r lle. Mae fel petai amser wedi stopio wrth i mi weld dyn brawychus o gyfarwydd. Mae ganddo fop o wallt du fel y frân, ac wrth iddo wenu o dan ei aeliau duon trwchus dwi'n gweld dannedd blaen yn croesi'n apelgar fel petaen nhw'n cusanu ei gilydd, cyn iddo dweud, 'Bore da, Miss Stevens. Diolch am ddod â Robin. Tyd, 'ngwas i. 'Dan ni'n mynd i gael hwyl heddiw.'

Ar hynny dwi'n gweld fy ngor-nai yn mynd yn gyndyn, gan lusgo'i draed yn benisel gyda'i bennaeth newydd i ddiogelwch honedig yr ysgol a dwi'n amau fy mod i'n deall efallai pam ei fod yn crefu am beidio â mynd i'r ysgol. Neu ydi fy nychymyg yn chwarae triciau â mi? Os ydi fy amheuon yn gywir, beth ddwedai Sharon? Dwi'n meddwl am Linda. Dwi'n meddwl am Carol. Mae 'mhen i ar chwâl.

Dwi'n mynd, â'm stumog yn troi, yn ôl i'r car yn barod i gychwyn am Gaerdydd pan glywaf wich fach fy e-byst. Dwi'n agor fy ffôn a gweld e-bost yn fy llongyfarch fod y cais comisiwn am *Paid â Deud* wedi ei gymeradwyo gan nodi ei bod hi'n 'rhaglen ddewr, berthnasol ac uchelgeisiol gyda stori sydd angen ei dweud'. Fe'm hanogir i gysylltu rhag blaen er mwyn trafod yr amserlen efo'r comisiynwyr. Mae'r ffi maen nhw'n ei chynnig yn uwch nag unrhyw ffi a gefais o'r blaen am raglen awr o hyd. Fel arfer byddai newydd o'r fath wedi bod yn destun llawenydd, yn destun dathlu. Ond dim y tro hwn. Dwi'n taflu'r ffôn ar sedd y car ac yn troi fy nghefn ar Ysgol Rhyd y Garreg a'i chyfrinachau ysgeler ac yn anelu'n aflonydd am Gaerdydd. 'Rhaglen ddewr' – ond ydi hi'n werth troi byd fy anwyliaid ben i lawr er ei mwyn? Am gyfyng-gyngor. Gobeithio erbyn cyrraedd adre y byddaf wedi penderfynu beth sy orau i'w wneud.

Siarad neu dewi?

Diolchiadau

Nofel gyfoes i oedolion am alar a chyfrinachau blêr oedd bwriad *Paid â Deud*, stori am y dewisiadau rydan ni'n eu gwneud neu'n peidio â'u gwneud a'r euogrwydd a ddaw yn sgil rhai o ganlyniadau posib y dewisiadau hynny.

Mae'r disgrifiad hwnnw'n dal yn wir. Ond digwyddodd rhywbeth yn ystod y broses greadigol. Nid nofel am gamdriniaeth rywiol oedd y bwriad wrth ysgrifennu hon. Ond ar hyd y trywydd hwnnw yr aeth y stori ohoni ei hun rywsut a hynny efallai'n arwydd fy mod innau, fel llawer o gymeriadau'r nofel, yn euog o geisio celu digwyddiadau anllad.

Ar lefel bersonol, bu hon yn nofel anodd ond angenrheidiol i'w hysgrifennu.

Mae fy nyled yn enfawr felly i'r annwyl Sera Cracroft am fy helpu i ffeindio fy llais ac i'm galluogi i gydnabod yr achos o gamdriniaeth rywiol yn fy erbyn pan oeddwn i'n naw oed. Bûm yn ffodus ar un olwg mai dieithryn oedd y troseddwr ac na chefais brofiad tebyg arall wedi hynny. Mae'n frawychus deall, yn ôl yr ystadegau cyfredol, fod un o bob pedair merch ac un o bob chwe bachgen wedi dioddef camdriniaeth rywiol yn ystod eu plentyndod.

Hoffwn ddiolch i'r canlynol am eu hawgrymiadau a'u hamser wrth i mi eu holi'n dwll: Dr Anna Maclean, Dr Magi Tudur ac Anna-Marie Robinson.

Diolch i Ifan Emyr am ddylunio a chysodi'r nofel ac i Gyngor Llyfrau Cymru am bob cefnogaeth.

Mae fy niolch yn fawr i'm golygydd hynaws, Gerwyn Wiliams yng Ngwasg y Bwthyn, am ei ofal a'i sensitifrwydd.

Cyflwynaf y nofel hon i bob un sydd wedi dioddef camdriniaeth rywiol yn blentyn neu'n oedolyn, gan eu hannog i beidio â chymryd geiriau'r alaw werin 'Paid â Deud' yn rhy lythrennol.

Gwefannau Cymorth

Cymorth i Ferched Cymru
www.welshwomensaid.org.uk/cy

Rasasc: Canolfan Gefnogi Trais a Cham-drin Rhywiol
Gogledd Cymru
www.rasawales.org.uk/cy/cartref

SARCS
**www.rapecrisis.org.uk/get-help/
sexual-assault-referral-centres-sarcs**

Not my shame
www.notmyshame.global

CEFNOGWCH EICH SIOP LYFRAU LEOL

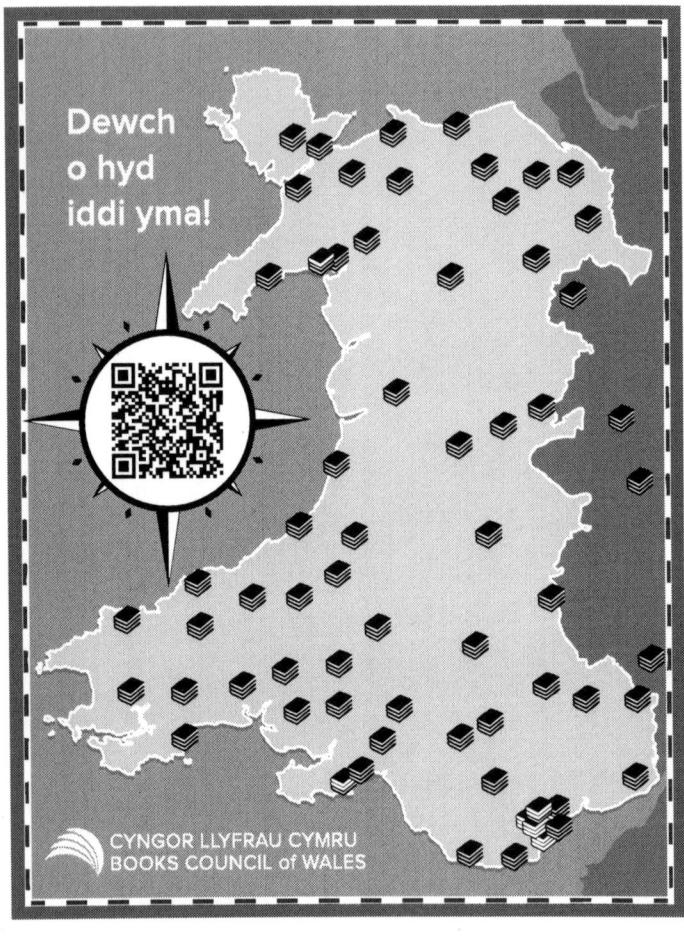

Cefnogwch eich siop lyfrau leol

Dewch o hyd iddi yma!

CYNGOR LLYFRAU CYMRU
BOOKS COUNCIL of WALES